殷国明文集 ⑥

小说艺术的变革与品鉴

殷国明————著

九州出版社
JIUZHOUPRESS

图书在版编目（CIP）数据

小说艺术的变革与品鉴／殷国明著．--北京：九
州出版社，2022.11
ISBN 978-7-5225-1494-9

Ⅰ.①小… Ⅱ.①殷… Ⅲ.①小说研究—中国—现代
②小说研究—中国—当代 Ⅳ.①I207.42

中国版本图书馆 CIP 数据核字（2022）第 230136 号

小说艺术的变革与品鉴

作 者	殷国明 著	
责任编辑	王 佶	
出版发行	九州出版社	
地 址	北京市西城区阜外大街甲 35 号（100037）	
发行电话	（010）68992190/3/5/6	
网 址	www.jiuzhoupress.com	
印 刷	唐山才智印刷有限公司	
开 本	710 毫米×1000 毫米 16 开	
印 张	22.5	
字 数	330 千字	
版 次	2023 年 8 月第 1 版	
印 次	2023 年 8 月第 1 次印刷	
书 号	ISBN 978-7-5225-1494-9	
定 价	99.00 元	

目　录
CONTENTS

上编　小说艺术的现在与未来

与作者的对话

编者①　从近几年评论界的状况来看，小说艺术评论一向是个热门话题，已出现了很多有分量的论文和专著，但是从你这部书稿的情况来看，好像贯穿了另外一条有关历史的思维路线，我很想听听你在这方面的想法。

作者　好，这实际上也是我写这本小册子的起因。大约在四年前，我曾写过一篇文章，题目是《论现代小说的艺术更新》，主要是想探讨一下现代小说艺术的历史演变历程，应该说是写这本小册子的开头。不知你是否和我有过同感，当时小说界也正进行着一次所谓小说观念的更新，实际上到处弥漫着传统小说和所谓"新潮小说"的冲突。坚持传统小说艺术观念的人，往往对于批评界的"新潮小说"的鼓吹者、维护者感到困惑和不满，有的甚至视这种新的小说艺术观念为离经叛道的东西。而一部分"新潮"批评家则针锋相对，持和传统的小说艺术观念完全不同甚或对立的态度，以"全新"境界自居，对传统小说嗤之以鼻。这种情景至今在文坛上还没有消失。当时我总觉得中间有很多问题没有说清楚，尤其是对于现代小说艺术技巧的产生和发展，人们并没有真正给予注意，所以才造成了所谓传统小说与"新潮小说"之间人为的相互隔绝，其中包含着许多历史的"误会"。

编者　你的意思是说，你写这本小册子是想消除这种历史的"误会"？

---

① 本书 1990 年由上海文艺出版社以《小说艺术的现在与未来》为题出版时的编者。

作者 可以这么说，但这只是我摆在前面的目的。

编者 噢？那么藏在后面的目的呢？

作者 那就是立足于历史发展的角度为现代"新潮小说"开辟道路。因为我觉得"新潮"批评家所采取的"全新"的姿态对现代小说自身的发展，对读者群的壮大并没有多少益处。相互对立带来相互隔绝，相互隔绝带来相互遮蔽，现代小说的路子不能越走越窄。批评家的任务之一就是发现和引领新的美学潮流和风格，给许多犹豫不决、隔岸观火、踟蹰不前的人打开一个新的艺术天地，并吸引他们进来。这里也有一个接受美学问题。要想引导他们从旧的历史局限中走出来，到达一个新的世界，就应该为他们提供一条从传统小说到现代小说的历史道路，而这条道路也必须先从他们原来的经验世界中延伸出来。所以这就必须沟通传统文学与现代文学，寻找一条从过去通向未来的路径。现代小说，主要指的是现代主义小说，我自己也想搞清楚，这位"不速之客"到底是从哪里来的，要到哪里去。

编者 真奇怪，没想到几年前你竟有这样的想法，我记得那时你也同样被看作是"新潮"批评家，在《上海文学》上谈论艺术的抽象性之类的问题，很多人说看不懂。不过我对你所说的"隔绝"和"沟通"也有一些类似的想法。就拿对待现代主义作品来说吧，有些人不喜欢读，不太能接受一些新的艺术观念，并不意味着他们一定是抱残守缺，反对现代艺术观念。这一方面有个审美习惯问题，转变得有一个过程；另一方面还没有找到一条由旧及新，由已知到未知的艺术道路。而一些"新潮"批评家讲得又太玄，不容易被接受。

作者 没错，看来我们说到一块儿去了。你还记得我的《论鲁迅小说的艺术创新》那篇论文吗？这篇我费了一些心血写成的硕士论文，主要谈的是鲁迅对传统小说艺术的突破，侧重于对现代主义艺术因素的阐述。当时就引起了不同的反响，有些人很赞赏，认为是创新；有些人则觉得难以接受。对于前者我很容易理解，而后者却引起了我的思考，因为其中有的人我很了解，他们绝不是反对或不愿意接受新观念的人，只是好像仍有一道无形的墙，难说是不是"鬼打墙"，隔绝了沟通。现在看来，我那篇得意之作对于传统小说因素的分析和估计都是不足的。此后，在小说评论中，我就比较注意沟通传统小说与现代小说的历史联系……

编者　所以你就想当一个理论上的建筑师，在传统小说和现代小说之间架起一座桥梁是不是？这个想法可是太妙了。不过，在今天这个世界上，要想填平传统文学与现代文学之间在意识观念上的鸿沟，你不觉得很难吗？

作者　是很难。所以你看，我并没有架起什么桥梁，只是打了几个不像样的桥墩（两人都笑）。不过，刚开始我并没有感到自己是徒劳的，当然那时还没有想到写专著。1985年，继《论现代小说的艺术更新》后，我又写了《从〈故事新编〉到〈百年孤独〉——兼谈二十世纪小说艺术更新的大趋势》一文，得到了贵社编辑同志的鼓励，他们当时正在组织"探索书系"的稿件，希望我能就这个题目写一本书。而我当时也颇想就此写个"大趋势"，为"新潮小说"鸣锣开道。结果，"悲剧"就这样开始了。

编者　悲剧?!你怎么称之为悲剧？这太过分了！

作者　唉！看起来我得站起来和你谈话了。（作者站了起来，在房间踱了一个来回，然后两手插在兜里，站在编者面前。）你知道要想完成这个题目将意味着什么？意味着要在历史中打几个滚，要用精致、细密的梳子把中外小说作品认真梳理一遍，意味着历史的无情，它不仅会冷落过去许多呕心沥血的创作，而且也会在不久的将来冷落我们的现在……而历史是什么？是一片一望无际的沼泽地，你陷进去容易，爬出来难，它创造了现在，但并不露痕迹；它会制造假象，但会让你信以为真。为了完成这个题目，实际上也是为了解救自己，我不得不去研读大量的中外小说，想理出一条比较清晰的小说艺术演变的线索。结果是越读越觉得自己把握不大，越读越觉得自己读到的太少，越读越觉得自己如此平庸的外语水平、如此狭小的眼界、对现代小说如此一鳞半爪的知识，实在不足以完成这个题目。有一段时间，我确实准备放弃了，不想再忍受这种写作的痛苦。

编者　这种状态我理解，拿王国维的话来说，此是第二境，"衣带渐宽终不悔，为伊消得人憔悴"，谈不上什么悲剧。

作者 是的，这时"悲剧"并没有出现，因为尽管感到很艰难，我还是发现了很多东西，觉得传统小说和现代小说艺术之间并非决然不相容，而是有一种潜在的联系。现代小说艺术的更新往往是传统小说艺术发展的必然结果。传统小说艺术中，很多因素会在现代小说创作中重新"复活"，并大放异彩，这就是所谓从过去看到了现在，而从现在又理解了过去的发现，但是，当我还想向"未来"跨上一步的时候，"悲剧"就出现了。

编者 我懂了，你所说的"悲剧"指的是现代小说艺术本身的前途和命运，是吗？

作者 是的。原来我对于现代小说艺术是满怀信心的，是想通过过去来证明现在，但是当我把"现在"也放在历史的长河中时，发现它也只能是一瞬，而不是永恒，甚至发现它的"黄金时代"已消失，面临着不可克服的危机。而我就像一个送殡队伍中的吹鼓手，一边把灵柩送到墓地去，一边还吹吹打打地自我欣赏。

编者 我不同意你的这种看法。对于你书中所表现出来的危机意识，我并不反对，但是不赞成用"危机"来贬低现在要做的事情。现在什么事情都存在着危机，但是这并不能说明干这些事毫无意义。这正像一个人一样，谁都知道总归是要死的，距离死亡只是时间长短问题，但是如果一个人觉得自己即将死去，今天就不活了，那才是真正的悲剧。现在有些人动不动就是危机，我就不赞成，有危机又怎么样了呢？就因为这个，京剧演员就不唱戏了，交响乐团就解散了，写现代小说的就不写了……对不起，这话并不是全针对你的，我只是有点想站起来了。（她站了起来）

作者 你说得很好，这会儿我们的对话才达到高潮，很高兴你这样说，使我觉得自己所做的这项工作仍有意义。

编者 不过关于这本书，最后你还想说点什么呢？比如主题思想之类。

作者 有的，大概只有一句话：结束传统的迷信，打破现代的神话。

编者 棒极了！

引　子

　　只要把托尔斯泰、巴尔扎克等十九世纪小说大师的作品，和二十世纪新起的小说家，诸如普鲁斯特、福克纳、鲁迅等人的作品进行一番比较，就不难发现两者之间的巨大差异。这种差异不仅表现在小说的题材、主题、形式、技巧等艺术因素方面，甚至也不仅仅表现为一种个性和风格的不同，而是表现为两个不同的小说世界，显示出一种在美学和小说观念上的根本变革。也许正因为如此，对于一些仅仅从表面观察小说的人来说，这种变革仿佛来得太突然了，以至于无法真正理解、把握传统小说和现代小说艺术之间的历史联系，从而和二十世纪以来在小说创作中一些新的探索、新的成就格格不入。于是，在我们的审美观念中，我们不得不时常面对着由于隔膜而产生的"鸿沟"：传统小说和现代小说被截然分离开了，并且人为地被对立起来，构成了彼此矛盾、冲突，甚至相互诋毁的两个阵营，一部分人站在一端，打着托尔斯泰、巴尔扎克等十九世纪伟大作家的旗帜，来反对和抵抗二十世纪以来的小说艺术变革；而另一部分人则醉心于普鲁斯特、福克纳等现代小说家的创作，视传统的现实主义小说创作为"陈旧"和"过时"的货色，不再予以理会。

　　显然，这是一种由误解所造成的不幸。因此在艺术创作和欣赏中，人们失去了许多举一反三、进行创新的机会，成为某种既定的小说观念的俘虏，仅仅为了盲目的自尊心或自信心而被习惯的审美意向所驱使。如果把历史割裂开来，孤立地去分析每一种艺术现象，都很容易为任何一种自以为是的观点找到根据，单独去分析托尔斯泰或巴尔扎克的小说，很容易指出它们与现代小说的对立之处和陈旧之处，同样在普鲁斯特或福克纳的小说中也很容易找到与传统小说格格不入之处。但是，这绝不意味着在十九世纪传统小说和二十世纪现代小说之间有一条泾渭分明的分界线，或者不可逾越的鸿沟。

实际上，现代小说艺术的变革是在十九世纪乃至以往一切传统小说的创作基础上进行的。传统小说和现代小说之间并不存在着一条明显的分界线，而是一直处于一种逐渐转变、演进的状态之中，它们之间是交织存在的。从历史的观点来说，从十九世纪以来，在传统小说和现代小说之间，与其说存在着一条分界线，不如说存在着一个逐渐变革的"边缘地带"。在这个"地带"中，传统小说日益增长着创新和突破传统艺术观念的欲望和因素；同时现代小说的创新则往往是吸吮着传统小说艺术的奶汁进行的，甚至还没有完全割断和传统小说艺术紧密相连的脐带。因此在现代小说艺术更新的整个历史过程中，去寻找和认定某种绝对地属于某一种艺术的东西是不明智的，至少也是徒劳无益的——尽管这种徒劳无益的工作至今仍然在艺术的各个领域中进行，并且有增无减，制造着在观念上各种各样不可穿透的墙壁或不可逾越的鸿沟。

显然，在这个过程中，批评家担负着一定的责任。面对现代艺术创作中错综复杂、令人眼花缭乱的情况，很多人被各种辉煌的口号，偏激的言辞所蛊惑，急于去争论是非表现自己，忽视和忘记了整体地去把握和理解现代艺术发生变革和更新的历史道路。批评家需要掠去在历史表层上漂浮、旋转的各种各样惊人的口号，理出一条传统艺术和现代艺术内在贯通的河道，使人们的思维能够顺畅地从过去趋向未来。如今，由现代小说艺术所招惹起的种种争论、困惑乃至愤怒，迫使我们认真地思考这个问题，从历史和美学的角度来认识现代小说艺术更新的整个历史过程及其发展的历史趋向。

不幸的是，这本小册子不得不首先面对这一问题。为此，我们早已经陷入一种"两军对垒"的情势之中。我们不得不面对这样一种文学态势，二十世纪的文学时代，是一个多种艺术形态并存的时代。历史的加速度把世界经济、政治、文化发展的间距加大了，由此带来了各国、各民族在文学发展中极不平衡的局面，构成了一个多元化、多层次的文学结构。有些艺术潮流、观念和方法，在很多的国家已成为"明日黄花"，但在有的国家却还是"未来"的因素；有些艺术因素在有的国家被视为"陈腐"，但在另一些国家却视为"神奇"，等等。传统现实主义王国的忠实臣民和现代主义文学的追随者及其派别的文学共同拥挤在二十世纪广阔的艺术舞台上。在这种情景下，现代艺术观念的产生，改变了传统文学的格局，同时也改变了自己的命运，现代主义文学同以往的古典主义、浪漫主义、批判现实主义创作相比，已不再有独自显赫一时的美好命运，而成为一个多元化文学时代的代名词。因此，用传统眼光来分析和描述二十世纪以来小说艺术更新的大趋势，必然会陷入一种新的困境之中。我们所看到的一切发生在小说领域中的艺术变革，并不像一些偏激、耀眼的名词所表现的那样，要彻底"消灭"一切传统小说艺术因素，而是集合了一切传统小说艺术的成果和因素，在融会贯通的基础上的一种重建和创新。

在这个过程中，现代小说艺术发展的纵向格局被打破了，而人们也不再能够根据某一民族和国家的文学史来理解和把握现代小说艺术的变革，甚至也不能够仅仅局限于文学艺术领域里来把握它的来龙去脉。发生在各国各民族之间的空间上的横向联结，是现代艺术变革更新的强大动力。应该说，现代小说艺术发展中的每一种成果，每一项创新，都凝结着文学艺术横向联结的成果。现代小说艺术打破了传统艺术格局之后，几乎是贪得无厌地从世界各地、从生活的各个方面汲取着自我更新的营养，从各种艺术传统中获得新的艺术表现方式和能力。没有这一点，如此蔚为大观的现代小说艺术创造是不可能形成的。例如海明威受西班牙文化的影响，福克纳受托尔斯泰的影响，鲁迅从陀思妥耶夫斯基、果戈理及其他外国小说家那里得到的启发，川端康成受益于"精神分析学说"，马尔克斯从卡夫卡作品中获得灵感，等等，都把现代小说艺术的更新推向了一个更广阔的领域之中，每一个对现代小说艺术作出重要贡献的艺术家，都不仅仅是传统小说艺术真正的继承者，也是冲破了狭隘的传统艺术的偏见，并超越某一种艺术传统的创新者。这也说明，继十九世纪传统现实主义小说之后的现代小说艺术更新的时代，是一个集大成的小说时代，过去的一切艺术传统和全世界各民族的艺术创作，都是小说家进行创新的基础，供他们参考和选择。

也许这一点足以使我们感到振奋，同时又会感到疑虑重重。现代小说艺术的创新已经冲破了单一的传统文学的篱笆，吸收世界各种艺术因素来满足最富有创造力的需要，把我们文学批评的视野扩展到了一个新的世界，我们可以尽情地舒展和发挥批评的思维，从各种各样复杂丰富的艺术关系中建立新的、更宏大的小说批评世界。这时，我们所面对的任何一种小说艺术创新，都不再是一种单独的、自我封闭的存在，而是与整个现代小说艺术更新的世界潮流连在一起的。同时在这种情况下，我们也失去了原有的批评理论的基础。在这个新的小说天地里，原有的小说观念和尺度不是显得过于陈旧和僵化，就是显得过于狭窄和笨拙，在丰富多样的小说艺术实践面前显得苍白无力，甚至可能会阻挡我们的视线，束缚批评的手脚。正因为我们失去了原有的批评尺度，同时又不可能迅速建立起一套新的小说理论，因而，在评价和描述现代小说艺术变革的时候就难免出现盲目和主观的判断，甚至可能在一些重要的美学问题上游移不定。好在我们并不期望在这本小册子里去发明和创造什么现代小说艺术的基本原则和艺术标准，只想简单地描述一下近代以来整个小说艺术所发生的变化过程，借以消除一些对于现代小说艺术不应有的疑虑和误解。

当然，即便是这样，我们所遇到的困难也是很多的。现代小说艺术的变革是一种世界性的文学现象，其所涉及的作家之多，作品之复杂是空前的，而就以本人的阅读范围和能力来说，所能接触的艺术世界是非常狭小的，仅仅以某一些作家和作品为出发点来对近一个世纪之久的世界小说艺术更新的趋势进行历史的和美学的判断，很容易给人造成一种过于轻率的感觉。但是我们相信，明智的人会原谅这一点的。显然，现代世界层出不穷的创造所汇集而成的小说的海洋，任何一个人即使用毕生的精力来汲取，最后也难免挂一漏万，只能掌握浩瀚烟波中的一部分。况且，仅仅熟悉小说创作的人，并不一定是一个有资格对现代小说艺术发展进行评判的人。他需要熟悉更多的东西，掌握更多的知识，而这些工作毫无疑问将减少读小说的时间和精力。因此我们批评美学的基点，并不仅仅建立在占据小说材料的基础上，重要的是我们能够对材料融会贯通，在分析过程中感悟和理解。在这个过程中，解救我们的也许不是某种现成的理论，而是真实的艺术感受。

　　也许正因为如此，当所有历史的帷幕都已拉开的时候，我们也必须迅速进入"角色"，在现代小说艺术更新的历史舞台上与过去和未来对话。也许我们所面对的可能是艺术中错乱的规则和形状，扭曲的心灵和线条，任性处理的主题和方式，但我们愿意穿越艺术变革的荆棘丛林地带，进入一个更完美、更丰富的时代。

第一章

走向突破

——现代小说中故事结构的变化

一、最早的讲故事的人现在在哪里?

尽管小说是一种源远流长的文学样式,其在文学世界中所占据的地位也是独一无二的,但至今仍很难下一个非常确切的定义,除非我们把一部分作品永远排除在外。这一点就连英国现代杰出的小说批评家爱德华·摩根·福斯特(Edward Morgan Forster)也感到很为难,于是他采用了一种非常圆通的方法分析小说,并且首先选择了一个最容易让人接受的突破口——故事。他说:"故事是小说的基本面,没有故事就没有小说。这是所有小说都具有的最高因素。"[①]

显然,福斯特是颇具历史眼光的,为自己找到了一个坚实的立足点。从小说产生、发展的渊源来说,最早的小说家应该是讲故事的人,《一千零一夜》中那位能用故事迷住国王的女子大概也就是原始意义上的小说家

---

① E. M. 福特斯:《小说面面观》,苏炳文译,花城出版社,1981 年,第 21 页。

了。因此，虽然在欧洲文学史上，像薄伽丘的《十日谈》那样署名的小说很晚才出现，小说正式进入文学大殿的时间也姗姗来迟，但小说最原始的形态——故事——的存在，却源远流长，并且具有非常重要的艺术地位。应该说，古希腊罗马文学中辉煌的戏剧、史诗、神话作品，都是以故事为基础的，最早的讲故事的人虽然大多名不见经传，但无疑是最早的文学创造者。由此说来，希腊古代周游各地的盲人荷马（Homer），与其说其是创造《伊利亚特》和《奥德赛》的诗人，不如说是一个流浪的说书人。他非常擅长根据神话和历史传说讲述故事，所以，当时尽管吸引了很多人，但他终究未能进入高雅的艺术圈子，现在人们对他到底生于何地、死于何地也无从考究了。至于比荷马更早的讲故事的人，恐怕更是无踪迹可寻了，所以我们一时还无法确定是谁创造了最原始的小说。

小说在中国的产生也有类似的踪迹。在中国"小说"二字最早见于《庄子·外物篇》："饰小说以干县令，其于大达亦远矣。"后又有《荀子·正名篇》"小家珍说之所愿皆衰矣"之言论，大概所指都属于日常琐事中的奇闻轶事之类，并不能登大雅之堂。不过，后来的《汉书·艺文志》却有先见之明，把小说列入了九流十家之一，并且指出："小说家者流，盖出于稗官，街谈巷语，道听途说者之所造也。"可见小说不过是民间流传的趣事奇闻的一个代名词。它们虽然一直不受到文坛的重视，但很多文人却乐于搜集这些奇闻趣事，例如魏晋时期张华所著《博物志》，干宝所撰《搜神记》，记载了很多民间流传的传说故事，对以后中国小说及其他文学创作的发展产生了很大的影响。不过，文人所记录的这些奇闻趣事大多只是故事的雏形，对于小说的产生真正起到重要作用的大概依然是一些没有留下姓名的说书人，他们流落于江湖之间，兼以为人们求神算卦，看病配药，满腹历史故事和奇闻轶事，令人听后深信不疑。中国唐宋民间话本小说的繁荣，就为日后明清小说创作的繁荣提供了最坚实的基础。

尽管我们再也追寻不到古代一些讲故事人的踪迹了，但是他们的智慧却一直留在小说创作中。几乎所有后起的小说家都牢记了"讲故事"的秘诀，对于曲折离奇的故事、引人入胜的情节发展非常重视，醉心于作品中设计悬念，跌宕百出，牢牢地把读者吸引住。中国古典小说中写到紧要关头突然打住——"要知后事如何，且听下回分解"，就是最高明的例子。在这种情况下，故事不仅是小说的核心，而且也成为对小说进行美学评价的最重要的价值标准。人们喜欢从阅读小说中获得惊奇感、奇妙感。出乎意料而又在情理之中，逢凶化吉，波澜起伏，疑窦丛生，能够给人们心理很大的满足感。这正如毛宗岗在评点《三国演义》时所说的："读书之乐，不大惊则不大喜，不大疑则不大快，不大急则不大慰。"而所谓"大喜""大快""大慰"则皆来自故事编排的巧、幻、奇、妙，如："当子龙杀出重围，人困马乏之后，又遇文聘追来，一急；及见玄德之时，怀中阿斗不见声息，是一疑；至翼德断桥之后，玄德被曹操追至江边，更无去路，又一急；及云长旱路接应之，忽又见战船拦路，不知是孔明，又一疑一急。令读者眼中，如猛电之一去一来，怒涛一起一落。不意尺幅之内，乃有如此变幻也。"[①] ——就典型反映了古典小说的艺术情趣。

正因为如此，人们长期以来习惯性地把"故事"看成了小说的同义语。大多数小说家也都自觉或不自觉地遵循这一原则，把艺术注意力集中在故事上面。他们积极寻找人们所感兴趣的题材和事件，按照一定的叙述原则精心编排一个故事，或者用各种方法构思一个基本情节，然后利用各种各样偶然的巧合和奇遇，把一些真实或虚构的人物、事件、场景编织起来，构成一个合乎逻辑并且有头有尾的故事结构。在这个过程中，也就逐渐形成了传统小说程式化的艺术模式，小说家通过对"故事"的编造，创造着一种封闭的、幻想的艺术境界，把一切现实生活肢解和分类开来，按照一定的道德观念重新编排和设计，意在把读者带进一个千回百转的故事迷宫，使其忘乎所以，完全相信作者笔下的一切都是真实地发生过的。

为了追求这种艺术效果，传统的小说家们曾利用各种方式强调自己所描述的故事的真实性，或者利用史实，或者假托别人之口，或者求助于仙

---

① 北京大学哲学系美学教研室编：《中国美学史资料选编》（下册），中华书局，1981年，第224页。

人神怪，或者冒之以亲身所历，力图消除读者的一切疑虑。例如英国小说家笛福是虚构传统历险小说的专家，但是在他的每一部作品的前言或正文里，总是煞费苦心地说明自己绝不是凭空捏造，而是依据事实的。他的著名小说《鲁滨孙漂流记》就是假托个人亲身经历写成的。好在笛福写得非常逼真，使读者不能不信以为真，完全放弃了自己的判断力，进入了鲁滨孙奇遇的艺术境界。在中国古典小说中，这种情景也非常普遍，为了加强小说故事的真实性，作者常常假托神鬼之言证明事件发生的必然性。为此，传统的小说家们非常强调直接的生活经验和体验，从真实感受出发去编造故事和描写人物。据说笛福在写作小说《摩尔·弗兰德斯》之前，曾花了十八个月时间，在伦敦新门监狱和小偷、海盗、拦路抢劫犯、伪币铸造者交谈，以获得大量的感性材料，使得小说中描写的故事显得真实可靠。也许正因为如此，就像我们能够在华特·司各特小说中所看到的一样，传统小说作品一般不仅具有错综复杂的情节和统一构思的结构特点，而且能够把一定的社会政治、宗教、生活的现实、风土人情乃至大自然景色都栩栩如生地呈现在读者面前。

显然，传统小说固有的这些艺术原则，在十九世纪小说创作中继续得到了强化和发展，并且达到了最完美的境界。大多数小说家甚至包括巴尔扎克、托尔斯泰这样的艺术大师，都未能完全摆脱小说原来的故事框架。相反，他们充分发挥了"故事"的艺术功能，创造了十九世纪宏大的历史生活画卷，使小说几乎成为一种包罗万象的艺术样式。例如巴尔扎克的创作就充分显示了故事的艺术魅力。巴尔扎克梦寐以求写出整个法国社会的历史壁画，他的小说基本上是以相互联系的"故事"构建的。正如他自己所说的："没有阿拉伯故事的巧妙安排，没有埋入土中的巨人的帮助，我这一类壁画怎么能使人接受呢？"[①] 为此他充分利用了传统的小说艺术方法，并加以创新，对当时法国社会各个场景的生活进行了细致的描绘，通过生动丰富的故事展示了当时法国的社会面貌。在这个过程中，巴尔扎克

---

① 外国文学研究资料丛刊编辑委员会：《欧美古典作家论现实主义和浪漫主义》（第2册），中国社会科学出版社，1981年，第118页。

在虚构故事的时候，非常重视小说细节的真实性，强调要真实、客观地描摹生活，认为只有"根据事实、根据观察、根据亲眼看到的生活中的图画，根据从生活中得出来的结论写的书"，才是有长久魅力的①。于是在巴尔扎克的小说中我们可以看到，"故事"在向客观生活进一步靠近时，成了作家全部生活和美学理想的直接承担者。作家的思想感情绝不直接表达出来而是通过作品故事情节的发展，自然而然流露出来的。

所以当我们阅读十九世纪现实主义小说时，故事仿佛是自动展开的，有其情节发展的必然逻辑，而作品中任何一个细节的描写、景物的描绘都和整个故事的进展密切相关。特别使我们感到惊奇的是，一些现实主义作家在处理整个故事和细节描写的关系上表现出的特别深的造诣。在作品中每一个小特征、"小事情"，都有着整体性的意义，往往连一些最细微的描写，例如步态、衣服、举止、谈话、某一习惯的手势和眼神、人物居住的街道、房屋及其日常生活用品，都在揭示着生活与人物性格中的某些联系。巴尔扎克、莫泊桑、狄更斯、契诃夫等都在这方面表现出了高超的艺术才能，在他们的小说中都真实地再现了典型人物和典型环境的一致关系。可以说，在十九世纪现实主义小说创作中，故事的创造被推到了一个从未有过的艺术境界，其给予艺术家的苦恼和恩惠也都到了一种无以复加的程度。

也许正是在这种情况下，危险的时刻到了。在小说领域中，十九世纪末就开始萌生的现代小说艺术变革，首先表现出了对传统小说艺术模式的反叛态度，其中蕴含着对于自我完满的故事结构的破坏力。还在二十世纪初英国作家弗吉尼亚·伍尔夫就对传统的现实主义小说艺术方法，首先是故事结构提出了怀疑。她指出："目前依我们看来，最流行的那一类小说把我们寻求的东西真正抓住的时候少，放跑错过的时候多。无论我们管它叫生活还是精神，叫真实还是现实，这个根本的东西已经跑掉了，它再也不肯让我们缝制的不合身材的衣服拘束住它。偏偏我们很固执很尽职地死

①　外国文学研究资料丛刊编辑委员会：《欧美古典作家论现实主义和浪漫主义》（第 2 册），中国社会科学出版社，1981 年，第 110 页。

守着越来越背离自己内心认识的一套模式，来编造我们的三十二章长篇小说。因此，为了证明故事的可靠逼真而付出的巨大劳动，有很多不但是白费力气，而且是力气用错了地方，错到遮暗了、挡断了内心所感受的意象的程度。"① 因此，伍尔夫把传统的编造故事的艺术模式称为"强大专横的暴君"，小说家已经丧失了自己的自由意志，只是在它的奴役下去提供故事，编造情节，编造喜剧、悲剧、爱情穿插，并且装扮成非常真实的模样，保证一切无懈可击——她认为这正是小说艺术的悲剧所在。伍尔夫的这些观点实际上就是表现了二十世纪初日益增长的对传统文学规范的怀疑和冲击力，显然这并不是一种孤立的、偶然的现象。过去，人们已经习惯于把"故事"和小说看成是一回事，而现在人们不得不把它们分开重新加以审视。真实可信的故事是否真是小说的核心？小说家是否只是一个编造故事的人？难道表现一种美好的感情或者感觉，描写一个生活的片段或者场景，一种意象或者幻象，就不是小说？

　　显然，这一切无疑都需要一种新的艺术答案。对于传统的故事模式的怀疑，实际上在传统的小说艺术的藩篱上撞开了一个大洞，扯开了一个缺口；而这道藩篱一旦被撞开、被扯破就再也无法补救、恢复到过去的模样。随着小说观念的改变，很多小说家不再固执于小说完整的故事结构了，他们不甘心对着具体生活故事的线索亦步亦趋，把自己的美学理想局限于叙述一个有头有尾的故事上，而是想对小说创作中的故事情节和人物描写，表现出一种漠然甚至轻视的态度，力争摆脱过去的小说艺术模式，从那种自我完满的故事圈层中跳出来，获得更大的表现生活的自由。在他们的一些小说中，传统的小说故事结构被摒弃了，所描述的事件没有开头，没有结局，没有高潮，故事情节似有若无，不再有明显的逻辑关联和时间顺序；人物不知从哪里来，也不知到哪里去，没有确切的身份，甚至没有姓名等，小说冲出了传统小说艺术规范设置的篱笆，但一时还没有找到自己的道路，就仿佛是一群刚出栅栏的马匹，一时只顾得享受自由，在

---

① 弗吉尼亚·伍尔夫：《现代小说》，戴维·洛奇编《二十世纪文学评论》（上册），葛林等译，上海译文出版社，1987 年，第 160 页。

原野上乱蹦乱跳，行为恣肆，给人一种毫无约束而又眼花缭乱的感觉。也许正因为如此，现代小说艺术这些冒险性的试验被一些人视为内容贫乏和技巧生疏的表现。

但是尽管如此，一种新的、不再是以描述一个有头有尾的故事为中心的小说形态还是相继出现了，并且在文坛上站住了脚。例如英国詹姆斯·乔伊斯（James Joyce）1922 年出版的《尤利西斯》（*Ulysses*）就完全摆脱了完整的故事结构，进入了一种意绪化的描写之中。这篇小说描述了都柏林三个居民——一个二十世纪的失去了传统、企求寻找一个能给他鼓励并使他感觉到与人类共同生活的父亲的艺术家达德路斯，一个二十世纪平凡的广告业务员、希望能找到一个寄予希望并且信赖的儿子的布罗姆及其妻子毛莱，在一天之内将近十九小时的生活情景（而这三个主要人物 Bloom，Mrs Bloom 和 Dedalus 分别和荷马史诗《奥德赛》中的 Ulysses，Penelope 和 Telemachus 相对）。从外在活动来说，这三个人都是极其平凡甚至乏味的，但作者采用内在独白、倒叙、意识流、时空交叉、回忆等各种表现手法，构成了一个主观与客观交叉的、迷宫式的小说世界，生动展示了人物的生活和意识状态。显然，这部作品并没有向人们提供任何生动的故事情节，但是它却描绘了人物，尤其是人的真实的情绪状态。这种没有完整的故事的小说实际上显示了一种新的美学方向。当伍尔夫读到这部小说的时候，立刻敏锐地感觉到了这一点。她向人们指出："……这一来，如果作家是个自由人而不是奴隶，如果他能写他想写的而不是写他必须写的，如果他的作品能依据他的切身感受而不是依据老框框，结果就会没有情节，没有喜剧，没有悲剧，没有已成俗套的爱情穿插或是最终结局，也许没有一颗纽扣钉够得上邦德街（指伦敦的一条街，因时装店集中而闻名，这里伍尔夫隐指传统小说追求生活真实的原则——引者注）裁缝的标准。"①

---

① 弗吉尼亚·伍尔夫：《现代小说》，戴维·洛奇编《二十世纪文学评论》（上册），葛林等译，上海译文出版社，1987 年，161 页。

二、"故事"危机及其结构的演变

　　无疑，伍尔夫夫人的这番话是针对威尔斯、贝内特、高尔斯华绥等作家所遵循的传统小说的创作方法而言的，意在说明用"故事"统治小说创作思维的时代该过去了。尽管这种意图一开始就受到了各种各样的怀疑、困惑、责难和反对，但是"传统的说书人"的身姿，在一些小说创作中愈来愈模糊了。很多人不得不这样抱怨，在现代小说中，人们越来越难以享受到过去那种"听故事"的乐趣了，阅读小说对他们来说已不再是一种消遣，而成为一种磨难。无疑，现代小说并没有为喜欢欣赏故事的读者预备可口的艺术美餐，没有像传统小说那样尽可能地把事情发生的地点、条件、开头、结局都告诉读者，也没有尽可能地顺应读者的心理把故事编造得生动曲折、天衣无缝。也许正因为这个原因，对于故事爱好者来说，他们在阅读现代小说的时候遇到了很大的困难并为之感到不快。这不仅表现在一般的读者之中，而且还包括为数众多的一批风雅之士，例如一些艺术鉴赏家、评论家、历史学家等，同样口出怨言，在新的小说作品面前感到无法介入。他们甚至认为，一些创新的现代小说不过是故弄玄虚的东西，完全不能和传统小说在十九世纪所取得的辉煌成就相比。而十九世纪现实主义小说创作的艺术魅力，不正是表现在通过生动具体的故事，构建了那个时代的历史画卷吗？

　　对于后者的回答也许是确定无疑的。也许所有热爱小说艺术的人都不会否认十九世纪小说乃至所有传统小说所取得的成就，它们在人类艺术发展史上留下了丰富的文学遗产，甚至创造了在某一方面后人永远不能企及的艺术高峰，就像古代希腊和罗马所创造的文学奇迹一样。但是，这丝毫不能说明某种取得过辉煌成就的艺术模式能够永世长存，更不能解释近一个世纪以来小说艺术领域的变革是怎样发生的和为什么发生的。

　　要想完全平息这场旷日持久的争论或许还为时过早，不过只要我们认真分析一下小说艺术的历史发展，就不会对这种艺术的变革感到丈二和尚——摸不着头脑了。

确实，正如福斯特在《小说面面观》中所说的，故事在以往的小说艺术构成中一直是一个最重要的、基本的因素，而且在巴尔扎克、托尔斯泰这样的现实主义大师的创作中，也发挥着呈现作品的骨干作用，但是，这并不意味着，故事作为一种小说艺术因素，其价值和功能一直没有发生变化。只要把薄伽丘的《十日谈》和莫泊桑、契诃夫、欧·亨利等十九世纪小说家的作品稍微作一比较，就不难发现"故事"在小说创作中地位的变异。如果说十四世纪的薄伽丘在作品中首先表现了他是讲故事的天才，其作品的价值也主要是通过故事体现出来的，那么在十九世纪小说家那里就大大不同了，他们的作品不单单是在编造故事，而且还格外注重表现人和表现社会。换句话来说，在小说创作的历史发展中，作家对于故事的注重程度有一种淡化的趋势。在十九世纪小说创作中，仅仅能够编造比较精彩的故事，设计曲折生动的情节，还不能被称为优秀的小说家，重要的还要看对于人物的塑造和其中所表现出的社会意义；优秀的小说家技高一筹的地方，并不一定是特别擅长讲故事，而是能够在一般的故事里融入深刻的人生含义。例如契诃夫的小说就是如此。他的小说大多没有多少故事性，情节也很平淡，但是其中所表现出的对于人的命运、对于人生的透彻了解，使人惊叹不已并著称于世。《套中人》是契诃夫最有影响的短篇小说之一，但是如果从故事情节来看，这篇小说毫无任何值得夸耀之处。作品中所表现的人物别里科夫本来就是一个微不足道的人，他的生活比一般人更为平淡。作者所描述的也正是一些日常琐事，别里科夫如何出门上街，如何睡觉，如何到别人家去串门，如何参加校长的命名日宴会，等等，甚至只不过是一些零星的生活片段，但是无疑契诃夫成功了：因为作者通过这些生活片段表现了一种在专制、封闭的社会中形成的精神性格——"那种性情孤僻、像寄居蟹或者蜗牛那样极力缩进自己的外壳里去的人"。

可以这么说，虽然十九世纪现实主义小说创作基本上还依然遵循着传统的、以故事为框架的小说艺术模式，但是小说家所关注的美学方向已经发生了转移，这就是小说艺术的重心逐渐从建构故事转向了塑造人物，从表现生活的个别方面转向了反映整个社会本质的某些方面。在这种情况下，小说家只有把故事和人物，把个别和一般作为一个整体来考虑，把前者和后者尽可能地统一起来，才能创造出称得上时代精品的作品，才能经得起当时的小说艺术价值标准的检验。

无疑，这种转移反映了小说艺术水平的进一步提高，标志着小说创作跃上了一个新的阶梯。在这个阶梯上，时代对于小说家提出了更高的美学要求，在创作中小说家不仅要考虑具体事件是否有趣，而且要考虑它在整个社会中的意义；不仅要把握故事情节是否合乎客观真实的逻辑，而且要把握它们和人物性格的密切联系。小说创作中的各种美学关系显得更为复杂和丰富了。仅仅就从小说的艺术结构来说，所谓"故事"的含义本身也发生了变化。在短篇小说创作中，以往那种纯粹按时间顺序发展的、有头有尾的故事描述不再是小说家唯一的选择，很多小说家开始更注重对一些生活的"横截面"或者某些独特现象进行描述。小说家对于日常生活中某些"事件"和现象的兴趣明显提高了，并通过对它们的再塑造来表现人和社会的某种本质意义。比如美国杰出的小说家欧·亨利就显示出了这方面的卓越才能。他的小说富有生活情趣，证明他是一个叙述故事的好手。但他却很少去讲一个有头有尾的故事，而是喜欢截取生活中的一个横面，加以渲染描画，表达自己对于整个社会和人生的某种独特感受和理解。比如《回合之间》就是一篇很奇特的小说，作者所写的最主要的事件是经营寄宿房舍的墨菲太太的小儿子迈克一时间找不到了，墨菲太太为此满街奔跑痛哭流涕，最后发现原来是一场虚惊。粗略一看也许是小事一桩，但是作者通过这件事，写出了大城市人心的冷酷和无情。确切地说，作品所描写的并不是事件本身——墨菲的儿子是否走失，而是这件事在周围人的心理和行为上所引起的骚动，及其在作者心灵中引起的深刻的回响——所有的人，包括表示同情的图米先生和珀迪小姐，嚷着"我走遍全市去找"的格里格少校和妻子，一个劲对丈夫说"我的心就要碎了"的麦卡斯基太太，还有负责安保的警察克利里和看报纸的丹尼老头等，都不过是毫无恻隐之心的，望着这场伤感的悲剧演出的看客而已。

也许从欧·亨利的小说中，我们能够看到一种趋于开放的小说艺术结构。在这种结构中，故事从某种意义上来讲，已不能构成一个自给自足的、封闭的系统，也不仅仅是描叙某一个确定的生活事件，而是提供各种生活信息交流的一个场所，或者说是交汇点，一种整体生活的参照物。在这个场所中，并不排斥，甚至有意识地吸收某一个生活事件叙述之外的感情和艺术信息，在《回合之间》中就是这样。事件本身只是充当了小说结构的中心环节，而围绕着这个环节活动的各种各样的人物共同构成了小说的艺术世界。在这个艺术世界中，我们不仅看到了一种独特的城市生活的人情世态，也许还会感觉到一种新的小说艺术变革在小说创作中酝酿与颤动。

显然，这种酝酿和颤动在小说艺术发生大变革的前夕，并不一定给小说家带来多少快慰，而必然伴随着艺术发展中的"阵痛"和苦恼。这里，应该指出的是，对于十九世纪现实主义小说创作，很多人仅仅看到了巴尔扎克、托尔斯泰等优秀作家所取得的巨大成就，却丝毫没有注意到在他们的创作中所蕴含的深刻矛盾及由此给他们造成的苦恼。而正是在这种矛盾和苦恼之中，孕育着彻底冲破传统的小说艺术规范的力量，导致了二十世纪以来小说艺术领域中的一场深刻变革。

无疑，在传统小说领域内，巴尔扎克和托尔斯泰等大师创造了第一流的艺术成就，而他们之所以能够做到这一点，首先在于他们在继承前人艺术遗产的基础上超过了前人，最大限度地利用和发挥了传统的艺术手法，把小说艺术推到一个新的高峰。作为十九世纪现实主义小说的杰出代表，他们一方面严格遵循着描摹客观现实的原则，致力于典型环境中典型人物的塑造；另一方面则非常注重作品对于整个社会的概括性和普遍性，力求通过"这一个"的具体故事和人物去表现整个时代的风貌。在这个过程中，他们尽量把故事、人物和自己所要表达的思想意义熔铸在一起，创造了无数描情状物的奇迹，展现了无与伦比的现实主义的时代画卷。但是，如果站在今天的艺术阶梯上来看他们的创作，也许很容易看到在他们的创作中感性和理性、有意识和无意识、具体性和抽象性的离异现象，并且能够感觉到由此产生的艺术形式和内容方面的巨大冲突。

认真分析一下巴尔扎克的小说创作就会发现，传统的现实主义创作方法给予作者很多益处，同时也造就了很多局限性，使巴尔扎克卷入了一场无休止的搏斗之中。正如巴尔扎克自己所说的，他写小说并不只是为了编织几个故事，而是要摹写当时法国的整个社会，完成一个时代的风俗史。为此他把自己当作法国社会的书记，"编制恶习和德行的清单、搜集情欲的主要事实、刻画性格、选择社会上主要事件、结合几个性质相同的性格的特点糅成典型人物"，建造了《人间喜剧》那样巍峨的艺术大厦。于是，在传统的现实主义旗帜下，巴尔扎克不得不处于这样的创作态势之中：一方面他要描绘的是法国包罗万象的整个社会；另一方面他又必须从描绘社会生活的某一局部做起，这两者之间存在着漫长的距离。按照司各特的写作方法，他只好借用大量的具体生活描写，如私人生活场景、外省生活、巴黎生活、政治生活、军事生活、乡村生活等，来弥补和缩短两者之间的距离。但是在传统的小说创作方法范围内，巴尔扎克的创作却陷入了不可解的矛盾，这就是当他越是沉浸在对某一种局部生活的描写中，这一局部就越是对整个社会全貌显得微不足道，因为任何个别的生活现象，在写实的范围内，都无法避免它本身具有的局限性，都不可能在整体意义上代表整个生活。为此巴尔扎克马不停蹄，除了描写各种各样的生活场景，从四面八方来描摹社会和人物，还进入了"哲学研究"和"分析研究"之中，希望超脱原来描写具体生活的特指含义，从而达到对整个社会生活的某种概括意义。而正是在这里，传统的对于具体生活故事的描写已无法满足作者的要求并使作者受到了冲击，一种分析和论战性的意图开始打破过去的艺术格局，显示出了传统小说艺术自身的危机。这种危机之中无疑又潜伏着向新的小说艺术境界突破的趋势。也许在历史发展中，即便是艺术也难以逃脱这样的法则，当某一种创作艺术发展到最辉煌、最完美的阶段时，最终必然会带来对自己的否定。

这种情景同样表现在列夫·托尔斯泰的创作中。无疑，艺术家托尔斯泰之所以誉满全球，创造了十九世纪无与伦比的艺术高峰，其重要一点就在于他是站在思想家的高度来进行创作的，他是一个名副其实的"思想的艺术家"（屠格涅夫语）。为了实现自己的生活理想，托尔斯泰终生不懈地从政治、经济、哲学、宗教、道德等各方面进行探索，努力创造"一种符合人类发展的新宗教"，形成了一整套独特的思想学说体系，并把表现和实现这种思想学说当作艺术创作的使命之一。他在《艺术论》中指出："艺术的使命是把'人类的幸福在于互相团结'这一真理从理性范畴转移到感性范畴，并把目前的暴力统治代之以上帝的统治，换言之，代之以爱的统治。"① 托尔斯泰的作品，不但担负起了表现作家所处的社会和时代的任务，而且时刻引导人们去思考人生的意义，并宣传作家的思想。

正是这样，托尔斯泰的小说具有更深刻的思想含义。在创作中，托尔斯泰在描写具体生活和人物的时候，最大限度地发挥了自己思想的能动性，利用各种方式和时机来表达自己对生活的认识。例如在他的很多作品中，都有一个他自己思想的"代言人"，如《一个地主的早晨》中的聂赫留朵夫、《战争与和平》中的彼埃尔和安德烈、《安娜·卡列尼娜》中的列文、《复活》中的聂赫留朵夫等，并且利用一切时机对社会和人物进行分析和评论，而当这一切都无法满足他表达思想的欲望时，抽象的说教就不可避免地出现了。例如《复活》就很明显地反映出了这种艺术的危机。正像托尔斯泰在日记中所写的那样："思想家和艺术家不是像我们想象的那样，永远心平气和地稳坐在奥林匹斯山之巅……"在《复活》中，聂赫留朵夫和玛丝洛娃的故事并不能完全表达出托尔斯泰的思想，而托尔斯泰又绝不想在思想方面"忍痛割爱"，这就迫使他不得不时常冲破其思想客观地描述具体生活故事的小圈子，直接出面作一些抽象的说教，以致在作品中出现了思想和艺术之间"断裂"的迹象。事实上，很多人都注意到了《复活》是一部充满矛盾的作品，甚至看到了作品中所表现出的对现实主义创作的破坏力，但是很少有人意识到这是传统现实主义创作方法自身的

---

① 托尔斯泰：《艺术论》，丰陈宝译，人民文学出版社，1958年，第202页。

局限及由此造成的内在的冲突。应该说，在《复活》中，正是由于托尔斯泰作为思想家的脚步加快了，而他那艺术家的步履仍然在原来传统的创作方法中蹒跚，才造成了艺术创作向抽象性悬崖方面倾斜的状态。

由此我们看到，随着艺术的发展，传统的现实主义创作方法已把一些小说家推向一种艰难的、危险的境地。小说家不得不行走在两面都是悬崖的一条窄小的路上，稍有不慎，就有失去平衡甚至坠入深渊的危险。一边是坠入艺术的抽象化、概念化、公式化的图解和说教；另一边则是被局限在具体客观事物的范围内，沦入自然主义的境地。在这种情况下，艺术家要通过对有限的客观生活的描写表达对整个社会的认识，就必须努力张开描写具体生活之弓，充分发挥它的弹性，以自己艺术的观察力和理解力把它张到最大限度，使自己作品的思想之箭射得远一些。但是，任何个别的、具体的生活之弓的弹性都是有限的，假如超过了这个限度，弓就会断裂，艺术创作就会毁于一旦。在很多情况下，具体生活故事所显示的这种诱惑总是伴随着潜在的危险，威胁着一些对生活有过深刻思考的小说家。

三、小说家不是"说故事的人"

情景往往就是如此，在艺术发展中，为了表现生活和表现自己，艺术家曾经建立过各种各样的艺术规范和准则，但是到了一定的时候，这些规范和准则反过来会阻碍艺术的发展，迫使人们去彻底打破它们。就小说创作来说，故事作为小说的基本要素之一，是艺术家的创作物，曾经充分显示了小说家的想象力和对生活的概括力，但是随着生活的发展，建立在过去生活基础上的故事的艺术规范，反过来开始制约和限制艺术家，成为艺术家表现生活和自己思想的障碍和束缚。由此在传统的现实主义创作方法的圈子里，由于思想无法在作品中得到完满的体现，同时又一时未能找到新的创作手法，常常造成一些小说家创作的痛苦。例如1923年11月高尔基在给罗曼·罗兰的信中，就曾抱怨自己由于纠缠在小说的具体生活描写中而成为"一个说故事的人，而不是人的灵魂的秘密和生活真谛的研究者"。他还说："在对待人的态度方面，我是人类中心主义者。在描写自然方面，我是主张拟人化的。但我还不善于以足够的力量并令人信服地表达我的真正的'我'，即充满我头脑的个人印象重荷的真实感。"[①] 而罗曼·罗兰在给高尔基的回信中坦率地指出："无疑，您已经写出来的作品不如您酝酿在心中的内在作品。"

这种艺术苦恼是不难理解的。传统的现实主义创作方法虽然并不排斥作家要反映的社会本质特征，甚至非常注重典型环境中的典型人物，但是又非常自然地把小说的内容限定在对具体故事真实的描述范围内，要求作家沉浸在对具体事物和具体人物的描写中——最好是人物自己活动起来，作家完全听任自己创造的人物的牵引。这时候，即使一个思想最深刻的作家，也只能够借助具体人物的眼光来观察世界，把自己的思想表达的可能性局限在具体故事和人物的范围内。毫无疑问，在任何情况下，凡是作家所能驾驭的人物，都不可能和作家自己的思想高度同日而语，除非作品中的自我和作家的自我完全合二为一，或者背离和摆脱自己笔下人物的视角范围。这正如法国弗朗索瓦·莫里亚克所指出的："在一些最客观的小说的背后——如果所说的是伟大而优秀的作品的话——总隐藏着同一个又一个的恶魔和斯芬克斯（注：斯芬克斯是希腊神话中带翅膀的狮身人面的女妖——引者）进行着斗争的作家的生活悲剧。然而，也许天才的成就恰恰就在于，不让这种个人悲剧在外表上有一点流露。因此，福楼拜的那句'包法利夫人——就是我'的名言是完全可以理解的，我们的作品越是不完善，就越是暴露出作者：通过小说的缝隙，可以看到不幸的作者的一个受尽折磨的灵魂。"[②]

也许正是这种作家的痛苦昭示着艺术的突破，怀疑引领着对艺术新的

---

① 《三人书简：高尔基、罗曼·罗兰、茨威格书信集》，臧乐安、范信龙、井勤荪译，湖南人民出版社，1980年，第23页。

② 《法国作家论文学》，王忠琪等译，生活·读书·新知三联书店，1984年，第198页。

思考和新的探索。我们看到，在十九世纪传统的现实主义创作中，正在滋长着一种反传统的艺术情绪，开始打破旧的艺术规范，从原来旧的小说艺术土壤上挺立出一些新的幼芽。例如福楼拜的创作中就表现出一种对具体生活独特性的轻视态度，而把观念和形式当作自己追求的艺术宗教，他认为，在创作中事实是微不足道的，越少感受对象，艺术家反而越容易真实表现它永久而普遍的性质。他说："我仅仅相信一件东西的永生，就是幻象的永生，幻象是真实的真实。此外一切不过是相对的而已。"[1] 他甚至把自己的美学理想推到了比现今一切现代主义小说创作都更为"虚化"的地步。"我觉得美的，我想写的，是一本无所谓的书，一本没有外在的黏着的书，用它文笔内在的力量支持自己，犹如地球不需扶持，停在空中，一本差不多没有主旨的书，或者可解的书，至少看不见主旨。最美的著作具有最少的物质；表现愈切近思想，字愈胶着在上面，消失在里面，这愈美。我相信艺术的未来在这些道路上。"[2] ——从这里我们至少能够看到，所谓十九世纪现实主义小说创作并非铁板一块，其中已经孕育着很多属于未来小说的因素。

在这方面，左拉的小说创作也许表现出了另外一种倾向。他的长篇小说《酒店》常会使我们很自然地想到如今流行在法国的"新小说派"小说。显然，左拉的一切理论都是从传统现实主义出发的，所不同的只是他对于作品真实感的追求走得太远，最后走到了原来的反面，导致了他对各种各样充满情趣的故事的真实性的怀疑。为此他不喜欢小说创作中过多地想象和虚构，而强调精确、客观地描摹生活，"使真实的人物在真实的环境里活动，给读者提供人类生活的一个片段"，[3] 而不是提供一个新鲜奇怪的故事。由于直接受到了实证主义哲学、实验医学及现代艺术思潮的影响，左拉对于生活和人物真实性的理解大大不同于以前了，在一定程度上

---

[1]　李健吾：《福楼拜评传》，湖南人民出版社，1980 年，第 381 页。

[2]　李健吾：《福楼拜评传》，湖南人民出版社，1980 年，第 376—377 页。

[3]　外国文学研究资料丛刊编辑委员会：《欧美古典作家论现实主义和浪漫主义》（第 2 册），中国社会科学出版社，1981 年，第 217 页。

已经超越了客观真实的范围，进入了主观真实的领地。例如他对于如何如实地感受自然、如实地表现自然的看法就颇带印象主义意味，使我们感受到从现实主义走向印象主义顺理成章的内在关联。他说："初看起来人人都具有两只眼睛可以观看，因而真实感本应该是再普通没有的，但是，它却又是最为难得的。画家很懂得这点。你让几位画家来观看自然，他们会以最出奇的方式去观察它的。他们各人所见的主导色调是各不相同的，有的看成黄色，有的看成紫色，有的则看到绿色。在物体的形状上，也有同样的奇怪现象，这一个把对象画得圆浑浑的，而另一个却给它添加了若干棱角。每个人的眼睛都有各自独特的视角。"① 左拉在这里几乎是很自然地把视线从客观真实过渡到了主观真实方面，轻而易举地把人们在客观的外在生活中的差异延伸到了在主观感觉和感受方面的差异。

值得注意的是，在十九世纪现实主义小说创作中，恰恰是一些最有成就的艺术家率先对传统的小说艺术规范表示了怀疑，并在自己的创作实践中开始了新的探索。在他们的作品中包含着许多新的小说因素，巴尔扎克和托尔斯泰的小说创作首先告诉了我们这一点。拘于一种传统的眼光，我们已经习惯把巴尔扎克的名字首先和《欧也妮·葛朗台》《高老头》等作品连在一起，而忽略了其他一些作品的意义。而这些作品虽然不一定称得上现实主义的杰作，但对于艺术发展来说有独特的意义。例如巴尔扎克的《驴皮记》就应该以另眼看待。作者把现实和幻想结合起来，融成一片，创造了一种富有象征和反思意味的艺术寓言，使作品获得了超越现实的意义。至于托尔斯泰在这方面更为出色。且不说他在心理描写方面所显示出来的创新能力，就在故事情节结构方面托尔斯泰也一直进行着不懈的探索。在后期的一些短篇小说创作中，托尔斯泰不止一次地打破了过去的艺术规范，尝试用一些新的多层次的方法来构筑小说。尽管由于时代的原因，巴尔扎克、托尔斯泰并没有完全摆脱传统的小说艺术规范，但是从他们的创作实践中完全可以预料，如果他们依然在世，绝不会一直沿着老路

---

① 外国文学研究资料丛刊编辑委员会：《欧美古典作家论现实主义和浪漫主义》（第2册），中国社会科学出版社，1981年，第217页。

子走下去，不会满足于原来传统的艺术境界，一定会不断进行艺术创新，创造新的小说艺术。由此我们也许不禁会想起法国当代批评家米歇尔·布托尔的一段话："人们以一种过于简单的方式，用所谓'巴尔扎克式的'小说来对抗现代小说，即对抗二十世纪一切重要的作品。然而，我们却可以非常容易地说明，今天的'巴尔扎克式的'小说实际上仅仅是学到了巴尔扎克作品中微不足道的一小部分，而在最近五十年当中，只有普鲁斯特、福克纳等才是这位伟人的真正继承者。"① 而对这些二十世纪以来现代小说艺术的创造者来说，没有一个没有从巴尔扎克和托尔斯泰那里获得益处。具有创新能力的艺术家，往往正是一些传统艺术功底很厚的艺术家，他们从传统艺术中汲取了智慧和营养。

事实上，二十世纪以来小说艺术的变革，在很多方面也正是沿着巴尔扎克、托尔斯泰等艺术家所预示的方向行进。对于小说中故事结构的演变，巴尔扎克在《〈私人生活场景〉序言》中早就指出："……天才的出类拔萃的标志无疑是发明。但是在今天，一切可能的组合看来都已被发掘完，一切情景看来都已被描写净尽，连无法做到的事都已尝试过了。本作者坚信，今后唯有细节能够构成被不确切地称为'小说'的作品的价值……"② 现代小说艺术发展到今天，人们已经不再强调"故事"的重要性了，开始把"情节"看作是小说艺术的基本要素之一，从理论上已大大放宽了衡量小说的尺度。例如美国克林斯·布鲁克斯和罗伯特·潘编著的供大学教学用的短篇小说选集《小说鉴赏》，就把情节、人物、主题看成是小说的基本要素。

中国现代作家鲁迅的小说创新就表现出这方面的显著特色。显然，鲁迅在小说艺术方面的创新，是建立在传统小说艺术基础上的。他不仅有深厚的中国古典文学功底，而且涉猎了大量的外国文学作品，其创作直接受

---

① 《法国作家论文学》，王忠琪等译，生活·读书·新知三联书店，1984年，第402—403页。

② 外国文学研究资料丛刊编辑委员会：《欧美古典作家论现实主义和浪漫主义》（第2册），中国社会科学出版社，1981年，第105页。

到了托尔斯泰、果戈理、契诃夫、安特列夫、陀思妥耶夫斯基以及尼采、弗洛伊德等人的影响。

很明显，如果从故事完满性的角度来评价鲁迅的小说，我们会遇到一个费解的事实：鲁迅小说中并不乏精彩的情节描写，但就故事安排的总体面貌来讲，鲁迅未必称得上是一个精彩的故事讲述者。换句话说，鲁迅也许对完整的故事叙述并不感兴趣。在他的相当一部分小说中，故事情节描写往往是较为淡化的，为了增强故事性而设置的一些必要的外在描述常常被他忽略，或者提示性地一笔带过，事件发展未必有头有尾，人物的行动也不一定贯穿全篇。我们说《故乡》像一篇散文并不为过；而《头发的故事》通篇是由对话构成的，对话者一直待在一个地方，至于对话的确切地点，根本不予交代。在有的作品中，读者甚至只找到一个中心事情，例如《鸭的喜剧》《兔和猫》等，既非一个动物故事，也不是一个寓言小说。如果只就故事的完满性来说，我们对《狂人日记》也难免提出这样的疑问：作者描述一个精神病患者的胡思乱想到底有什么意义？

当然，在鲁迅的作品中，也有一些故事性较强的小说，例如《阿Q正传》《风波》《祝福》等就是这样。但是，即使在这类故事性较强的作品中，假如我们不满于对故事氛围的表面分析的话，也会发现它们的故事结构并非十分严密或始终完满。它们既缺乏在客观真实基础上事件发展的内在逻辑关系，也不怎么讲究在时间顺序上的有头有尾，对笔下的人物并不都负责到底，有时甚至不给人物以独立的活动空间。读鲁迅的小说，人们常常会把情节的生动性和故事的完满性混为一谈，而实际上，在鲁迅的小说中，对传统的故事完满性艺术框架的突破，恰恰是在情节的生动性的掩护下进行的。

以《阿Q正传》为例。这篇以传统的章回体写的小说，被公认为故事性很强。但当我们深入作品内部，仔细分析其叙述的因果关系时，就会看到作品中并没有一个贯穿到底的中心事件，作者所描述的仅仅是从人物生活中杂取的一些片段而已，而这些片段在故事发展的因果逻辑上的联系是极弱的。从这个意义上来说，《阿Q正传》并未描写一个完美的故事，而

是在描写一个人；而这个人，也不是通常小说中那种限定于某一具体环境
（比如未庄）中的人，倒更像是民间传说中，那种在人们的生活中被长期
凝固下来的某一类型性格——比如在新疆维吾尔族中流传不衰的"阿凡
提"——的代表，在他身上充分体现出一种民族文化心理积淀的成果。由
此鲁迅把中国国民性格中某些弱点集中并定型化了，创造了一个活在亿万
人民心里，而其本身确也在他们身上活着的人物。从表面上看，鲁迅似在
写一个普通农民的生活或在讲一个普通农民的故事，是在写实；实际上鲁
迅是在创造一个人物的寓言，带着明显的象征意味。对此，日本学者小田
岳夫把《阿Q正传》和郁达夫小说进行比较，发表了一种很有意味的看
法："与《沉沦》同年发表的鲁迅的《阿Q正传》是作者通过对社会的根
底的精心观察和深入思考而写成的批判现实主义的世界名著。作品中的
'阿Q'是作者始终着眼于全体中国人创造出来的人物形象，具有象征性。
这种创作方法与通过描写特定的个人反映普遍的创作方法恰恰相反。"不
过，他又接着说，"可以说，这种象征性的人物形象固然有其价值，但真
实感却相当薄弱了"。①

　　可惜，小田岳夫虽然敏锐地看到了《阿Q正传》与传统的现实主义小
说的不同之处，但是对"真实感"的见解却不高明。因为对于人们来说，
阿Q形象并不缺乏真实感，只是这种真实感并不表现为个别的、具体人物
的真实感，而是一种超越个体的整体的真实感。由此我们也可以看到，在
批评中常常出现的艺术观念和创作实践的"错位"现象，会妨碍人们在更
高层次上认识和理解艺术作品，从而用固定的尺度来衡量不断发展更新的
创作实践。

　　因此，对鲁迅小说内容的美学判断，如果仅仅建立在小说的故事上，
或者具体人物的真实性上，常常会丧失很多对内在的艺术意义的探究。这
里如果我们有兴趣比较和审视一下鲁迅小说和把它们转换成戏剧或电影的
艺术效果的话，也许会发现更多鲁迅小说自身的艺术秘密。实际上，把鲁

---

　　①　小田岳夫、稻叶昭二：《郁达夫传记两种》，李平、闫振宇译，浙江文艺出版社，
1984年，第38页。

迅小说搬上银幕或舞台，首先选择的正是那些故事性较强的作品。然而，正是由于这种"故事"的诱惑，使得这种艺术转换变得更加复杂和困难。当电影需要把故事内容愈来愈具象化的时候，同时也就意味着对小说中的人物和生活，愈来愈用某一具体范畴来定性，也就愈来愈丧失其"象征"的普遍意义。为此，鲁迅生前并不赞成把《阿Q正传》改编成电影，唯恐把它拍成了一个滑稽人物片。鲁迅似乎当时就注意到了，人们还未能充分注意和把握作品的象征意味，而是把注意力主要放在"故事"本身及其细节的考证上。这种情形同样表现在《祝福》的改编中。改编者都必须面临这样一种美学考验：假如只把《祝福》理解为一个农妇的悲剧故事，那么这个妇人的悲剧和其他一些作家笔下农妇的厄运——如柔石《为奴隶的母亲》中的春宝娘——并没有太大的差别。但鲁迅的《祝福》比其他同类题材作品更为深刻的艺术力量在于，鲁迅并不是仅仅表现一个农妇的悲惨命运，而且在展示一种"吃人"的整体社会氛围。在"我"和祥林嫂默默无语的内在的情感交流中，凝聚着一种比个体的悲剧性更为沉重的历史感，能够引起人们更深刻的灵魂颤动。如果忽略了这一点，即便影片把祥林嫂的悲惨生活表现得极为充分和细致，都难以完全传达出作品的整体性美学内涵。

显然，鲁迅在小说创作中的艺术创新并非一种偶然的、区域性的现象，而是以自己独特的方式显示了二十世纪以来现代小说艺术变革的大趋势。在这个过程中，小说家已不再心甘情愿在有始有终的故事圈子里安分守己，做故事王国里的忠实臣民了。他们时刻都在准备发表自己的看法，用各种方法表达自己对整个社会的现实感受。即使当他们充分利用丰富的具体生活材料时，具体的生活故事也不再是垒成封闭作家自我表现的铜墙铁壁，更不可能再有某种支配一切的特定的故事模式。

四、"故事"在退却中更新

因此，从小说艺术发展来看，"故事"在退却，似乎已成为一种普遍的事实。我们如果继续恪守原来的观念，那就意味着把大部分作品排斥于小说世界之外，把自己孤立起来。我们看到，小说创作中变化多端的花样翻新，常常使人们在三十年乃至十年前刚刚建立起来的观念变得陈旧起来。但是这一切又都不是偶然的，当我们学会用冷静的、动态的态度来清理这条历史线索的时候，就会发现现代小说艺术产生的必然性；看到二十世纪以来小说艺术的更新与传统的现实主义小说艺术发展的内在关联。在这个过程中，有些作家作品的艺术价值，起先并不引人注意，直到几十年后才被人们重新发现，正是由于这种历史的连续性的存在，人们才从历史中发现了今天并且肯定了今天。

事实上，小说艺术形式从传统向现代的变革，在美学上往往表现出了承前启后的线索。比如沿着传统的写实主义道路越走越深，我们就能走到印象主义、感觉主义和"意识流"小说的边缘，在这里，所谓传统意义上的"现实"和现代艺术被扩大了的"现实"——包括主观现实——只有一步之隔，所以有些意识流作家把自己的创作技巧称为"心理现实主义"是情有可原的。因为根据美国心理学家威廉·詹姆士（William James）的见解，世界的构成并不存在着主观和客观、精神和物质的区别，而只是作为"我们后来的反省供给材料的直接的生命流转"的"纯粹经验"，人的意识是不断流动着的，连绵不断而不可分割，变化多端又复杂离奇，带有随意性和跳跃性。另一位法国哲学家亨利·柏格森（Henri Bergson）对于世界的看法是富有诗意的。时间和空间作为其自由意志运行的场所，也只有受心理的支配。在他看来，人们所认识的一切都是"心象"构成的，"心象"构成了全宇宙，而物质和对物质的知觉是由同样一些东西构成的，脑髓和物质宇宙都是心象。在这个心象世界里，一些彼此外在的不同场合可以在同一时间绵延，不同时间又可能在同一空间中铺散开，过去和现在在意识整体中是渗透、融合在一起的。

依照这种观念，用一种理性和逻辑时空编排的有头有尾的故事，反而显得过于虚假了。意识流小说作家用自由联想、内心独白等方式首先就打碎了"故事"赖以存在的时空外壳，使之不可能自我完满。这时候，由于整个小说都有可能由"心象"构成，单纯描写的客观生活对象的意义就显得微不足道了；而这种"心象"的绵延并不受外在时空的约束，传统意义上的"故事"，也就自然土崩瓦解了。过去的小说家总是根据一定的具体事件进行创作的，比如司汤达根据一个案例写成了《红与黑》，托尔斯泰受到"一个不忠实女人的故事"的启发写了《安娜·卡列尼娜》，等等。而意识流作家则不怎么需要这一类有趣的事件，他们往往只要一个小小的引子打开记忆的大门，就可以面壁作小说了。法国小说家马赛尔·普鲁斯特（Marcel Proust）《追忆似水年华》中有名的片段"小玛德兰点心"就是最有趣的例子。作品中写道："母亲让人端上一块叫作小玛德兰的、圆鼓鼓的小点心，……当这口带着点心屑的茶一碰到我的上颚，我便猛然一惊，注意到在我身上发生了奇妙的事情。一种美妙的快感侵袭了我，使我超脱了周围的一切，……我感到自己身上有个东西在震颤，在移动，在往上升，仿佛它在万丈深处被拔上来；我不知道这是什么，但是它慢慢地上升；我体验到阻力，我听见它在穿越途中引起的嘈杂声。"①

作品就是这样逐渐展开了，有关现实生活的支点只是作为作者进入人的主观世界的跳板，和整个作品所要叙述的内容并没有必然的联系。这里没有了事件的开启和结局，只有持续的心理过程，在这个过程中，人们所获得的是和人的外在行动，尤其是有秩序的具体故事截然不同的运动轨迹。意识流小说家由此创造了一种新的小说结构形式，这就是以内心活动为出发点所形成的有弹性的叙述结构，代替了传统的以外在行动描述为出发点的结构。小说家并不想告诉人们作品中的人物在"做什么""怎么

---

① 袁可嘉、董衡巽、郑克鲁选编：《外国现代派作品选》（第 2 册上），上海文艺出版社，1981 年，第 9—10 页。

做"，而只是在告诉人们"他在怎么想"和"想什么"。

于是，意识流小说家只能依靠大段大段的内心独白来弥补客观世界和主观世界之间的差异。他们一方面为发现这种差异而感到振奋，另一方面也因为这种差异，而失去了最终把握客观世界的可能性。英国小说家弗吉尼亚·伍尔夫的《墙上的斑点》所显示出的大胆突破，就是作品不受任何外在情节的约束。这个墙上的斑点与作品主人公所想到的人生的无常，想到的莎士比亚、法院里的日程、往日的陈迹都没有任何联系，主人公的心灵就像水中的鱼一样在意识流中遨游。作者在作品中力求表现主人公心理活动的自然和真实的状态，虽然摆脱了外在的故事情节的束缚，但继而又有可能陷入人物主观心理活动的圈套之中，在追随人物意识的自然流程中，作者的分析和判断力同样必须作出让步。因此，如果左拉所奉行的是客观自然主义的话，那么意识流小说有时会给人以心理自然主义的感觉。

显然，仅仅是让笔下的人物口若悬河、滔滔不绝地进行内心独白，并不见得是艺术水平高超的表现，时空的融解和意识的流动也有可能掩盖作家的无知。但是，意识流小说无疑打开了一个新的艺术世界的大门。他们忽视了人物在客观的、外在舞台上演出的"戏剧"，却引导人们去观看舞台的后场正在演出的更为复杂的"戏剧"——内心的戏剧。外在的故事情节结构被抛弃了、打破了，但是叙述扩大了范围，出现了新的内在的心理事件、心理情节结构，它同样有声有色，有波浪、有转折、有意味——当然，这种内在的情节结构是和人物外在的行为连在一起的，任何人物外在的行为都会受到内在心理的牵引，并可能引起内在的变动，除非像《墙上的斑点》中那位妇女只是坐在那里不动，或者像普鲁斯特那样身患哮喘病，只好把自己禁闭在四堵墙的范围之内进行回忆。

也许正是在这个意义上来说，在二十世纪小说艺术更新中，我们所说的故事和情节，并不是在被消灭、被摈弃，而是本身就在蜕变过程之中。一方面，小说创作所表现的具体生活内容变得更为丰富和多样化了，小说家不再局限于表现典型环境中的典型人物，叙述一个有头有尾的故事。而可以把人生中某种特殊的情绪，独有的感受以及在生活中发现的某种乐趣进行排列，内在的组合也纳入小说艺术表现范围。另一方面，艺术家表达自己思想的障碍缩小了，艺术家有可能表达出自己对于生活的整体性感受。过去小说家总要受到外在的故事情节的地点、时间的限制，而在内在世界范围内，任何一种现在的"行为"都是和长期的历史生活连在一起的，是主人公无数个"过去"和"现在"相互折叠的综合表现。所以有人指出，普鲁斯特在书桌和病榻之间，在他那被咳嗽震荡得可怜的身躯里所作出的回忆，比他即使活上一千年在内心所能保存下来的回忆还要多，因为他是从自身汲取了各个时代、各个社会阶级、一年四季、田野、道路的精华。总之一句话，所有他知道的、热爱的、汲取的和经历的一切。

　　毫无疑问，在一些出色的意识流小说家那里，连续的心理陈述并不仅仅是"心理"的，而是历史的——长期的社会文化生活和主人公独特的社会经历——结晶。高明的小说家运用意识流手法，也并非为了表现生活中一些肤浅的感受和印象，而是为了表达出在长期历史文化生活中的一种心理积淀和思想成果，或者是艺术家在历史生活中培育起来的某种独特的心理记忆和感受。例如鲁迅的《狂人日记》就是这样。狂人胡思乱想的意识流程，粗粗看来是荒诞的、不近情理的，但是在内在意义上表达了鲁迅对社会的整体认识。这种认识是鲁迅在长期的实践活动中得到的，它不仅来源于鲁迅在生活中所看到和体验到的无数像祥林嫂、孔乙己、吕纬甫、阿Q那样的生存悲剧，而且还有对中国几千年历史生活的深刻总结，鲁迅把它们全部浓缩、寄寓在了狂人的非理性的思绪中。在这里，鲁迅超越了个别故事和外在情节的界限，创造了一种"超个体"或者说"超典型"的艺术天地。我们看到，狂人的胡思乱想从客观上来说，并没有什么实在的意义，其之所以能够承担起鲁迅对整个社会深刻认识的负荷，并不在于狂人同现实生活的某种合乎常规的逻辑联系，而恰恰是在一定程度上摆脱了这种具体联系。从现实的生活角度来看，狂人的生活并不属于正常人的生活范畴，并不具备表现某一类正常人生活品格的客观依据。但是，正因为如此，狂人具有这样的可能性：由于脱离了一般正常生活的具体范畴，人们不可能用某一种具体人物和生活给他定性，把作品的含义局限在某一限定的范围内理解，而狂人所体现的某种真实感受，有理由超越个性和个别的意义，具有整体的、普遍的社会含义。更为奇妙的是，鲁迅把这种深刻的社会认识和对一个精神病患者思维过程惟妙惟肖的描述有机地结合在一起，几乎达到了天衣无缝的程度。

由此我们看到，具体的生活故事与作家对生活的整体性认识有差异、互相矛盾的一面，但也有互相认同的一面，在这两者之间并不是存在着不可逾越的鸿沟。在新的艺术层次上仍有可能重新握手言和。在这个过程中，两种倾向几乎是同时进行的，一种是在写实情景中故事情节的"淡化"，作品外在的故事线索、情节结构、人物具体面貌愈来愈模糊；另一种则是在故事情节描写中心理意味的强化，作品在具体描述中的象征和隐喻愈来愈突出。就前者来说，我们看到传统的单一的生活故事的篱笆正在小说领域中被拆除；而后者使我们看到，艺术家正在把小说表现生活的领域扩大到整个生活之中，显示了向整体性生活开放的美学特征。

假如我们继续诚心为"故事"辩护的话，就不会注意不到现代小说中这样有趣的事实，当客观生活愈来愈被主观化的同时，人的主观心理也有愈来愈被客观化的迹象。如果，我们接触到一部心理小说，就应该考察其对客观生活的表现含义的话，那么，我们面对一部客观故事小说，就不得不识别其主观心理含义。高明的心理小说往往凝结着客观生活的历史性内容；高明的客观小说，常常包含着某种历史的隐喻或者某种社会心理的象征。

就后者来说，五十年代法国兴起的"新小说派"创作就很能说明问题。从理论上来看，新小说派作家是彻底反对传统的，同时又是非常注重真实的，其代表作家阿兰·罗伯-格里耶（Alain Robbe-Grillet）曾宣称："我们必须制造出一个更实体、更直观的世界，以代替现有的这种充满心理的、社会的和功能意义的世界。让物件和姿态首先以它们的存在去发生作用，让它们的存在驾临于企图把它们归入任何体系的理论阐述之上，不管是感伤的、社会学、弗洛伊德主义，还是形而上学的体系。"在他们的作品中，确实也不乏对具体的生活场景和具体事物的详尽而细致的描写，但是如果认真研究一下他们的作品就会发现，他们对具体生活的描写，哪怕是某一自然片段，都表现出了一种心理实体的意义。

如阿兰·罗伯-格里耶所著的《吉娜——错开的路面当中的一个红色空洞》① 和其他一些现代派作家的作品一样，作者对于传统的小说故事情节结构表现出极不恭敬的态度。他在这部作品的序言中说："不存在任何东西——我指任何确切的证明——能让任何人将西蒙·勒戈尔（指本作品的主人公——引者注）的故事纳入纯浪漫小说之列。"相反，人们可以断定这部变化无常、时有空白或者说有疏漏的作品以其纷繁而又不可缺少的素材在重新剪裁着一个现实（一个众所周知的现实），剪裁的方式极其执拗，令人迷乱。另外，倘若这个故事的其他组成部分断然背离了这个现实，那就会使人疑窦丛生，从而不可避免地从中看出叙述者的偏执的意愿——就像有一种神秘的动机主宰了他的种种变化和创作。从客观现实角度来讲，小说中的故事确实是支离破碎的，人物的外貌特征、年龄、职业、国籍、姓名都在变幻之中，事件发生的时间、地点也无法确定，读时人们不能不感到荒诞和混乱，不知何是虚幻的现实，何是真实的现实。但是从心理寓意来看，小说的结构又是很合理且一致的，主人公西蒙·勒戈尔始终是被现实和物质操纵的一个人物，他任何时候都无法确定自己的处境，到底发生了什么事，在什么地方，什么时候，甚至他自己也和反复出现而又难以捉摸的吉娜一样，可能只是一架非常完善的电子机器。

事实上，虽然传统的故事结构一直受到各种冲击并趋于解体，但是在现代小说创作中"故事"并没有完全失去自己的魅力，即使是在它遭到最多攻击和鄙视的时候，仍然有很多真心的拥戴者。应该这样理解"故事"在小说艺术领域中发生的变革：在小说艺术王国里，故事，作为一种艺术因素，已经失去了它世袭的"国王"的位置，但是作为其中一个重要居民，仍然有"选举权"和"被选举权"，还有很多艺术家愿意投"他"的票，愿意通过描述故事来实现自己的美学理想。例如美国犹太作家、诺贝

---

① 阿兰·罗伯-格里耶：《吉娜——错开的路面当中的一个红色空洞》，华青译，《外国文艺》1987 年第 1 期。本书有关该作品的引文皆出自此。

尔文学奖获得者艾萨克·巴什维斯·辛格就认为世界上有一个描写心理的乔伊斯就足够了,"……写好故事是讲故事人应尽的职责,应该竭尽全力使故事写得恰当,合乎情理"。① 他的小说具有很强的故事性,读来趣味盎然,而且具有深刻的寓意。另一位诺贝尔文学奖的获得者美国作家约翰·斯坦倍克也是一位描写故事的好手,由于他那现实主义的、富有想象力的小说创作,使之成为二十世纪公认的优秀小说家之一。

显然,在二十世纪小说创作中,像辛格、斯坦倍克那样对"故事"感兴趣的作家并不少见,但是从作家的整个美学理想来说,他们创作的小说作品中,"故事"本身已经具有了新的意味,小说家并非为讲故事而讲故事的,而是通过故事表达自己某种独特的感受,这正如辛格说的,"……在每一个故事中,我都试图表达些什么,而我要表达的东西则多少与我的看法有关,如这个世界和这种生活并不是一切,世上有鬼魂,有上帝,人死后也许会再生。我要回到这些宗教真理上来"。② 对二十世纪的小说家来说,具体生活故事的美学价值并不只是其本身的完满性。它们常常只是作者整个精神世界的某种触及物,或者说是开启整个生活宝藏的一把神奇的钥匙;如果借用鲁迅的一句话来比喻的话,只能被看作是在荒野中的一条小路,作家通过这条小路是为了达到自己更高的美学境界。如果不能看到这一点,往往就很难把握这些现代的"讲故事"的人的艺术品格,无论是辛格、斯坦倍克,还是鲁迅、威廉·萨果塞特·毛姆、欧·亨利的小说创作,都向我们展示了这一点。隐喻、象征和寓言,常常通过日常的、生动的具体描写显示出来,表现出艺术家对现实敏锐的观察力和深刻的发现。

---

① 辛格:《尽力讲好我的故事》,王宁、顾明栋编《诺贝尔文学奖获奖作家谈创作》,北京大学出版社,1987年,第467页。

② 辛格:《尽力讲好我的故事》,王宁、顾明栋编《诺贝尔文学奖获奖作家谈创作》,北京大学出版社,1987年,第467页。

第二章

新的小说与新的现实

生活和艺术的辩证法告诉我们，理解二十世纪以来小说艺术变革和理解一种新的现实是紧紧连在一起的。从小说艺术发展来说，任何一种艺术创新都是和时代发展连在一起的，并不仅仅是艺术家标新立异的产物。各种各样的艺术形式和手法的更新换代，并不意味着它们已完全失去艺术价值或者"落后"，一些新的形式和手法的产生也并不意味着它们完全可以取代过去，比以往的艺术都更加完美无缺；而是由于时代生活变化了，发展了，建立在时代生活基础上的艺术不能不发生变化，从而表现和顺应新的生活。所以，正如一位法国批评家吕西安·戈德曼（Lucien Goldmann）在评论"新小说派"作家纳塔丽·萨罗特和阿兰·罗伯-格里耶作品时所说的："……这两位作家之所以采用不同于十九世纪小说家的形式，首先是因为他们要描写和表现的人的现实（社会学家称之为社会现实，因为在社会学家看来，凡是人的现实都是社会的）不同于十九世纪小说家要描写和表现的人的现实。"① 要真正理解和把握二十世纪以来在小说艺术领域中发生的形形色色的变化，就必须深刻考察和理解历史生活的变革。

显然，不同时代生活必然造就着不同的艺术，艺术随生活的发展而发

---

① 吕西安·戈德曼：《新小说与现实》，张裕禾译，《世界文艺》1987 年第 1 期。

展，这似乎是一种老生常谈（在中国的批评界尤其如此）的观点了，但是令人奇怪的是，批评界对于现代小说艺术变革所表现出的种种令人难以接受的看法，恰恰是建立在糊涂的"现实"观念基础上的。例如有一种观点认为，所谓反传统的现代小说艺术就是一种脱离现实生活的产物，或者是消极地回避现实的一种"臆造"的艺术；也有的人把现代小说艺术的更新看作是一些艺术家在艺术结构、艺术形式和技巧上的标新立异，简单地称之为"形式主义"，等等，这些看法都有意或无意地"淡化"了现代小说艺术与现实的关联，把人们引导到了一种形而上学的境界之中，从而简单地把现代小说艺术和现实生活对立起来，以致看不到或者不能理解在一种新的现实之中正在产生新的小说的必然历史过程。而我们在这里则希望开辟一条从现代小说艺术通向现实的畅通无阻的道路。

一、"现实"在不断变化中

这并不是轻而易举的。因为现实本身并非一个僵死的、一成不变的概念。现实的本质是丰富的、多元化的，永远充满着生机，不断地发展变化着，任何一种漫不经心和自以为是的态度，都会遭到来自现实本身的嘲弄。事实上，在现今经济和文化发展都极不平衡的世界上，最先进的用电脑控制运行的"现实"和仍刀耕火种的"现实"同时存在，每一种艺术观点都有可能找到自己"现实"的依据。发生在小说创作领域中的旷日持久的争论，在其背后常常隐藏着不同"现实"的冲突。一部分艺术家生活在现代化程度很高的"后工业化"的现实中，对于传统的艺术观念已失去兴趣，要求创造合乎这种现实的新的艺术；而也有一部分仍生活在半工业化或者封闭的、自给自足的经济现实中，对于现代艺术中的种种创新感到眼花缭乱，无所适从。也许正因为如此，无论在批评界还是在大学讲台上，现实及现实主义今天已成为一个包罗万象而含义又极不确定的概念，以至于我们在任何时候都要非常谨慎而且警惕地对待它，防止在一个概念之下掩盖着两种或数种不同的现实内容。

无疑,对现代小说艺术的更新来说,现实代表一种以现代科技为前提,现代大工业生产为基础的现代社会生活。同传统的农业经济社会及资本主义原始积累阶段相比,二十世纪以来的社会现实生活出现了从未有过的大变革,人与现实的关系也在急剧变化之中。从世界经济形势来说,资本主义的自由经济已逐渐被垄断经济所代替;而随着各个国家和地区经济上的相互渗透和横向联结的发展,世界化的经济生活形势迅速成长,使得任何一个国家、地区甚至个人的经济生活,都越来越多地和世界整体经济形势发生关联。这种世界性的经济生活已经形成了一种不以任何人意志为转移的自行运转的强大惯性,每个人都处在复杂的公共关系之中,自己所能把握和控制的东西越来越少。而在这个过程中,科技的发展在日益改变着人的生存处境,增强着人们驾驭生活的能力。这个时代比以前任何时代都充满着欲望、机会和可能性,也比以往任何时代都存在着更多的痛苦、矛盾和冲突,急剧变革的现实会把人们刚刚熟悉和习惯的东西打破,又把陌生且充满诱惑的新现实摆在人们面前。

新的现实在破坏着传统的社会结构,也改变着人对世界的看法。早在十九世纪中期,马克思就曾面对避雷针发问,希腊神话中的丘比特在哪里。现代化的大机器生产聚集起足够的力量冲击着一切旧的生活结构,在世界范围内创造着各种各样的新事物、新观念,它们越过重洋,不分国境,向四面八方渗透,互相激发冲撞,迸发出各种各样的光华,这一切都加快了现代生活发展的节奏和进程,也加重了人们的思想负荷。过去一个时代的终结需要几百年、几千年甚至上万年的时间,而现今则压缩到了一百年甚至几十年;人们需要在极其有限的时间里接受各种各样的科学文化知识,并且把它延伸在日常工作里,才能应付时代生活的要求。人从来没有像今天这样"被动"过,每时每刻都必须接受大量的社会信息,其思想和行为都不能不受到大量的社会规则、法律和世俗的牵引和制约;同时人也从来没有像今天这样"主动"过,必须不断发挥自己的潜力,调动起自己的全部创造能力,来创造和享受生活。在这种情况下,我们看到人们所面对的现实正在发生这样奇妙的变化：一方面，人类科学技术的胜利已把人们带领到一个包括地球外层空间的广阔的现实之中，人的视野开阔了，现实生活的内容已经超越了地球，进入了太空世界。越来越多的人，不管他生活在世界的哪一个角落，都有可能接受这种最广泛的社会现实生活信息，并且在这种广泛信息的接受与交换中，愈来愈成为一个世界的人，宇宙的人；而另一方面，人们会发现自己生存和居住着的地球的"现实"变得越来越小，交通的发达，通信的普及，已经打破过去的时空间隔，"远在千里"的东西已经变成"近在咫尺"，人类第一次感觉到在地球生存的拥挤。

正是面对着这样的现实，建立在传统生活基础上的世界观和方法论遭到了历史性的怀疑，人们对"现实"的理解也大大不同了。值得注意的是，尤其在艺术发展史上，"现实"从来就是一个流动的概念，不同的时代会赋予它不同的内容。在科学和物质基础不发达的时代，"现实"往往被理解为人的日常生活和客观环境；随着近代科学的萌生和发展，人们开始从各种各样的社会关系中去理解现实，不仅从人的日常生活和客观环境，而且也从社会的经济和政治的各种历史关系中去认识人生，十九世纪的现实主义文学创作就为人们描绘了这样一幅广阔而又绚丽多彩的现实生活画卷。现实在艺术创作中一直被描绘成一系列由低级向高级阶段延展的具体生活画面，它们显示出了人们对现实充满自信的理解和把握，一种世界的确定性认识始终贯穿在艺术创作中。

于是，对于十九世纪现实主义小说创作来说，假如我们轻轻拨开作品纷繁的故事的表象的话，就会毫无例外地看到一种建立在近代科学基础上的世界观。由于牛顿经典力学和达尔文的进化论的创立，以及被推广到天文、地理、声学、光学、热学方面后取得的成果，世界被理解为由一系列因果性链条联结起来的逻辑整体，人们似乎可以确认自己已经完成了对世界规律的认识。与此同时，人们在哲学、道德等人文科学方面，也显示出了同样的自我完满的信心。不少人对真善美怀着坚定不移的信心，对美与丑、善与恶、真与假都有着明确的界定，尽管人们的经济、政治思想并非一致，但是都遵循着大体一致的逻辑线索，争先恐后地创立一种自给自足的思想体系，使人们获得一个终极的解释生活的理性模式。比如黑格尔的哲学思想就是明显的例子。正如恩格斯曾指出的，黑格尔第一次"把整个自然的、历史的和精神的世界描写为一个过程"，① 但是却以自己对世界的终极认识建筑了一个绝对化的理性模式，用绝对理性完成了一座哲学上的令人沉迷的"动人心弦的美丽庙堂"。

我们看到，传统小说作品往往通过故事为人们建造着同样的令人迷醉并动人心弦的美丽庙堂。例如在中国旧小说中长期形成的"大团圆"的故事模式，就反映了一种在封闭的小农经济基础上形成的文化心理，在故事背后隐藏着一种形而上的"天不变，道亦不变"的观念摹本，体现着阴回阳转、因果报应等一系列原始的、循环封闭的人生观。在这种封闭式的故事圈套中，生活不是动态的、永无止境的发展长河，它仅仅是一种首尾相扣、循环往复的封闭系统。小说的内容在很大程度上是按照某种善恶观念，去设计一个幻化的合理的生活模型，来满足在封闭状态中生存的欣赏者的心理需要。正如鲁迅所指出的，这种旧的小说故事模式，实际上体现了中国国民某种僵化、自满自得的心理意识，同时又是对现状的维持，是对软弱者备受欺凌的心境的一种幻想的补偿。他还指出这种小说模式背后的精神悲剧："现在倘在小说里叙了人生的缺陷，便要使读者感着不快。所以，凡是历史上不团圆的，在小说里往往是给他团圆；没有报应的，给他报应，互相瞒骗。——这实是关于国民性的问题。"② 鲁迅的好友瞿秋白先生在《〈鲁迅杂感选集〉序言》中对此也有精当的分析："这种思想其实反映着中国的最黑暗的压迫和剥削制度，反映着当时的经济政治关系。科举式的封建等级制度，给每一个'田舍郎'以'暮登天子堂'的幻想；租佃式的农奴制度给每一个农民以'经济独立'的幻想和'爬上社会的上层'的迷梦。这就是几百年来的'空前伟大'烟幕弹。而另一方面，在极

① 马克思、恩格斯：《马克思恩格斯选集》（第3卷），人民出版社，1995年，第362页。
② 鲁迅：《鲁迅全集》（第9卷），人民文学出版社，2005年，第326页。

端重压没有出路的情形之下，散漫的剥夺了取得智识文化的可能的小百姓，只有一厢情愿地找些'巧妙'的方法去骗骗皇帝官们甚至于鬼神。大家在欺人和自欺中讨生活。"

十九世纪的现实主义小说创作当然不同于中国的旧小说，特别是对于黑暗现实的深刻揭露和批判，对于各种社会关系的人的表现，都显示出了空前的深度和广度。但是，尽管十九世纪以来，无论是浪漫主义还是现实主义小说，很多作家的创作实践从故事结构到心理描写等各方面把传统的小说艺术模式打开了一个又一个缺口，但是在整体的现实的美学观念方面并未产生根本的动摇。如同有人描述十九世纪占统治地位的形而上学科学观时所说的那样："从最大的天体到最小的原子，都毫无例外，而且对于未来，就像对于过去那样，都能一目了然。"① 在十九世纪现实主义小说创作中，故事的设计，人物的行动，情节的发展，都毫不例外地遵循着客观生活的因果关系和逻辑秩序，被控制在清醒的理性范围之内。很多作家痛恨现实，看到了社会生活的深刻悲剧，但是对现实的理解还局限在旧的形而上学的现实观之内，因此在创作中陷入了深刻的矛盾之中，在对现实社会作出深刻批判的同时，并没有放弃依赖现实而存在的一些流行的、对生活作出终极回答的观念和信条，这在某种程度上也削弱了他们对于现实的批判力量。

发生在十九世纪末二十世纪初的一场科学革命不仅从根本上冲击了旧的现实，也冲击着旧的现实观念。爱因斯坦于 1916 年创立了他的广义相对论，使得多年来经过亿万次科学检验的牛顿引力论一下子宣告败北，整个经典物理学的庙堂仿佛顷刻之间倒塌了，不仅传统的形而上学的科学观几乎所有基本观念受到了挑战，而且这种科学观所提示的认识世界的方式和方法从根本上动摇了。继而，人类在现代物理学、生物学、心理学、语言学等一系列领域的新发现，不仅使那些人类曾经公认的永恒不变的先天形式和范畴（如时间、空间和因果性）发生了变异，而且彻底打破了人们构

---

① 李醒民：《激动人心的年代》，四川人民出版社，1983 年，第 8 页。

造任何绝对知识的幻想。任何理论只是对现实的一种试探、一种预测和一种猜想，都可能错误或者包含着潜在的错误。正是这样，现实生活中一切常规的事物状态再次遭到了怀疑，人们重视的是不断变化中的、充满机遇和潜能的世界，而不是完全被某种必然性支配的世界。显然，在艺术创作领域中同样体现出了这种现实及观念的变动。尽管大多数艺术家并不一定了解和熟悉在科学理论上的这场革命；尽管不能把二十世纪艺术领域中发生的变革完全归结于科学技术的新发现（在历史发展中，不仅科学的进步给予艺术发展以影响，而且艺术发展同时也给予科学家的工作以影响，它们应该是潜在的双向性的），但是现代小说艺术的变革无疑在呼唤着、表达着一种新的现实的要求。

正像保尔·萨特评论巴尔扎克时所说的："这个时代是他唯一可以依靠的时代：时代为他而存在，而他本人又是为了创造时代而存在的。"① 现代小说艺术的更新也是依靠一种新的现实，并为创造这种现实而存在的。在二十世纪小说创作中，一些艺术家之所以不再感兴趣于描述具体的生活故事，遵循客观的真实态度，这不仅仅是由于巴尔扎克、托尔斯泰、司汤达等已经穷尽了各种各样的故事样式和社会的描述，导致今天再想以描述人物经历和故事取胜已十分困难，而且由于他们在不同的社会里，所面对的是新的现实和新的人物，如果继续迷醉于旧的现实之中（这样的现实确实还在有些地方存在），按照传统的小说艺术观念写小说，那么就不可能使自己满足，也不可能满足新的读者对艺术的要求，因为"不仅是小说家已不再相信自己虚构的人物，甚至连读者也不相信了"。②

当然，这里也许该指出的是，艺术家所面对的现实是一回事，艺术家所能真正意识到的现实是另一回事，而只有后者才能构成艺术家创作的真实基础。有些人生活在现代化社会生活中，但是对现实生活缺乏必要的感

---

① 让·保尔·萨特：《〈现代〉杂志纲领宣言》，《法国作家论文学》，王忠琪等译，生活·读书·新知三联书店，1984 年，第 326 页。

② 纳塔丽·萨罗特：《怀疑的时代》，《法国作家论文学》，王忠琪等译，生活·读书·新知三联书店，1984 年，第 381 页。

受和理解能力，只能浅薄地、局部地认识现实，在思想上仍然继续着旧的现实观念和审美习性。而有的作家虽然生活在不发达的社会生活中，但是能够敏锐地捕捉现实的变化，通过各种渠道接收到各种生活信息，了解世界的变化趋势，从而能够在整体上把握和认识现实。在现代社会中，一个艺术家是否能够站在时代生活的前列，把握新的现实生活，这在一定程度上，固然依赖于他所处的现实的各种社会关系和社会环境，但更重要的是他善于学习，善于用现代科学文化知识武装自己的头脑。正是从这个意义上来说，一些小说家之所以放弃了传统的小说艺术道路，正是因为他们首先接触到了新的现实生活，对现实有了新的感受和理解，并由此产生了新的思想要求和艺术追求。

二、旧的"现实"在小说中的解体

事实上，触发整个现代小说艺术变革的首要因素正是对现实的新的发现。当然，这种发现在艺术发展中是一个在时间和空间上都不断扩展的复杂过程，不能简单地把它归结于某一特定的人物、时间和地点上面。但正是在整个现代小说艺术的变革中，我们能够发现一种旧的现实在逐渐解体，一种新的现实观念和艺术观念在喧闹和躁动中逐渐成熟。

例如，在意识流小说对人物飘忽不定心理的描述中，就凝结着小说家对于现实的新的理解和把握；表面上来看，这些作家舍弃了现实，实际上恰恰表现了他们为捕捉住真正的现实所作的努力。弗吉尼亚·伍尔夫这样说道："生活并不是一连串左右对称的马车车灯，生活是一圈光晕，一个始终包围着我们意识的半透明层。传达这变化万端的，这尚欠认识尚欠探讨的根本精神，不管它的表现会多么脱离常规、错综复杂，而且如实传达，尽可能不羼入它本身之外的、非固有的东西，难道不正是小说家的任务吗？……让我们在那万千微尘纷坠心田的时候，按照落下的顺序把它们记录下来，让我们描出每一事每一景给意识印上的（不管表面看来多么互无关系、全不连贯的）痕迹吧。让我们不要想当然地认为通常所谓的大事比通常所谓的小事包含着更充实的生活吧。"① 显然，这位现代小说艺术的创新者之所以做出这种结论，应该首先归结于她对现实生活的感受。在她看来，正是由于生活变动了，时代变动了，旧的艺术表现方式才显得越来越狭窄了，已经和现实失去了真实的联系。她评论旧的抒情诗局限性的一段话也许完全适用于小说领域：

　　……那种抒发狂喜之情和吐露绝望之感的抒情的呼声，它是如此集中强烈，如此高于个人色彩，又如此带有局限性，对于我们这一代和正在到来的下一代来说，已经是不够的了。人们的心里充满着可怕的、混杂的、难以控制的感情。地球的历史有三十亿年之久，人类的生命不过持续短暂的一瞬而已；尽管如此，人类的思维能力却是无限的；生活是无比美丽，却又令人厌恶；人的同胞们既值得爱慕，又教人憎恨；对立着的科学和宗教把夹在它们之间的信仰给毁了；人与人之间互相联合的所有纽带似乎都已经断裂，然而，某种控制必定还是有的——现在作家们正是不得不在这种彷徨怀疑和内心冲突的气氛中创作，而一首抒情诗的精致结构，已不适于包含这样的见解，正如一片玫瑰花瓣不足以包裹粗糙巨大的岩石。②

　　如果在这里伍尔夫点明了她崇尚心理真实的客观缘由，我们则能进一步看到在小说创作中"现实"的扩张。艺术家已经用一种夸张和偏执的口吻告诉人们，社会现实不只是由人们客观日常生活以及社会的政治、经济、上层建筑等各种关系和体制所构成，更重要的还有超越物质生活存在的人们的精神生活和文化心理；整个现实世界，有人类理性可以认识和把

① 弗吉尼亚·伍尔夫：《现代小说》，戴维·洛奇编《二十世纪文学评论》（上册），葛林等译，上海译文出版社，1987年，第161—162页。
② 弗吉尼亚·伍尔夫：《狭窄的艺术之桥》，弗吉尼亚·伍尔夫《论小说与小说家》，瞿世镜译，上海译文出版社，1986年，第206页。

握的，属于已知的、规范的、必然的内容，还有很大一部分是不规范的、偶然的、随机的、未知的，甚至非理性的存在。这种对现实的发现，无疑构成了突破传统艺术篱笆的深刻动力。

马克思曾经指出："一切发展……都可以看作一系列不同的发展阶段，它们以一个否定另一个的方式彼此联系着……任何领域的发展不可能不否定自己从前的存在形式。"① 现代小说艺术变革也有着类似的轨迹。在各种各样的情景中，艺术家为了强调自己发现的那部分"现实"，就不能不本能地否定以前人们所描述的现实，当他们热衷于表现直觉、幻象、潜意识等内容时，就不自觉地排斥着客观的外在世界的意义，表现出非理性主义的艺术习惯。

这种否定无疑带着极大的冒险性。在这种情况下，艺术家像探险的科学家一样，站在马克思所说的"地狱的入口处"，很有可能迷失在黑暗之中。因为很明显，生活是一个整体，所谓主观真实和客观真实、理性和非理性、已知和未知，都是紧密连在一起的，难道我们真能在现实中找到完全赤裸裸的、不受任何外在生活制约的心理活动吗？难道客观世界与主观世界、传统艺术与现代艺术之间关系真的完全断裂了吗？回答当然是否定的。但是，如果我们以动态而不是静态的眼光，从艺术家的切身感受而不是抽象的概念去看待这种艺术冒险，也许会为这种貌似公允的提问感到惭愧。艺术家毕竟不同于科学家和哲学家，他们并不是以冷静的观察、科学原理来认识和解释现实的，而是以自己的心灵去感受和体验现实的，他们探索现实的热情远远超过对于现实的占有。

不过在这个过程中，艺术家在思想和感情上付出了沉重的代价，因为二十世纪以来发生在小说领域中的艺术变革，几乎一直是在一种痛苦、怀疑和悲剧气氛中进行的。两次血腥的世界大战构成了新旧两种现实交替的悲惨背景。当传统的社会结构及理想的花环被突然打破之后，人们还未来得及消除恐惧，就面临着一个不同的、不能把握的世界。因此在十九世纪

---

① 马克思、恩格斯：《马克思恩格斯全集》（第4卷），人民出版社，1956年，第329页。

末二十世纪初成长起来的一代小说家，成为历史上最不走运的人，他们处于现代与传统撞击的夹缝之中，被迫承担着双重悲剧，奔波于历史的荒原地带，一方面他们已失去了传统社会生活的依托，几乎所有的梦想都已破灭；另一方面他们又和新的、正在成长的社会现实格格不入，充满着悲剧感。为此，这一代艺术家在对现实的发现中并没有获得多少心理上的快感，反而更加深了思想的痛苦。

于是，正是一些现代小说作品，为人们表述了现代资本主义社会的真实图景。我们看到，在一些激进的现代小说家那里，再也找不到先前那种和谐、完整、自由存在的现实了，它被打破了、揉碎了、扭曲了、践踏了，呈现出一种支离破碎的、地狱般的景象。人们再也看不到出现在屠格涅夫笔下的那种优美、静寂的白净草原了，看不到狄更斯笔下城镇常见的街道、小酒店和马克·吐温作品中美丽的密西西比河风光了，甚至连托尔斯泰描绘的俄国冬季打猎的场面，和巴尔扎克告诉我们的在巴黎街道上散步的情景也仿佛一去不复返了。在世界范围内进行的两次血腥的战争，以及在社会各个角落潜伏着的和正在爆发的经济危机、政治危机和人的生存危机，把先前存在的这一切都一下子摧毁了，暴露在人们面前的只是残破、丑陋和伤痕累累的现实。像德国作家托马斯·曼（Thomas Mann）在小说《上帝的宝剑》中所描绘的那样，每一个人都在经历一种痛苦的心灵经历，在幻想之中，作品中的主人公带领人们体验着这种事情的发生："在美丽的广场上，世界上一切空虚浮华，艺术家狂欢节的假面，雕花装饰、花瓶、首饰和各种风格的工艺品，裸体雕像和妇女半身像，异教精神在绘画中的艺术再现、出自大师之手的著名的美的肖像、广为流行的情诗，艺术宣传的文字广告堆成的金字塔——都在平民的欢呼声中，在噼啪作响的火焰中烧尽了。他看着在戏院上空聚起的黄褐色的云层，云层中响起了轻轻的雷声，一把宽宽的火剑立在当中，在硫黄火光中向欢乐的城市伸下来。"①

---

① 袁可嘉、董衡巽、郑克鲁选编：《外国现代派作品选》（第 4 册上），上海文艺出版社，1985 年，第 112 页。

这也许表现了一种悲剧的意象。不论人们是用一种什么样的目光——绝望的、愤恨的、神情恍惚的、好奇的、报复的、带着破坏欲望的、疯狂的——注视着这种"大火",战争的"火剑"确实向着人类,向着城市和乡村一而再地落下来了。人类面临着危机和死亡的深渊。在现代艺术家笔下,现实意味着荒凉萧条的"荒原",是满目疮痍、寸步难移的"泥泞",是血肉横飞的"战壕""铁丝网""凝血的尸体",文化的"废墟"……。英国现代小说家戴维·赫伯特·劳伦斯在《查泰莱夫人的情人》(1928)中给我们描绘了这样的现实:"到处是污黑的砖房,屋顶的边缘乌黑发光,路上的烂泥由于混着煤灰而一团漆黑,连街沿也是湿淋淋、黑溜溜的,好像阴暗和忧郁渗透进了每一样东西。自然的美遭到彻底的否定,生活的快乐遭到彻底的否定,那种连鸟兽生来也有的追求形体美的天性,已经荡然无存,人类的直觉与本能已经完全死寂。"①

这一切是多么可怕。怪不得感情脆弱的诗人已经无法忍受这种现实,在诗中发出了绝望的嚎叫:"他们整夜浸沉在毕克福德飘浮店水下的幽光中/整个下午在荒凉的富加西店里痛饮陈旧的啤酒/听着氢气的音乐盒演唱世界末日的到来。"②

但是,尽管如此,现代小说家还是不能不把自己的创作、自己在小说领域中的艺术创新,建筑在这种破碎的、不理想的现实基础之上。因为传统的现实生活已经解体,像维多利亚时代那样的生活理想已经被人们摒弃,这一代新的艺术家别无选择。正如德国作家、诺贝尔文学奖获得者海因里希·伯尔所说的,二十世纪初一代小说家大多是"从被遗忘的历史瞬间来到了这个同样是稍纵即逝的现实世界"的,他们"走过了一条充满了暴力、毁灭、痛苦和误解的道路","见到的是满目疮痍遍地废墟"。③ 也许正因为如此,伯尔直言不讳地把自己的小说试验称为"废墟文学",他

---

① 侯维瑞:《现代英国小说史》,上海外语教育出版社,1985年,第221页。
② 艾伦·金斯堡:《嚎叫》,袁可嘉、董衡巽、郑克鲁选编《外国现代派作品选》(第3册上),上海文艺出版社,1984年,第530页。
③ 海因里希·伯尔:《在诺贝尔奖金授奖仪式上的讲话》,王宁、顾明栋编《诺贝尔文学奖获奖作家谈创作》,北京大学出版社,1987年,第420页。

说："……它并没有说错。我们描写的人物确实是生活在废墟之中。男人也罢，女人也罢，甚至包括孩子，都是刚从战争中回来，都还带着战争的创伤。他们的目光敏锐，他们在观察。他们还远远谈不上过上了真正和平的生活。他们的环境，他们的处境，他们自身的一切和周围的一切都说不上是美好的。作为作家，我们与他们有一种同呼吸、共命运之感。"①

在这里我们也许能够发现小说家与现实之间一种新的微妙的关系。对现代小说家来说，现实已变得不像先前那样顺从、明确和易于辨认了，而常常是难以捉摸和辨认的；小说家和现实之间已经失去了传统小说中那种恒常的联系，陷入一种飘移不定的关系之中。小说家不再那么相信现实了，因为现实往往喜欢欺骗和愚弄他们，他们捕捉的、看到的往往只是生活的表象和假象，是飞动飘移、稍纵即逝的东西，而且稍一疏忽，就会丧失把握现实的机会或者沦为现实的奴隶。

几乎所有的现代小说艺术创新的举动都与这种微妙的关系有关，或者这样和那样地表达着这种关系。这时候，小说家敏锐地感到旧的小说的危机并想努力找到理想的替代者。他们发现，传统小说艺术为他们准备的那一套反映现实的形式、技巧及其符号系统在新的现实面前，已经完全或者大部分"失灵"了，使得小说家和他所表现的现实之间出现了从未有过的间隔和距离，人与现实往往处于一种可感而不可知、可以沟通而又无法沟通、可以理解而又无法把握的模糊境界。小说家不得不一直在"相对"的真实中徘徊，一直在捕捉着一个永远不可能捕捉到的现实，直到精疲力尽，获得的仍然只是世界的幻影，而不是它的真实存在。随便翻开一部现代主义的小说，比如法国超现实主义作家安德烈·布勒东的《娜嘉》就给我们这种感觉。在《娜嘉》里，布勒东曾对"生活"发表了这样一番议论："所谓生活，就是如我所理解的并非按部就班的那种生活，即是这样一种生活：它充满着大大小小的偶然性，绝对不同于我所设想的关于生活的共同意念；这种生活把我引进一个形同禁脔的世界。在这个世界里，有

---

① 海因里希·伯尔：《关于"废墟文学"的声明》，王宁、顾明栋编《诺贝尔文学奖获奖作家谈创作》，北京大学出版社，1987 年，第 415 页。

种种出其不意的相类似的事，有令人咋舌的种种巧合，有胜过任何精神飞跃的联翩浮想，有如同用钢琴奏出的和音，有人们看得见的雷光电闪，我之所以说'看得见'，是假定它们并不比其他的雷光闪电更加稍纵即逝。这儿指的那些事物，具有内在的、大概不易检验到的价值，然而由于它们赋有绝难预料的、突如其来的性质，由于它们属于自己催发出来的那些可疑的观念体系，由于它们采取让你通过游丝而达到蛛网，即达到最光辉美好的事物的那样一种方式，因而绝不像躲在暗角里或暗角附近的蜘蛛那样毫无价值。这儿所指的那些事物，尽管是纯粹观察所及，但是每次都显示出某种信号的全部表象，而我们却又难以确切地说出是什么信号；在我孤清独处时，那些事物就促使我发觉自己具有难以置信的复杂性；每当我恍惚独自一人在操纵轮船的舵柄时，那些事物就使我相信这是自己的幻觉。这些情况大大超出我们的理解力，只有我们在大多数情况下吁求自卫本能，我们才能恢复自己的理性活动。我们不妨在那些滑动的事物和断崖绝壁似的事物之间建立许多缓冲的中间地带。对某些事物，我仅仅只能做个诚惶诚恐的证人；对另一些事物，我庆幸自己能辨别其来龙，并在某种程度上揣测其去脉。"① 在这篇小说里，作者就为我们描绘了一个难以确定的幻化的现实世界，事物和人物都仿佛在梦境中飘移活动。他们是真实存在着的，但是又充满着神秘的意味，在可感的、已知的世界中又存在着一个未知世界；全部的外在真实，都是这个世界的表象形式，活动着的假面具，都是不可信任的，而其下隐藏着一个不可触摸的超现实世界。娜嘉就是存在于这样一个世界中的幽灵。她有名有姓，有自己的身世和经历，同时又难以捉摸，飘忽不定，是作家一直在追寻而又追寻不到的。

---

① 何永康、陈焘宇编：《外国现代派小说概观》，江苏人民出版社，1985年，第116—117页。

三、新的现实和新的小说观念

不言而喻，在很多现代主义小说中，现实生活重新成为一种被怀疑的对象，从而显露出一种令人扑朔迷离的状态：过去人们依照常规进入作品的熟门熟路没有了，作品中充满着黑白相间图案的梦幻，飞动着神秘和朦胧的意象，若不谨慎小心，就很容易陷入虚无荒诞的境界中。谁都会感觉到，如果仍然用传统的艺术方法来分析和阐释现代小说的美学内涵，往往给人一种力不从心、词不达意之感。这似乎并不奇怪，因为我们所面临的生活和艺术每时每刻都表现出它变革更新的活跃性，而我们艺术评判的模式总是显示出它的既定性。在我们今天所面对的小说世界中，内容和形式距离现实生活的原始状态都越来越远了，而越来越突出地表现出作家自己精神的品质，进入一种崭新的创造性境界。对一些小说家来说，"现实"的整个内涵和外延都变化了，不再是眼前看到的那些锅碗瓢盆、亭台楼阁和行人走兽，而是他完全无任何前提，用纯粹的艺术手段创造出来的东西。这才是真的、可信的。他们并不反映"现实"，而是制作出"现实"。因为没有，也没有任何理由存在着一个封闭的、整理好的、人们对它已经一目了然了的现实。小说家的任务正是穿过一个捉摸不定的、混乱的、现象多样性的世界到达未知世界，用一种新的艺术方式去寻求秩序、意义和生活的完整性。

如果不抱任何偏见的话，现代小说艺术的这种变革已经宣告了一种旧的现实观和艺术观的解体。但是在文学批评中，一些旧的文学概念自身的扩展，常常还会使人瞠目结舌，有些新的艺术因素经过奋力拼搏才赢得艺术创作中的"合理地位"，但是转瞬之间又会成为"古已有之"的东西，依然是某一个旧概念王国中的一个小小的"公民"，小说创作中的现实主义和浪漫主义无疑就是具有这种神奇扩展力的概念。不过，如果我们认真起来，严格地用小说艺术事实来确定这些概念时就会发现，它们并不能作为一种纯粹的艺术概念和定义来使用，更不能代表一个永恒的、无边的艺术时代，至多只是表达了一种生活与艺术的基本关系，或者是对这种关系的一种理解。而一切有关的文学理论并没有也不可能为我们指出一个特定存在的、封闭的、整理好了的、在它的艺术构成中都具有既定性的小说艺术世界，因为在它内容的另一端是一种不断发展的多样化的生活实体。

显然，要是时刻注视着生活现实进程自身的变化，那对于小说艺术令人目眩的变化也就不足为奇了，而且也会对一些无限制扩展的旧的艺术概念感到厌烦。小说评论同样面临着这种情形。自古以来，艺术创作不仅永远和现实生活密切相关，而且本身就是一种现实，表达着人们对生活的某种现实态度，实现着人们的某种欲望。如果说一种充分自信的艺术创造态度是创造完美的艺术作品的重要前提，那么这种自信必然是建立在一种牢固的生活观念上的。这种牢固的生活观念会使艺术家找到生活各个环节之间的逻辑和因果关系，形成一个客观与主观互相契合的整体，这时候，社会生活是被充分理解的，一切内在的和外在的因素都有可能实现最大限度的自我完满和平衡，它可以用自己的色彩、音调、形象及其发展变化来说明和展示自己。在小说创作领域中，托尔斯泰就最大限度地实现和展示了这种完满和平衡，他观察生活的视角，他所能达到的思想的高峰，他所依据的俄国社会变革和现实，以及他的社会理想，都完美地和他所遵循的艺术准则、艺术创作方法实现了统一，构成了一个浑然一体的艺术世界。他的小说承载了他对现实的理解，而这种理解又使他创造了如此的小说。

可惜，这种建立在对生活和艺术关系充分自信基础上的艺术奇迹并不可以重复。平衡，在生活与艺术之间，永远是暂时的。生活和艺术这天平两端的任何一点微小的变化，都会给艺术创作本身带来不安和动荡，从而导致艺术创作方法、形式和意识等方面的变化，打破原来的平衡和和谐。几乎和托尔斯泰同时代的作家陀思妥耶夫斯基的小说创作就是如此。现实生活的剧烈变化，已开始粉碎了小说家原来意识到的那个善恶分明、自我完满的生活世界，把它分裂成不同世界的彼此相关但又相斥的碎块；在现实生活的压迫下，人的内在世界也开始分裂。于是，我们在生性敏感、意志软弱的陀思妥耶夫斯基的小说中就看到了这种被分裂了的艺术世界，怀疑开始走进小说，人物的双重性格出现了，这意味着在小说中过去所描绘的那个生活世界的绝对完整性已经被打破了。虽然就陀思妥耶夫斯基的创作来说，他并非完全有意识地背离传统的小说原则，但也并未走进一个新的艺术时代。

在这种对过去小说艺术世界的怀疑席卷整个文坛的时候，我们所看到的不仅仅是现实世界的因素普遍地被分裂：人物行为分裂了，意识分裂了，时间和空间也分裂了，而且是人的整个精神和信仰世界的分裂。在大工业生产和科技急剧发展的社会中，建立在古旧生活基础上的一切价值观、道德标准，对于生活发展的稳定性、安全性的自信心开始受到了根本的怀疑。小说家想依照常规来寻找生活的真实意义已经不可能了，因为在生活的表象和实体之间、名称和内容之间、标记和物体之间，已经出现了难以容忍的紊乱现象，一切根植于传统生活的美好憧憬及抽象理念，在残酷的现实生活中扮演另外一种角色，给人一种异己感甚至荒诞感。比如亲自参加过两次世界大战、身上弹痕累累的美国作家欧内斯特·海明威在《战地春梦》里就曾写道：

"神圣""光荣""牺牲"和"徒然"等字眼一直使我觉得非常窘迫。这些字眼已经久为我们听惯。有时候是在雨里，离开很远，只有大声叫喊出来的字眼才能让我们听到。我们也曾见过这些字，在告白上——被贴告白的人贴在别的告白上的告白。然而我却从来没有见过任何神圣的东西，荣耀的东西也未见光荣，所谓"牺牲"也就好像芝加哥的屠宰场——只是前者把肉埋葬起来而已。有好些字眼令人无法忍受，结果就只剩下地名才是庄严的。有些数字和日期也然。只有当你提到那些附有地名的日期或数字的时候，你的话才有些意义。诸如"光荣""勇敢""荣誉"或"神圣"等抽象的字，和村名、道路的编号、河名、部队的番号和日期等具体的字眼相形之下，前者显得秽亵下流。

一位外国评论家在引用了这段话后曾指出："它是现代艺术和现代文

学的一篇重要宣言。它刺激艺术和文学，诱使它们冲破各种由空洞的抽象意识构成的藩篱，摧毁自作多情而表现真实的情感，即使真实的情感非常贫乏和卑微——只是一些地名和日期——也在所不惜；并且即使艺术家捐弃了一切虚饰以后，所剩下的只有'虚空'，也在所不惜。"① 事实上，正是现实生活中的重大变化直接刺激了小说家，才使他们开始用怀疑的眼光来看待一切冠冕堂皇的东西，直至粉碎所有美丽的言辞的花环，揭露出令人厌恶的生活真相。

很多人对此表示怀疑或者遗憾，他们对于失掉往日一些美好梦幻而坐卧不安，并且迁怒于一些现代小说家，认为这些小说家抛弃了理想和信念，把人们带到了颓废绝望的境地。这种看法是有点言过其实了。应该说，现代主义小说家同样是一些为社会动荡而坐卧不安的人，不过他们所关注的、所承认的不是一些关于理想、道德的美好词句是否存在，而是在现实生活中所显示的真实和具体的内容。对历史作一番认真的分析就能看出，物质生产的高度发展并不一定能够给人们带来福音，也有可能带来沉重的灾难，关键在于人们怎么认识它和利用它，包括是否能够建立起一种合乎人性需要和发展的现代意识。否则，人的欲望恶性膨胀，并且借助于一些旧的思想信仰的话，大生产和高科技会把人类引向自相残杀、自我毁灭的道路。日本、德国等国家二十世纪初滋长出的法西斯主义，就是现代物质生产的高度发展与狭隘、陈旧的思想信仰的一种畸形交配的恶果。现代物质文明把铁幕、专制、残暴和掠夺心理推向了极端；成千上万的人拿起了杀人的武器，头脑中盘旋着"祖国""拯救""效忠天皇"或者"忠于德意志"，建立"大东亚共荣圈"或者其他蛊惑人心的光荣使命，把子弹射向了异国的平民、妇幼和老人；他们绝大多数人是自愿的，曾经在这些名词以及"代表者"画像前热血沸腾、热泪盈眶，结果造就了人类的惨剧。而正是在这个过程中，充塞在文学作品、新闻报道、广播、图片甚至教科书中的一些美好言辞，制造着一种埋没和扼杀个性、脱离现实的集体

---

① 刘守宜主编：《西洋文学评论》（第2册），联经出版事业公司，1977年，第2页。

英雄浪漫主义的意识氛围，让人们不假思索地排在长长的战争的行列中，把刺刀捅进他人的胸腔。在这种新的世界条件下，曾经给人们提供过安全感的传统的群体意识，反过来助长了群体的恶习，制造了危害和毁灭群体的气氛，这也许是人们始料未及的。

这种类似的情景甚至在一些落后的、正在走向现代化的国度里，在和平环境中也不例外。中国清朝统治者在接受现代物质文明的初期，就想"取西人器数之学，以卫吾尧舜汤文武周孔之道"（薛福成语），结果现代化技术只增加了屠杀革命者的器械。

应该承认，一些现代主义作家是对人类悲剧最为敏感也最先觉醒的人。他们先是在理想和现实之间、言辞和内涵之间看到了巨大的差异，后是从客观与主观、物质与心灵、愿望和结果以及人生的各个方面之间发现不能容忍的裂痕。海明威痛苦地向人们疾呼，人类先前的种种理想是不是谎言，卡夫卡在繁荣的生活表象下面看到了人生的无聊和可憎，萨特和加缪在空虚和存在之间挣扎，而中国的鲁迅则对现实中一切堂皇的指称表示反抗，声称自己是一切道德家、文人、学者、教授、正人君子、慈善家的仇敌，等等，这都是在传统小说家那里难以看到的。如果说传统的小说家对于现实中的黑暗和丑恶进行揭露，无一不是希望能够为人类一些传统的美德和永恒——例如自由、美、爱、善、真——正名，那么现代小说家对这些"名"本身表示了怀疑：它们是不是真的存在，或者是否真的存在过，对我们是否真的有意义……为此，他们开始用一种怀疑的眼光重新来观照人生和自己，甚至开始用一种玩世不恭的态度拿人生取乐，拿自己取乐，以至于拿艺术取乐。

因此，从艺术家和现实的关系来看，现代小说艺术正是从一种"不能投入"的创作势态中产生出来的。这对传统小说家来说，也许是无法容忍的。因为他们一向认为，现实生活和人物形象都有自己确定的发展逻辑和特定的意志，小说家的任务就是完成它们，所以小说家梦寐以求的艺术境界，就应该是沉浸在神与物游的境界之中，人物自动地活跃起来，牵引着小说家的笔触。但是，在现代小说艺术创作中，这样美妙的时刻越来越难出现了。小说家突然感觉到现实与自我之间的差异，为了避免使自己的思想和感情遭到伤害，他们自然而然地与现实生活拉开了距离，开始用一种超然的眼光来认真仔细地观照现实，力图不再为生活的表面现象所迷惑。

正是从这个意义上来说，有人用嘲讽模式来概括和分析二十世纪文学，是有一定道理的。嘲讽表达了一种怀疑的态度、一种距离和一种超越，说明小说艺术正在从原来的现实状态中解脱出来，进入可以被信任的更高级的艺术世界，也为小说家真实地面对现实提供了一个彼岸，小说家可以站在另一个世界的岸边来看待现实。现代小说创作中的"非英雄化""反英雄化"倾向，就带着这种美学意味。当作家一旦超越旧的现实的束缚，一旦摆脱了旧的传统社会价值观的纠缠，一旦以社会整体观念去看待人，过去所崇尚的人的那种英雄色彩必然黯然失色了，那种个人的回天之力，那种作为人的独立意志，所做的惊天动地的壮举，都像肥皂泡沫一样消失了，或者成了一种堂吉诃德式的可笑的虚荣和满足。海明威的《大二心河》就表达了对人生非常冷静的看法。整篇小说所描写的都是主人公尼克琐碎、平常的路途生活细节；他吃饭、睡觉、摆弄着背包带、漫不经心地坐在那里抽烟、小心翼翼地捉蚂蚱、钓鱼、把帐篷取出来、煮豆子和实心面；等等。读者也许很容易感到厌烦、会大叫起来，"这太平凡、太无聊了"，但是作者要告诉读者的正是这个。因为对海明威来说，两次世界大战已经把人类所谓的"英雄壮举"都展示出来了，留下的可使人信任的生活本来就是这样平凡和无聊，人们应该面对它和承认它，而不应该继续生存在一个主观的"英雄"幻境之中了。

四、超越"现实"的小说艺术世界

粗略一看，现代主义小说总是伴随着一股彻底绝望的情绪，小说家所做的无非是对现实的不断的诅咒，表达下一种无可奈何的抗议而已，实际上并非如此。只要认真读一下海明威的《大二心河》，就会感觉到现代作家有一种内在的持久不衰的艺术耐力，对现实表现出一种超然而又有内容的抗衡。你瞧，这是主人公在捉蚂蚱："他发现了许多好蚂蚱。这些蚂蚱都蜷伏在草茎的底部。有时候它们紧紧地爬在草茎上。由于打了露水，它们又冷又湿，在太阳把它们晒暖和起来以前，它们跳动不了。尼克把这些蚂蚱捡了起来，只捡那些中等大小、棕色的，放进瓶子。他翻开一根木头，就在木头边缘遮住的地方有好几百只蚂蚱。这儿是一个蚂蚱栖息的处所。尼克捡了五十来只中等大小、棕色的蚂蚱放在瓶子里面。当他在捉这些蚂蚱的时候，别的蚂蚱在太阳底下身子暖过来了，动身跳蹦走了。它们边跳边飞。开头它们先飞动一下，当它们停下来时，一动不动，好像死的一样。"①

如此细微烦琐的描述将继续下去，海明威除了向人们显示出自己不比任何传统小说家逊色的写实状物的功力外，更重要的是表现出了在美学意义上的超越。他描述了一桩桩的琐碎小事，却不是为了表现这些小事，让人们去咀嚼其中的生活兴味，而是在展示一种人类的生态和心态；他自己始终没有钻到这些琐碎的事物堆里去，而是超然物外，细心地揣摩、估量和玩味，他用了一种很强的自持力和耐心把这件事坚持下去，使读者感到一切所谓悲壮的、理想的现实是虚幻的，只有摆在眼前的、伸手可触的生活，才给人以安全感和可信性。

无疑，这种琐碎的描述过程，本身就显示着一种对人生不带任何恶意的嘲讽。尼克的生存就如同活蹦乱跳的蚂蚱差不多，实实在在而又十分渺小，但尼克确实是在为琐碎而存在，为渺小而乐观，为平凡而生活着。海明威对于现实的这种持久的抗衡力在《老人与海》中有过一次耀眼的迸发，充分显示了一种为失败而存在的精神的成功。海明威本人正是在"反英雄"中显示出作为一个伟大艺术家的英雄本色的。类似情形也表现在奥地利作家弗朗茨·卡夫卡的作品中，尽管卡夫卡的性格中更多地充满了忧郁。《老光棍勃鲁姆费尔德》也许就是一个好例子。主人公勃鲁姆费尔德存在于那样一种平淡无味、令人厌烦的生活情景中，没有波澜，没有趣

---

① 何永康、陈焘宇编：《外国现代派小说概观》，江苏人民出版社，1985年，第351页。

味，没有爱，也没有不爱，更不存在所谓"一位受骗的丈夫杀死了他的妻子，一个女人毒死了她的情人，一个儿子为其父报仇雪恨，一个父亲杀死了自己的孩子，孩子们弄死了他们的父亲，被谋害的君王，被奸污的处女，被囚禁的市民"① 等诸如此类令人振奋惊奇的事情，现实给这位老光棍安排的生活，就是每天"不得不照旧悄悄地爬上这六层楼梯"，"照往常那样悄无声息地穿上睡衣，点燃烟斗"，早上"第一个来到了自己的办公室"而已，正因为如此，两只滚动着的赛璐珞球出现在他的房间里，才成为一件奇怪的，令主人感到开心、奇特、痛苦、忘乎一切的事情，引动他去追逐、去想象、去思索，完全打破了他原来的生活习性。卡夫卡像是从一个很高远的地方，注视着这种平淡无聊的人生现实，并投下几颗引逗人欲望的樱桃，使人的现实生活的贫乏更充分地表现出来。

我们不难发现，当现代小说家一步步从原来的现实中解脱出来的时候，原来有关现实生活题材的美丑贵贱的区别也逐渐模糊了。小说家跳出了现实，意味着现实生活中的一切现象都获得了平等的艺术地位，都一样成为小说家描述和表现的对象。正如同一位现代派画家所说的，"我相信，对于我们每一个人而言，任何一张桌子，都具有像安第斯山脉一般的景致价值"，在现代小说家看来，现实生活已扬弃了宏伟与渺小、崇高与庸俗、典型与非典型、高大与低矮、美丽与丑陋之间的区别，因而在美学意义上应把它们一视同仁，不断扩大艺术表现的范围。在现代小说家的小说中，一开始他们毫不犹豫地把过去认为重要的各种美丽的、优雅的、典型的、本质的、高尚的、令人惊奇的、曲折动人的东西撇在一边，而把人们过去不注意的、受人鄙视的、不堪进入小说的东西带进了小说，流露出对小说内容现实属性的漫不经心和轻视的态度。在这种情况下，愈是平淡的、麻木的、无意义的、琐碎的甚至丑恶的、虚无的、荒诞的生活现象，就愈受到艺术家的青睐，而愈是这样，就愈需要小说家具有超越现实的艺术能力，通过艺术的方法来使作品获得意义。

---

① 莫里斯·梅特林克：《日常生活中的悲剧》，王宁、顾明栋编《诺贝尔文学奖获奖作家谈创作》，北京大学出版社，1987 年，第 3 页。

可以这么说，摆脱客观现实的纠缠并超越它，是传统小说艺术向现代小说艺术转变的关键一步。在小说创作中，过去传统的小说艺术家虽然也雄心勃勃，但仍然不得不把自己限定在一种特定的现实之中，局限在具体生活和人物的视野之内，通过具体的现实生活描述来表现自己，但是现代小说艺术家显然自由多了，他们失去了投入和享受现实的机会，同时也消除了对现实内容过分的依赖性。我们看到，小说家与现实生活的关系一旦发生变异，小说家观察世界和表现生活的眼光、艺术方式也会发生变化。所以小说在社会生活中，愈来愈需要用自己奇特的内容来吸引人们，同时也意味着人们不断在超越单一和单纯的奇特性。当人们了解了更多事物的必然性后，单纯的故事的奇特性就开始消失了。但是，小说家并没有因此放弃现实，放弃自己的艺术世界，而是在现实的平凡生活中愈来愈多地发现了具有艺术表现价值和美学意蕴的东西。小说的艺术世界并不取决于题材本来的现实生活意义，而在于小说家美学上的重新建构。在这里，小说家重新体验到一种人生艺术的亲切感，发现了一个更广阔的小说世界的魅力。正如亨利·詹姆斯早就在自己作品中说给青年小说家听的："她整个生活是属于你的；别听别人的话，他们坚持说艺术只从这里到这里，因而把你驱赶到生活的个别角落；也别听那些人的话，他们会说艺术——这位上天的使者——要冲出生活之外，去呼吸奥林匹斯山上稀薄的空气而掉头不顾事实的真事。没有哪一种生活现象，没有哪一种观察和感觉生活的方法是小说家不能享受的；……请记住，你的第一个责任就是争取最大的丰满——那时你的作品将是完美的。要慷慨、要准确，要穷追自己的目的。"

很多小说家正是在"穷追自己的目的"过程中，自然而然地冲破了传统小说艺术规范。中国当代作家王蒙的创作就很有意思。作为一个小说家，只要把王蒙五十年代的作品，如《组织部来了个年轻人》，和新时期创作的小说《夜的眼》《蝴蝶》《杂色》等加以比较，就不难看出作家对于现实的美学态度的重大变化。而这种变化是从长期的生活磨难和信仰的颠簸中发生的。如果说五十年代的王蒙还是一个"现实"的崇尚者，确实由衷地相信过生活中一些崇高、神圣、辉煌的言辞，那么经过后来痛苦的心灵历程，他就再也不可能像二十几岁的"组织部"的"年轻人"那样简单地信任和投入现实生活了。他曾这样说过："……我现实得多了，我看到了生活的艰难，看到了一切美好的东西还需要成熟，需要成长，需要锻炼和完善自身，需要通过一个又一个的考验。于是，即使是浪漫和透明如《风筝飘带》，我的情歌里仍然有一种清醒和冷峻的调子。为了赞美我的伟大的，历尽沧桑仍然充满了活力的大海一样的母亲，我需要的是运用一切配器及和声的交响曲。我的歌不可能再是少年的小夜曲。"① 他并且意识到了，"荒诞的笑正是对荒诞的生活的一种抗议"，在漫画式的、闹剧式的笔法中可以蕴藏严肃的东西。

尽管王蒙的思想仍然有所保留，但是几十年的生活经历已经在他心底种下了怀疑的根苗。过去建立在一些神圣的、永恒的、郑重和伟大等意念中的乐观与自信已经不复存在，现实已经把供养在主观幻觉中的豪言壮语彻底打翻了。由此王蒙失落了许多，也自由了许多。他因此在某种程度上挣脱了历史和现实长期加在他身上的层层枷锁，促使他走向对生活严峻的反省和对现实的重新思考的道路，并从而对现实有了独立批判的意识，在艺术与现实之间建立了一种新的美学关系。我们看到，在《组织部来了个年轻人》中，王蒙还是一个被现实驯服的羔羊，心甘情愿地接受现实的调遣和指引。因为在他眼里，现实是单纯的、透明的，本身就充满着朝气，只要追随着它的脚步，就一定能够到达更纯洁、更美好、更幸福的境界。但是在后来的《春之声》《蝴蝶》《杂色》等作品中，这种对现实的单纯信仰和追随已不存在了。因为在他眼里现实变得复杂多了，在所谓善与恶、美与丑、真与假之间并不存在那么简单的、泾渭分明的界限，艺术家必须善于驾驭和调配现实才行。他说："复杂化了的经历、思想、感情和生活需要复杂化了的形式。我尝试着在作品中运用复线条，甚至放射线的结构，而不拘泥于一条'主线'。我试图以突破时空限制的心理描写，来充分展示前面说过的'八千里'和'三十年'，展示这八千里和三十年中

---

① 王蒙等：《〈夜的眼〉及其他》，花城出版社，1981 年，第 212 页。

的不同的事物之间的联系和对比。"①

因此，在王蒙新时期创作的一些小说中，"现实"的美学意味出现了令人瞩目的变化，它不再是明明白白地摆在那里，像巴尔扎克笔下的伏盖公寓那般实实在在，而是如此自由自在，飘忽不定，变幻多端。无论是《夜的眼》《海的梦》，还是《蝴蝶》《杂色》，总蕴含着一种让人永远在追寻又追寻不到的意义，现实生活总是离人们那么亲近——可听、可视、可闻，又是那么遥远——不可穷尽，不可言传。如果我们继续读完王蒙长篇近作《活动变人形》，那么就会确定这样一种小说艺术存在：现实不仅意味着一种具体存在，一种生活实体，而且是一个"谜"，有关宇宙、历史、人类生活的谜；它并不是完全展开的一幅画，而是正在展开但还没有展开的画卷；人们只看到了它极小的一角，对它的真实意义知道得很少，甚至难以知晓。小说家必须艰苦地去探求它，追索它，方能有所感悟。而小说创作本身就是对人生和现实探求、追寻的过程，其永恒的含义是在探求和追寻过程中显露出来的，而不在于其结果。这篇小说写了倪吾诚几代人的生活，林林总总，跨越近百年，涉及了各种人和各种复杂的人生，但是，作者并没有把历史和现实狭义地、概念化地确定下来，也没有把自己笔下的人物用某种狭义的、概念化的标准"盖棺论定"，而是把这一切都看作是现实生活舞台上活动着的、不断变化着的人形，是历史的浮光掠影，在其背后又有着更深沉的内容。就是在这样一个无限深邃、无限宽广的人生舞台上，王蒙让作品中的人物倪吾诚尽情尽兴地进行了表演，包括他的缺点和优点，他的热情和怯懦，他的荒唐和真诚，他的勇敢和自嘲，等等，而当他的表演结束的时候，作者通过他的儿子倪藻之口留下了这样的疑问：这究竟是什么呢？"在父亲辞世几年以后，倪藻想起父亲谈起父亲的时候仍能感到那莫名的震颤。一个堂堂的人，一个知识分子，一个既留过洋又去过解放区的人，怎么能是这个样子的？他感到了语言和概念的贫乏。倪藻无法判定父亲的类别归属。知识分子？骗子？疯子？傻子？好

① 王蒙等：《〈夜的眼〉及其他》，花城出版社，1981年，第213页。

人？汉奸？老革命？堂吉诃德？极左派？极右派？民主派？寄生虫？被埋没者？窝囊废？老天真？孔乙己？可怜虫？毒蛇？落伍者？超先锋派？享乐主义者？流氓？市侩？书呆子？理想主义者？这样想下去，倪藻急得一身又一身冷汗。"①

　　也许按照传统小说艺术观点来说，一个小说家在没有搞清楚自己笔下的人物"究竟是什么"的情况下，就投入了写作，而且洋洋洒洒一发而不可收，实在是过于轻率或者不负责任的做法。但是，现代小说艺术家就是这样做的。对他们来说，对现实的理解，对艺术对象的把握，永远处于一种相对的、不断变化的状态中。他们不再按照传统的路径进行创作，例如先是充分地搜集有关方面的资料，自以为对事物和人物的面貌、身份和行为规律有了明确的认识之后，再去构思故事情节和人物关系。小说创作基本上就是表述这种确定性认识及其结果的过程。显然，这种对于现实和艺术对象自以为是的"把握"和定性，永远是具有局限性的，所谓"完满性"只能是一种主观幻觉。而就某种意义上来说，现代小说艺术与之不同之处，就是大胆承认这种局限并试图冲破它。小说家在创作中获得的快感，不再是表达自己已知道的、已把握的、人人都能体验到的那种现实，而是尚未知道的、把握的，人们难以体验甚或无法体验到的那部分现实。美国作家罗伯特·弗罗斯特在谈到诗创作时说："要开始写一首诗必须有一种亢奋感，我的这种亢奋感是由于在我脑海中出现了一种我不曾料到我会懂得的东西，由于这种突然而来的惊奇而产生的。这时我才感到心里踏实了，我的时刻来到了，我仿佛是在云端飘荡不定的幽灵，突然变成了血肉之躯，仿佛是从地底下突然冒了出来。"② 现代小说家的创作或许也有类似的情景。面对丰富的现实生活，小说家强调一种新的发现，超脱于常规的生活逻辑和经验范围；为了在小说中表现出这种发现，小说家同样需要

① 王蒙：《活动变人形》，《当代长篇小说》，人民文学出版社，1986 年，第 154—155 页。
② 罗伯特·弗罗斯特：《诗的运动》，《美国作家论文学》，刘保端等译，生活·读书·新知三联书店，1984 年，第 354 页。

更自由的艺术表现，能够摆脱一般具体的客观现实生活的局限，确定某种不受一般时空限制的、独立的艺术关系。现代小说家的美学使命不仅仅是反映现实和描摹现实，而是创造一种新的现实存在。而这种现实之所以能够存在，正是由于它能超越和远离现实，是现实生活永远不可能替代的。

第三章

自我在现代小说艺术中的变迁

如果要真正探明现代小说艺术更新的秘密，那么就不能仅仅对现实进行单方面的考察。艺术是现实生活和艺术家主体世界互相交融、沟通和聚合的结晶，如果忽视了对艺术家自我的美学分析将是不可思议的。在小说艺术变化中，自我始终代表着一种艺术创造力的源泉，决定着某种独特的美学思想的投射以及与之密切相关的把握生活主观形式的独特性。现代小说艺术变革最明显的标记之一，就是艺术家完全改变了在传统小说创作中俯首帖耳、软弱无能的地位，艺术创造的能动性和潜力得到了更充分的发挥。

事实正是这样的，现代小说家对于现实生活任何一种新的艺术发现，都是在一种真实的具有丰富思想和美学修养的创作主体作出一番新的评价中进行的，同时又是通过突破原来的自我的局限性实现的。如果说在艺术创作中，表现生活和表现自我始终是统一的过程，那么艺术家对现实的新的发现，同时也意味着对自我的新的发现。在这个基础上，现代小说艺术的更新和现代小说家自我世界的联系变得更紧密，小说家对世界的看法，以及他在生活中的位置、情感的内涵及其表达方式、审美趣味及价值观念等，都直接或间接地支配和影响着小说家的美学选择，由此形成自我在小说艺术中独特的美学面貌。

一、小说创作中的表现自我

应该指出，所谓现代小说艺术创作，是一种包括五花八门的文学流派和风格的、世界性的、复杂的综合体，其规模和花样品种足以使其他一切文学样式相形见绌，它不仅和传统的小说艺术有别，而且其内部也存在着各种各样的差异和矛盾。但是，现代小说艺术创作不满传统小说艺术的种种界定，在理论和创作上表现出的一个显著特点，就是"表现自我"。显然，这一美学事实的出现并非偶然的，对于现实日益增长着的怀疑和不信任态度，使得艺术家逐渐把艺术表现重心移到了自我方面。让-保罗·萨特就这么认为："现实主义的谬误在于它曾经相信，只要用心观察，现实就会展现出来，因此人们可以对现实作出公正的描绘。这又怎么可能呢？既然连知觉本身都是不公正的，既然只消人们叫出对象的名字，人们就改变了这个对象。再者，作家既然意欲自己对世界而言具有本质性，他又怎么能意欲自己对于这个世界包藏的种种非正义行为而言也具有本质性呢？"① 因此，小说家的自我必须主动承担起超越现实的责任，自由地进行艺术选择。

显然，"表现自我"作为现代艺术创作中一种普遍美学现象，早已引起了广泛的注意。因为它的意义不仅是远远超越了艺术表现对象的范围，而是显示了向传统艺术中既定的陈规戒律的反抗态度，代表着一种新的艺术意识。同时，由于各种时代和历史的原因，现代艺术中"表现自我"本身也被渲染上了各种各样的色彩。令人遗憾的是，对于这一独特而又复杂的文学现象，过去的评价几乎全部处于一种简单而又尖锐的对立之中，有的时候，甚至把它和社会政治（如资本主义与社会主义）、阶级根源（资产阶级和无产阶级）、世界观（唯心主义和唯物主义）的对立完全相提并

---

① 萨特：《为什么写作》，王宁、顾明栋编《诺贝尔文学获奖作家谈创作》，北京大学出版社，1987年，第319页。

论，造成了对于艺术发展的很多误解。这不仅阻碍了人们真实地了解和理解现代小说，而且忽视了在这一文学现象掩盖之下的现代社会和现代人的某种独特的心态以及新的思维方式。

平心而论，现代小说艺术家热衷于表现自我，并且能够成为一种文学思潮，并不是由他们自己的爱好，或者某种标新立异的举动所能决定的，而是由于他们唤起了人们的共鸣，表达了人们被长期压抑的一种心理欲望。表现自我既是对人的生存状态的思考，也是对现代社会生活中一种特殊的精神现象的反射。

也许一切都无可非议。当历史发展加快了步伐，带来了生活日新月异的变化，也带来了人的生存状态、人的心理的巨大变化。科学技术的发展和密集性大生产给人们带来了实际的福音和恩惠，也在一定程度上限制了人生存的自由度。高楼阻断了人们的视线，噪声破坏了大自然声音的和谐，人们蜷缩在自己为自己设计的狭小空间里辗转反侧。随着劳动专业分工的日趋细密，个人对于整个生活的控制和影响能力越来越小。在生活转换周期越来越快、节奏越来越快的情况下，人们再也无法维持那种自我满足、恬静自然的心理状态了，而是自然而然感到紧张、麻木、身不由己和沉重。而真正可悲的是，由于传统的心理习惯的根深蒂固，人们不是，也不可能完全自愿地来迎接和适应这种现实生活的变化，多多少少是在一种无可奈何或者强制的条件下来适应这种变化的。这样，正如马克思在《1844 年经济学哲学手稿》一书中所描述的那样，人对于自己所从事的工作产生了极大的厌倦，形成了一种个人被剥夺、被侵害的感觉。个人存在和个人自我赖以存在的基础产生了尖锐的矛盾。这一切，正如后期象征主义诗人莱纳·马利亚·里尔克在诗中写到的："啊，朋友们，这并不是新鲜，机械排挤掉我们的手腕。你们不要让过度迷惑，赞美'新'的人，不久便沉默。"①

应该确切地说，在现代社会里，可怕的不是机械排挤掉人的手腕，而

---

① 里尔克：《啊，朋友们，这并不是新鲜》，袁可嘉、董衡巽、郑克鲁选编《外国现代派作品选》（第 1 册上），上海文艺出版社，1980 年，第 46 页。

是作为独立的个人的存在。在庞大的社会生活和生活关系之中，个人愈来愈被整体社会所支配，个人的地位如同一台大机器上可以随时换掉的螺丝钉一样微不足道。社会承认的是人的产品，而不是他个人。对此马克思曾做过精彩的表述，劳动者越是创造出更多的产品，就愈是使他自己变成廉价的商品，人不再是按照自己的欲望和理想去生产和生活，而是按照商品的要求在生产和生活。人们一旦发现了自己这种悲剧地位，就会对人类的命运和前途，对自我的生存价值产生很大的恐惧和困惑感。在现代社会中，关于人的存在和价值问题，成为人文科学格外重视的一个问题，关于人的个性发展及其创造力的发挥，不断地被突出、被强调，不能说和这种普遍的恐惧感无关。

无疑，所谓现代艺术创作就是在这种背景下产生的。人类创造新的纪元，也创造了新的问题。现代艺术家就是为这些新的问题，为表达人类新的苦恼、新的恐惧、新的悲伤应运而生的。他们无法容忍由物质上的富足而带来的精神上的贫乏；无法容忍人，包括艺术家自身永远成为某种无法控制的、异己的社会现实的玩物，"被作弄"于社会各种强加于人的法规、道德等规范的约束之中；更不能容忍在这种情况下人本身处于被囚禁、被否定的地位。自尊心和自信心被摧残，失望和悲观的心情与日俱增。因此，在新的社会生活中，在精神上重新寻找自我和表现自我乃至重建自我，成为现代艺术家必然要承担的人生责任和文化使命。

这也许是一条漫长的艺术道路，至今还不能说已经完成。而现代艺术创作拉开帷幕的第一幕戏剧，就揭示出人类这种悲剧性存在的事实。于是，在小说创作中出现了很多可怜的被社会捉弄的人物形象，他们惶惶然不可终日，陷身于机械性的、庸俗无聊的生活之中；或者精神空虚、顾影自怜，不敢正视现实；或者孤独凄凉、穷途潦倒，甚至精神失常、蓬头垢面，对生活不是失去了任何兴趣和热情，就是陷入了空前的绝望和悲观情绪之中。他们就像弗吉尼亚·伍尔夫笔下的达罗卫夫人、卡夫卡笔下的老光棍勃鲁姆费尔德、加缪《局外人》中的莫尔索、海明威《大二心河》中的尼克那样可悲地、毫无生气地生活着，已经失去了人生的意义。他们只能说是"生活过",但是在现实中从来没有存在过;不仅社会不去关心和承认他们的存在,更为可悲的是他们自己也无法意识到这种存在;现代艺术家就是要把这失去的自我找回来,无论是在天上,还是在地下;是在现实中,还是在梦幻中。

当然,人的存在被侵占、被侮辱、被腐蚀的现象,并非在现代艺术创作中突然产生的。在十九世纪传统的现实主义文学创作中就已有所表现。在巴尔扎克的作品中,我们就能看到,人是怎样在物欲横流的社会中搏斗着,金钱不仅在腐蚀着人的灵魂,撕破着社会人与人关系上一切温情脉脉的面纱,而且也在剥夺着人、毁坏着人的存在,摧毁着人的自尊心。一部分人正在或者已经成为金钱的奴隶和社会的牺牲品。巴尔扎克甚至已经告诉我们,在这样一个社会里,没有钱是可悲的,他不可能有自我的社会价值,而有钱也是可悲的,他将更多地受到金钱的驱使,成为金钱的奴隶。实际上,十九世纪末的很多小说家都开始注意到了人的这种可悲又可笑的生存状况,注意到人在失去自我的精神悲剧。例如德国托马斯·曼的早期作品,就写了很多孤独、病态、忧郁、与社会隔绝的小人物。短篇小说《托比阿斯·敏德尼克尔》中的主人公大概就是其中的一个。作者这样描述自己笔下的主人公,他根本就不敢用坚定平静的目光去正视一个人,甚至一个动物。而这点听起来有点奇怪——他缺少一个人在观看世界上各种现象时所具有的那种天生的、自己意识到的自尊。他好像屈服于每种现象下面,怯懦的眼光不得不在人和事物面前畏缩。如果把这篇小说和他另一篇《上帝的宝剑》对照起来看,就会发现一种深刻的人与现实之间的隔绝意识,人的存在与现实生活中的各种事物之间的格格不入。

这也许正是现代小说有别于传统小说的地方。同传统小说作品相比,正是由于现代艺术家对人生自我悲剧有了更深一层的体验和认识,才使其表现自我具有了新的美学内涵。黑格尔曾说过:"……而人作为心灵却复现他自己,因为他首先作为自然物而存在,其次他还为自己而存在,观照自己,认识自己,思考自己,只有通过这种自为的存在,人才是心灵。"传统的小说艺术家或许还没有感觉到这种复现自己的困难,因为他们虽然看到了人的自我丧失的心灵悲剧，但是并没有看到人物与现实必然联系的丧失，所以能够很自然地通过描述现实生活来表现这种悲剧，通过批判社会来肯定自我。但是对现代艺术家来说，这种自我与社会相互沟通的联系已经失去了，从而深切感到了"复现他自己"的极端困难性。个人的行动已不能代表个人的存在，而是某种外在意志的表现。现代社会名目繁多的"形式化"的行为方式、语言方式、思维方式，已经遮蔽了人的自我的真实存在，以至于使每个人的自我都被"保护"起来，达到既不能被别人理解，也不能理解别人的程度。荒诞派作家尤奈斯库由此说过："一道帷幕——一道不可逾越的墙，横在我和世界之间；物质充塞每个角落，占据一切空间，它的势力扼杀一切自由；地平线包抄过来，人间变成了一个令人窒息的地牢。"法国作家阿尔贝·加缪对这种"地牢"的生存就有深刻的体验。其《局外人》中的莫尔索就是在这座地牢中生存的一个"居民"，他在任何地方都找不到自我与外在世界的联系，世界已对他失去了现实性，无论是母亲死了，还是情人求爱，甚至自己被判了死刑，他都无动于衷，因为他在失去这个世界的同时，也失去了自我存在的意义。他这样认为："说老实话，我也不知道三十岁死或是七十岁死有没有什么大关系，因为三十岁死也好，七十岁死也好，别的男人和别的女人照样会继续活下去，而且再过几千年也还是如此。"这正如一位西方评论家所说的，他不是被描写为一个人，而是被描写为一个完全受条件限制的心理学过程，不管他是在工作、恋爱、杀人还是吃睡时都确是如此。

正是这样，"表现自我"成了现代艺术家解除内在痛苦，把自己从"地牢"解救出来的艺术通道。记得马克思曾说过，让我们设想人之为人，他同世界的关系是一种人的关系。于是，恋爱只能和恋爱交换，信任只能和信任交换。可惜，对于现代艺术家来说，他们看到的大多是虚伪和虚伪的交换，或者真诚和虚伪的交换，因此不再轻信生活表面的言辞了，从而到达了最后自我与自我交换的境界。因此，在一个感到异己和陌生的世界中，"我感到孤独"——这是荒诞派戏剧《等待戈多》中的一句台词——沟通了很多人的心理。因为人需要理解，而艺术正是在提供着这种理解。

"表现自我"常常就是直接从痛苦的自剖中完成对自己的这种理解的。艺术也许为人们提供了一面镜子，当人们在现实中无法意识到自己的时候，就能从艺术中看到了自己，尽管看到的是丑陋、痛苦的自我，也是对自我的一种肯定。显然，现代艺术注定要诞生于一个人价值危若累卵的时代。如果人们已完全失去了对真诚、合理的人性的追求和向往，失去了最后的自我意识和对其把握的能力，当然也就不会去追求自我的存在和价值，并且去创造大量的表现自我的作品了。但是情形恰恰不是如此。也许当人们能够领悟到自我在被吞没，并能够感到这种被吞没的痛苦时，才格外需要表现自我，甚至不惜用痛苦来显示和提醒自我的存在。记得一位外国哲学家对于整个社会的自我压迫曾这样表述：它环绕着我们，沉重地压在我们身上，把种种冷酷的限制加诸我们的存在。我们的确无法逃脱。为了获得可靠的生存，我被扔向自我。

"我被扔向自我"——我认为这是一种对现代人生存状态的精彩表述。这意味着孤独的个人在大千世界中的一种自我挣扎，是在自我在其世界中变得更加渺小、微不足道乃至消失的情况下，为人格的生存自我肯定的一场博弈。黑格尔曾经说过："艺术表现的普遍需要所以也是理性的需要，人要把内在世界和外在世界作为对象，提升到心灵的意识面前，以便从这些对象中认识到自己。"现代艺术家所做的一切，同样是在陈述着这种理性的需要，不过，他们不得不更多地以内在世界为主要对象，直接从痛苦的自剖中去认识到自己。

也许这正是现代艺术被现代生活所接受、与人们的生活密切相关的奥妙之一，尽管从一诞生就受到各种各样的冷嘲热讽，认为它"不合规范""乱七八糟""谁也看不懂"等。实际上，表现自我和认识自我不仅是艺术发展的深刻动力之一，而且也是人类历史发展中的一个重要内容。人类之所以能够摆脱动物界进入一个高级发展过程，就在于它能够持续一种自觉的自我发展运动。这种运动是双向的，一方面是不断发现自然的过程；另一方面则是在不断地发现自我，从而能够通过生活有意识地、不断地塑造自我。因此人类对自我的探寻和发现，构成了人类生活发展的最根本的动力之一。而人类对自然的发现和开拓只有在符合这种人类自我发现和自我塑造的前提下，才能够成为美的创造，才能被认为是富有人类意义的。否则，人类一旦失去自我发现、自我探寻的能力，也就意味着自我发展的中断和自我泯灭，从而沦落为盲目的自然存在。而艺术正是最鲜明、最直接、最生动、最完整地记录了人类对自己主体的探寻和发现过程。艺术一经产生，就自觉地承担起人类意识的二重职责，它是自然最深刻的秘密的探寻和发现者，同时又把人类自我本身当作这种探索的最重要的对象。艺术是以人类自我为对象的，这决定了艺术本身不仅永远充满人类发展的生命活力，而且这种艺术活力本身又成为人类自我判断自我生存状态的标志之一。

二、自我——一种新的美学因素

如果说艺术是以人类自我为对象，并且为其而存在的，那么现代艺术把它推到了新的、几乎是无与伦比的阶段。尤其对于现代小说艺术来说，如果排除或者忽视了对小说家自我及其在创作中美学作用的分析，几乎是无法进行的。鲁迅就曾说过："……现在的文艺，就在写我们自己的社会，连我们自己也写进去；在小说中可以发现社会，也可以发现我们自己，以前的文艺，如隔岸观火，没有什么切身关系；现在的文艺，连自己也烧在这里面，自己一定深深感觉到；一到自己感觉到，一定要参加到社会中！"[1] 而在鲁迅小说中的自我，就不仅仅是具体生活的观察者和记录者，而是活生生的体验者和表现者。这个自我不是孤立存在的，而是不断与生活碰撞着、交流着、搏斗着，逐渐显示出自己独特的艺术风采。例如鲁迅许多第一人称的小说，和传统的以第一人称方式写成的小说有很大的不同。《在酒楼上》就是如此。在作品中，故事中的主人公吕纬甫和"我"

---

[1]　鲁迅：《鲁迅全集》（第 7 卷），人民文学出版社，2005 年，第 120 页。

的关系，是很平淡的，况且二人只是偶然的相遇。"我"力图站在吕纬甫生活圈子之外，大有一种超然事外的意味，包括在思想情感上力图避开他，远离他。但是总是有一种天然的吸引力把两者集合在一个历史的瞬间之中，他们相遇了，并且彼此从对方身上观照到了自己的一部分。显然，这篇小说的深刻内涵，并不全然表现在对吕纬甫生活经历的描述，同时也表现在这种经历对"我"的影响和在"我"心灵中引起的反响。否则作者是不会把一段无聊的经历写出来的，并且容忍"我"去聆听它。可以说，小说正是由两个互相矛盾的空间的"自我"相互冲突而又彼此沟通、理解构成的。如果说在这篇小说中表现了鲁迅对吕纬甫那样的知识分子生活的痛惜和批判的话，那么就应该说，这篇小说同时也凝结了鲁迅本人人格的一些体验和思想的搏斗。在当时的情况下，鲁迅同样经历了像吕纬甫一样的心灵危机。这种危机是鲁迅通过对于现实的身临其境的体验所感受到的，所以才表现得如此深刻。在鲁迅的小说中，不仅留下了他同生活搏斗的印迹，而且也凝结着他同自我搏斗的内容。

　　自我在小说中的凸现，无疑是和传统的小说艺术规范相冲突的。传统小说艺术的既定性最容易造成的错觉，莫过于把艺术家的主观能动性当作对艺术的破坏力。无论是巴尔扎克、狄更斯，还是托尔斯泰、契诃夫，他们总是在创作中把作家主观思想的介入，看成艺术创作的大敌。而他们在现实主义小说创作中取得的辉煌成就，又使这种观念成了小说创作中不可侵犯的金科玉律。契诃夫在给别人的一封信中，就曾提出一部作品要成为艺术品必须符合六项条件：一、不要那种政治、社会、经济性质的冗长的高谈阔论；二、彻底的客观态度；三、人物和事物的描写的真实；四、加倍的简练；五、大胆和独创精神，避免陈腔滥调；六、诚恳。[1] 就其第二条来说，一直是契诃夫一再强调的，甚至到了晚年——至少在观念上——也不敢越雷池一步，仍谆谆教导后人："态度越客观，所产生的印象就越有力。我要说的就是这个意思。"但是，当小说家下笔的时候不再充分信

---

① 契诃夫：《契诃夫论文学》，汝龙译，人民文学出版社，1958年，第26页。

任现实能够代替自己的时候，人们就会意识到一种新的艺术力量不可避免地进入了小说。这种力量把故事截成了碎段，把人物分裂成了几半，把太阳描写成黑色或者蓝色，捣毁了以往小说叙述的常规法则，扰乱了人既定的视线。这种力量就是小说家的自我。这时候，小说艺术把握和表现生活的方式确实变得紊乱了。

也许这种紊乱对一些评论家来说，是不正常的，但是对小说家来说却理所当然。原因在于，小说家所看到的生活世界已经无法和小说家的自我和睦相处了。过去，艺术家之所以心甘情愿地把自己的一切交付给一个具体的生活故事，或者交付于某一个主人公，是因为他相信他们能够表达自己。现在却不能够了。艺术家不但看到了某一具体人物或具体故事的世界，而且看到了与之相关但绝不相同的几个多样的世界。各种不同的主观认识角度和方式把事物划进了不同的领域，而同一个事物的不同侧面又为这种多元化的认知方式提供着依据。艺术家从现实生活中体验到了一种多重性的品格，在主观和客观世界中发现了多层次的结构。小说家如果继续依附于某一种生活世界的话，就面临着被生活吞没的危险，从而不能不以一种更强大的自我力量来驾驭生活。

当然，很多人都会指出，在传统小说中并非没有自我；自我并非现代小说的产儿，尤其在文艺复兴之后，自我在小说创作中的地位越来越突出了；大量的第一人称方式写就的小说，更是把自我感情的倾诉推到了一个引人注目的地位。例如卢梭的《新爱洛伊丝》、歌德的《少年维特之烦恼》等带自传性质的小说，就是通过鲜明的自我形象，直接凭借小说家主体的旨趣来打动人心的。在十八世纪很多类似的浪漫主义小说中，我们都能够察觉到一种有趣的现象，小说家喜欢从客观生活转回来，沉浸到自我心灵之中，观照自我的意识；小说家感兴趣的不是事物的外在面貌，而是事物对自我心灵的影响及其主体内心的经历。于是，在一些浪漫主义小说中，我们已能够看到从未有过的主人公的多愁善感和喃喃自语。也许用黑格尔谈及抒情诗内容的一段话来描述这些小说也是恰当的，它们大多"即是个别主体的自我表现……这就是说，它所特有的内容就是心灵本身，单纯的主体性格，重点不在当前的对象而在发生情感的灵魂。一纵即逝的情调，内心的欢呼，闪电似的无忧无虑的谑浪笑傲，怅惘，怨愁和哀叹，总之，情感生活的全部浓淡色调，瞬息万变的动态或是由极不同的对象所引起的零星的飘忽的感想"，① 都成为小说家在创作中所热衷表现的内容。

很多年之后，大部分小说家在十九世纪浪漫主义文学中寻找现代主义的先河，恐怕是很有道理的。一些浪漫主义小说家，特别是一些感情敏感多变、精神脆弱且畸形变态的小说家，他们以一种强大的主观力量凸现在小说创作中，在很多方面已经突破了传统小说的叙述原则。有名的文学史家勃兰兑斯在分析了德国很多浪漫主义作家的作品后曾指出："……浪漫主义文学并不止于此。它既不满足于把个人投向过去，也不满足于给他安上来世的宽大而华丽的孔雀尾巴。它时而把自我从中剖成两半，时而把它分解成各种元素。正如它通过伸延自我把它分布在时间中一样，它还剖裂自我并把它在空间中分布开来。它既不尊重空间，也不尊重时间。自我意识的本身就是自我二重化。但是，不能克服和主宰这种二重化的自我却是病态的。"② 可见，自我在小说创作中凸现出来，并且产生了各种变形的情况，并不是一件新鲜事，在文学发展中已不值得大惊小怪了。现代小说艺术中强调的表现自我或者自我表现，不过是在新的现实条件下继承和发展了传统小说中的一种因素罢了。

实际上，如果考察一下文学历史的发展就会发现，自我在小说创作中的地位不是一成不变的，而且总的来说，是不断地从作品中凸现出来的，表现出一种越来越自觉，越来越明朗，越来越清晰的趋向。这种趋向不仅一般地反映了艺术不断从原始的、低级状态中解脱出来的过程，而且是与艺术对于人类自我主体性的探寻和发现连在一起的。自我是从历史的莽原中走来的。最初，它仿佛淹没在一片混沌的宇宙和人类生活之中，随着艺

---

① 黑格尔：《美学》（第3卷下册），朱光潜译，商务印书馆，1996年，第191—192页。

② 勃兰兑斯：《德国浪漫派》，勃兰兑斯《十九世纪文学主潮》（第2分册），刘半九译，人民文学出版社，1981年，第159页。

术的发展逐渐显露出来，并越来越突出，由模糊到清晰，由单一到多样，才构成了像今天这样鲜明的美学面貌。显然，当艺术还处于图腾、神话和传统的原始阶段时，根本还谈不上艺术家的自我。那时候人类的主体意识还没有从原始的自然生活中解脱出来，人通过神把自己和大自然联系在一起，也通过神和自然之物来表达自己。从神话到人神杂糅，再到人神分离，人类艺术经历了一个漫长时期，这也是人的主体意识逐渐从混沌的被神和自然完全占据的世界中突现出来的时期。这时期，如果说艺术中仍然有自我的话，那么这个自我只能是人类群体的自我，或者说自我是一种群体意识的承担者。

在艺术发展中，从群体自我向个性自我转移，经历了一条漫长的道路。我们看到，艺术家和他笔下的主人公怎样在一种既定的命运笼罩下苦苦挣扎，继而又是怎样被某种家族的身份和血缘关系所支配。例如索福克勒斯《俄狄浦斯王》中的主人公，注定摆脱不了弑父娶母的悲剧，而中世纪大量的骑士小说都在宣扬一种国家和爱情高于一切的荣誉感。在十九世纪小说创作中，当人被理解为各种社会关系总和的时候，艺术作品中的个性得到了充分表现自己的机会，但是艺术家的自我依然不得不受到社会环境等其他外在因素的牵制，不能随心所欲地表现自己。从这里可以看出，自我是在艺术创作中不断凸显，也是艺术不断征服自然和现实，显示其主体性的过程，是艺术创作不断向高层次发展的内在规律之一。自我在艺术创作中不断获得自己完整的人格，也意味着艺术是在生活发展中不断发现自我的价值，不断开拓新的内容，创造新的形式的过程。而现代艺术创作中的自我，不仅是通过内容，更重要的是通过形式的创新显示自己的。

在这里，在自我历史变迁中，现代小说艺术也许创造了更引人注目的事实。如果说在十九世纪现实主义小说创作中，自我之所以不能获得自己独立的真正的存在，最根本的原因在于不具备自我存在的美学依据，自我还必须通过一些外在因素的标记来显示自己，那么，在现代小说艺术中，自我可以摆脱一切外在事物和人物的约束，自生自发地表现自己和描述自己，并且保持任意选择从哪里开始或终止的权利。在意识流小说创作中就显示出了一种新的美学特色，小说艺术构成的完整性的依据在于主体的内心活动，生活可以被分裂和分解成各种情感、观念、直觉和印象等因素，而这些因素能够结合成一个整体的唯一的贯穿线索，就是它们共同的依据和支撑点，即自我。于是，在大量的现代小说中，我们能够发现一种普遍的、更为微妙的事实，自我并不是因为脱离了某种外在的具体环境或者现实关系，而失去自己的存在，而是因为能够依赖于自己内心的心理活动，哪怕是一种轻微的心理波动，就可以持续下去。所以虽然有的艺术家在剧烈的内在冲突中展示着自己的美学思想，但更多的人在昏昏欲睡和喃喃呓语中表现着自我，持续着自我的生存。这些艺术作品各自所拥有的美学运动的方式、方向和内容，都显示了艺术家独特的美学理想和艺术选择。在现代小说艺术创作中，一旦破除了自我对一切外在环境和现实关系的依赖，艺术创造中主体的复杂性、丰富性和多样性，就得到了更充分和更自由的发挥。因此，艺术创作中的标新立异，各种艺术流派和风格的争奇斗艳，成为二十世纪小说创作中的普遍事实，也成为现代艺术走向成熟和完善的标志。从某种意义上可以说，现代小说艺术的更新，意味着小说家自我在艺术创作中的一次大解放、大解脱，而正是这种大解放和大解脱才导致了一个从未有过的多元化、多样化艺术创造时代的到来。

　　没有理由对自我的这种凸现嗤之以鼻。因为这种自我的大解放，是小说艺术向更高层次挺进的前提和条件，它给所有小说家和爱好小说的人提供了自由表达和创造自我个性的广阔天地。在这个过程中，小说艺术也真正敞开了自己的胸怀，从生活和艺术的各个领域汲取充实和丰富自己的因素。这里，且不说小说家从电影、戏剧、音乐、绘画等艺术领域中所获得的有益的启发，就从文学领域来说，小说家从诗歌和散文艺术中获得了很多灵感，极大地丰富了小说艺术表达方式。对于这一点，伍尔夫夫人独具慧眼，早就向人们指出："小说或者未来小说的变种，会具有诗歌的某些属性。它将表现人与自然、人与命运之间的关系，表现它的想象和它的梦幻。但它也将表现出生活中那种嘲弄、矛盾、疑问和复杂等特性。它将采用那个不协调因素的奇异的混合体——现代心灵——的模式。因此，它将把那作为民主的艺术形式的散文之珍贵特性——它的自由、无畏、灵活——紧紧地攥在胸前。因为，散文是如此谦逊，它可以到处通行；对它来说，没有什么它不能涉足的太低级、太肮脏、太卑贱的地方。它又是无限忍耐，虚心渴望得到知识。它能用它有黏液的长舌，把事物最微细的碎片也舔上来，把它们搅拌成一团，形成一个最精巧的迷宫；它能在门口默默倾听，尽管在门后面只能听到一阵喃喃自语或低声耳语。它有一种被不断使用的工具的灵活惯熟的全部性能，能够曲尽其妙地记录现代心灵的典型变化。"①

无疑，在现代小说艺术更新过程中，小说的"诗化"和"散文化"已经成为一种普遍的艺术倾向。就前者来说，也许更明显地标示着小说主体性品格的强化，艺术家自我色彩愈加突出和浓烈；而就后者来说，更直接显示着故事的"淡化"，小说正在日益从具体故事的圈套中解脱出来。就一种艺术更新的趋势来说，这两者又是相辅相成的，从不同的方向上拓展着小说艺术的疆域。事实上，在二十世纪现代小说创作中，像莫泊桑那样冷静而又精巧地设计小说的作家已经不多见了。很多小说家很容易把小说和散文、特写等混淆起来，夸张或者漫画式的笔调，跳跃或中断情节的写法是非常常见的。

三、自我在现代小说中的美学意蕴

自我的凸现及其对作品随心所欲的支配力量，也许使小说在形式上成为一种自由散漫而又难以捉摸的体裁。今天，已经很少人低估自我在小说中的美学作用了，但是，这种估计在很多情况下是建立在误解的基础上的。至今还有很多人认为，现代小说中的表现自我，把小说带进了一个狭窄的死胡同，极大地限制了小说表现的内容；还有人振振有词地说，这些

---

① 弗吉尼亚·伍尔夫：《论小说与小说家》，瞿世镜译，上海译文出版社，2009 年，第 325—326 页。

现代小说家是丢了"大我"（指客观现实生活），钻进"小我"作茧自缚，走上了小说艺术的末路，等等。例如有名的理论家卢卡契就抱有这样的看法："现代世界观的极端主观主义，文学上形象塑造的日益增加的精巧，和日益增加的强调心理因子的成见，结果势必至于引起人物的消解。现代的资产阶级思想，把客观现实分解为一个直接感觉的综合体。这么样，由于使人的自我只成为这些感觉的一个集合体，它就消解了个人的性格了。"① 他还认为，由于错误的主观主义，作家内心的这种无约束的过度享受所产生的危险，会导致作家站在一个可以无约束地任意插足干涉的自由试验的世界面前，不能获得不依赖于作家的、自己独立的生命。

这些看法本身或许很有道理，并且也确实涉及了一些艺术现象。但是，如果用这种看法来评价和把握整个现代小说艺术中自我的美学作用，就显得过于简单和武断了。换句话说，一些人（包括卢卡契）虽然对现代艺术中的自我发表了很多高论，但是他们所意识到的"自我"却与现代艺术中的自我相去甚远，他们并没有真正把握现代艺术中自我的真正美学内涵，就迫不及待地发表议论了。所以他们的看法也只适宜于评价他们所意识到的那个自我，评价现代小说艺术中的自我就不那么适宜了。

比如，在小说世界中划分出"大我"和"小我"的界线，就是建立在传统小说艺术范围内的。之所以能有"大我"和"小我"，是由于在小说家那里，客观现实生活和自我世界是泾渭分明的，自我代表着一种单纯的主体形式，是在社会生活中存在着的一个个体并且独立于客观生活之外。因此过分强调表现自我，就会把小说局限在一个狭小的圈子里。但是，现代小说中的自我已不再是传统小说意义上的自我了，从美学意义上来看，它是在彻底打破过去的物我关系，进而也是在消除了"大我"和"小我"区别的基础上确定的。现代小说中这种新的自我是"大我"与"小我"、主观与客观相交融和组合的产物。

细心分析和比较一下自我从传统小说到现代小说中的这种变化，是一

---

① 外国文学研究资料丛刊编辑委员会：《卢卡契文学论文集》，中国社会科学出版社，1980年，第197页。

件饶有趣味的事。在传统小说中，自我始终是确定的，并且每时每刻都在和任何企图吞没自己的现象搏斗着；它通过一系列确定的标准，如善与恶、美与丑、真实与非真实、主观与客观等，把自己同自然界和现实生活分离开来，是一个确定的不容置疑的自我形象。在现实主义小说中，这种确定的自我，往往是通过确定的环境中的典型人物显示出来的。而当自我作为描述的直接对象时，也总是保持着自己独特的品格。如歌德的小说《少年维特之烦恼》所描述的主人公的内心生活始终是属于维特的，是一种被确定地表达和描绘出来的内容。作品所完成的内容是描述和表达自我，而不是寻求和实现自我。当然，有的情况下，我们也会在传统小说中陷入一种情景交融的境界，但是这并非意味着物我已失去了确定的界限，或者自我确定性的丧失，而是表现了一种自我在自然或生活中获得完满表达的美学境界，是对自我某种完满性和自给自足状态的肯定。

这种情景在现代小说中已很难出现了，自我在日新月异、充满神秘甚至陌生的大千世界面前，很难再维持那种自我完满和肯定的境界了，其本身就必须处于不断变幻之中；而这种变幻日渐同外部世界接触和渗透，消除着过去既定的界限。在寻找现代主义小说先河的过程中，很多人愿意把美国的爱伦·坡放在一个重要地位，大概就是这个原因。他的小说创作和法国波德莱尔的诗歌创作有异曲同工之处，就在于在创作中逐渐打破了物我的界限，让"我"不断在物中得到印证。对爱伦·坡来说，这种创作的灵感也许与他乖戾甚至病态的精神状态有关。他自幼丧母，个人生活充满失望和挫折，最后因纵酒过度而死。这种独特的生活经历造就了他的痛苦、分裂的灵魂，使他一直挣扎在孤独感、疲惫感和被遗弃感的情绪之中，在社会生活中无法找到自我确定的位置。在他的作品中，充满着怪诞、奇异和神秘的色彩，自我在死亡和恐惧的笼罩之中，无法在现实生活中获得肯定。他的小说《黑猫》，就使我们体验到一种自我被扰乱、被丧失的状态，人已经不能自己把握自己、识别自己，只是不由自主地在梦魇鬼魅纠缠中走向了自我毁灭。作品中的"我"，本来是一个很仁慈、很爱小动物的人，但是在逐渐变得更忧悒和痛苦的时候，就以毫无顾忌地伤害它们进行宣泄，甚至一次酒后用刀挖去了黑猫的一只眼睛。他在作品中写道："这是灵魂一种难测的渴望，渴望自己激怒起来——渴望对自己的天性加以摧残——渴望只为做错事而去做错事——也正是这种灵魂的渴望在催迫着我去继续并完成摧残那些毫无抵抗的畜牲。"① 正是在这种变态的心理状态中，"我"才那样地被纠缠于和黑猫争斗的意识之中，甚至无法把幻想和现实分离开来。应该说，这篇作品所描述的本身就是一种幻觉，似是而非，实中有虚，正如作者一开始就告诉我们的："我跟着就要写的这段最狂妄而最平凡的故事，并不希望有人相信，也并不祈求有人相信。这件事，连我自己的意识都拒绝承认其真实。如果我还希望别人相信，那岂不是疯了吗？然而，我并没有疯——我也很有把握我并没有做梦。"②

对于作者这番自相矛盾的话，我们只能这样理解，作品所表现的只是一种真实的虚幻或者虚幻的真实；作者不是疯子，但是也许已到了疯的边缘。在十九世纪文坛上，这种主观与客观相混淆的小说显然并不受人欢迎和重视，有人甚至评论爱伦·坡的小说创作"五分之三的……天才，五分之二的胡闹"，③ 在某种程度上表示了不可理解。但是，在二十世纪现代小说艺术创作中，人们对这种情景的看法已大为改观了，像爱伦·坡这样过去遭到非议的小说做法，不断受到人们的青睐。一些小说家似乎从中发现了早已期待的东西。随着印象主义、象征主义、超现实主义等文艺思潮和流派的兴起，在小说创作中的自我也逐渐开始了新的命运：在物我关系中，自我不知不觉地失去了自己独立的、确定的地位，成为一种模糊的、不确定的存在；自我被撕成了碎块，成为片段的、不完整的历史；自我不再是一个与外部世界相隔绝和区别的主体，而成为游荡于物我之间的幽灵。

---

① 爱伦·坡：《爱伦坡故事集》，储海译述，台北正文书局，1971年，第3—4页。
② 爱伦·坡：《爱伦坡故事集》，储海译述，台北正文书局，1971年，第1页。
③ 兰·乌斯比：《美国小说五十讲》，肖安溥、李郊译，四川人民出版社，1985年，第40页。

我们看到，这种物我界限的模糊和消失，成为传统小说向现代小说转移的一个关节点，也是小说中自我发生根本变化的关键。它在现代小说创作中引起了令人炫目的变化。由于自我无处不在显示着自己，现实生活的表面结构瓦解了，构成日常生活的范畴失去了固有的规范和约束力量；物质的特质被否认了，意志可以把钢材变成棉花，而把色彩诉诸听觉；一系列事物出现可以没有必然的联系，也不必寻找什么原因；时间和空间被划分切割，事情发生的前后顺序变得无关紧要，人的心理进程也会被颠倒，从未来走向过去也无须大惊小怪，等等，自我仿佛是一种活性因素，夹杂在各种事物之中，使它们变形、变色。

新的自我的诞生，无疑给小说创作提供了新的立足点。日本作家川端康成曾指出："因为有自我，天地万物才存在。天地万物存在于自己的主观之内——以这种心情去看待事物，是强调主观之力，是信仰主观的绝对性。新的喜悦正在这里。另外，以自己的主观存在于天地万物之内的心情去看待事物，是主观的扩大，是使主观自由地流动。而且，如果进一步扩展这种想法，就变成自他一体、万物一体。天地万物失去所有的界限而变成融和为一个精神的一元世界。"[1] 他曾这样评价"新感觉派"小说作家横光利一的作品："请翻开横光的作品随便读一节看看。读读他的自然描写，特别要读他以极快的速度淋漓尽致地描写很多事物的地方。这种地方有一种拟人化的描写。直观万物使其具有生命。赋予对象以个性的、适合捕捉到那一瞬间特殊状态的生命。而且作者的主观分散为无数，跃入所有对象中，使对象活跃起来，若是横光氏描写白百合，那么白百合就在横光的主观内开花，横光的主观开放在百合花内。在这点上，可以说横光是主观的，也可以说他是客观的。"[2]

显然，对于像横光利一这样的作家的小说作品，评论家如果继续沿用

---

[1] 川端康成：《新作家的新倾向解说》，王宁、顾明栋编《诺贝尔文学奖获奖作家谈创作》，北京大学出版社，1987年，第362页。

[2] 川端康成：《新作家的新倾向解说》，王宁、顾明栋编《诺贝尔文学奖获奖作家谈创作》，北京大学出版社，1987年，第362—363页。

主观与客观、小我与大我、唯物和唯心、现实与非现实等观念范畴，进行生硬的划分与评价，就显得过于削足适履了。读过川端康成的一些作品就会发现，艺术家经常陷入一种主客观交融的迷幻境界，主观的客观化和客观的主观化是同一过程；小说所描述的、所为之展开的，不仅是世界丰富的万物万事，而且还有人们从世界获得的主体的丰富感觉。它告诉我们，世界上没有相同的树叶，同时对于不同的人，在不同情况下所获得的感觉也是千姿百态的。在其名著《雪国》中，就融汇着主观情感和客观事物的交感，时常把人们带到一种独特的艺术氛围之中。尤其是作者写人状物之时，善于捕捉和表现那些稍纵即逝、变幻莫测、隐秘朦胧的感觉，使人读来别有一番意味。例如作品一开始写岛村从玻璃上看到叶子映象时的情况就非常精彩，在幻化的景象之中涌动着人物的情绪的暗流。在黄昏的景色里，列车的移动使岛村感到"人物是一种透明的幻象，景物则是在夜霭中的朦胧暗流，两者消融在一起，描绘出一个超脱人世的象征的世界"，"从姑娘面影后面不停地掠过的暮景，仿佛是从她脸的前面流过"，他"只觉得姑娘好像漂浮在流逝的暮景之中"，而"从远方投来的寒光，模模糊糊地照亮了她眼睛的周围，她的眼睛同灯火重叠的那一瞬间，就像在夕阳的余晖里飞舞的妖艳而美丽的夜光虫"。① 在这些带着飘忽和扑朔迷离色彩的描述中，读者不仅领略了一种美的景象，而且能够感受到岛村特定的心理状态。虚幻的美景和对美真实的向往交织在一起，使人回味无穷。

在这里，感觉作为主观世界和客观世界接壤的地带，不仅带着主体特有的主观色彩，而且也是丰富多彩的客观世界信息的接收器。尽管在这个层面上令人目不暇接的是生活的浮光掠影，它们变幻不定，难以确切地把握，更多的属于落叶缤纷的生活表象，但是在这里所表现出来的自我，无疑已经是一个能动的、活跃的、开放的自我。它可能是孤独的，但是和现实生活并不隔绝，而是每时每刻都在和生活进行交流和沟通；它可能是痛苦的，但是任何时候也不曾放弃感知生活的机会，不会把自己完全封闭起

---

① 川端康成：《川端康成小说选》，叶渭渠译，人民文学出版社，1981 年，第209—210 页。

来，否则，这个自我就不可能存在。正是从某种美学意义上来讲，现代小说中的自我比起传统小说更具有开放性，它的存在是在向整个生活开放的过程中实现的。在这种开放中，自我是一个活生生的主体，不断把生活中的声、色、味、光吸收进来并反射出去，构成活跃的小说世界。相比之下传统小说中的自我显得稳定得多，也封闭得多，它可以不理会现实生活种种变化，而是按照自己既定的思路行进，按部就班地表现自己。

当然，自我活跃在感觉印象层次上往往并不长久。对现代小说艺术创作来说，这也许代表初级阶段的产物。感觉之于人的意识活动，是最丰富的，也是最浅显的；是最生动的，也是最短暂的，它永远处于不断显现和消失的过程中。当人沉浸在扑面而来的感觉印象之中，相对来说也就失去了对生活凝神沉思的机会。但是，一些现代小说家正是通过这种途径来接触和表现他们尚未把握的现实生活的。中国二十世纪二十年代末三十年代初文坛上流行的新感觉派小说，就是凭借主观感觉的灵敏性和跳跃性，把飞动变幻的城市生活场景展示出来的。当人们再也不在乡间小路上散步的时候，现代都市生活给予人们的是飘忽的、快速的、眼花缭乱的刺激，容不得你去沉思和细细品味。穆时英的《上海的狐步舞》就描绘了这样一幅都市的风景画面：

> 电车当当地驶进布满了大减价的广告旗和招牌的危险地带中。脚踏车挤在电车的旁边瞧着也可怜。坐在黄包车上的水兵挤箍着醉眼，瞧准了拉车的屁股端了一脚便哈哈地笑了。红的交通灯，绿的交通灯，交通灯的柱子和印度巡捕一同地垂直在地上。交通灯一闪，便涌着人的潮，车的潮。这许多人，全像没了脑袋的苍蝇似的！一个 fashion model 穿了件铺子里的衣服来冒充贵妇人。电梯用十五秒一次的速度，把人货物似的抛到屋顶花园去。[1]

---

[1]　严家炎编选：《新感觉派小说选》，人民文学出版社，1985年，第165—166页。

在这里，快速流转的感觉构成了现代都市生活的主观屏幕。这些互不相干、杂乱无章的生活片段背后隐藏着同一自我的"眼睛"，共同构成了一种具有某种立体感的动态的生活画面。感觉不仅是作者所表现的内容，而且也是一种表现形式，有效地展示了都市的生活场景，也表现了人在这样一种情景中的渺小和被动。和穆时英的小说相比较，中国当代作家莫言小说中的感觉就显得平实得多也深沉得多了。在莫言的小说中，感觉仿佛已不属于直观的范畴，而是从记忆中深挖出来的，其新鲜活泼最不足，但心理意味有余。他的《罪过》① 通过带有象征性的"我"的眼光来注视和捕捉人生的存在，突出了人与现实之间"膈应"的痛苦状态。这种感觉就像作品中所写的"我的毒疮发痒，毒疮很想迸裂……我用右手捡起那块铁块……我还是咬牙切齿地在毒疮上狠命划了一下子，铁片锈蚀的边缘上沾着花花绿绿的烂肉，毒疮迸裂，脓血咕嘟嘟涌出"那样，是一种长期的心理积淀形成的。作者在长期生活中所积累的某种独特的心理记忆，在小说中表现为一种感觉的成果，融汇在主观化的现实图景中，理解和表达了自己。

四、自我发现和自我更新的魅力

如果不是孤立和静止地看待现代小说创作中的自我，而是把自我看成是不断和客观生活进行碰撞和交流，并不断创造生活也更新自己的活生生的主体，那么就不会产生那么多的理论上的误解了。现代小说家把自我看作是创作的起点，并不意味着就是脱离整体生活，只对表现个人的日常琐事和思想情怀感兴趣，去描述个人梦中的喃喃呓语；而是把小说的艺术力量更集中引导到这个美学方向，这就是在现代小说艺术创作中，对于整个生活的认知和表现，是通过艺术家自身在生活中深刻感受到的、心灵长期体验的成果；同时，这种心理成果又是通过自我和自我所接触、意识到的

---

① 莫言：《罪过》，《上海文学》1987 年第 3 期。

生活内容——具体生活与整体生活的联结——艺术地表现出来的。

在这种情况下，自我不仅是一种活生生的内容，是整体生活中的一个具体环节，而且是整体生活最直接和最生动的承担者，从而成为整体生活一个形象的参照物。当小说家从自我出发去认识和表现生活时，生活对自我又会产生巨大的影响。各种信息蜂拥而至，构成自我特有的内向反思，使创作获得深刻的动力。阿尔贝·加缪就认为，今天的艺术家如果继续置身于自己的象牙之塔内，是不现实的，艺术家必须分担时代的灾难并同时离开它；他在不断否认自己又在强调自己。加缪的小说创作很少进行自我描述，所表现的是人生普遍的一种状态甚至集体历难的情景，例如《局外人》《鼠疫》等，但是这一切又都熔铸着自我在现实中的深刻感触。

鲁迅小说的深刻性往往就来自一种深刻的自我搏斗。在《狂人日记》中，狂人通过对历史的反省，彻底否定了自己赖以生存的社会。但是作者并没有让狂人超然社会而存在，使狂人仅仅成为一个旧社会单纯的否定者，而是让这种否定在投向整个社会的同时反归于自我，引申出更深刻的自我反省，导致对自我的否定。狂人是一个旧社会的叛臣逆子，但他又正是汲取这个社会的养分长大和生存的，这种否定与被否定的天然关系是无法摆脱的。狂人不得不痛苦地意识到，"四千年来时时吃人的地方，今天才明白，我在其中混了多年；……我未必无意之中，不吃了我妹子的几片肉……"，这也许正好印证了鲁迅曾在一封信中所写的："我发现了自己是一个……，是什么呢？我一时定不出名目来，我曾经说过，中国历来是排着吃人的筵宴，有吃的，有被吃……，但我现在发现了我自己也帮助着排筵宴……"可见这种心灵痛苦一直在吞噬、折磨着鲁迅。在《狂人日记》中，这种自我反省和搏斗，不仅包含着自我嘲讽和自我否定的意义，而且使作品所显示的对整个社会的批判力量更深刻了，进而加深了悲剧的感染力。

显然，这种情况在传统小说中非常少见。在同社会的矛盾和斗争中，传统小说家能够把握住善与恶、美与丑、真与假的界限，把自己笔下的人物推向善或恶、美或丑、真或假的极致，在明显的比较中展现它们。所以在他们的小说中，一些人物作为美的和善的力量，是和丑恶的现实相对抗的，也是相分离的，无论在生活还是在思想上都仿佛斩断了和那个社会现实的联系。可以说，正是这种情景才造就了传统小说中纯粹的正面人物和英雄人物。但是在现代小说中，这样的正面人物和英雄人物已失去了存在的依据，自我与整体社会不可分割的联系，成为小说创作中"非英雄化"的内在缘由。任何一个人，假如他是在社会中存在着，就不可能摆脱和这个社会千丝万缕的牵连。而当他愈是有力量、有号召能力时，在某种意义上来说正好愈多地借助和依赖于这种牵连，相对来说平凡的、渺小的人物才是比较纯洁的。现代小说艺术中的自我，就是在这种悖论的缝隙中存在的，它必须像《狂人日记》中的狂人一样，不但勇于否定社会，而且敢于解剖和正视自己，揭示出自我的危机和困境。

所谓现代小说艺术中的自我，就是在这个意义上确立的。在社会生活中，现代小说所完成的实际上并非自我表现，而是一种自我体验。因为自我与整个社会环境像鱼水关系一样不可分割，已经是一种天然的事实（这也许要感谢传统小说的贡献），人们已经很难把自我从这种环境中分辨出来，解救出来，而只能从各种各样社会化的活动中真正体验到自我。作为被丧失和吞没的对象，自我在现代小说中不得不再次充当悲剧的角色，在丧失过程中体验自我的存在，换取自我意识的独立。因此，现代小说中的人物，并不是像传统小说那样表现自己"做什么"和"怎么做"的过程，而是主要表现为一个心理学过程。卡夫卡的《变形记》、加缪的《局外人》、贝克特的《被逐者》、南非纳丁·戈迪默的《蛇的柔声》、王蒙的《海的梦》等著名作品，在这方面都有着相同的特色，小说家把人们带到一连串独特的心理事件中，以获得某种独特的人生体验。

这种体验在现代小说中，常常是在一种孤独和寂寞的状况中进行的。换句话说，孤独和寂寞成为现代小说中自我的一种普遍标志。自我之于孤独和寂寞，不仅存在着相互抵触的方面，而且也是相互依存的。孤独和寂寞给了自我以痛苦，以痛不欲生的感受，以隔绝和渺小的困境，同时也给予了它自己意识到自己、感到自己存在的美学空间和时间，给予自我以自由选择和创造的机会。由此来说，孤独和寂寞不仅是一种普遍的社会心态，而且是现代小说中自我的艺术温床，自我需要在这种环境中发现和显现自己。在纷乱的、不以个人意志为转移的社会中，人的一言一行无不纠缠在复杂的社会关系中，无不成为某种社会形态的标志，只有当自我摆脱这一切社会的牵连，回到某种凝神沉思之中，不停地反省和拷问自己，才能真正意识到自己。因此，我们读到王蒙的《海的梦》的时候，应该允许作品中主人公谬可言有这样的机会，他独自一个人来到海边，在领略海的温情之时反省自己，并且真正体验到自己。也许谬可言从来没有感到如此若有所失，天太大，海太阔，人太老，同时也从来没有这样获得过自己。我们也能够理解在纳迪妮·高德海的《蛇的柔声》里，主人公独自待在花园里为何一再把自己埋在书本里，而当他稍有沉思，就会意识到自己只剩下一条腿的悲剧。而爱尔兰作家贝克特的《被逐者》中的主人公，只有在不断地叙述自己的时候才体验到自我的存在，否则他和一件货物没有什么区别。

在现代小说中，这种自我体验多半带着悲剧色彩。现代小说对于现代人来说，不仅难以带来任何快感，而且总是揭示自我心灵上的疮疤，给人们带来精神上的苦刑。实际上，现代人普遍惧怕反省自我，害怕追究所谓人生根本的意义，害怕撕去包裹着自我的那一套冠冕堂皇的画皮，把真实的自我赤裸裸地显露出来。而现代小说家多半喜欢从事这项工作，从而使现代小说本身陷入文学的孤独之中。除了极少数知识分子愿意接受这种悲剧性的自我体验之外，现代小说和其他成千上万现代物质文明的享乐者几乎是无缘的，自然也很难在正在争取这种享乐的庸俗大众之中真正找到知音。这种情景虽然在不断得到改善，但是消除它还需要一个相当长的时期。如果现代小说仅仅是为了体验这种悲剧性的自我而不能超越它，永远只能让读者接触到一些胆小的、毫没有骨气的、喋喋不休的人物，让人们觉得这样的可怜虫太多而不再可能产生新的、有趣味的东西，那么这个由一群内心感觉寂寞孤独的人所组成的自我的时代，也就必然会枯竭而死，失去存在的美学价值。

　　幸好，情景并不完全这样。在现代小说创作中，这种自我体验并不仅仅是自我体验，而且隐含着艺术家对自我新的开发和新的发现。这种开发和发现，使自我有了不断丰富和充实自己的可能性，在艺术创作中永远扮演一个新鲜活泼的角色。应该说，在一种新的现实生活面前，现代小说艺术的更新，就是伴随着这种自我开发和自我发现而产生和发展的。在创作中，正是由于某种新事物和新思想的启示，小说家发现了自己心灵中深藏着某种潜力和潜质——它们也许长期被旧的生活和旧的观念所压抑着、封闭着，把它们开发和挖掘出来，才构成了艺术创新的真正动力。

　　这种自我发现是多种多样和循序渐进的。它除了有对人自身生存状态的重新认知之外，还包括对人自身从肉体到心灵、从感觉到理性、从行为到动机等各个方面新的探索和新的发现。而每一种新的发现，都给小说家带来一种新的艺术眼光和美学尺度，替他们打开一个新的天地，使他们急不可待地闯进这个天地。

　　例如现代小说家对于人内心世界的渴求，就包含着对自我的一种新的开发和发现。德·斯太尔夫人就曾说过："在史诗以及古代悲剧中，有一种纯朴的思考，其来源是这时的人被认为同自然界一体，并自认为从属于命运，犹如自然界从属于必然性一样，那时的人很少思考，总是将心灵的活动流露出来；意识本身也通过外在的物体表现出来。复仇之女神的火炬在罪犯的头上摇举，表现要他的忏悔。在古代，情节就是一切，到了近代，性格的地位则更重要了，那种像咬普罗米修斯的鹰一样折磨我们的纷乱的思绪，若是在古代公民与社会极其分明的关系中，会被当成精神失常的。"[1] 由此可见，艺术对于人的认识是不断发展着的。如果说在近代小说创作中，性格显得格外重要的话，那么发展延续到现代小说创作中，心理描写被明显地突出了。而现代小说中对于人物心灵更加深入的探究和精细的表达，在人的内在世界中如醉如迷，辗转反侧，确实被许多人视为病态或者歇斯底里。显然，作为一种自觉的艺术追求，现代小说家把艺术表现

————————

[1]　德·斯太尔夫人：《德国的文学与艺术》，丁世中译，人民文学出版社，1981年，第48页。

的重心，从描写单纯的故事情节逐步转移到人的心灵世界，是基于一种对人更深刻的认识。这是因为小说家已普遍意识到，现代技术能够提供描摹人外在面貌的一切手段，却不能取代对人心灵的理解和沟通；而现代社会过于精细的分工，把一般人的外在生活限定在一个狭小的范围内，而他所能够接收的大量的生活信息以及承担的历史文化知识的负荷，又使得其内在生活比过去动荡得多，丰富得多。所以，人的外在世界不论表现得如何充分，也难以显现出人内在世界的真实面目，两者之间出现了巨大的差异。在这种情况下，人们更加需要心灵的理解，期待在小说中了解自己，找到自己的知音，来证实自我。

于是，现代小说家不仅在符合常规的、有规律的人的生活中，发现人所具有的倏忽万变的感觉和印象，而且深入人的潜意识和无意识之中发现自我。很多著名的现代小说大师，如鲁迅、福克纳、海明威、萨特、马尔克斯等人的创作都告诉人们，有关人生最深刻、最广泛的艺术内涵，往往是通过人最隐秘、最深刻的心理活动表现出来的。这些活动对于人们来说，不是意识表层的那种通常易于交换和诉诸外在行为的东西，而是积聚于内心深处无法在日常生活中显现出来的、和人们交流的内容。由此造成了人们时常怀疑自我、厌弃自我和仇恨自我的痛苦。正如勃兰兑斯所说的，人心并不是平静的池塘，也不是牧歌式的林间湖泊，它是一座海洋，里面藏有"海底植物和可怕的居民"；人们常常由于这种"海底植物和可怕的居民"的存在，而不能理解自己，并且拘于常规产生某种犯罪感。现代小说家深刻地挖掘人物的内心世界，把长期被压抑和囚禁在心灵深处的思想意识解放出来，使人们能够更深刻地意识到自己，并在艺术欣赏中获得一种对自我的解脱感和超越感。读鲁迅的《孤独者》就给人这种感觉，作者把我们带到了人物的心灵深处，在他声嘶力竭的对恶的反抗中，我们看到了被整个社会窒息于内心深处的善的根苗。

应该指出的是，在现代小说艺术创新中，这种自我发现不仅意味着在小说表现内容上的扩大和深化，而且在更深一层的美学意义上，是对艺术家创作才智和艺术潜质的开发和发现。这种开发和发现在艺术创作中，往往是隐蔽的、难以被察觉的。

如果对于创作主体的条件进行一番考察的话，就不难发现这样的艺术事实，即要创作出好的艺术作品，不仅依赖于艺术家丰富的生活经验和创作环境，而且取决于艺术家应有的敏锐的感觉能力和艺术修养。否则，对于麻木的耳朵和呆滞的眼光来说，再丰富多彩的生活也会显得毫无意义。但是，在这两者之间，并不完全是一致的；并非人经历越多，生活经验越丰富，创作能力就越强，艺术感觉和捕捉能力就显得越敏锐。有时候情景常常是相反的。长期的规范化生活、习惯化思维及其观念的灌输，会使艺术家在艺术感觉方面产生钝化现象，对于大量的生活现象熟视无睹。尤其在某种封闭的、民族传统沉重的国度里，艺术家过早地接受了大量的理性观念和被理性化了的生活经验，很容易失去对于生活敏锐的感觉能力。往往有这种情景：艺术家刚刚接触到某一生活现象，在艺术家尚未真正"感觉"到之前，习惯性的理性观念已先入为主，起到某种固执的定性作用。于是，很多艺术家就是被自己长期累积的生活经验封闭起来的，失去了艺术创新的能力。在中国当代小说创作中，这种情况表现得尤其突出。只要读一读莫言的小说就能感觉到，艺术家要把自己对生活真实的感应能力解放出来，是多么困难，他甚至要破开所有由观念信仰构成的坚冰，把记忆深处被埋藏着的感觉开发出来。相反，我们会看到，很多中国当代小说家正是由于长期受封闭单一气氛的文化意识熏陶，难以摆脱由此而形成的既定的思维方式的硬壳，因而，对于自己身旁的生活缺乏感觉，以至于不得不依赖挖掘记忆或者理性的观照，来进行小说创作，这也许已构成了中国当代小说创作天然的艺术局限性。

无疑，在整个现代小说的艺术创新中，这种对自我艺术能力、潜质的开发和发现，已变得愈来愈重要；而且，在这个过程中，自我的魅力不仅取决于自身在整体生活中的地位以及由此所决定的各种生活关系，也不仅取决于它所构成的与艺术家主观感情的联系，而且取决于自我世界具有向形式方面回归的意义，成为艺术家有待开发和发现的艺术表现方式。在艺术创作中，自我各个层次意识内容的发现，使得小说艺术手法也从单纯的故事模式中解脱出来，回归到主体世界丰富多样的表现形式。因此可以说，现代小说艺术中对自我的发现，不仅意味着对小说内容的发现和开发，而且必然带来艺术形式和技巧方面的突破。

第四章

现代小说艺术思维方式的变革

二十世纪以来，现代小说艺术发展中出现的新的飞跃和变革，逐渐改变了过去人们对小说的基本看法，很多小说以不同于传统的现实主义和浪漫主义小说的风貌出现，给人以耳目一新的感觉。在这个过程中，也许最引人注目的是小说艺术思维方式的变革，尽管这种变革最隐蔽，最不易于辨认，但是它从根本上显示着一种新的小说观念及艺术价值判断标准。

这并不奇怪。生活本身不仅改变着人们的观念，而且也改变着人的思维方式。正像春日到来，树枝要发新芽一样，艺术思维中新质代替旧质的过程，似乎也总是在不知不觉之中进行的。摄影、录音、传真等现代技术手段的广泛运用，已在不知不觉之中结束了用间接的艺术手段，如绘画、音乐、文学去单纯描摹自然和生活的黄金时代。由于影视艺术的产生和迅猛发展，现代小说不仅面临着新的挑战和危机，同时也从中获得了更新自己的艺术活力。例如电影最初蒙太奇手法的运用，证实了艺术能够在不同的时空之间，根据某种想象的原则，确定一种稳定的美学关系。这就为各门艺术，自然也为小说艺术的发展，开拓了一条新的求生之路。在现代艺术走向印象主义、立方主义等新的美学方向的大潮中时，现代小说也从传统的思维模式和叙述方法中解脱出来，谋求新的方式去展示和表现生活。

一、现代小说创作中的"虚化"

仅仅从表现内容来看，现代小说似乎无不笼罩着一种虚无主义的气氛，生活和人物都被描述为一种无意义的存在，既微不足道而又支离破碎地游荡着，那些曾经在传统小说中存在过的理想的抒情曲和浪漫曲，已经很难出现了；即便是出现，也是以一种戏谑和嘲弄的形式表现的，就像堂吉诃德所能受到的礼遇一样；至于人物，在十九世纪小说里被认为具有特殊性格的那种人，在二十世纪现代小说中几乎成为一个自省的"存在问题"而诉诸人们的人——面对这一切，大多数人很容易把现代小说艺术归结于某种现实的悲观主义范畴，而对其中隐藏着的思维方式和艺术观念方面的变革则很少追究。因此，现代小说创作往往容易被认为是艺术家在现实面前无可奈何、无所作为，或者无病呻吟、丧失主观能动性的表现。而现代艺术创作中确实存在着大量的为装潢门面或哗众取宠而设计的小说赝品，它们又在印证着这种看法。

如果说历史的进步总是由生活付出某种代价后而得到的，那么对于小说艺术的更新发展，历史似乎同样也是做出一定的"牺牲"的。这种"牺牲"，也许包括两个方面，一方面是外在的，现代小说艺术注定要在一段时期内忍受不被完全理解和接受的苦楚；而在另一方面则是在一段时期内为了突出某种新的因素而"牺牲"某些传统的艺术因素。例如使人难以忍受的人物性格现实确实性的丧失，小说内容中历史连续性的中断，小说家为了增加作品内容的"厚度"，牺牲了它的长度，为了实现艺术对整体生活的抽象表达，而丧失了艺术的某种具体性等，都在某种程度上加强了现代小说创作中的虚无感和陌生感，并且在小说艺术历史发展中加深了传统与现代之间的裂痕。

实际上不难发现，现代小说中的虚无气氛和描述中现实的"虚化"现象是连在一起的，尽管虚无和"虚化"是两个不同的概念，所包含的美学内涵是极不相同的。简单地来说,虚无表达了对现实存在的一种美学理解和看法,所触及的是对艺术价值实现的根源性问题;而虚化则是在创作中对现实生活的一种艺术处理和表现,所涉及的主要是艺术表象形态的呈现和显示问题。无疑,现代小说创作中的虚化现象是十分引人注目的。法国"新小说派"的先锋和理论家纳塔丽·萨罗特就曾指出过,现代小说家只有在不得已的情况下才写人物的外表、手势、行动、感觉、日常的情绪等读者看起来栩栩如生,并且便于掌握的东西。甚至人物的姓名——这是写人物必不可少的——对现代小说家来说也成了一种束缚。比如纪德喜欢采用罕见的名字,避免人物沿用父系祖先的姓氏,唯恐这样一来会立即使人物牢固地插足于和读者所处的世界完全相仿的宇宙中;弗朗茨·卡夫卡小说中的主人公,只用一个字母作为姓名(就是作者自己的姓氏头一个字母K);乔伊斯给小说《芬尼根的觉醒》中那位面貌千变万化的主人公所取的姓名是 H.C.E,这三个字母有多种多样的解释;福克纳的《喧嚣和骚动》中用一个名字指两个不同的人物等。①

当然,对于诸如此类的现象,一种最通俗的解释是,因为生活的变化使现代人的生活已抛弃了以前的艺术形式,而一切艺术最终是为了表现生活。这种看法认为,生活由于不断地变化,越来越朝着变化不定的方向发展,到了一定的时刻,当新的艺术探索突破旧的观念时,生活就要冲破旧小说的各种局限,陈旧无用的小道具将会被一一抛弃。比如小说里所描写的肉瘤、条纹背心、人物和情节可以继续变化无穷,但是这些都是我们在现实生活中通过其他方式接触的十分熟悉的东西,读者在自己的生活经验中不断获得的丰富材料足以取代小说中这些令人厌烦的描写。因此,在巴尔扎克的时代,这些东西可以推动读者努力去认识一种生活的真实,为读者提供某种新的生活信息,而对现代读者来说,却只能助长某种因循懒惰的倾向和守旧的心理。

显然,从现实与艺术的恒常关系意义上讲,这种说法是无可挑剔的。

---

① 纳塔丽·萨罗特:《怀疑的时代》,《法国作家论文学》,王忠琪等译,生活·读书·新知三联书店,1984 年,第 381—390 页。

但是，这仅仅是一般的考察，对于理解现代小说艺术的变革是远远不够的。事实上，这种对现实"虚化"的现象背后，隐藏着一种对艺术存在及其价值的基本看法的变化，艺术家正在不知不觉地、逐渐地消除着现实对艺术的限定，表达了超越现实的美学意向。在创作中，小说世界成为一种现实的彼岸，一种再造的独立的审美现实；这种审美现实从根本上来说不再是现实的复制、反映和表现，而是一种非现实的幻象。在创作过程中，愈是脱离生存现实的表象形式，愈是呈现出想象的非实在性或虚无状态，小说世界就愈能获得充实。

这样，在现代小说创作中，对现实的"虚化"造就了艺术从生活中凸现出来、解放出来的美学背景。虚化从某种程度上表现了对现实的否定，形成了现实虚无的时间和空间，使小说世界得以独立存在。正是在这个意义上，虚无成为一种有内容的空白，不确定性成为一种有意义的存在，非理性体现为一种自觉的理性追求。现代小说家并没有使小说脱离现实，而是把自己艺术的蓝图绘制在现实之上，不过，他们是在现实呈现出空白、虚无的基础上描画的，现实和客观生活愈来愈像一张白纸、一个容器，小说家的任务就是在无中生有，把小说世界建造其上，用艺术的琼浆使之充溢。

比如现代小说中的意识流创作，就是在客观现实被"虚化"的情景中实现的。由于客观的外在世界呈现出虚无的状况，人的心理意识才被艺术地确定下来，成为一种独特的审美现实。一个最明显的事实是，在小说中人物活动的历史现实性被无限制地缩短了，被迫退居到了一个不显眼的地位，而非现实的活动则在人物意识的空间中被无限地扩大了，小说的艺术世界开始在一个现实的支点上进行环形运动。例如我们从鲁迅的小说《幸福的家庭》中就可以看到这种情形，人物外在的现实活动历史是微不足道的，仅仅局限于小房间书桌前几个简单的动作，而作品的整个内容主要是由人物主观世界中的感觉和联想构成的。显然，在作品中，人物的现实存在并不能在客观现实中获得真实意义。相反这些对客观现实有限的描写，比如孩子的哭闹、拥挤的房间，恰恰构成了对人物存在的否定，处处显示出人物生存的无意义。而这个人物存在的真实意义，是在人物非现实的主观世界之中显示出来的。哲学家笛卡尔曾有一句名言："我思故我在。"在现代小说创作中，这句话表达了一种普遍的美学事实。作为小说所描写的对象，人的意识本身就成为一种审美的现实存在，人物通过自己的意识而存在，从而表现自己和实现自己，小说家则通过自己的意识把握和超越客观现实生活，在虚无之中重新创造出一种有意义的存在——艺术存在。

这种美学追求听来有点玄，但是在人类艺术史上并非没有相类似的思想。从现实角度来说，现代小说家所追求的是一种"无待"的美学境界，企求心灵不受任何外在事物的束缚，在无限时空中表达自己。这种境界，也许是巧合，和中国古代老庄美学思想有非常类似的意向。记得在庄子的《逍遥游》中，庄子对列子能乘风而行并不以为然，认为列子虽然能免于走路，但还是有所依赖和凭借的。在庄子看来，只有"乘天地之正，而御六气之辩，以游无穷"，才算是达到了至美至善的境界。在现代小说艺术更新中，虽然至今还没有形成如此透明的美学理论，但纵观近一个世纪以来的小说创作，艺术家正是一步步地把艺术思维的脉络从过去的束缚中解脱出来，从"有待"逐渐走向"无待"的"大方无隅"的境界。在这种过程中，不仅一切客观的外在事物描写成为被超越的对象，而且一切被固定的小说形式和样式也成为被超越的对象。

从小说艺术发展来看，这个过程是漫长的，同时也是艰难的。为了不使我们为眼花缭乱的小说创新所迷惑，思路陷入混乱状态，我们可以把现代小说艺术发展描绘为这样三个阶段（或类型）的超越：第一，艺术家对于创作客体，即具体的客观生活的超越，大踏步地进入了人的主体世界，显示出一个个具体的心灵世界；第二，艺术家对于单纯的主体世界的超越，进入了对小说本体世界的追求；第三，超越对于小说本体世界的追求，进入"无小说"的小说创作境界。在这三种类型中，除了第三阶段目前仅仅显示出某种征兆之外，前两种类型已经显露出了丰富的内容。不过，这里应该指出的是，小说创作中这种不断的超越是和不断的"虚化"连在一起的，换句话说，在现代小说艺术更新中，超越和"虚化"是互相依存的统一过程，每一次对过去生活和艺术的超越，同时也意味着对现实进一层次的"虚化"。

我们看到，现代小说创作中的意识流、新感觉派、印象主义、表现主义等十九世纪末二十世纪初涌现的新作品，大多最明显地表现了小说艺术对客体的超越，这种超越无疑是建立在对客观对象的服饰、行动、面目等外在世界的"虚化"基础上的。英国作家弗吉尼亚·伍尔夫在自己的小说理论中明显地表现出这种艺术的转移。她对人物的外在世界不再感兴趣，认为描写人物的服饰、相貌、出身、收入、环境已成为世界上最沉闷、最不恰当和最无聊的东西。她1924年5月18日在剑桥大学那次有名的、关于"贝内特先生和布朗夫人"的讲演中，就曾以描写布朗夫人为例，设想过那种传统的小说做法——"他们说：'你开始就说，她的父亲在海洛盖特经营一个店铺。调查一下它的租金是多少。调查一下1878年店员的工资。你得弄清楚她的母亲死于什么疾病。描述一下癌症。描述一下她穿的印花布。描述一下——'"[1] 伍尔夫接着在演讲中大声对听众们说："但是我喊道：'别说啦！别说啦!'我很遗憾地说，我把这个丑陋的、累赘的、不恰当的工具从窗口扔了出去，因为我知道，如果我开始描述癌症和印花布，我的布朗夫人，这个紧紧缠住我不放然而我又不知道用什么方法才能给你们的幻象，就会黯然失色、毫无光彩、永久消失了。"[2]

只要读过伍尔夫《墙上的斑点》《达罗卫夫人》等作品就会感到，伍尔夫舍弃了对人物的外在描写，但是获得了对人物心理活动的直接透视，人物的心理活动由此也获得了独立的空间。在《达罗卫夫人》中，外在的事件和时空都被压缩了、虚化了，而人物内在活动构成了长长的系列，显示出人物意识和性格中难以排遣的悲愁、怅惘和空虚。而这种心绪并非由达罗卫夫人一天之内简单的日常生活所能表达的，其意味来自她一生的经

---

[1] 弗吉尼亚·伍尔夫：《论小说与小说家》，瞿世镜译，上海译文出版社，2009年，第307页。

[2] 弗吉尼亚·伍尔夫：《论小说与小说家》，瞿世镜译，上海译文出版社，2009年，第307页。

历。显然，像《达罗卫夫人》这样的小说，人物的外在行为被虚化了，但是作为性格的内在品性并没有消失，小说家所展示的仍然是独特的"这一个"，与传统小说的区别主要是"这一个"重心在于人物的心灵世界，小说家所表现的并非人物在"做什么"和"怎么做"而是"怎么想"和"想什么"。从这个意义上来说，意识流小说家仍然是"有所待"的。虽然在意识流小说中，人物的外在面貌被虚化了，外在行为逻辑被抛弃了，人物的意识活动交叉穿插，颠来倒去，跳跃突进，甚至语言缺乏规范条理，思维混乱不堪，但是并不等同于胡思乱想，它们总是被一种内在的逻辑所支配着，这就是特定的人物性格和情调。

很多意识流的重要作家，或者是运用意识流技巧的作家，都是由此来确立自己笔下人物的精神世界的。从某种意义上可以说，他们比一般传统小说家更有效地揭示了人的心理世界，在表面"看得见"的事物背后，发现了人物更多的秘密。例如詹姆斯·乔伊斯的《一个青年艺术家的画像》，卡夫卡的《老光棍勃鲁姆费尔德》、普鲁斯特的《追忆似水年华》、福克纳的《喧嚣与骚动》、王蒙的《杂色》等，大概都属于这一类型的作品。然而在这种艺术情景中，尽管小说家有可能超越客观的外在现实，但是依然得忍受人物性格特点的巨大束缚，小说家只能按照特定人物的心理特点去思去想，自己不能不有所委曲求全地追随人物的意识活动。

实际上，由于特定的个性心理的牵引，意识流手法最适应表现一些思想复杂、多愁善感甚至病态心理的人物，他们喜欢遥想和感叹人生，常常被纠缠于某种特殊的心绪之中，从而神思恍惚、浮想联翩、夜不成寐，联想、梦境、内心独白、回忆构成这些人物现实活动的主要内容。而一些最早的意识流小说家大概都对这种心态有着切身的体验，他们甚至接近于某种精神分裂或变态的状态。值得注意的是，在十九世纪小说创作中，一些在心理描写方面已经有所突破的小说家，例如爱伦·坡、陀思妥耶夫斯基等，都有着某种精神病症，在他们小说中出现的人物，也常常带着某种变态、畸形的心理，甚至以疯子、梦幻者、夜游者形象出现。二十世纪一些意识流小说家，例如著名的伍尔夫、卡夫卡、普鲁斯特，在心理方面也有精神病病史。这显然在很大程度上影响了他们小说创作的思维方式。

对这种现象进行一番分析，是一件饶有趣味的事情，这些作家能够率先突破传统的小说做法，大概与他们独特的心理素质有关。他们不同于一般理性十足的作家，理性十足的作家遇事考虑得十分周全，总是考虑到事情的前因后果和客观生活逻辑，而他们在思维和感情上总是有某种偏执的倾向，容易形成主观上的某种关注和沉醉状况从而漠视客观生活的实际状况和原因。这样，在十九世纪末二十世纪初，一些头脑十分清晰、艺术修养很好的作家反而在小说创作中显得非常老成，他们不敢抛开一些外在描写的道具，唯恐自己笔下的人物失去了存在的理由，以至于不能进入对人物内在世界的"专注"状态。由此来说，对于人物外在世界的漠视和虚化，实际上也是作家能够把思维集中在人物内在世界焦点上的条件。小说创作中的虚化现象是和更深一层的聚精会神、全神贯注的状态紧密相关的。没有某种程度上的"虚化"就不可能有相应更彻底的"聚焦"过程，这也许正应了中国的一句俗话："舍不下孩子就打不着狼。"

二、现代小说艺术思维的开放性

现代小说创作中的"虚化"现象迫使人们用一种新的美学观念看待小说。"虚化"不是一个空泛的概念，而是一个辩证的有内容的概念，其虚中有实、虚后有实，体现了小说艺术在内容上不断更新的过程。由于小说所表现的生活变化了，出现了更引人注目的内容，所以传统小说中常见的一些内容退出了小说，以腾出足够的艺术空间来容纳新内容。显然，这些已退出小说的内容并非已不存在，而是以另一种形态存在于人的审美活动之中，这正如在现代小说中不描写人物的服饰并不等于人物没有穿衣服一样，小说创作中的虚化依然代表着某种艺术含义。也许是偶然的巧合，中国古代画论中有所谓的画中之白即画中之画，也是画外之画的说法，文论中也有虚实相因之说，能够帮助我们理解首先在西方发生的小说艺术中的

"虚化"和虚无现象。

例如，现代小说中的"环境"往往是虚化的，几乎很难看到传统小说中所详细描述的典型环境；人物也并不依赖于这种环境而存在。但是，这并不意味着在艺术活动中"环境"整个消失了，其依然存在着。不过这种存在已退出了小说的画面，融解到了小说艺术欣赏和创作活动之中。此一时虚也，彼一时实也。环境因素在具体生活描述中被虚化了，却以整体生活的背景存在着；在小说画面上消失了，却依赖于读者的生活阅历存在着，并没有一道用具体生活环境圈定了的围墙。例如鲁迅的《狂人日记》就是如此。这篇小说通篇是由"狂人"的意识流动构成的，确切的典型环境在作品中是无从显示的。但是环境确实存在着，只是存在于作品之外——任何一个读者和他所意识到的时代生活，这是构成这种典型环境的基本因素。如果人们不把"狂人"的呓语和时代环境确定地联系起来，构成一个整体，就无法理解这篇小说的真正含义；读者必须调动自己的全部生活经验，并且以参与整个生活之中的姿态去创造性地理解小说的内容。

无疑，现代小说的艺术构成呈现出一种开放性的态势，不再拘泥于典型环境或典型事件的严密性和纯粹性。传统小说之所以尽可能地把故事发生的地点、条件、来龙去脉、结尾交代清楚，把人物的服装、道具、手杖等安排得样样俱全，把环境放在突出的位置上，除了为了造成真实的效果外，同时也是为了完成一个自给自足的"既定性"的小说世界。"麻雀虽小，五脏俱全"，形成了由某种特殊性构成的艺术界定。由此，在小说创作中也形成一条不成文的规定，即一切与具体故事和人物性格无关的描写都是多余的，小说家下定任何一个决心，或者改变任何一个微小的想法和主张的动机，都必须按照故事的真实性和既定性的准则加以深思熟虑。俄国批评家杜勃罗留波夫因此这样赞扬过冈察洛夫对人物的外在描写："……一切凡是和奥勃洛莫夫有关的，在他都不是空洞而卑微不足道的东西。他对一切东西都怀着兴味，他把一切都详细而清楚地勾勒出来，不但是奥勃洛莫夫住过的屋子，还有他只是梦想着去住的屋子；不但是他的睡衣，还有他的仆人查哈尔的灰色制服和粗硬的颊须；不但是奥勃洛莫夫写一封信的情形，还有村长写给他的那封信底纸质和墨色——这一切都非常清晰地并且凸出如浮雕地传达和描写出来。"① 小说家唯独沉浸在具体故事和人物的小小世界中，对于这世界之外的一切可以不闻不问。

现代小说艺术家并非不能如此。不过他们虽然对具体故事和人物的一些外在枝节描写表现得漫不经心，但是非常乐意打开小说的门户，接受来自具体故事和人物世界之外的信息。只要读一下王蒙的《杂色》，你就会感觉到，作者不仅在和人物对话交流，而且非常欢迎并且时常自己走出来邀请读者进入小说，和他笔下的人物进行对话和交流；同时，作者也绝没有设立一道围墙防止与小说具体故事和人物不相关的东西进入小说；相反，各种不同的生活信息（甚至包括一些"非小说"的手法和技巧），经常在小说的场景和画面中出现，形成一种向整体性生活开放的美学特征。从某种意义上可以说，这种开放性已经构成现代小说艺术一种自觉的思维方式，现代小说不仅是向整个生活和各门类的其他艺术方式开放的，同时也是向读者开放的，其自身的艺术价值就是在整个生活、整个艺术世界和读者川流不息的交流中实现的。

在现代小说创作中，很多作品都呈现出一种辐射性的开放结构，通过某一种特定的生活场景或者事件和整个社会川流不息的交流，获得自己丰富的思想含义。鲁迅的《幸福的家庭》就可以作为一个典范性作品进行分析。粗一看，鲁迅描述的是一个平凡的家庭生活场景，但正如主人公自问自答的一样："假如在家庭的周围筑一道高墙，难道空气也就隔断了吗？简直不行！"实际上这个小屋里所发生的一切都不是独立存在的，而是向整个生活开放的，和整个社会交换着信息。这些信息互相沟通、干扰、对抗和搏斗着，使小说的含义大大超越了某一个"幸福的家庭"的范围，形成了向整个社会的意义扩展。我们看到，这个小小的家庭场景中引申出很多"触角"，联系着不同的生活空间，作品所告诉人们的不仅是这个家庭内买柴算账、孩子哭叫的窘困情景，还是整个社会的不合理和混乱不堪。

---

① 杜勃罗留波夫：《杜勃罗留波夫选集》（第1卷），辛未艾译，新文艺出版社，1954年，第65页。

"北京死气沉沉""江苏浙江要开仗""山东河南闹土匪""上海租界房租贵"等，根本不可能有"幸福家庭"的立足之地。在作品中，一会儿是社会上的乌烟瘴气；一会儿是主人公想象中的"龙虎斗"；一会儿又是家庭生活中的劈柴和白菜，都在提示读者进行比较和思考，由此形成了一个流动着的开放的小说世界。王蒙的《春之声》也有同样的艺术特点。主人公岳之峰出国三个月回来后，坐着一列瓦特和史蒂文森时代的闷罐子车回家，路上也没有发生什么重大或者惊险的事，就其本身来说并没有多大的意义。但是作者并没有局限于车厢这一小小世界，而是着眼于这小小世界与整个生活世界的密切联系。这个车厢成为一个向整个生活开放的舞台，作者借助于岳之峰的想象和联想，使各种生活信息聚集在这里撞击，自由市场、香港电子石英表、莱茵河高速公路、法兰克福跳跃着的男孩子和女孩子、回忆中遥远的北平等，构成一个四通八达的信息网络。这篇小说的含义与其说表现在对这个车厢人和物的描述，不如说是表现在这种描述和整个生活之间的联系。从传统小说艺术角度来说，这种描述大半属于与"主题"无关的和多余的。

　　显然，在现代小说艺术创作中，描写对象的意义已发生了变化。某一个具体生活事件或者具体人物，往往并不单单是小说家努力表现的对象，还是小说家表现整个社会的中介和桥梁，而后这种意义在创作中日益得到强化。于是，一种开放性的小说艺术形态成为满足某种新的美学需求的产物，这种开放性意味着小说创作中一系列美学关系的变化。任何一种具体故事和具体人物一旦投入整体生活氛围中，就必然失去了过去自我确定、自给自足的性质，不可能按照自己的意图和活动范围来确定时间和空间，更不可能用自己来说明自己；个别事物和人物性格发展的原因多半是难以把握的，它们从属于无限的整体生活；事件的开头和结局只是在有限的序列中是确定的，在永恒的历史生活中只能是相对的。这时候，当具体事件和人物作为表现整个生活和人生的审美中介时，其自身的含义也是由整个生活来确定的。在具体事件和人物范围内确定的含义，如身份、时间、空间、荣辱成败等，必然在无限、永恒和整体生活中经受一次否定，才能真正地获得自己的意义。由此现代小说家才从某种自给自足的描述范围解脱出来，获得拥抱整个生活的可能性。

这就是我们在海明威小说中能够看到的情景。海明威喜欢描写一些苦苦奋斗的人物，他们善于争斗，也善于忍耐，但是，他的作品总是笼罩着一种虚无的氛围。《太阳照样升起》《永别了，武器》《丧钟为谁而鸣》《老人与海》等作品都是这样，这种虚无往往是面对无限的生活世界诞生的。比如生活中永久性的缺陷、永恒的死亡、严酷的现实、大海，等等，尽管海明威总是让自己笔下的人物竭尽全力表现自己，并且喜欢把他们安排在一些激烈的暴力场面中，如拳击、斗牛、打猎、战争，但是始终没有回避甚至没有试图回避过具体生命的有限性。而当这些具体生命发出最耀眼光华的时刻，正是无边的黑暗弥漫过来之际。因此在海明威的小说中，一直存在着两种极端的对立，具体人物的青春、力量、时间的有限性和能够吞噬一切的永恒的无限性，人的伟大和人的渺小，生活的乐趣和人生的无常，生命在显示自己同时又在毁灭自己等种种不可两全的事实。他笔下的人物就在这两者之间生存着，用有限的生命和无限的时空搏斗着。例如，在海明威短篇小说《一个干净明亮的地方》中，作者通过人物之口说出的一段话很有意思：

……他害怕什么呢？不是害怕或恐惧，而是他非常了解的虚无。一切都是虚无，人也是虚无。所需要的只是光亮，和某一种干净和整齐。有些人生活在虚无之中，可是从没有感觉到，但是他知道一切都是虚无，然后又是虚无。我们在虚无上的虚无。愿人都尊你的名为虚无。愿你的国虚无，愿你的旨意虚无在虚无，如同虚无在虚无。我们日用的虚无，虚无赐给我们。虚无我们的虚无，如同我们虚无人的虚无。不叫我们遇见虚无。救我们脱离虚无，又是虚无。[1]

---

[1] 泰戈尔等：《诺贝尔奖短篇小说集》，蔡进松等译，志文出版社，1978年，第177页。

这段模仿《圣经·马太福音》第六章中有关段落的话语，出自作品中一个年老侍者之口。其中所指的"他"，是一位年过八十的老人，他经常一个人在咖啡馆待得很晚，直到咖啡馆客人已走光了，侍者不得不下"逐客令"方才离开。这篇小说情节极其简单，作者所描写的只是咖啡馆临近关门的冷落场景，只有三个人物：一位孤独的老人，耳聋，喜欢在这干净明亮的咖啡馆一直待下去；一位年轻的侍者，因为老人不走不能关门而感到不耐烦；一位稍为年长的侍者，他对老人的心境表示理解，上面所引的一段自言自语就是出自他之口。小说实际上主要是由两位侍者的对话构成的。夜已经深了，但这位耳聋的老人还是不想离开。从二位侍者的对话中我们可以了解到，老人有钱，但只有一个侄女，他曾试图上吊自杀，被侄女救下来，现在他每天晚上都喝醉。所以当这位老人再次要求添酒时，年轻侍者拒绝了他。尽管老人对于这二位侍者都是无关紧要的人物，但是围绕着他却引申出了两种不同的生存观念。对年轻侍者来说，老人的情景只涉及他个人生活乐趣的层次，他认为这位老人"应该自杀死掉的"，所以"我不愿意活到这么老，老人是个龌龊的东西了"。但是那位年老的侍者，却从中发现了生活中更深远的东西——虚无，因此他知道即使夜深了，还有很多人需要这样一家干净明亮的咖啡馆。他愿意晚些时候关门。同一个场面，实际上容纳着两种不同的时空观念和生存意识。请看下面一段对话，是很值得回味的：

"为什么不让他待在这儿喝酒呢？"那个不忙的侍者问道。他们正在打烊。"还不到两点半呢。"

"我要回家睡觉。"

"一个钟头算什么？"

"对我比对他要多。"

"一个钟头都是一样的。"

"你自己讲话就像个老头儿。他可以买一瓶酒回家喝。"

"那是不一样的。"

"是的，是不一样的，"有妻子的那个侍者同意说。他不想不公正。他只是很匆忙罢了。①

由此可见，自然恒定的时间已经不存在了，年轻的侍者之所以认为一个钟头"对我比对他要多"，是因为"我有一个妻子在床上等我"，他有青春、信心和工作，而年老的侍者则认为自己除了工作之外什么都没有，他也需要一个干净明亮的地方。从某种意义上来说，这篇小说的意义就是在发现虚无的意义上实现的。对虚无的发现构成了对虚无的否定，正像老侍者意识到虚无的时候，才更深刻地意识到"一个干净明亮的地方"的存在价值一样。

和海明威其他一些小说一样，这篇小说的含义是向外扩张的，读者需要调动自己的全部生活经验，并且参与到作者的想法中去创造性地理解小说的内容。尽管有些人指责海明威笔下的人物尽是些"表现得没有头脑、没有过去、没有传统、没有记忆"②的人，但是他们在有头脑、有过去、有传统、有记忆的读者头脑中重新获得了自己的一切，成为一种活生生的存在。实际上，海明威之所以在自己小说中简化了很多东西，原因之一就是他自觉地把读者的审美经验看作自己作品的一部分。他曾说过："如果一个散文作家对于他想写的东西心里很有数，那么他可以省略他所知道的东西，读者呢，只要作者写得真实，就会强烈地感觉到他所省略的地方，好像作者已经写出来似的。冰山在海里移动很是庄严宏伟，这是因为它只有八分之一露在水面上。一个作家因为不了解而省略某些东西，他的作品只会出现漏洞。"③

因此，从某种意义上说，现代小说是面对现代读者的，这些读者不喜

---

① 泰戈尔等：《诺贝尔奖短篇小说集》，蔡进松等译，志文出版社，1978年，第175页。

② 外国文学研究资料丛刊编辑委员会编：《海明威研究》，中国社会科学出版社，1980年，第98页。

③ 外国文学研究资料丛刊编辑委员会编：《海明威研究》，中国社会科学出版社，1980年，第85页。

欢被动地受小说内容的牵制和统领，更不易被一些迷人和离奇的故事所迷惑；在艺术欣赏中，他们不仅是被动的艺术接受者，而且也是艺术的创造者，希望和作品中的人物及小说家进行平等的交流。应该说，这意味着在小说艺术领域内价值取向的一次变革。小说家在创作中不仅要为读者创造一种新的饱满的艺术存在，同时还必须为他们建造和开放一个广阔的审美空间，让他们的经验和想象也加入进来。现代小说艺术思维中的开放性实际上也反映了艺术在向更广阔和深邃的时空拓展，在向更自由的境界迈进。在这个过程中，如果说人们在一般的传统小说，例如托尔斯泰的小说那里，能够从完整的故事结构中获得一种认识生活的结晶体，那么在现代小说中，人们的思想往往会产生一种扩张，通过具体的生活画面去思考和理解整个社会和人生。

三、现代小说艺术思维的整体性

如果我们小心辨认现代小说艺术更新的轨迹，就不会被一些标新立异的口号和宣言所迷惑，以至于把小说艺术变革等同于消灭故事、消灭情节和消除性格；反之就会发现，现代小说艺术更新中的一切花样翻新，下面都隐藏着小说家表现生活和自我的一种深刻欲望，这就能够突破传统小说中的个别性，企望整体地把握和表现生活。

这也许并不奇怪。在现代社会生活迅速更新的时代，每一个人所承受的心理负荷急剧地增加，从而意识到个人与整体社会的联系愈来愈紧密。一个艺术家吸取着整个社会所供给的营养，必须从千头万绪的事件中抽出具有世界意识的艺术之丝。而任何一个艺术家都不可能仅仅从某一自然片段的生活中接纳生活的各种刺激，而是从自然和生活的整体，从它们多种多样的信息交换中获得的。这种整体性的心理压力，使艺术家的视线越来越普遍地从个别的生活现象和人物身上移开，形成对整个社会和人生的关注。对于这一点，现代小说家郁达夫在二十世纪三十年代就指出过："新的小说内容的最大要点，就是把从前的小我放弃了，换成了一个足以代表全世界的多数民众的大我。把一时一刻的个人感情扩大了，变成了一时代或一阶级的汇聚感情。一样的是一个人生，从前的小说里的人生是以人生一代之中最有余裕的纯情时代为主的。譬如三角、四角的恋爱小说，挑拨肉感的性欲小说之类就是。现在的小说却不然了，表现人生，务须拿人生最重要的住所，描写苦闷，专在描写比性的苦闷还要重大的生的苦闷……这就是新旧小说的着眼不同之点，也就是小说到了极致而在做新的飞跃的准备。"① 可见，现代小说的这种整体性追求并非从天上掉下来的，而是和传统小说的典型化追求有血缘关系的，前者是在后者走到极致的基础上产生的。

不过，这种整体性已经突破了过去一些阶级、时代的界限，是在打破了过去的生活格局和艺术格局的基础上产生的。如果说所有历史上优秀艺术家都在寻找着从个别生活通向整体生活最宽广的道路，那么现代小说家则显示出独特的艺术方向。他们并没有把小说富有生气的美学追求完全等同于一个具体的个性世界的建造，而是探求某种"超个性"和"超典型"的艺术天地。于是，一种新的更为复杂的思想感情和美学欲望，开始向小说艺术寻求出路，它们脱离了常规的具体生活模式，寻求一种新的艺术存在形式。在这个过程中，小说家首先对传统小说的艺术模式和原则——例如一个有头有尾的故事系统或者一个具体人物性格的塑造——发生了怀疑和反感，并且在自己所意识到的整体生活意蕴和传统小说的艺术观念之间发现了巨大的不平衡的势差。

在这种情况下，现代小说家的一些努力恰恰是和传统小说艺术规范背道而驰的。例如小说家对于具体的"这一个"的兴趣大大减低了，而力求摆脱"这一个"的具体意义，达到对整体社会高度认识的抽象性表达。为此他们甚至不惜打乱现实生活中的逻辑关系，通过一些特殊"面目"的人物来表现自己。比如在古典小说中作为一种畸形和个别人物出现的，例如

---

① 郁达夫：《郁达夫文集》（第6卷），花城出版社、三联书店香港分店，1983年，第86—87页。

疯子、梦幻者、夜游者、残疾人，当他们重新出现在现代小说舞台上时，常常是一种高度的理性认识的化身，表现出比正常人更明智、更有思想深度的艺术意义。鲁迅的《狂人日记》就是这样。这篇小说的思想含义是非常明显的，表现了鲁迅对于整个封建社会人吃人本质的深刻认识。但是，令人费解的问题在于，鲁迅为什么要选择一个狂人作为自己的艺术对象，是否现实中缺乏遭受封建社会迫害的正常人或者其他典型事件。显然不是，问题在于，鲁迅对于整体社会的深刻感受，是建立在社会无数具体人物和事件的生活基础之上的，是一种长期心理经验的沉淀物，很难用某一种特定的人物或事件完全淋漓尽致地表现出来。而狂人除了具有"一个狂人"的具体含义之外，还有一种"不是正常人"的超越具体人物的含义。正是在这一点上鲁迅的"狂人"和果戈理笔下的狂人形象在美学风貌上具有截然不同的特点。在果戈理笔下，狂人只是以第一种意义出现的，只是一个独特的人物，而在鲁迅的小说中，狂人却享有第二种含义，他的意识以超越某一个具体人物的姿态出现，显示了高度的理性认识，获得了对整体社会的艺术表达。

这种表达显然彻底改变了具体生活对象在小说中的地位，它在整体意义上来说，不仅是作为某种个别的艺术存在，而愈来愈成为艺术家对整个社会某种关系的隐喻和象征。这种表达往往是源于具体生活但同时又是超越具体生活的，艺术家对整体社会的认识和具体生活对象互相交合，熔铸为一种新的小说艺术存在。这种小说审美现实有时并不怎么依赖人们日常生活的逻辑关系，甚至远离人们有限的感官所熟悉的生活范畴，但是在人们心灵上能够唤起普遍的认同感。王蒙的小说《听海》就显示出作者一种饶有兴味的构思，作者从一个盲人那里获得了表达自己整个生活感受的通道。王蒙显然并没有去着重描述一个作为具体人物的盲人的生活经历，而是旨在表达一种难以言喻的生活体验和感受；而这种体验和感受绝非属于一个个别的盲人的。也许正因为盲人和一般健全人之间，有一道天然的界限，使得这种"听海"别有一番意味，它隔开了人物形象与某一个张三或者李四的具体人物的模式，失却了人物的某种确定性，同时也消除了某种具体模式的限定性。因此，盲人所听到的海的声音及作者寄寓其中的深刻人生含义，在同读者的交流中能够跨越"这一个"具体人物而造成的心理隔离，在更多的人心中引起共鸣。

显然，现代小说艺术并没有，也不可能完全否定对具体人物和事件的描写，也许恰恰相反，正是对具体生活现象的深入挖掘和表现，为小说家提供了走向整体生活的多样化道路；小说家只是在整体生活经验基础上，最大限度地扩张了具体生活对象的含义。在新的小说美学格局中，对于具体生活和人物的描述和塑造，并不构成艺术家唯一的和最终的美学目的，它往往成为一种艺术活动的杠杆，目的是撬起整个社会的巨石。现代小说家所追求的艺术真实，不是个别的生活现象和人物的真实，而是整体社会面貌的真实；不是生活外在确定性的真实，而是内在主观感受和认识的真实。

在现代小说艺术创作中，我们可以愈来愈明显地看到这种情景：小说家已不再是那么被动地借助具体人物来表达自己，即使是借助人物，也不再受某一种个别存在的确定性模式的局限，而是力图把这种个别（哪怕丧失了某些确定性内容）在最大限度上转变为一种普遍的人类尺度。例如鲁迅在创作《阿Q正传》时，就表现出对人物确定性的惶惑。他在一个传统式的故事形式开头，精心设计了一段关于给人物定名的开场白，给自己笔下的人物别具一格的名字——阿Q。显然，这为了达到某种滑稽的效果，显示出一种努力从个别生活和人物的模式中挣脱而出的姿态。鲁迅赋予阿Q在生活中某种不确定的特征，使读者在一定程度上不能不放弃把阿Q固定在某一限定的范围内（比如一个具体的农民）加以理解的欣赏习惯，从而在整个社会生活的氛围中扩展了小说的含义。实际上，在作品中鲁迅所意识到的和所表现的整个国民性悲剧的内涵，已远远超过一个具体农民的生活范畴，鲁迅不想也不能让一个确定的人物去承担整个国民的心理重负，更不忍心让读者为此去嘲笑一个农民的阿贵或者阿桂，而是希望全体国人，包括作者自己意识到并且承担阿Q的悲剧。

鲁迅这种做法显然是和传统小说准则背道而驰的。在十九世纪的小说创作中，巴尔扎克曾经因为要给自己笔下一个花粉商安上一个确切的名字而跑遍巴黎大街，而鲁迅则千方百计回避这种确定性。在现代小说中，只要我们稍微注意一下，就不难发现这种迹象一直在不断扩大，越来越多的小说家对于人物面貌的限定，抱着简写的态度，有些人物正像在城市街道某个拐角上突然出现的一样，甚至有时直到小说结束，读者还不知道人物叫什么名字，什么职业，从哪里来，到哪里去，假如没有其他的美学目的需要，这种情景是不可思议的。小说家在最大限度地省略对人物确定性的描述，同时也在最大限度地把人物作为一种最广泛的社会生活的心灵形式来表现；而这个人物的心灵存在形式，是以一种普遍的生活感受的直观形式来使读者接受的——无论你是一个工程师还是一个医生、大学教师，你都会在生活中感受到的。

因此，现代小说艺术的具体性是建造在整个生活基础上的，体现出一种新的典范性。现代小说家不是仅仅遵循一个特定的眼光——一个具体的现实故事——所规定的视角去观察和反映整个世界，使艺术的光圈按照某种具体生活来测定，而是把艺术家综合的主观思想感受和具体生活融合成整体的艺术世界；在这个世界中的一切感受和印象都能直接扩展为对整个生活的概括，同时又表现为具体的生气贯注的审美现实。这样，现代小说不得不拆除阻碍自己走向整体生活的种种界定，重新确定自己的形态结构。

随着小说艺术一系列美学关系的变化，小说艺术世界具体性的含义也发生了变化。信息广泛快速地传播，使现代小说家的视野扩大到整个世界乃至宇宙空间之中，他们不可能心安理得地跟在具体生活故事后面亦步亦趋，并以此作为自己小说创作追随的美学方向。在现代小说创作中，小说艺术世界的具体性已不同于传统小说中的具体性，当然也不能够用现实生活具体真实的标准来衡定，它是从具体的生活经验中积累起来的，但是它们在艺术家心灵的内化过程中被融化和被超越了，外化为一种超越现实具体性的艺术存在。艺术家对于生活的整体性认识，就是通过某种超越现实和客观现实的具体性在美学意义上被固定下来的。例如读卡夫卡、马尔克斯等人的作品，就很容易给人造成一种幻觉，其中的人物和细节大多是可感而不可即的，呈现出一种扑朔迷离的气氛。如果按传统的观念在现实生活中"对号入座"那无疑是枉费心机的，但是打破这种狭隘的审美观念，步入这种类似"太虚幻境"的小说世界中，我们能够感受到整体生活的美学意韵，牵引我们的不再是一种具体现实，而是对整体现实生活的一种预示、一种征兆，它不仅有关于过去和现在，而且包含有未来。值得注意的是，现代小说中这种"超现实"的具体性，在中国古典小说中就有先例，我在这里很想把曹雪芹的《红楼梦》和马尔克斯的《百年孤独》加以比较，虽然由于漫长的时空差距错开了它们，但是两者都奇迹般地创造了一种现实与非现实相交融的梦幻世界。也许是凭借东方式的宿命论和天人感应的思维方式，曹雪芹在《红楼梦》中更有效地从虚幻的具体中接近了真实的整体性：虚中有实，实中有虚，相得益彰。

显然，从这种整体性的美学方向出发，现代小说家近乎放弃了对具体生活奇特性的兴趣。传统小说家喜欢在生活中搜奇觅胜，喜欢利用一切偶然性因素编织令人惊奇的故事花环，这对于现代小说来说几近雕虫小技。这固然一方面是由于世道变了，大众传播媒介的广泛使用已经使稀奇古怪的事情用不着小说来传递；另一方面则是由于艺术家视野扩大了，很多过去认为是稀奇古怪的事情也就变得平庸了。从哲学意义上来说，一些事情之所以显得令人惊奇，只是由于在某种程度上脱离了整体生活的必然性，具有某种意外的偶然性才有可能，描写这些具体事情，也就意味着艺术家在一定程度上必然放弃了整体。而当艺术家愈是从整体生活的角度去观察生活现象，把握住这种现象产生的必然的内在原因，内部的机关一旦昭然若揭，也就愈是意味着偶然性和惊奇感的消失。除非艺术家利用读者的无知，故作惊讶，专门设计各种各样的圈套来制造惊奇，就像流行的武侠小说或者言情小说一样，一切为了满足读者获得刺激的需要。可惜，小说家并不都愿意做酿酒的好手，或者站在柜台前专门向顾客出卖威斯忌的小酒吧老板。

当然，对于生活整体性的观察，也许使生活中的具体环节失去了许多自我炫耀的可能性，但是在另一方面，又会给小说家带来对具体对象更充分的理解；小说家不可能再停留在一个固定的偶然性基点，并且由此来虚构自己的小说，他必须时时反顾，从整体生活角度来进行思索和评价，并且从整体生活背景中确定具体生活对象的艺术意义。这样，小说创作中所涉及的一切生活现象，不分巨细，无论属于肯定的还是否定的因素，都要接受具体生活真实的检验，更重要的是要显露出自己潜在的整体生活的艺术价值。

应该说，对于现代小说来说，一部作品的内在丰富性不仅表现在其内在和外在描写的丰富性，而且产生于具体艺术表象与整体生活的辩证关系之中。这种丰富性不仅仅属于小说家对具体人物和情景的塑造——这种塑造可能直接体现为整体生活中的一个环节，而且还包含着艺术家在整体生活中获得的生活感受或者思想真理。在很多情况下，这种感受或思想真理和具体的生活现象并没有一致关系，甚至可能是相悖的，它所提示的可能只是一种遥远的心灵回声，艺术家不能确切地表达它，同时也无法回避它，就必须和具体的生活现象进行一番搏斗，改造并且超越它，重新建造一种新的小说艺术世界——它不可能仅仅顺从具体生活真实的意志。

四、现代小说艺术思维的交融性

在现代小说艺术变革中，对于体现生活整体性的追求必然要突破一些旧的艺术花环，对此，小说家不仅需要从过去迷恋的某一个生活角落走出来，而且更重要的是从一种艺术篱笆中走出来，因为单一的艺术圈子只能造成单一的艺术世界的形成，小说家借此往往只能表达他所意识到的一个世界，一种景象，表现一种艺术氛围。这时候，艺术家常常面临一种两难选择：在一种艺术对象面前，艺术家要深入它的感情世界的时候，常常不得不丧失这个对象表现出的一个哲理世界；当艺术家要深入它的历史情景之中的时候，又常常不得不使自己的现实感情委曲求全，千方百计用某一种面具装扮起来。我们在很多传统小说中都能感觉到这种艺术的痛苦。所谓现实主义和浪漫主义派别的分野和对立，大概就是在这种情况下产生的，艺术家要注重某一点，比如理智，似乎必然要以失去另一端，比如感情，作为代价。尽管传统的现实主义和浪漫主义都向人们贡献了很多优美的小说，但是就今天看来，总是摆脱不了这样或那样的局限性，总是丧失了生活或者自我的某些方面。如果现代小说艺术家不再满足于这种情况，那么就必须从过去某一个艺术基点中摆脱出来，融合现实主义和浪漫主义的艺术优势，创造一种新的小说艺术。实际上，现代小说艺术就是在先前各种艺术方法交融的基础上产生的，这种交融也促进了小说中生活的各种不同因素的交融和汇合。

有一种情形是值得注意的，在传统小说艺术规范中，当具体真实生活成为艺术家表现整体生活的直接艺术对象时，具体生活题材的选择就成为举足轻重的了，艺术家所描摹的具体生活内容不仅成为作品思想容量的重要前提，而且也成为衡量整体生活关系的艺术尺度。这样，艺术家为了表达自己对于整体生活的认识，总是要选择和自己所意识到的整体生活面貌非常相似的事件来描写，或者说建构一种合乎整体生活面貌的具体生活模型。因此当小说家觉得整个生活是美好善良的，并想表达这种认识的时候，必然要选择一种美好善良的"例子"来描述，至多根据自己的生活经历加一些曲折道路而已。相反的情形当然也是如此。小说家为了表达整体生活，不得不依赖一些"典型"和"纯粹"的例子或者创造这样的例子来表达自己。

这难免带着一些"虚假"的色彩，同时也不可避免地和生活的整体性发生冲突，造成艺术家的苦恼和艺术的悲剧。从整体生活角度来说，在生活中所谓纯粹的好的或坏的、恶的或善的、真的或假的、美的或丑的"典型"，本身是不存在的，除非人们有意识地强化和突出某些方面，忽视和掩饰另外一些方面。作为整体性的生活存在，总是善与恶、丑与美、真与假相混合、相交融的一个整体，任何一种局部的和具体的生活现象也都不可能完全脱离这种整体生活赋予的特点。正因为这样，艺术家在表现生活的时候，总是不可避免地面临着一些否定性因素的挑战，陷于某种具体生活和整体生活的冲突之中。在这种情况下，一部分怯弱的小说家则极力回避这种冲突，他们往往很自然地在生活中寻求那些和自己认识整体生活相一致的方面来加以描绘，突出生活某一方面的属性而对另外一些方面视而不见，或者排除在艺术表现之外，例如在塑造某些"好人"形象的时候，所谓对生活提炼、选择和典型化的过程自然而然成为对其某些优点的渲染和强化过程，而一些优秀的艺术家之所以创造出了伟大的小说，是因为他们敢于面对生活中的否定性因素，在痛苦的搏斗中超越自己。托尔斯泰、巴尔扎克、陀思妥耶夫斯基等就是敢于和这种否定性因素搏斗的艺术家。例如在《战争与和平》中，托尔斯泰即便对娜塔莎十分喜爱，但是仍然没有回避描写她内心的软弱和缺点。当花花公子阿纳托尔引诱她的时候，娜塔莎一时间背叛了安德烈，心里产生了和阿纳托尔私奔的念头。巴尔扎克的创作也是如此。正如恩格斯所指出的，尽管巴尔扎克对没落的贵族阶级抱有同情，但是他仍然写出了其必然灭亡的悲剧。恩格斯称之为现实主义的胜利，但这种胜利无疑是用艺术家感情上的痛苦换取的。

其实，在对传统小说创作进行分析的时候，我们很容易发现这样的弱点，当小说家力求表达自己对整体生活的某种认识和理解时，整体生活和人物形象都很容易被割裂为两个或两个以上的部分，例如一方面代表正义的阵营，另一方面代表非正义；一部分是"好人"而另一部分是"坏人"，诸如此类，而艺术家总是把自己的思想感情寄托在某一方面。这就很难避免在艺术创作中单纯化或简单化的倾向，小说所表现的生活世界往往是残缺不全的。

这种情形产生了小说艺术发展中必须克服的难关。在十九世纪末就有一些艺术家意识到，必须打破一些传统的观念的界定，敢于正视生活中否定性因素，让生活和人物以一种整体面貌出现。例如在陀思妥耶夫斯基笔下就出现了美与丑、善与恶相交融的双重性格，也许陀氏已无法遏止生活中一些否定性因素的出现，无法回避人性的弱点和卑微之处，才使他在一定程度上打破了传统小说的艺术规范。二十世纪以来，现代小说家就不得不进行着一种新的美学选择。为了实现对整体生活的追求，小说家不仅不断地从具体生活中吸取力量，同时也不断地和具体生活搏斗，不断征服生活中否定性的因素，使它们脱胎换骨，成为整个生活的艺术承担者。

现代小说不再孤立地描述某种具体生活现象，而是愈来愈注重挖掘其中各种复杂的人性内容，把这种具体生活现象放在一种以整体生活为参照物的运动中加以描绘。这在一些故事性较强的现代小说中尤其明显。例如美国作家，约翰·斯坦贝克的《人鼠之间》、西奥多·德莱塞的《美国的悲剧》、辛克莱·刘易斯的《大街》、菲茨杰拉尔德的《了不起的盖茨比》等，都显示出这方面的艺术特色。刘易斯的《大街》主要描写的是美国一个小镇的生活（这也许会使我们想到中国古华的小说《芙蓉镇》），中心是一条丑陋的"大街"。正因为小说中的中心人物卡萝尔·肯尼科特已习惯用大城市文明标准来衡量生活，才愈发感受到这个小镇令人窒息的沉闷。作者以一种高度发展的文化背景作为参照物，揭示出这个小镇在宗教上狭隘虚伪，政治上鄙俗不堪，文化上呆滞落后的状况。

这也许会使我们想到鲁迅的小说《阿Q正传》。作品描写了辛亥革命给未庄带来的变化。也许对于习惯中国农村过去那种自然平静的生活的人来说，辛亥革命是一次大事变，给未庄生活带来的变化够街谈巷议一阵子了。但是，当鲁迅把未庄这种变化放在一个广阔的时代背景——这种背景包括近代世界生活发生的巨大历史性进步和深刻变革——下观察时，未庄只是一只在社会发展中搁浅的小帆船。鲁迅透过辛亥革命表面上轰轰烈烈的景象，敏锐地感觉到中国社会内在的相对静止或缓慢运动的状况，在生活表面的急促变换中，看到了其内在的停滞和徘徊不前。显然，鲁迅的这种深刻性是和他对于世界历史发展的整体性认识分不开的，他的学识和阅历都使他对中国和世界一些先进国家的差距有更清醒的理解，由此构成了救国救民的急迫感，促使他不可能对未庄所谓的变革心满意足。

应该指出，在现代小说创作中，传统艺术意义上的单纯的悲剧和喜剧、肯定和否定、感性和理性的关系正在逐步消失，更多地表现为对立面的互相交融和渗透。它们之间的界限不仅变得模糊不清，而且常常在此一种形式之下潜藏着彼一种的相反内容。例如美国二十世纪六十年代风行的所谓"黑色幽默"小说，从表面上来说是充满喜剧色彩的，但是所表现的却是人生悲剧性的内容。一些小说家用一种嘻嘻哈哈的玩笑态度来对待人生中的罪恶、痛苦、卑微和死亡，用一种似乎是轻佻或轻率的方式来表现生活，实际上蕴含着对生活的体验和深刻思考。和传统艺术中幽默手法不同的是，"黑色幽默"中熔铸了多种美学意蕴，当你从不同角度来审视它的时候，会发现它反射出不同的艺术光亮。对艺术家来说，这种幽默是对现实生活的一种讽刺，但是当这种讽刺反归于自身之时，又成为一种亲临其境的自嘲；小说家参与了生活，同时又超越了生活，他是幽默的对象，同时又是幽默自身，在悲剧和喜剧的双重角色中表现着自己。例如美国作家约瑟夫·海勒（Joseph Heller）的作品就常常给人哭笑不得的感觉，换句话说，他的作品使人能感受到一种复杂的感情，往往笑中掺杂着眼泪，哭中夹杂着快感，结果二者双管齐下，创造了一种别致的艺术境界。《出了毛病》是海勒描写一个小人物鲍勃·斯洛克姆内心生活的作品。主人公是一家公司的高级职员，自说自话叙述着自己的生活和心理状态，他老是感到什么地方"出了毛病"，整日忧心忡忡。一方面他整天感到有什么"新的可怕的怪事"在等待着他，并为此担惊受怕，正如他所说的："我不喜欢任何突如其来的事。各种各样的意外的事既使我恼火，也使我感到难过；甚至那些事先安排好让我开心的意想不到的事，结果也给我带来一种沉闷乏味，悲伤和自怨自艾的回味，有一种被人暗算和利用，让别人开心作乐的感受，一种让人蒙在鼓里的感觉，一种让人排除在某种秘密之外的感觉。"① 但是在另一方面，他又认为"没有怪事本身就是一个惊人的怪事"，他整天东瞧瞧，西看看，期望和寻找着某种意想不到的事情。

显然，鲍勃·斯洛克姆在作品中扮演着一个饶有趣味的角色，由他所表达的所有生活细节都不再只有单纯的艺术含义。他是一个生活的讽刺者，同时又是一个被讽刺者；他在制造和发现着喜剧，同时又扮演着悲剧

---

① 袁可嘉、董衡巽、郑克鲁选编：《外国现代派作品选》（第 3 册下），上海文艺出版社，1984 年，第 632 页。

角色；他时刻都在发现他生存的那个社会"出了毛病"，同时作者又在暗示我们，这位时刻感到生活"出了毛病"的主人公也"出了毛病"。这也许使我们想起鲁迅笔下的阿 Q 形象，作者给自己笔下的主人公安排了一种悲喜交加的氛围，既表现了作者对他的同情和理解，同时又表现了对他的讽刺和批判。可以说，"黑色幽默"小说虽然只是现代小说创作中一种个别现象，但是却突出地反映了现代小说艺术思维中的某种共同趋向和特征。现代小说家对于传统艺术规范的突破，也表现在对单一的美学意向的不满足，取而代之的往往是一种浑厚的、熔铸着多种意向的小说艺术氛围，而这种氛围是在各种不同的艺术手法相互交融的基础上创造的。

正因为如此，对于现代小说创作，必须用一种多样化的系统观点来进行分析，不能用传统的单一的艺术眼光来定性。现代小说作品的整体性不等于一致性和单一性，而是多种艺术因素和意向熔铸成的一个整体；它并不是所有矛盾的解决和统一，而只是冲突中一种微妙的平衡，其中依然活跃着各种相互背离和矛盾的因素。就拿现代小说中悲观主义因素来说，如果简单地看，很容易陷入偏颇和误解，例如现代小说家过多地揭示人生的荒诞性和人的精神痛苦，读者就指责他们悲观绝望，心理变态，或者说他们否认历史的进步和生活的理想，就显得不那么全面。不错，现代小说笔锋所至，大多所表现的是人生的罪恶、空虚、悲叹、痛苦和死亡，是人生一切有价值的东西在社会重压下被粉碎和丧失的过程。但是，表现这些个体的或人类整体的悲剧感，并不意味着艺术家对整个社会理想的否定，相反，这些人生的悲哀、卑微、失望和死亡，正是在艺术家对生活怀抱着更大期望的条件下显现出来的，它们一旦被意识到并且在艺术中被表现出来，就成为被历史的进步所遗弃、所否定的生活形态。现代小说艺术总是在悖论中显示着自己，即在具体描写中对人生意义的否定，总是包含着对于人生更完美境界的希冀和肯定，在意识到宇宙的无限和人的渺小的过程中充分肯定人的价值。艺术家对人生的肯定和否定，在现代小说中往往是互相交织和延展的，对于人类生活希求越大，危机感就越强；愈是能够面对现实，承担这种危机感，求生的希望和力量就愈大。人生的痛感与喜感、绝望和希望、光明与黑暗、真实与虚妄总是在对抗中生存的，它们互相转换、互相砥砺和互相渗透，构成某种难以言传的美学意蕴。

现代小说艺术思维中的这种交融性渗透到创作的各个方面，形成了与传统小说艺术有区别又有内在联结的格局。比如现代小说中的非理性追求，就是引人注目的一种现象。实际上，如果把这种现象单纯地理解为排斥理性的创作意向是不符合实际的，也许可以说是浅薄的。因为在现代小说中，理性和非理性泾渭分明的界限已经消失，两者往往是互相交融的、折叠的，最终成为一个有机的整体。显然，如果把非理性看作是人心理活动中无意识和潜意识的内容，那么，十九世纪很多小说家就注意到了这个倾向。陀思妥耶夫斯基的创作无疑可以成为这方面的代表。他在完整和生动地表现自己笔下人物的时候，注意到了人物内心深层的东西，这些东西在日常生活中被各种外在的情势掩盖和压抑着，因此不可能直接从外在言行中表现出来，但是陀思妥耶夫斯基发现了它们，并且表现在自己的小说作品中。可见，创作过程中的理性追求和非理性追求并非隔着一道不可逾越的鸿沟，当艺术家的理性追求不仅仅停留在人物理性思想的状态上，而想知道更多、更深层的内心活动内容时，自觉的理性追求就会引导他走进非理性的艺术境界。

显而易见，在现代小说创作中，所谓理性已不能和传统小说中的思想认识混为一谈。可以说，有一些小说家进行无意识创作尝试，正是为了避开理性的刀锋，接近人的无意识、潜意识的最具体、最原始的面貌，他们千方百计复制人的梦境，捕捉人感觉的原动片段，甚至想尽办法使自己处于某种非理性、潜意识的心理状态，这恰恰需要一种强有力的理性逻辑的驱使。对于现代小说艺术创作，如果不注意到这种情景也许是可悲的：小说家在对非理性的描述中，往往潜藏着一种有意识的美学追求，在一些荒诞的生活画面中，常常寄寓着高度理性化的思想意味。事实上，愈是非理性的、荒诞的、潜意识的内容，就愈是需要一种高度理性的、自觉的思想力量来把握，否则小说创作就会成为一种漫无边际、歇斯底里的心理思维活动。我们看到，在现代小说创作中，艺术家某种理性的艺术内容，常常是以一种非理性的艺术方式和形态显示出来的。理性和非理性不仅是彼此相通的，而且是互相承担和说明的，由此形成一种新的小说艺术形态。因此人们在小说中常能领略"梦中最清醒"和"疯子吐真言"的奇异效果。

第五章

现代小说艺术更新的一些美学特征

二十世纪以来在小说艺术领域发生的变革，一方面在创造着花样翻新、令人眼花缭乱的小说作品，另一方面也造就了在小说领域中从未有过的困惑。这种困惑不仅来自小说家，也来自批评家和读者。就小说家来说，各式各样的小说风格和流派层出不穷，会使他们在艺术追求上陷入惶惶不安之中，不知道怎么写的小说才是真正有价值的，甚至过去不成问题的问题也成为问题——"什么是小说创作的正路？"除非他根本不想去获得小说艺术的桂冠。这无疑又造就着一个小说批评的时代，也许小说从来没有像今天这样需要批评家的帮助了。如果说在以往的小说领域中，总是创作家牵引着批评家，那么现今在更大程度上则是批评家牵引着创作家，否则，现代小说艺术的一切创新之路就会显得愈来愈窄。但是，令人遗憾的是，批评家往往不仅同样面临着小说艺术的困惑，而且往往在某种偏狭的自信中继续制造着困惑。如果他们无法阐释小说领域中所发生的一切新的变化，那么也不可能为小说创作提供真实的未来。

尽管造成这种情况的原因是多种多样的，但是批评家未能从整体上把握现代小说艺术更新的主要美学特征，是不可忽视的缘由之一。实际上应该说，既然现代小说艺术更新是在一种特定的历史条件和艺术氛围中发生的，那么，必然会显示出一些共同的时代美学精神和艺术追求。而这些精神和追求不仅承继着过去小说时代的一些因素，而且也必然在一定程度上显示着未来小说艺术发展的道路。而在一个较大的历史范围内把握这些精神和追求，理解并且阐释它们，应该是批评家的义务，他们责无旁贷。

事实也正是如此，现代小说艺术更新的发生和发展，不仅取决于人们对于自身的新的发现，而且也表现了人们对于艺术的新的需求，它所牵动的是整个社会经济发展和人类文化心理变化的种种因素。这些因素有的属于生活表面的，有的则是属于生活深层甚至潜在的内容。它们综合发生作用，造成了小说艺术更新的契机。显然，我们期望能够抓住这些契机，并由此分析它们给小说艺术带来的一系列新的美学特征。

一、现代小说的信息负荷和内容的密集性

优秀的艺术作品，应该是一个生气贯注的生命的整体，它是艺术家在同生活各种信息的交流中塑造成形的。从某种程度上可以说，艺术创作是艺术家迎接和感受蜂拥而至的生活信息的一种特殊的反馈形式。艺术家把所能感受到和理解的全部信息，带着自己独特的个性标志和艺术信号，还原到生活中去，以一种新的信息形式出现，丰富了生活的内容。

显然，艺术家所收受的生活信息越多，对生活的感受越深刻广泛，他的作品才能包含多方面的生活内容和思想内涵。艺术家的生活面比较狭窄，接收信息少而慢，作品的信息负载必然也会少一些。社会生活各种信息的产生和传递，在一定条件下的积聚和转换，对人的思想意识产生着直接的影响，同样也极大地影响着艺术创作，推动着艺术发展。因为每一个艺术家都不可避免地生活在某一层次的信息周转中，都不可避免地和各种信息发生相遇和碰撞、交通和交流，而且，一个艺术家的天然素质，对于生活极为敏感的感受力和观察力，对真善美和假恶丑的分明的爱憎情感，都决定了他不仅要承受生活沉重的负荷，而且需要对生活作出迅速的反馈，把自己全部的信息负荷通过艺术创作表现出来去影响生活。因此，艺

术家的创作总是同对生活的责任心连在一起的。鲁迅的创作就是这样。在社会生活中，鲁迅不仅具有敏锐的感受力，而且具有高度的社会责任感，这两方面又是互相联系着的。高度的责任感使他始终处于时代生活信息周转的旋涡中，关注着生活的各种变化，所感受的信息比一般人来源多、速度快、容量大；而他敏锐的感受力又日益磨砺着这种责任心，使它始终同生活保持着血肉相关的联系。鲁迅的创作正是在这种情景下进行的。同他所感受到的生活信息一样，他的作品负载着沉重的生活信息，包含着很深的意义，因而能够给人以多方面的启迪。

信息的周转和艺术的发展其实有长久的历史联系，尽管古今艺术已有很大的差别，但是在古今的一切艺术家那里，生活和艺术之间的恒常联系是一脉相承的。不同时代的艺术家，在建造自己不同形式的艺术作品的时候，总是同自己所意识到的信息的负载量保持着有机联系。艺术家总是希望在一定的艺术形式中，比较完满地表现内容的负荷，而当这种负荷一旦超过艺术形式限定的负载量的时候，艺术家们就迫不及待地去探索新的艺术样式，建造更新的负载量更大的船只。在我国文学史上，从《诗经》的四言诗发展到五言、七言，转换为词、曲，从某种意义上就体现了这种发展。从信息传递的艺术样式来说，诗的繁荣到词的盛兴，再到杂剧的兴起、小说的发展，作品所负载的信息容量越来越大，反映的生活内容也愈来愈广泛，同样是与艺术家愈加开阔的视野连在一起的。而且就从整个艺术的发展来说，信息传递的通道也日益增加，表现出艺术日益从"单通道"向"多通道"的形式发展的趋势，过去的艺术往往是以某一种感受形式为基础的，或者依赖于某一种艺术媒介存在的，现在已经逐步打破了这种界定。在电影、电视艺术日益发展的条件下，各门艺术相互依存和并存的情况更为普遍和明显，同时在这样综合的整体性艺术中，各门艺术重新获得了自己新的、不可替代的意义。

从宏观的角度去考察艺术形式发展的必然性，意义不在于把一定的社会生活同特殊的艺术现象一般地等同起来，而是为了更细致地研究具体的艺术形式的内涵。艺术形式的产生和发展更新是一个复杂的问题，一定的社会生活存在仅仅是为产生某种艺术作品提供可能性，要转换成真正的审美现实，必须通过一定艺术形式和技巧的媒介才能实现。问题的复杂性在于，即使在同一社会条件下，艺术家由于个性条件等方面的不同，所能感受到和承担的生活信息的负载量是不同的，所关注的方向和领域也是纵横交错的，有人欢喜有人愁，有的痛苦不堪，有的却有闲情逸致。同时，即使在接收信息负荷相同的条件下，每个人艺术趣味和修养的不同，把它们转换为艺术审美现实的能力也不同，有的纵横变态，不失自然；有的则跻攀分寸，不得其趣。艺术家主体条件的不同构成了艺术创作中色彩斑斓的景象，极为丰富多样。认真分析具体的艺术个性和具体艺术现象，才能发现艺术创新的端倪。

就拿小说艺术的发展来看，已经走过了漫长的历史道路。最早出现的小说，大多是一些短小的叙事作品，记一些生活中的奇事异闻、名人轶事。我国古代文人在《世说新语》《太平广记》中记下的一些作品就是如此。显然，这种小说样式的容量是比较小的。而在民间流传的大量的话本小说成了中国长篇小说的源流，文人艺术家从中借鉴了写作的形式，把小说的信息载量扩大了，明清小说出现了前所未有的鸿篇巨著。从世界小说艺术的发展来说，尽管仍存在着在短篇小说方面的艺术努力，十九世纪依然是长篇小说艺术成功的一座丰碑，出现了前所未有的大师及其作品。这种情景的出现，显然是同当时的时代生活和艺术准则连在一起的。十九世纪艺术的稳固观念是源于现实主义的，它要求严格地按照生活的真实面貌描写具体的事件和人物，把具体环境中的人物显示出来，在这种情况下，艺术家要表现出自己对生活的全部认识，不能不借助于广大的生活场景，通过壮阔的生活画卷来表述，小说场景越来越大，篇幅愈来愈长，必然成为生活追求的艺术内容。至今还很少人意识到，十九世纪辉煌的小说发展高峰，同时意味着小说艺术更新的某种停顿，生活激起的艺术的波纹，正在向愈来愈远的地方荡漾，涉及的范围愈广，力量愈小。长篇巨著的小说家在辉煌的峰顶上为这一时代的小说艺术画着一个大大的句号。

这并不意味着长篇小说的死亡。长篇小说继巴尔扎克、托尔斯泰之后仍在发展，但是在他们那个艺术发展层次上的黄金时代却是一去不复返了。他们的小说已经同希腊神话一样，成为后人不可企及的高峰。小说艺术的更新在建造着跃上新高峰的台基。事实上，在十九世纪，和长篇小说的成就相比显得默默无闻的短篇小说，正处于艰苦的艺术更新中，到了二十世纪初涌现出许多优秀的短篇小说的创作。继莫泊桑之后，出现了契诃夫、欧·亨利、海明威等小说家。在小说创作中，显示出一种逐步成熟的艺术观念，这就是单纯地描述具体生活故事的方法已经无法表达出艺术家对生活的全部感受了。在日益增长的信息交流中，二十世纪的艺术家心理所承受的信息负荷要比以往重得多，他们必然要求自己的小说能够负载这些信息，在有限的篇幅中包含更多的内容，于是，艺术家做了两方面的努力，一方面很多艺术家在小说创作中，愈来愈倾向于鸿篇巨著的创作，用旧的小说艺术形式创造出最理想的境界；同时也有很多人另辟蹊径，在小说创作中走出了一条新路，运用新的艺术技巧，尽量扩大小说艺术的内容容量。

鲁迅小说创造的世界意义，就毫不例外地体现了这种艺术的进步。在中国社会生活翻天覆地的变化中，鲁迅一直处于生活斗争的最前列，直接地感受到来自各方面的生活信息，在心灵中聚集了巨大的信息负荷。鲁迅的小说创作就是同这种巨大的心理负荷的压力连在一起的，鲁迅不是为描述某一种精彩的故事而写作的，而是为了通过小说表达出自己对生活的全部认识，唤起人心，改良人生。正因为如此，鲁迅的小说同我国古代小说的巨大差别，首先就表现在内容容量的负载上。鲁迅小说给予人们的，不仅仅是一个具体故事，而是一个完整的生活世界。如果说在过去的小说结构中，所表现的内容显示出一种自我完满的"疏散性"的品格，那么在鲁迅的小说中，其内容结构则是"密集性"的。有限的篇幅往往密集了大量的生活信息，使它能够有效地把艺术家对整个生活的认识全部表达出来。

其实，这种"密集性"的艺术特征普遍地表现在各种艺术的发展中，尽管在各种艺术中所发生的形式和技巧的更新千姿百态，艺术家却都在为自己的作品储存和表达更多的生活信息进行不懈的努力。但是，这种努力是通过各种艺术独特的方法与道路表现出来的，它最终的目的和艺术意义并非像数学公式那样一目了然。只有深刻理解艺术表现和创作过程的独特的美学意义，了解艺术中的美的规律，才能从色彩斑驳的艺术存在中，分辨出艺术创新的道路，并把这种创新同整个社会生活的发展有机地联系起来。

在生活信息内容日益膨胀的社会中，很多人没有注意到艺术创作在更多地包容生活的时候，也不知不觉地在简化着生活信息本来面貌的储存和传递。例如在小说创作中，过去认为是必不可少的对于场景环境的描绘，对于事情前因后果的交代，正在逐渐消失，像在屠格涅夫作品中那样大量的优美的风景描写也已少见，而现在作家注重的是大量的心理描写。在有的作品中，甚至全部都是心理描写、内心独白等，一个具体的生活故事往往简化到不能再简的地步。粗看起来似乎很难让人理解，因为对一个具体的故事模式意义来说，作品所提供的信息减少了。但是，如果我们脱开这个单一的故事模式，而是从整体生活的角度来看，这种简化意味着作品所包含的内容的扩大和密集。在现代小说中，虽然舍去了很多附带的描述，实际上并不意味着取消了这些描述的美学意义，而是由于选择了生活中最有总体意义的部分，把复杂的生活现象简化成了最明了、最便于理解的艺术信息，无疑，这种被简化的信息传递和储存，犹如计算机的性能一样，比过去原始的对具体故事面面俱到的描述，在相对篇幅内所容纳的信息要多得多。显然，这种艺术的"简化"，只有在整个艺术的发展提供可能性的基础上才能实现。大量的自然风景的描写，在大量生动具体的电影电视的视觉画面充斥人们感官的时候，就相形见绌了。后者在这方面提供的信息不仅比小说更具体生动，而且迅速得多。它们理所当然地代替了小说中的描写，而且作为人们整个审美活动的一部分，又很自然地参与和构成了人们创作和欣赏小说的审美活动。这样我们就不难理解，为什么在现代小说中不再出现像屠格涅夫那样优美的风景描写，不再出现巴尔扎克笔下那样对故事的描述，这并不是小说艺术的倒退，而是在跃进，起码可以说在酝酿着新的跃进。

　　虽然对于艺术家愈来愈热衷于描写人的意识世界，至今还有争议，但这已成为艺术发展的普遍事实。问题在于，表现来自人的主观世界的信息，不仅仅是一种偶然的人为的艺术选择，而是体现了艺术在整个生活的信息交流中独特的功用。这种功用从某种意义上来说，是其他手段无法完全替代的。尤其对于文学来说是这样。对于一个活生生的人来说，其内在的全部丰富性是无法用其外在的全部行为和神态明确细致地表现出来的。进一步来说，这种表达人的外在世界的意义，即使再精彩，在今天录音录像等物质手段存在的情况下，也并不引人注意了，相反，即使今天的生活能够提供表现和传递人的外在世界的最精密的手段，也仍然不能替代对人的内心世界的探索和表现。而文学描写则在一定程度上，向人们提供和传达了人内心最深奥、最珍贵的感情的信息，这种内在的感情信息的交流，对于人生来说是必要的，人们从这种交流中获得知己和慰藉，从而更深刻地认识世界和认识自己。在艺术中我们能够重新体验人类感情发展的历史。人类历史的洪流轰然而过，在各方面都留下了自己的遗迹，唯独在感情方面无所遗留，但是它们却依然活跃在人类的艺术作品中。

　　艺术在发挥自己的优势，这是和整个社会信息生活的发展连在一起的。在文学描写中，重视心理描写，"意识流"手法的运用，与其说是技巧的创新，不如说是内容的变化。两者是不好分离的。其实，这也并不是脱离艺术传统的产物，而是实现了过去艺术发展中的潜在的美学理想。勃兰兑斯早就说过，文学史应该是一部心理学史。十九世纪所有现实主义大师都表现出了对于描写人的心理世界的极大兴趣，不少传统小说家已经开始了这方面的写作尝试。托尔斯泰就是这样。在他的创作中，不仅直接描写了人的意识生活，而且十分重视自省的方法和深入体察人的意识活动的辩证法。

　　鲁迅的创作也是这样。在继承世界优秀的文学遗产的基础上，鲁迅做出了自己独特的艺术选择。为了使自己的作品承担最大量的生活信息，鲁迅舍弃旧小说中很多东西。他很少描写风月，把小说中的环境描写浓缩在一种简易的、符合民族审美心理的描写中。他喜欢民间艺术中一种纸花的艺术，没有背景，却一目了然，把自己的艺术力量投入人的内心描写，在简化传统小说的故事情节的描述的同时，增加了对于整个社会生活的概括力量和作品的思想内涵。这里，我们也许会想起萨特对美的一种特殊理解，他认为"美不是由素材的形式决定的，而应该是由存在的密度决定的"。① 而就萨特的小说创作和美学观点来说，要真正最大限度地实现这种"存在的密度"，并不意味着在小说中对什么都要写得面面俱到，写得实实在在，而是要能够给读者留下很大的艺术空间，以供欣赏者的自由参与。

二、艺术视点的"向内转"——对心灵的发现

纵观现代小说艺术创作，其中最引人注目之处也许就是对人物心理的透视和强调了，这使得现代小说艺术带着一种浓厚的主观心理色彩。一些现代小说家强调作家的主观体验，深入揭示人的内心世界，几乎到了无以复加的地步。因此总的来说，现代小说对于人物的一些外在描写往往是漫不经心的，有时仅仅是一种极简朴的装饰，纵使很高明，也并不值得人们长久地徘徊留恋；而就是这些着墨不多的外在描写，往往也带着某种心理色彩，向人们提示着通向人物心理世界的通幽小径；在现代小说中，真正使人心醉神往的是对人物心理世界的描述和分析，在那里也有林木叠折、奇山怪石、急流险滩、奇花异草，当小说艺术之光照射于此的时候，它俨然向人们展示了一个新的艺术天地。人的灵魂深处最隐秘的一些东西昭然若揭，人们过去习以为常的一些行为，袒露出其内在的秘密。

从着重表现生活的外在面貌转向着重表现人的内在心灵，从强调描述的客观性到注重艺术表现的主体性，可以看作是从传统小说向现代小说过渡的艺术转折。这种情形显然是和整个现代艺术的发展趋势相吻合的。法国作家纳塔丽·萨罗特就指出过："心理要素在小说发展过程中的变化与

---

① 今道友信等：《存在主义美学》，崔相录等译，辽宁人民出版社，1987 年，第 231 页。

绘画要素在绘画艺术发展过程中的变化，有相似之处，它们都是缓慢地从其寄存的物体上分离出来——不过小说的变化远没有绘画的变化来得冲劲大、速度快，而且中途还发生过长时间的停顿甚至倒退。心理要素现在趋向于独立存在，尽可能地摆脱人物的支撑。当代小说家的全部探索就是集中在这一点上，这也是读者应全神贯注的所在。"① 在这种席卷艺术创作领域的"向内转"潮流中，现代小说最重要的职能也更为集中地体现在展示人的心灵内容上，这就是深深地潜入人们精神灵魂的住所——在那里有心灵最隐秘的活动和最深刻的孤独，在内心深处揭示出人生的本质和欲望，使人们更为深刻和全面地意识到自己，进而把自己从纷繁的内在冲突和孤独情绪中解救出来。无疑，现代艺术比以往任何时候都远离历史的客观性，而靠近人的心灵活动；也比任何时候都突出地表现为现代人心灵发展变化的过程。而在这个过程中，现代小说创作谱写了其中精彩的篇章。

无疑，表现人的心理活动，致力于人物内心世界的揭示，并非现代小说的发明和专利，一些传统的小说家不仅把它作为自己艺术追求的主要内容，而且精于此道，能够淋漓尽致地表现自己笔下人物的心灵世界。托尔斯泰就特别擅长和注重人物的心理活动，车尔尼雪夫斯基在托尔斯泰创作时就曾指出过，托尔斯泰的天才特点就在于，他并不仅限于表现人物心理活动的结果，而是对心理过程本身感兴趣。这在《安娜·卡列尼娜》这部小说中表现得十分突出。在作品中，托尔斯泰不仅善于用人物的外貌、神态来表现人物内心深处细微的心理活动，而且善于从心理分析的角度来揭示人物的精神面貌，甚至，在一些特殊情况下，例如对安娜自杀前心理活动的描写，托尔斯泰已运用了近似"意识流"的表现手法，成功地表现了安娜由印象、回忆、联想、想象等混杂交错的复杂多变的心理活动。无怪乎有人认为，在《安娜·卡列尼娜》中，已经有了所谓"意识流"的精彩描写，只不过是托尔斯泰仍将其作为心理描写的一种形式，并且始终用来表现人物性格、推动情节罢了。也许这种看法并非完全准确，但是在一定

---

① 《法国作家论文学》，王忠琪等译，生活·读书·新知三联书店，1984 年，第 390 页。

程度上说明现代小说艺术和传统小说是有渊源关系的。记得托尔斯泰曾经说过，艺术的主要目的就是"揭露用平凡的语言所不能说出的人心的秘密"，"艺术好比显微镜，艺术家拿了它对准自己心灵的秘密并进而把这些莫不皆然的秘密搬出来示众"。这不仅是托尔斯泰自己身体力行，所期望达到的艺术目的，而且也成为二十世纪以来现代小说所努力实现的艺术愿望。

显然，同传统小说相比，现代小说在表现人物心理活动方面进入了一个新的艺术层次。如果说在传统小说那里，心理描写仍然是刻画人物和推动情节的一种辅助手段，人物的心理活动基本上还依附于人物的生活环境和外在行为的变迁，那么，在现代艺术创作中，它已经羽翼丰满，获得了自己独立的时空持续能力，成为艺术创作的主要过程。乔伊斯的《尤利西斯》、伍尔夫的《墙上的斑点》、福克纳的《喧嚣与骚动》、鲁迅的《狂人日记》，已为我们提供了这方面足够的艺术例证。在这个过程中，我们看到，现代小说家在探索和表现人物心理的路途上，几乎舍弃了所有外在的重负，而这些重负，在传统的小说观念中，被认为是小说家必须背负的，而如今现代小说家却把它们交给读者保存了，让读者在他挖掘人的内心世界的过程中满载而归。例如像鲁迅《狂人日记》那样的小说，通篇都是写一个狂人的感觉、印象和胡思乱想，不著日月，不著人名地名，也没有确切的环境背景而言，其人物的心理活动完全是独立存在的，不仅摆脱了环境的限制，而且也并不需要一些外在描写来印证和确定它的存在。不言而喻，这篇小说不仅是在直接表现人的心理活动，而且还带着作者自省的性质，因此在整体意义上说，所袒露的是一个时代的灵魂自白。

应该说，当人的心理活动一旦在小说中获得自己独立的时间和空间，就意味着一种新的小说时空观念的诞生，从而大大拓展了小说创作的自由天地。心理时间取代了恒常的自然时间，能够把瞬间无限制地延展开去，也可以把几十年乃至几千年的历史聚集在一个瞬间。空间亦然。小说家进而突破了时间和空间按自然顺序排列的限定，根据自己的美学意图来构建新的小说时空，实现多种时间和空间的巧妙结合。比如在伍尔夫《墙上的斑点》中，我们就能在现实的那么一个斑点上领略有关历史和未来层次错落的叠影。而在王蒙的小说《杂色》中，人们可以感受到一种时空交错的艺术画面。一个饱经风霜的人物，骑着马走了一天的山路，把人们带进的却是一个将过去、现实、未来熔铸在一起的艺术世界。在这个层峦叠嶂的世界中，人的心理意识不断延伸出很多神奇的小径，向着历史生活深处、向着未来探索询问。在这里，我们能够发现一种新的小说艺术的连续性，这种连续性是通过人的心理活动的延展和中断实现的。现实生活故事的碎块，通过延展的意识空间重新集合起来，创造了一个各种生活现象相互对比存在的艺术空间。一切生活的个别片段和人的心灵意识是血肉相连的，处于互相补足、互相引展的运动之中，就像投石在水中所激起的涟漪，由很多浪圈相叠，向不同方向的空间扩展着，又不断波及着更远的水面。很明显，正是借助于人物心理意识活动的独特性，相持续的历史生活在小说中转换成一种"同时性"的相叠、相并立、相渗入的艺术画面。

在对待人的心理世界方面，现代小说更为突出地表现了对于人物内心深层意识，比如人的无意识和潜意识的浓厚兴趣。这些东西在人的心理世界中，不仅难以通过日常表面行动表现出来，而且也是人自己经常回避的、不愿或者不敢让它们显现的。在这方面，也许部分应该归功于一位奥地利医生的心理学发现。弗洛伊德通过自己大量的临床观察和试验，提出了人的潜意识的理论，他认为人的心理犹如一座冰山，有意识但只不过是人的整个心理的很小一部分，大部分存在于表面的意识之下；这种存在于表面意识之下的潜意识内容，却在人格发展中起着主导作用。不管弗洛伊德的理论在多大程度上存在着片面性，但是对于艺术家继续探索人，尤其是探索人的心灵起到了不容置疑的引导作用，艺术家由此注意到人被日常生活掩盖着的更深邃的心理内容，并试图艺术地把握它。一位外国心理学家曾这样评价了弗氏心理学意义，我认为这在美学方面也有同等的意义，他说："弗氏心理学理论的最突出的长处是，它试图正视一个复杂的人；这个人有血有肉，既生存于现实世界，却又出没于虚无缥缈的幻想境界；一方面遭受各种社会冲突和自己内心世界的矛盾的困扰，另一方面又具有理性思维和理智行为的能力，在他本人无所知的某些力量和他高不可达的某些欲望的驱使下，这个人时而陷于大脑的混乱之中，时而又神志特别清醒，时而心灰意冷，时而又对一切感到满足，时而充满希望，时而又悲观绝望，时而私心膨胀，时而又慷慨助人；对许多人来说，这幅画像应当是挺逼真的。"①

这种情形实际上已经改变了小说表现人的心理活动的美学内涵。尽管同样对于人的心理活动感兴趣，但是在传统小说那里，人的一些心理活动可能是细致的、被掩盖着的，总是表现在意识的表层结构之中，能够被解释和描述的。换句话说，这些心理活动无论在什么情况下人物都是能够意识到的，他知道自己在想什么，为什么想，因此小说家也是全知全能，能够洞察人物全部心理活动的。而在现代小说中这种情况已经改变了。现代小说家所注重描述的是人物自己无法意识到的心理内容，它们莫可名状，难以预卜和解释，常常呈现出非理性的跳跃和中断现象。

出于这种原因，很多现代小说家十分赞赏俄国十九世纪作家陀思妥耶夫斯基的小说。鲁迅就称赞陀氏为"人的灵魂的伟大发现者"，是洞察人灵魂的心理学家。这是因为陀思妥耶夫斯基的小说中，显示着现代小说艺术更生的萌芽，特别是在描写人的心理方面，已在无意识中突破了一般描写人日常心理活动的界限，伏藏着二十世纪现代小说艺术变革的生机。在《罪与罚》中，陀思妥耶夫斯基描写了人的很多梦幻、联想、想象和无意识活动。主人公拉斯柯尔尼科夫精神时而处于清醒状态，时而又处于分裂状态。例如当他杀人以后在河边徘徊，时而看到一妇女想投河，也不想投河；时而想到警察局自首，又半途而归；时而有"一种不可抗拒的和无法解释的愿望"，使他又来到被杀的老太婆门口拼命按门铃，惊动了别人，又感到非常害怕，逃之夭夭。作者借助于人物患热病对精神的刺激，不仅表现了浮游于人物心理表层的意识活动，而且在人物心理活动紊乱的情况下，发现了无意识和潜意识对人物潜在的支配力量。二十世纪以来，这些

① 卡尔文·斯·霍尔等：《弗洛伊德心理学与西方文学》，包华高等译，湖南文艺出版社，1986，第6页。

新的因素得到进一步的重视和挖掘，同时也使陀思妥耶夫斯基在世界文学中的地位得到提高。

不难理解，对于人的心理世界更加深入的探索和精细的表现，是二十世纪以来小说艺术长足的进步。但这种进步也不是突然发生的，而是从十九世纪到二十世纪初，一直默默地在小说创作中进行的，它标志着小说艺术的变革和更新。例如，在这个过程中，很多小说家开始注重对人的梦幻和混乱联想的描写，就表现了对于人的心理的一种新的探索，其中包含着新的美学意义。就梦境来说，作为一种心理现象，是一种非理性的心理活动，在梦中，世界脱离了现实存在的有序组合和排列，呈现出一系列混乱的、无法完全解释的变形的图像。现代小说家之所以对它感兴趣，并非完全由于它是人心理活动的一部分，还在于梦幻中潜藏着人自己都无法意识到的秘密，因为按照现代心理学（包括弗洛伊德学说）的提示，梦是人潜意识心理掀起的衣角，它并不完全是混杂的意识形象的偶然堆积，也同人的存在状态、心理本质有某种必然的联系，自由联想也是这样。在现代小说中，梦幻和自由联想往往以偶然形式显示着一种必然，在无序中揭示着某种有序。当小说家在人的心理世界围墙外束手无策，无法进入人深层意识中的时候，梦幻和内心独白往往成为小说撬动人的心理世界的一种最简易、最原始的杠杆。

显然，利用梦幻和内心独白的方式来揭示人的无意识和潜意识活动，具有一定的局限性，它往往需要人物心灵处于某种紊乱和分裂状态，这也在现代小说中造就了大量的心理变态或病态者的形象，他们容易产生梦幻式思维，经常陷入一种纷乱的意识活动之中。但是，遗憾的是，这样病态或变态心理的人，只是一部分很特殊的人物，而小说表现的范围也不应该仅仅局限于这些人的心理状态。反过来说，心理健全的人，思维一般总是处于可以控制的理性状态中，除了梦境之外，基本上排除了自然流露本身潜意识内容的可能性，艺术家必须用更高超的艺术手段去挖掘和表现它们。

其实，在现代艺术对人的心灵的持续探讨中，小说家已不仅在心理中发现着心灵，而且也在人的外在行为中，在客观事物和景物中发现和表现着人心。当小说家向人的心灵深处掘进的时候，人的心灵深处的内容也不断地向外部升华，构成带有心理意味的客观自然。除了一些带有象征和隐喻意味的小说之外，也许在"反小说"道路上走得最远的法国新小说创作算是一种极端的例子。尽管这一派的有些作家，比如罗布·格里耶，非常注重描写物的客观性，但是只要读一下他们的小说就会感觉到，他们所注重的客观真实并非巴尔扎克式的对环境事物的细致描绘，而只是企图超越人物的主体性，表达一种新的人和世界的关系，其独特的心理意味并不是通过艺术主体（心理）表现出来的，而是隐含于小说的本体，即叙述过程的语言建构之中。

显然，从某种程度上来说，一些新小说派作家之所以对普鲁斯特式的心理描写不以为然，是因为这种心理描写已经明显受到人物主体结构的局限，这样反而限制了生活意义的表达。比如，新小说派一位作家娜塔莉·萨洛特就认为"现在，每个人都清清楚楚地知道，并不存在什么'最深层'所谓'我们真正的感受'，……它具有不是一个而是多个深层；这些深层又是层层加深，无穷无尽的"。① 所以，"对我们中的大多数人来说，乔伊斯和普鲁斯特的作品已经耸立在远处了，标志着一个时代一去不返。"② 很明显，这并不意味着现代小说对于人的心理探索的停顿和终止，而是意味着一种新的发展。在现代小说艺术更新的大趋势中，如果说"向内转"——对人心理的探索，构成了现代小说艺术的一个明显美学特征，那么这种美学特征的内容也是在不断深化的。很多小说家曾经从传统小说对人物外在描写的模式中挣脱出来，一度又陷入了人物主体世界的迷宫里，用一些梦幻和内心独白的形式设立了一道新的篱笆，限制了小说的艺术天地，因此，继续冲破单纯的艺术主体性的圈子，走向一种主体和客体相互感应、碰撞和牵制的艺术氛围，也许是必然的。而在这个过程中，人的心理世界也将显露出更深刻、更多的秘密。

---

① 柳鸣九编选：《新小说派研究》，中国社会科学出版社，1986年，第3页。

② 柳鸣九编选：《新小说派研究》，中国社会科学出版社，1986年，第41页。

三、走向多层次的立体小说艺术世界

只要把传统小说和现代小说的叙述方式进行一番比较分析，就不难发现，现代小说已走向一个多层次的立体的艺术世界。尽管传统小说向人们展示了广阔的历史生活画面，创造过无与伦比的艺术作品，但这些作品基本上是按照故事发展的特定线索展开的，在叙述上仍然恪守着一个明确的时空界限："花分两朵，各表一枝"成为传统故事的叙述原则，构成了不同时空之间明确的界定。运用这种叙述方式，故事情节发展脉络清楚，犹如剥茧抽丝，作家能够用连续的线条构成精美的艺术画面。例如在托尔斯泰的《战争与和平》中，即使那样宏大的历史生活场面，也被表现得有条不紊。而现代小说并不全然如此。现代小说家很少以纯粹的故事叙述者自居，因此不能用任何单一的客观的态度分析和阐释他们的作品；相反，在小说创作中，现代小说家时常变换自己的叙述方式，善于按照自己的美学意图来支配不同时空中的人物活动，用不同的视角来透视和构图，把多层次的艺术含义熔铸在一个整体结构之中。

小说艺术的这种变化，和对于人的心理世界的新认识紧密相关。特别值得称道的是，现代小说家已不再把人的心理活动作为一个平面来理解和表现了，而是力求表现出人物多层次的心理结构。传统小说中的心理描写和现代小说中心理描写的不同之处常常表现在这里。在传统小说中，虽然心理状态也处于不断地变幻和流动之中，但是大多是表现在某一可以解释的层次上的，包括梦境也不例外。但是现代小说家向着更深的层面开掘，进入了一个多层次的心理世界。在很多现代小说中，人们都可能会感觉到，作家对于人物心理活动的揭示也不再是那么一目了然了，而正像古人谈山水画时所说的："盖一层之上，更有一层，层层之中，复藏一层，善藏者未始不露，善露者未始不藏，藏得妙时，便使观众不知山前山后，山左山右，有多少地步……"往往在扑朔迷离之中包藏深意，在隐蔽和含蓄之中泄露天机。例如中国现代作家施蛰存的《春阳》，就细致描写了一位中年独身妇女内心的隐秘活动。作品中的主人公从银行取钱出来，忽然感到春日的太阳那么好，想在马路上走走，表面上看似乎是受了天气的影响，其实却是因为有个年轻的行员曾"对着她瞧"，勾起了她内心中的某种难以言传的心绪，所以"一种很骚动的对于自己的反抗心骤然在她胸中灼热起来"。作者透过主人公与外在生活的交互感应，巧妙地表现了人物内心深处潜藏着的欲望。这里也明显体现出弗洛伊德心理学说对作家的影响。

显然，弗洛伊德学说对艺术创作的影响并非仅仅表现在心理内容方面，而且表现在认识人心理的方法和小说结构方面。尽管这位精神病学家把潜意识完全看作是性意识并由此构成艺术创作本原动力的说法，是令人难以接受的，但是他揭示了人心理活动的层次性，是了不起的功绩。人们开始意识到，人的心理是一个立体的多层次的动态结构，每个层次的内容在一定条件下，都处于相对稳定的状态。艺术要完整地表现人，就既要有敢上九天揽月，表现人外在面貌的能力，也要有敢下五洋捉鳖，潜入人心灵深处的勇气，完整地表现出这个立体结构。现代小说无疑在深入挖掘人的心理世界，表现其多层次的结构方面，显示出了独特的美学意义。

这种美学意义并没有仅仅停留在内容方面，而是进一步显著地表现在小说形式方面。实际上，从十九世纪末到二十世纪初，对于人的心理多层次的探索，经历了长期的从内容追求到形式追求的转换。人的瞬息万变的感觉、印象，飘忽不定的情绪、心绪，晃动不安的潜意识、无意识，反归于艺术家主体，逐渐形成了比较稳固的艺术形式和手法，成为小说家用以多层次表现生活的手段和途径。于是，在现代小说中，不仅是传统小说艺术中常见的一些表现方法，例如思考、议论、抒情、插叙、倒叙、回忆和联想，获得了新的美学意义，还有一些非理性描写，例如意识中的飞跃、突变、紊乱、模糊状态，也显示出新的美学意味，它们不再单单是作为叙述故事、刻画人物性格发展需要出现的，而且也是作家联系不同时空生活的有力杠杆，其本身也隐含着某种思想意味。

这一切都使现代小说显示出了不同于传统小说的鲜明的艺术风采，也表现出现代小说家面向生活的新姿态。采用多层次变换的描述方式，用时空跳跃的方式把人们带到一种开阔的立体生活画面中去，这在现代小说中是十分常见的。例如鲁迅的《示众》，就给人以突出的空间感觉。在鲁迅的笔下，一个示众的场景是一幅立体的构图。鲁迅从不同角度，以参差错落的笔致进行描述，层层围观的人群和位于中心的人物，共同组成了一个圆阵，形成了一个犹如古罗马露天剧场式的层次结构，由以犯人为圆心的不同圈层上的人物神态，共同构成了一个立体的生活画面。显然，和一般传统小说不同的是，对这样一个街头小景，鲁迅没有局限于某种平面描绘，也没有贯穿全篇的固定的人或事物的线索，几乎没有延续的线条，而是采用了一种近似于"散点透视"的方法，由几组独特的镜头，确定了小说的立体构图。

对于生活的多层次结构，现代小说家很少停留在一个平面上，而是从这个平面开始挖掘建造，纵向深入下去，表现出多层次的生活内容，这往往表现为一种历史和美学意味的发现。海明威的《杀人者》，写的只是一个小餐馆内发生的一件事，两个歹徒准备在餐馆暗杀一个人，后因那个人没来餐馆而离去了。餐馆里的两个小伙子和厨子目击了这件事，事后小伙子尼克把消息转达给了将要被杀的奥勒·安德生，但是安德生毫无逃脱的打算。作者通过围绕着这件事（暗杀）的不同人的态度，构成了一次对于罪恶的历史反省。大多数人都不想卷入这种罪恶之中，但同时又在从事或者认可这场罪恶，除了年轻的尼克之外。英国小说家约翰·威恩（John Wain）的《重访旧居》写的是主人公威廉斯去看离开了十五年之久的旧居，作者通过一个生活的横截面，表现了一段历史与现实的对话。尽管主人公想要看的生日树早已被新主人锯掉，尽管有人告诉他应该忘掉那些"代替现实生活的、一切人们乐于坚持的过了时的无用的事情"，但是主人公在记忆中仍然找到了永远属于自己而不归任何人所有的东西。

很多优秀的现代小说在艺术上都具有某种"环式结构"的特点，具有纵深的含义，有时就如同一个螺旋，上面看是一个截面，细细观察，就会发现很多圈层的意思，而且愈来愈深。这是由于这些作家不甘于局限在某一平面、单一角度的叙述方法之内，而敢于对生活的自然结构进行切分，突破对于生活进行的一般评价，用立体思维的方法来表现生活，使现代小说在愈来愈趋向立体化的生活面前呈现出自己的生命活力。

因此，现代小说作品仅仅通过平面分析很难把握其真实的美学含义，必须进行多层次、多角度的分析。例如鲁迅的《狂人日记》就包含着两种几乎互不相干的层次的内容，小说的表层结构是一个患有迫害狂的病人的胡思乱想，而深层结构却是一个清醒的革命者对黑暗封建社会的深刻揭露及对国民劣根性的批判。鲁迅以立体思维的方式控制着这两个不同的层次，使它们精确和谐地凝结为一个艺术整体。在福克纳的《喧嚣与骚动》之中，也有类似的情形。小说的第一部分写的都是康普生家里的小儿子——一个白痴——班吉的意识活动。从表面上看，班吉的叙述是无理性的，完全是以一个白痴的眼光来看世界的，但是在深层意义上，班吉的叙述中隐藏着生活的真相，他不仅有很灵敏的"嗅觉"，能闻出父亲有"雨味"，凯蒂有"树味"，母亲有"病味"，而且好像是凯蒂道德上的监督者和提醒者。他最敏锐地感觉到了美的丧失，他的哭声显示着对生活的一种抗议。如果把班吉的叙述只看成是一个白痴乱语，忽视其中蕴含着的另一层内在语言的意味，就不可能理解这部小说的艺术含义。

所以，尽管有些荒唐，我们仍然可以做这样大胆的假设，如果一个人像鲁滨孙那样一度流落荒岛，又回到社会中来，阅读托尔斯泰、鲁迅和福克纳的小说，会产生截然不同的艺术感受。他也许能读懂前者的小说，但对后者的一些小说肯定是"丈二和尚摸不着头脑"，似懂非懂。这并不奇怪。就是我们现今的人，对于一些现代小说，如果像读托尔斯泰和巴尔扎克的小说一样，仅仅追随故事情节和人物行动的线索，也往往会陷入"不知所云"的境地，因为这样我们会习惯地停留在小说内容的表面结构上，而对小说内容的深层结构缺乏理解。而很多现代小说都是具有多层次内容的复合体，仅从某一角度去看，常常会产生误解或者陷入迷宫。

应该指出，和人的心理世界一样，人的思维活动本身就是一个立体结构，由此构成对世界各方面的认识。但是，艺术思维活动总是按照特定的方式，在特定范围内进行的，不可能同时构成对世界包罗万象的认知。因此，在不同情况下，思维内容不能不排列成一定的层次顺序，而某一特定层次上的思维，又不能不意味着对其他层次的抵制和排斥。所谓思维中的"聚精会神"，大概所说的就是确定某一层次上的思维，而排除其他层次内容干扰的过程。小说创作中的叙述方式和这也大有关系。在创作中，一定的叙述方式总是建立在某个思维层次上，从而显示出自己的特点。比如作为故事叙述者和作为小说中人物之一的叙述者，以及小说家真正内在感受的叙述者，在和不同情景、条件联系在一起的时候，所体现的意义是大不相同的。在传统小说中，总是强调把叙述方式稳定在一个层次上，非常忌讳叙述方式和角度的变化不定，而在现代小说中就显得灵活多了，艺术家不仅是生活的表现者、叙述者，而且也是观察者、体验者、创造者，叙述也在各个不同的层次之间变换，互相影响，互相呼应，交互作用，使小说艺术世界在多层次、多角度表现的生活中建立起来。

记得英国戏剧家马丁·艾思林在分析戏剧的时候，把戏剧的内容分为三个层次来理解，他认为莎士比亚《冬天的故事》具有三重含义：它讲了一个故事，可以理解为一个描写感情和冒险的好故事；它也是一个隐喻，一个关于妒忌、自私和道德说教的寓言；它又是作者的"幻想中的愿望的满足"，即重新获得失去的爱情并弥补以往的过失的梦想。虽然莎士比亚创作时是否有这些明确的意识，我们不得而知。但作为现代人对戏剧的理解，艾思林无疑是有独到之处的。而在现代小说创作中，很多小说家对于多层次地表现生活，是有较为明确的美学追求的。美国的约翰·巴思（John Barth）在他的代表作《迷失在开心馆中》就有一段插话说："一个出色的隐喻、明喻或其他修辞用法，除了和它所描写的事物有显而易见的'第一层'的关系外，如果仔细研究，还可以发现有第二层意义：譬如说，它也许是从那情节的背景中得出的，或者它对叙述者的感情特别贴切，甚至对读者暗示些叙述者本人也没觉察到的事物；或者它也许会对所描写的事物投下更深邃更微妙的解释，有时候却令人啼笑皆非地只阐明了这比喻的较为明显的含义。"①

也许巴思的这部小说《迷失在开心馆中》本身就使我们相信这段插话的真实性。《迷失在开心馆中》本身就构成了一个小说艺术的迷宫，其中包含着好几个层次的内容，而叙述者的口吻，也处于不断变幻之中。小说写的是一个十三岁的少年安布罗斯随全家去海滨度假，在露天游乐场的开心馆中漫游的经历。作者是以第三人称叙述的，时而又以当事人身份参加叙述，用第二人称加以议论，并且在作品中穿插了许多对作品的评价和其他各种文学意见。作品在所围绕的"开心馆"中寄寓着很多意味，这不仅是少年安布罗斯游玩的迷宫，而且也是人生处境的迷宫，其中蕴藏着各种各样欲望的陷阱，也许其中还有作者弥补自己未获得的满足的想象和追寻的梦幻；同时它又是一个艺术的迷宫，包含着他对艺术的理解及身在其中的苦苦探求过程。所有这一切都因为作者"要替别人建造开心馆"，而且确确实实用小说建造了这样一个开心馆。

对于这种新的小说观念，我们最好读一下阿根廷著名小说家豪尔赫·路易斯·博尔赫斯（Jorge Luis Borges）的《交叉小径的花园》，这位作家几乎和巴思一样在探索着这样一个曲曲折折、千变万化、包含着过去和未来的迷宫，这是一个人生的迷宫，也是一个艺术的迷宫。对于后者，作品中一个叫阿尔贝的人发表了这样的高论："……人们每当面临各种选择的可能性的时候，总是同时选择一种，排除其他。但是……他却——同时地——选择了一切。他就这样创造了各种的未来，各种的时间，它们各自分开，又互相交叉。小说的矛盾就是这样产生的。"② 在另一处，他又继续说："……他不相信时间的一致，时间的绝对。他相信时间的无限连续，相信正在扩展着、正在变化着的分散、集中、平行的时间的网，它的网线

---

① 袁可嘉、董衡巽、郑克鲁选编：《外国现代派作品选》（第3册下），上海文艺出版社，1984年，第711页。

② 朱景东、沈根发选编：《拉丁美洲名作家短篇小说选》，长江文艺出版社，1982年，第335页。

互相接近，交叉，间断，或者几个世纪各不相干，包含了一切的可能性。"① 显然，在这篇小说中，这种时间的网线同时在造就着多层次的内容的网线，各种偶然性和可能性交织在一起，显示出作家的多种意向。

显然，对于艺术来说，生活永远是开采不尽的金矿，而且开掘越深，所得越多、越神奇，虽然我们的先人曾用锄镐开出了许多珍宝，但后人要开掘得更深，就不能再依靠一锄一镐的功夫，就必须创造和采用新式钻机。于是我们完全有理由要求现代小说比传统小说更富于艺术表现力——创造艺术上的"新式钻机"，开掘出生活中更多、更神奇的珍宝。

四、神秘的象征和隐喻

如果认真分析下小说艺术流变，就会发现，在现代小说艺术变革中，当小说向多层次的立体艺术世界进军时，象征和隐喻在小说创作中就扮演着越来越醒目的角色，它们本身不仅体现着一种多层次内容的复合体，而且在小说中营造着一种独特的艺术氛围，我们无论读卡夫卡的《地洞》、鲁迅的《狂人日记》、马尔克斯的《百年孤独》，还是海明威的《杀人者》、巴思的《迷失在开心馆中》，都会感觉到作品所蕴含的艺术含义，往往不是由某个具体人物或事件表现出来的，而是通过某种浑然一体的氛围，或者难以完全言传的意绪表现出来的，而这种氛围和意绪往往是基于艺术家对于生活某种独特而又深刻的感受。

这种感受渗透着小说家对整个社会的认识，并且带着某种广延性，小说家在生活中处处都能够发现它，感受到它，意识到它，但是未必能够真正在某一具体事物和人物身上认定它，用十分明确的语言说出它，小说家只能通过它一个模糊的影子，似是而非地把它显示出来。象征和隐喻常常

---

① 朱景东、沈根发选编：《拉丁美洲名作家短篇小说选》，长江文艺出版社，1982年，第337页。

就是这样不知不觉进入小说世界的。对于整个世界、对于小说家的感受、对于读者，它们都充当着一个"影子"的角色，它是确实存在着，但是又不能完全贴近艺术的对象世界和主体世界，其中不仅包含着小说家已经把握的已知世界，而且还隐含着小说家尚不能完全把握和表达的一些东西，一种属于未来和未知的东西。也许正是由于这个原因，现代小说家大多非常忌讳回答"你到底写的是谁，是什么"之类的问题，也非常讨厌一些批评家捕风捉影，根据一点蛛丝马迹就判断出某种作品确定的指向和意义。比如海明威、马尔克斯、鲁迅、沈从文等都对一些批评家自作聪明地揭示出他们作品所有"谜底"时有过微词，甚至发表过一些偏激的言论。

比如海明威针对批评界一些狭义的象征分析，就矢口否认《老人与海》有任何象征意图，他说："没有什么象征主义的东西。大海就是大海。老人就是老人。孩子就是孩子。鱼是鱼。鲨鱼全是鲨鱼，不比别的鲨鱼好，也不比别的鲨鱼坏。人们说什么象征主义，全是胡说。更深的东西是您懂了以后所看到的东西。"[1] 但是什么是"更深的东西"，海明威却并没有说出来，不过他非常欣赏与他通信的美国艺术史家伯纳德·贝瑞孙对《老人与海》所作的评价。其中有这样一段话："真正的艺术家既不象征化，也不寓言化——海明威是一位真正的艺术家——但是任何一部真正的艺术品都散发出象征和寓言的意味。这一部短小但并不渺小的杰作也是如此。"[2] 可见海明威所反感的是那种影射式的比附和象征，而对作品中"象征和寓言的意味"并不反感。在我看来，这种"象征和寓言的意味"与海明威讨厌的那种"象征主义"的不同之处，就在于前者隐含着难以言传的、神秘的东西。而对于此，海明威是心向往之的，他曾经在与友人通信中说："真正优秀的作品，不管你读多少遍，你不知道它是怎样写成的。这是因为一切伟大的作品都有神秘之处，而这种神秘之处是分离不出来

---

① 董衡巽编选：《海明威论创作》，生活·读书·新知三联书店，1985年，第145页。
② 董衡巽编选：《海明威论创作》，生活·读书·新知三联书店，1985年，第138—139页。

的。它继续存在着，永远有生命力。"①

其实，一些现代小说家虽然对批评家的某些究根问底的解释不以为然，实际上他们自己对自己的作品也未必能说得清，有时也不免显得颠三倒四甚至前后矛盾。比如马尔克斯就否认过自己的《百年孤独》中具有对人类历史的影射和譬喻，说这部作品只是想给他自己的童年世界一个诗的再现，但是在另外一个场合他又说，《百年孤独》中布恩迪亚一家的历史可以看作是拉丁美洲历史的缩影，因为他认为"拉丁美洲的历史也是极端而又无用的苦斗与早就注定了要被遗忘的戏剧的总和"。② 也许以传统的小说观念看来，小说家对所写的东西自己都搞不清楚是不可思议的，但是在现代小说家那里却是一种普遍的、可以理解的事实；也许一切都搞清楚了，或者一切都能够说得很清楚，小说家也就不必挖空心思写小说了。这是由于在现代小说家看来，他们所要写的这个世界及其一切生活现象，任何时候都存在着现在说不清楚乃至永远也说不清楚的东西。正因为这样，如同马尔克斯所说的，小说作为一种密码写就的现实，只能是对世界的一种猜测；而这个世界，就是马尔克斯从小在他祖母故事里所领悟到的、那么一个充满先兆、预感、迷信和拯救的世界。

也许在这里，我们能够把现代小说艺术中的象征和隐喻，与传统小说中的同类现象区别开来，尽管这并非一种严格的区别。不言而喻，用象征和寓言的方式写小说，这在传统小说中早已有之，而且一直是一种很重要的艺术因素。在外国小说中，比如文艺复兴时期拉伯雷的《巨人传》，启蒙时期伏尔泰的小说《天真汉》等，都具有寓言式的特点，在故事情节中，包含着艺术家在生活中意识到的生活哲理，人物和故事情节常常显示着某种普遍的生活原则和观念。小说家有意识地把形象作为某种道德说教的表现形式，用具体的故事来寄寓一个深刻的道理。到了十九世纪的小说创作中，运用象征和寓言式笔法更是见多不怪了，而且显得更具匠心。例

---

① 董衡巽编选：《海明威论创作》，生活·读书·新知三联书店，1985 年，第 152 页。
② 王宁、顾明栋编：《诺贝尔文学奖获奖作家谈创作》，北京大学出版社，1987 年，第 502 页。

如巴尔扎克在《高老头》一开头对伏盖公寓的描写，就带着某种强烈的象征意味。作者对伏盖公寓所作的一切精细的描绘，都无非是在表达这样一种意义："总之，这儿是一派毫无诗意的贫穷，那种锱铢必较的，浓缩的，百孔千疮的贫穷；即使还没有泥浆，却已有了污迹；即使还没有破洞，还不会褴褛，却快要崩溃腐朽，变成垃圾。"

由于中国艺术历来具有含蓄传统，象征和寓言在中国传统小说中另有一番景象。儒道佛思想的交融以及玄学的渗透，使传统小说时常实中有虚，虚中有实，虚实相间，用象征和寓言的笔法表达对人生的喟叹，像《红楼梦》《镜花缘》《聊斋志异》等作品，都描述了一些有象征和隐喻意义的场景、梦境和故事，它们往往寄寓着作者认识人生的某种抽象化的境界。至于用象征手法来概括和表现对社会的某种看法，在近代小说中更是屡见不鲜，例如二十世纪初刘鹗的《老残游记》，开始就写了一艘破烂不堪的大船在大风巨浪中颠簸的情景，用以象征当时中国岌岌可危的状况，作者通过描写船上几种人不同的思想和作用，表达了自己挽救中国的方略大计。那就是让老残送个"最准"的外国罗盘上船，以找到正确的航向，寄寓着作者希望用西方先进技术来救中国于危难之际的设想。

显然，在传统小说中这些象征和寓言式写法，持续发展到了现代小说创作中，并且在艺术价值和功能方面都有更新。从艺术含义方面来说，象征和隐喻在传统小说中虽然也具有概括性，但是这种概括性大多还局限在作家理性、已知的范围之内，表现为思想的形象化或者对过去经验的总结，所以有时也难免流露出说教的意味。而现代小说艺术已突破了这条界限。现代小说中的象征，不仅是对理性的思想和观念的形象化，而且更突出地表现为对人的非理性、对世界偶然性的显示；现代小说中的隐喻不仅是对过去和现在已经发生过的或正在发生的事情的总结和表达，而且包含着对未来将要发生的事的预测和先兆。

在现代小说创作中，象征和隐喻在内涵上往往已舍弃了具体人物和事物的确定性，显示出不确定的神秘性。在卡夫卡的《城堡》中，不仅那个土地测量员 K 永远不能进去的城堡是神秘莫测的，而且作品中出现的所有人物及他们的行动也被笼罩在神秘氛围之中。我们只知道有一种潜在的神秘的力量阻止着 K，使他永远无法进入城堡，无法得知这城堡中的秘密，但是这种力量到底是什么，来自何方却很难说清楚。读者几乎和作品中的人物一样，只是在冥冥之中感到受某种力量的摆布，充分体验到它的存在，而又只能隐隐约约地"看到"它。也许正因为如此，《城堡》使人们感到一种莫可名状和无法摆脱的压抑感。这种压抑感并不来自某个具体的人物或具体的机构，而是来自整个社会各种关系造成最终的后果。也许这种后果是每个人都极力想回避的，但是又不能不身不由己地受到它的控制。

细心的读者能够从大量的现代小说中感受到这种沉重的、莫可名状的压抑感和恐惧感。在有些作品中，人物完全处于无助的状态，根本不知道自己是什么，在干什么，为什么这么干，就因为有一种他自己无法控制的和无法察觉的力量在左右他，这种力量有时来自外部，比如像在《城堡》中，整个社会构成一种可怕的、神秘的存在，对人行使着莫名其妙的支配力量，玩弄着人的生存；有时则是来自人的心灵深处，人常常受到潜意识中某种无法自知和自我控制的欲望的驱使，去从事一些正常或不正常的活动，这时候，也许人们会用各种方法掩饰自己，为自己寻找各种各样合理的理由，以求得心理上的平衡。例如在鲁迅的小说《祝福》中，作品中的"我"大谈城里福兴楼一元一大盘、价廉物美的鱼翅，实际上是极想从祥林嫂之死带来的某种莫可名状的心情中解脱出来，因为祥林嫂临死前曾问过他人死后灵魂有无的问题。在福克纳的《喧嚣与骚动》中，康普生家的大儿子昆丁对于妹妹凯蒂所做的很多行为，都是在某种潜意识的欲念驱使下进行的，尽管他每次总有理由为自己行为作出解释。

由此我们能够发现这种特点，在现代小说创作中，象征意味常常是溶解在各种生活现象之中表现出来的，很难用某种观念和判断把它们从现象中分离出来；这种象征不依附于理念，而依附于现象，只能意会而难以言传。例如王蒙的长篇小说《活动变人形》，就带着明显的象征意味，但是这种意味是在一系列扑朔迷离的人生片段中展开的，连作者也无法给自己笔下的人物下个最后定论。如果把"活动变人形"看作是对人生和历史状态的一种象征的话，那么这种象征是直接由作者所描写的生活过程显示出来的，而不是这种过程的结果。人的一生本身有权保留自己一部分秘密，让艺术家和读者去猜测它，而小说家在作品中所写到的一切，都不过是这个秘密在人世间留下的一些蛛丝马迹。因此，王蒙的《活动变人形》创造了这样一种艺术境界，即尽管作品中的倪吾诚及其家人的生活是历史上转瞬即逝的现象，但是人生的奥秘是永存的；这些奥秘同样显示在这些斑驳的人生中。显然，这种象征已超越了一般具体生活和观念的范畴，往往是用一种超然的非现实的小说形态表现出来，小说家从象征的时间、空间和意象出发，使一些简单的故事成为对人生的某种带哲学意味的隐喻。

因此，在现代小说中，象征常常是通过一些表面上看似没什么意义的描述悄然而至的；它不仅从作品的内容中来，而且也从形式中来，不仅从理性中来，同时也从非理性中来。鲁迅的《狂人日记》写一个疯子的胡思乱想，卡夫卡的《变形记》写一个人变成大甲虫，海勒的《第二十二条军规》写一条存在而又不存在的规则，等等，都隐含着深刻的象征意义。有时候这种象征意味隐藏得好像特别深又特别难以确定，但是读者往往能够从中悟出深刻的含义。例如马尔克斯的《百年孤独》、阿兰·罗伯-格里耶的《吉娜》、海明威的《乞力马扎罗的雪》等都属于这种作品，初读作品的时候我们也许一无所知，但是当翻完最后一页的时候，另外一种思想或感觉会伴随着我们的思绪油然而生，使我们意会到一个新的境界。读一下委内瑞拉作家安·马·萨拉斯的《线》也许会加深我们这种感觉。这篇作品写的只是儿子对母亲生前的一段生活回忆。这段回忆是痛苦的。母亲患病在床，恳求儿子寻找丢失的线团，为此儿子吃尽苦头，他感到母亲给予他的就是一张用无数根线织成的网，捆绑着他。他想摆脱也摆脱不了，直到她死后仍然是这样。显然，这部作品包含着深刻的象征意义，并非仅仅描写的是人与人之间紧张的、不正常的关系；而且是描写人在某种社会母体中的尴尬状态。由这团线我们不仅会想到人物的母亲，而且能推及作者所在的国度及其历史和传统，其中蕴藏着他始终不理解的莫名其妙的东西。

　　显然，为了寻找得心应手的艺术方式，很多现代小说家有意识地吸收了传统艺术中一些艺术因素，例如对于寓言形式的开发和利用，无疑是现代小说艺术发展中引人注目的现象。英国小说家威廉·戈尔丁（William Golding）就是作为一个寓言体小说家赢得 1983 年诺贝尔文学奖的。戈尔丁的《蝇王》以寓言象征的手法，描写了一群孩子流落到荒岛上，因为天性固有的邪恶增殖膨胀，最后酿成一场自相残杀的悲剧。作者想通过这样一个故事来阐明当今世界人类的状况及其危机的根源所在，提醒人类注意到"我们的缺点之一就是认为邪恶存在于别处，是其他民族所固有的"，①我们不得不汲取的教训，"即一伙人与另一伙人生来是没有两样的，人类的唯一敌人存在于人类的内心"。② 值得注意的是，戈尔丁非常自觉地把寓言形式运用到了自己的小说创作中。他曾经专门研究和考察过寓言在文学作品中的作用，清楚意识到运用寓言形式可能出现的局限性和不足之处。实际上，在现代小说创作中，运用寓言形式来写小说是非常常见的，因为这样比较容易把作家对于整个社会和历史的某种思考凝聚起来，把活生生的形象和深刻的哲理熔为一炉，表现出比较普遍的人类问题。例如英国小说家乔治·奥威尔（George Orwell）就不失为一个出色的寓言小说家。他的《动物庄园》就是一本以动物故事形式写成的人类生活寓言。尽管这部小说带着一定的政治色彩，但是作者将动物形象和人的思考结合在一起，表达出了历史中出现的或可能出现的某种悲剧现象。

　　如果说《动物庄园》更多地表现了作者对现实的思考，那么《一九八四》中则显示出了作者对未来的一种悲剧性预测，是一部有关于未来的寓言，它描绘了未来社会如果处于极权统治下可能出现的状态。我们看到，在这一类寓言式小说中，作家对于生活的理性思考往往居于非常突出的地

----

① 王宁、顾明栋编：《诺贝尔文学奖获奖作家谈创作》，北京大学出版社，1987 年，第 540 页。
② 王宁、顾明栋编：《诺贝尔文学奖获奖作家谈创作》，北京大学出版社，1987 年，第 540 页。

位。作家凭借理性的烛光把握整个生活，揭示出对于世界和人生深刻的思考。比如中国作家莫应丰写的长篇小说《桃源梦》，通过对一个远离社会文明的群落生活的描写，显示了一个中国社会发展的历史寓言，表现了在封闭状态中人性可能发生的畸变过程，以及文明走向败落的内在缘由。虽然这部小说有时过于拘泥于理性表达，但是仍然能够引起人们对于中国社会的历史和现状进行长远的思考。

应该说，在现代小说中，象征和隐喻几乎是无处不在的，但是这并不意味着所有作家都那么有意识地运用象征和隐喻，相反，很多作家都否认自己的作品具有象征和隐喻的性质。一方面是由于人们常常用过去的老眼光去看待象征和隐喻，喜欢在生活中"对号入座"，对此，小说家感到厌烦和反感；另一方面则是由于一些小说家运用象征和隐喻仍处于一种不自觉的状态中。问题在于，在现代小说中，象征和隐喻不仅是以一种艺术表现形式和手段存在着，而且是以一种艺术形态存在着。从某种意义上可以说，当小说从单纯的客观真实中解脱出来，成为艺术家心灵的某种标志，小说所表现的内容就不由自主地蒙上了一层象征的色彩，它在体现客观对象的时候，同时也在表现着心灵——成为心灵的表象和象征。

第六章

现代小说艺术形态和语象的流变

　　任何一种艺术作品，都是以一种充满生命力的美学形态存在的。在这种形态中，必然熔铸着艺术家的全部探索、希冀和理想，流动着他感情的爱憎，翻涌着他灵魂的追求与升华的浪花。小说作品也不例外，但它的独特之处在于，小说的艺术形态是由文学语言构筑而成的，表现为一种十分活跃的语象形态。显然，就小说语象的类型和风格来说，是多种多样的，它以不同作家、不同流派的美学理想和不同的创作方法显示出不同的美学特征。而且，作为一种生命形态，小说语象是异常活跃的，它往往能够以自己活生生的艺术存在，最敏感地表现出小说家艺术品格的差异，在人们审美过程中，最纯粹的感性经验能把艺术风格相近的小说区别开来——而这一点，往往使文学批评中的理性分析感到无能为力。人们常常在感觉上能明确分辨出两个不同作家的小说的艺术意味，但在理性上对区分解释却感到无从说起。

　　当然，至今为止，人们对于小说艺术的研究，还很少从形态美学出发，对小说语象进行细致分析，这也许是由于人们还没有对艺术形态的美学意义予以注重，因而对于小说的语象缺乏一种完整的认识，在小说的艺术分析上，我们似乎已经习惯于把语言和图像分离开来研究，尽量把它们当作两个系统来区别对待。尽管在理论上我们也承认，在小说中形象和语

言是不可分割的，但这只是一种名义上的，只是在形象和语言的外在联系
——前者是思维的外壳，后者是思维的内容——的基础上承认了这一点。

一、具象化的小说世界

如果我们不愿去肢解一种完整的生命形态的话，那小说的语象就是一个整体。它完全是自然生活与人的心灵的一种奇妙组合，是原生美和艺术美彼此磨砺的结晶，应该说，语象本身是一个完整的美学世界，具有多层次的美学内涵和意义，其中包含着小说家主体和他所意识到的客观生活的一切因素，最明显地反映出艺术中物我关系的尺度。具体地说，小说语象是以不同层次的意义出现在人们面前的：首先它是一种字面的、符号的意义，体现为一种思维内容的形式化；其次，它是一个故事和事件的再现，属于直观的；再次，它属于一种譬喻的，表述一种已知的思想的、道德的实体；最后，它还属于一种神秘的、未知的境界，为人们创造了一个需要探索的世界。不言而喻，除了语言的因素之外，这种层次分析似乎适用于其他艺术形态，例如英国著名戏剧家马丁·艾思休曾把戏剧的内容分解成三层高度来理解，他认为莎士比亚的《冬天的童话》具有三重含义：它讲了一个故事，可以理解为一个描写感情和冒险的好故事；它也是一个隐喻，一个关于妒忌、自私和道德说教的寓言；它又是作者的"幻想中的满足"，即得到重新失去的爱情并弥补以往的过失的梦想。

但是，这种层次分析还只是建立在对客体的认识上的，还没有从主体的角度深究艺术形态特殊的美学构成。显然，就小说的语象来说，它具有的多重含义，是由浑然一体的艺术实体表现出来的，而在它自身中存在着各种艺术因素所构成的美学力量。这种不同力量的相互消长、对比和对小说家的支配程度，构成了语象丰富多样的变异形态，与稳定的对客体的理性分析不同的是，它随着艺术的发展而变幻着自己的色彩，时而突现出这样或那样的品质，时而隐藏着这样或那样的意义。

　　显然，语象的流变是现代小说艺术更新的一项重要内容，它导致了小说美学形态一系列引人注目的变化。这种变化再一次地把人们的视线推向小说艺术的本体建构和符号系统，在构成小说的美学形态中找到尽可能多的意义。因为正像众所周知的，任何优秀作品的魅力都是由符号及其构成的艺术形态散发出来的；艺术家和欣赏者赖以对话的真正桥梁就是它们，而不是别的什么，艺术中任何一个圆柱、花纹、线条和文字，都不仅表示出它们本身，而且引导我们走向美的境界。也许在几十年之前，小说家大多都在为写什么而苦恼，人们对于小说创作所感兴趣的也正在这里；而现今小说家最为苦恼的却是怎么写，同时人们对小说所描述的"本事"的兴趣大为降低，因为大量的新闻报道能够把世界上发生的一切稀奇古怪的事更及时详细地告诉他们。这时，人们普遍发现，小说艺术的奥秘并不存在于别处，就存在于小说的字里行间。

　　于是，人们先是对结构主义语言发生浓厚兴趣，并依据结构主义原理来分析小说的语象形态，从神话、传说和寓言中探索小说的艺术特点。接着接受美学和小说阐释也应运而生，人们在阅读之中获得快乐，从小说本体结构中阐释小说的含义。有的批评家甚至从结构主义走向"解构"主义，把小说家分解为各种细微的片段进行研究和分析。这一切都有助于人们更透彻地把握小说艺术的美学特征，但是，这一切也有可能把人们引向极端，即仅仅把小说的含义局限在本体结构之内，拒绝探讨小说家主体及其他因素的重要作用。无疑，这将是一种很不现实的观点，这意味着，人们在某种程度上可以放弃对小说家个性意识的研究，回避人们在理解语义和语态方面的巨大差异。

　　实际上，小说的语象形态的复杂性恰恰表现在这里，尽管人们根本不可能把小说的"本事"和小说家赖以表现这一"本事"的语言分割开来，但是人们能够根据小说的语象形态轻而易举地把此一作家和彼一作家分别开来。原因在于，小说作品中已根本不存在单纯意义上的语言和形象，进而也不可能有截然分离的本体和主体的区别。小说特定的语象和小说家的美学追求、创作意图、个性特点有着极密切的联系。而小说语言又是那么一种极其灵活多变的符号系统，由于各种各样条件的限制，它和艺术家的心灵及其所表现的形象之间，有彼此沟通的一面，也有彼此隔膜的一面，我们只能在这种复杂关系的间隙中捕捉不同语象之间的差异。应该说，现代小说语象形态的流变与小说家主体介入小说有着密切的关系，它们之间是互为因果的，小说家对生活和自我的新发现，形成了小说中新的意象，而这种新的意象又在寻求着新的语言和新的结构，从而造就小说新的语象形态。

无疑，如果我们认真地比较一下传统古代小说和现代小说的语象，就会感觉到它们在形态方面的巨大差异。中国古代小说是在写事、记事基础上产生和发展起来的，语象的中心是事情本身的属性，很多小说开始都表现为一种搜神记怪的创作。在记事基础上进行虚构和渲染，成为我国古代小说的主要出发点，它用有声有色的场面、曲折巧妙的构思和波澜起伏的情节来打动人。唐宋传奇和话本就表现得十分突出。这时候，小说家十分重视对事物具象的表现，以期给人们一种真实的感受。而这种具象的描写，包括对景物、人物肖像、服饰、环境的细致描写，对当时大多数处于交通不发达，往往处于一个狭小环境中生活的读者或者听众来说，也许更有利于帮助他们建立起一个具体可感的艺术世界，提供很多他们所希望得知的生活信息。在古典小说中，我们可以看到对于人物外在面貌不厌其烦的描写，小说家力图把人物实实在在地摆在读者面前，表明这是一种真实的存在。因此，在中国古典小说中，语象大多是以一种具象的形态出现的，表现为一种真实的自在的生活实体。例如《红楼梦》写凤姐出场一段就是如此：

> 一语未了，只听到院中有人笑声，说："我来迟了，不曾迎接远客！"黛玉纳罕道："这些人个个皆敛色屏声，恭肃严整如此，这来者是谁，这样放诞无礼？"心下想时，只见一群媳妇丫鬟围拥着一个丽人从后房门进来。这个人打扮与众姑娘不同，彩绣辉煌，恍若神妃仙子：头上戴着金丝八宝攒珠髻，绾着朝阳五凤挂珠钗；项上戴着赤金

盘螭璎珞圈；裙边系着豆绿宫绦，双衡比目玫瑰佩；身上穿着缕金百蝶穿花大红洋缎窄裉袄，外罩五彩刻丝石青银鼠褂；下着翡翠撒花洋绉裙。一双丹凤三角眼，两弯柳叶吊梢眉，身量苗条，体格风骚，粉面含春威不露，丹唇未启笑先闻。……

显然，这里作者首先注重的是人，但是作品中的人依然首先是通过"象"表现出来的，活脱脱一幅工笔画那般清晰可见，其中也有情致、有神态，而这一切都是通过一种充实的感性经验实现的。作为一种语象形态，人们实际察觉不到主观视象和客观实际之间的差异，两者之间完全是合而为一的，作者给予人们的是一个自信和自我完美的感性世界，似乎在确定无疑地告诉人们：世界就是我所看到的这个样子，闻之有声，见之有象，甚至语言也表现出对所见所闻的充分肯定。

小说语象的这种充分具象化的世界，同样表现在外国小说中，薄伽丘的《十日谈》、拉伯雷的《巨人传》、伏尔泰的《天真汉》，等等，都给人们虚构着一个适合人的感官的具象世界。虽然在不同的作家笔下，语象的变化常常出现紊乱的现象，作者把自己意识的触角伸向不同的方向，但是几乎从来没有怀疑过生活的本来面目就是属于我们感官经验之中的那个世界。因此，小说语象的千变万化，大多是依赖于作者所接触的生活的不同进行的，包括最神奇的夸张和虚构，也建立在作者某种经验自信的基础上。其实，长期以来，这种具象化的语象形态得到了最大限度的发展，它所产生的感性经验的真实感逐渐成为一种小说艺术的尺度。直到近代，巴尔扎克、托尔斯泰、契诃夫等著名的小说大师，还遵循着这个尺度，至少在观念上不曾背离这个尺度。显然，由于具象的真实感所产生的力量，迫使小说家在表面上，距离小说所描写的生活愈来愈远了。甚至说书人也逐渐退出了小说领域，留下的只是被理解为真实可靠的艺术世界。在作者的影子越来越黯淡之时，具象越来越走向细致、精密、客观化的境界，十九世纪自然主义作家左拉在《小酒店》里，就力图创造出这样一种小说标本。

具象的语象形态是充满活力的，在它的形体中活跃着生活原生美的魅力。它以一种感官与对象相一致的形式，把生活中最富有色彩的现象集中起来，并加以创造，成为一种更高级的审美现实，小说家通过这种形态所实现的美学理想就在于，深入挖掘和发现生活中的美，竭尽全力把它再现出来，使它明朗化、典型化。在这种语象中，语言实际上已经成为一个纯粹的肯定理性的工具，力求原本地和鲜明地表现出事物本身，往往是一种直叙事实的形式而难以容忍模棱两可、模糊的表达。这种语言事实是同语象的意蕴相一致的。就小说家的心理思维特点来说，稳固的理性态度是建立在把握事物的已知范围之内的，小说中所描写的故事情节、人物性格对作者来说，已经是一种被理解、被把握、被熟知的经验，永远是一个已经过去了的"现在"，从它们开始一直到结局，小说家似乎始终是一种不惑的、全知全能的创造者。然而，为了实现这一点，在小说中，小说家自我的形象又不得不被滚滚而来的事实所淹没，完全被所表现的生活现象所取代。

从这一点上来说，具象的小说形态显示出自己的单纯性，真实、生动地表现某种生活现象（包括按照生活的本来面目来虚构和想象）主宰了小说内容，艺术家所希望表现的一切，都应该，也必须通过一种艺术化的生活故事来表现。而为了使这个生活故事更符合生活真实，成为一种活生生的明确的具象，和人们日常的感情经验相吻合，又必须最大限度地远离作家的主观意识，成为一种纯客观的外在之物。因此，为了完整地表达自己，小说家不得不首先寻找一种生活现象——它必须是准确地、确定地和完整地包容他所意识到的一切生活内容，否则就意味着两种可能性：或者委屈自己，迁就事实；或者自行其是，歪曲以至臆造事实。在这种情况下，具象所特有的客观性和真实性往往成为一种界定，限制了艺术家主观思维的延展。

这种单纯性显然是以一种饱满的形态出现的，可感触的具体的生活世界广阔无比，深埋着无数的宝藏，具有丰富的内容，小说把这一切包容在自己的艺术世界里，内涵是充实的、丰富的。也许正因为如此，具象化的语象形态的外延被限定在一个较小的范围内。它自身的延展力和广延性往往显得不足，这是由于在具象中，来自主观意识的各种因素或多或少受到了压抑，得不到自我发展，被排斥到了小说世界之外，这就造成了小说语象形态内涵的单一化。当然，在具象的小说世界中，人们并非不能领略某种大于形象的生活之美，去认识整个生活和自然，去理解艺术家的道德情操，但是，这一切都并非在形态自身中显示出来的，而往往是一种"象外之象"，是通过某种媒介所意识到的，联想到的。就一种无法穷尽的探求对象来说，具象化的语象世界像自然一样，给人们留下了一种无以终结的艺术之谜。不过，它是用一种已知的世界提供了一种未知的境界。

二、从具象走向表象的小说世界

显然，具象化的小说语象体现了这样一种小说艺术意识，就是强调把内容稳定在一个思维层以上，保持和客观生活相一致的叙述方法，艺术家的自我意识必须依存于具体的故事情节之中。在很大程度上，这个思维层次就是保持一个纯客观的故事叙述者的态度，小说的语象是一个用自然尺度所理解的完满的世界。

很难断定这个完满世界什么时候开始遭到了怀疑，近代以来在艺术上令人目眩的变化，也波及了小说的语象结构，使之开始了一种微妙的变化，一种新的因素开始从中生长和发展起来，逐渐改变着小说最基本艺术形态的构成。或许由于生活的巨大变化，人们重新意识到了自己感官与客观世界之间的差异性，在特定条件下的稳定的世界被打破了，事物的瞬息万变使人们感觉到一个更丰富多彩的世界。当印象主义、象征主义画面出现在艺术之中的时候，古老的投影式的具象世界已经开始瓦解了，主观因素开始悄悄潜入了语象结构之中。起初，它就像一个神奇的魔术师，使各种原始的生活形态变幻出不同的样式，显示出了丰富多样的风貌。由于这种新的美学因素的介入，多年一贯的太阳，开始染上了多样的色彩，有时是红的，有时则是黑的、绿的、蓝的，艺术中的事物和人物也开始以各种新的感性姿态出现了。这种语象已不再是那种确定的具象化的艺术形态了，而成为一种主观和客观相结合的表象的艺术形态，作为构成小说的一种新的审美形态，表象和投影式的具象的形象是不同的，它是一种交融性的产物，来自主观意识和客观生活两个方面，因此它不仅具有诉诸人们感性形象的直接性，而且具有传达作者的人物主观情绪的直接性，具有双重含义。

应该说，表象进入小说，并没有像绘画那样直接，而是小心翼翼的，开始似乎还是依靠着人物自身性格掩护得以自我表现的。我们在陀思妥耶夫斯基的小说中，就可以看到这个幽灵的影子，它紧紧追随着人物的行动，和具体人物形影相随，成为小说内容中不可分割的一部分。在《罪与罚》中，主人公拉斯柯尔尼科夫患了热病，所以在他思绪中的一切意象开始变得飘忽不定了，失去了它们原有的确定性，构成了另一个扑朔迷离的语象世界。在这个世界中，充满了幻象和幻觉，夹杂着一些潜意识和无意识的心理冲动。正由于如此，在这种语象中，客观事物原来的面貌开始变形了，凸显出了主观意识的特殊品格。人们所理解的生活是属于主人公所意识到的那个独特的世界，它已经是被一种主观意念所浸透过的、所体验和选择过的，因此在这种生活中更重要的是显示了人物的内在心理。显然，在陀思妥耶夫斯基的小说中，所表现的主要是一个人物的表象世界，它还没有从人物的主观感受中完全走出来。

这种语象的流变同样也表现在中国小说中，如果我们打开鲁迅的《狂人日记》，飞动着的扑朔迷离的艺术画面形态，会自然地提醒我们注意这样一个明显的美学事实：鲁迅小说正在改变和结束着一种表现生活的投影式的单纯具象世界，取而代之的是充满感觉、印象等主观色彩的表象的艺术天地。出现在小说屏幕上的语象形态不再像旧小说一样，只是表现出客观真实的内向性格，而是声情并茂，用熔铸了主观情感的画面去感染读者，征服读者。它在给读者带来一个客观的生活世界的同时，更重要的是带给读者一个真实的思想感情的世界。显然，鲁迅《狂人日记》的创作，受到过安特莱夫等意象主义小说家的深刻影响。正是由于小说中的自我具有在投影式的具象世界中所没有的能动作用，使得鲁迅能够在具体描写中把外在世界和心灵世界联结起来，统一成一个整体，由此形成了一种新的艺术具体存在。在这种情况下，主观意象常常就是在具体的客观情景中人物心灵的标记。例如在《高老夫子》中，鲁迅就从主人公的表象生活中巧妙地再现了人物的心态。高老夫子特有的敏感、恍惚、慌乱融在视觉形象之中，形成了一种特殊的语象：

> 他不禁向台下一看，情形和原先已经很不同；半屋子都是眼睛，还有许多小巧的等边三角形，三角形中都生着两个鼻孔，这些连成一气，宛然是流动而深邃的海，闪烁着汪洋地正冲着他的眼光。但当他瞥见时，却又骤然一闪，变成了半屋子蓬蓬松松的头发。

就在这些模糊的变幻的表象中，闪烁着人物心灵秘密的"眼睛"，这样的"眼睛"当然在鲁迅的小说中是很多的，它并不仅仅局限于人的视觉表象，也延展到人的听觉、触觉和语言感觉中。《孤独者》中魏连殳那使人不寒而栗的长嗥，《阿Q正传》中阿Q摸尼姑脸后的感觉，《肥皂》中四铭语无伦次的话语，都突出了人物的心理状态，看上去是外在的写实笔法，其实主要写的是融合了人物心灵意识的结果。这种充满印象和感觉的描写是和作者对生活的现实理解紧紧联结在一起的，成为从人物的外在世界进入内在世界的通幽小径。例如在小说《白光》中，白光实际上就是一种表现人物的心灵意识的表象，它浸透了人物全部欲念的追求，以及在这种追求中的病态意识。这里，表象实际上提供了表现这个心灵的外在象征物。表象显现出的特别的美学功能就在于，它仅仅可以让人们感到确实存在，但还不能把一种客观事实具体表达出来的东西转换成一种艺术存在。

表象的艺术形态，体现了把观照的对象从自然形态中解脱出来的物我交融的美学过程。在小说的语象流变中，"意识流"其实就是语象完全表象化的一种形式，它强化了艺术中的心灵化倾向，创造了一种连续的人物心灵活动的银幕，瞬息万变的意识活动被直接显示出来了。值得注意的是，在表象的小说世界里，现实的客观事物的位置被缩小了，仅仅成为人物意识世界的一个触发物。被认为是"意识流"主要代表的英国小说家弗吉尼亚·伍尔夫的创作，就鲜明地表现了这一点。在她第一篇意识流作品《墙上的斑点》中，语象的现实支点只是墙上一个无关紧要的斑点，由此衍生出了人物的种种心理幻象。这些幻象是从人物的意识中不断衍生出来的，包括已经储存了很久的一些感觉和印象，由于被某种相互吸引的力量引导，也从沉睡的状态中惊醒，浮游到了意识的表层，通过语言的描绘，重新还原为一种新的感性图像。

显然，这种语象不再为一般的客观事实所左右，也难以纳入一般理性的规范化的领域。首先是既定时间的界定已经无法继续维持了，因为一个既定的现在的心灵，是由无数"过去"的心灵所组成的，而且同时在向未来的时空延伸，所以，意识中的表象世界不仅仅是建立在现实的感官基础上的，而且是同人物心灵历史纠缠在一起的，尤其是同某些独特的情感记忆和经验连在一起的。因此，小说创作打破时空的界限，与其说是受到了柏格森"心理时间论"的启发，不如说是表象活动自我延伸的必然结果，由于打破了现在、过去和未来的限定，表象的艺术形态就表现出了相叠的艺术画面，不仅主观意识和客观事物相互渗透，而且过去和现在、历史和未来也互相影响，互相交叉和互相转换。海明威的《乞力马扎罗的雪》就是这样，作者所写的"现在"只是主人公临死前几小时的活动，但主人公不同情景中的意识流，反映了他一生的经历和遭遇，构成了一种过去与现在犬牙交错的语象。在表象的飞动转换中，人物感情的尺度被强调，取代了一种令人信服的符合客观真实的逻辑推理关系，它改变或者破坏了某种客观性的自然真实，表现出了主观性的心理真实。

在小说语象逐渐趋向心理化的过程中，语象自身的结构也变化了，它开始从单象类型变为多象类型，由一种集中型转向一种扩散型。如果我们选择一个较好角度来说明这个问题的话，不同角度的内心独白就体现了这种变化，在小说中，面对同一个中介现象，不同角度（人物）的内心独白把它转换成多种心灵幻象，显示出它多姿多态的面貌，形成了多种表象的综合。而就小说家的思维来说，他是通过现实中的某一个"点"放射出很多心理的触角，在一个广阔的空间里建立起自己的艺术之"网"的。就此来说，表象的语象形态似乎并不注重于完整地表达一个故事，表现一个人物，但是它能通过某一个人、某一件事表现一个独特的生活面和思维空间。因此，它又具有"形散而神不散"的特点。形形色色、大大小小的心理现象，并不是规则地散布在艺术屏幕上，关键是一种无形的感情的纽带把它们连在了一起，由此而组成神秘的人物心灵之网，把读者挟裹其间——这正是一些优秀的意识流小说的魅力所在。这种情景，我们在读戴厚英的《人啊！人》中，也能够充分感觉到。

这种心灵化的力量不仅冲击了语象的内涵，而且也波及了其外壳——语言。有的情况下，也许是小说家极力靠近人的心灵状态，因此能够充分感觉到语言与心灵之间的间隔作用，所以极力减少在表达过程中人为的努力和雕琢，使语言开始脱离原来的规范化，成为一种原始心态的表达。意象混乱、颠三倒四、语无伦次、不合语法，在描写心理活动的小说中是很多的，有的作家使用不同的文体来描写不同的心理意识，创造不同的表象世界。意识流小说大师詹姆斯·乔伊斯在《尤利西斯》中，每章都用了不同的文体。第八章用模仿肠胃蠕动节奏的文体来写人物在就餐时的心理意识，最后一章则用只分段落、不加标点的文体来写人物睡意蒙眬之中的心态独白。这后一种写法在很多作家的小说中都能够时常碰到。这种奇特的语象形式，不能仅仅理解为一种语言上的标新立异，其中还隐含着一种创作过程的心理冲突。当小说家愈是深刻地表达出意识深处的表象时，常规的理性的语言就愈感到无能为力——在语言在语象中也更加体现出自己决定的美学意义的时候，语言的符号意义超越自身成为心理符号。

小说从具象世界向表象世界的转换，是把客观生活现象在作家主观意识中重新定型的过程，在一定程度上反映了艺术家对于旧的艺术形态的新的美学改造，使它们进一步超越生活的原始状态的束缚，成为更高级的艺术载体，承担更密集的内容负荷。毫无疑问，由于主客观相互融合的程度不同、层次不同、方向不同，表象形态是多种多样的。在语象的不同艺术断层上，具有不同层次的内容。从某种角度来说，表象的语象形态既能够体现作家主体的思想情感，又能够体现作家对客观生活的发现，前者是作为作者的表象世界，体现着小说把握世界的一种特殊的艺术方式；后者属于人物的表象世界，是小说所把握和再现的特殊的形象内涵，两者的自然汇合和相叠，形成物我融为一体的艺术形态。就其语象的内涵来说，表象不再是单纯性的了，而是实现了"象中有象"的形态。语象的运动是人的对象化过程，也是对象的人化过程，外在客观生活的主观化和内在主观意识的客观化，同时构成了语象形态的双向美学结构。

这种物我统一的表象形态，在中国当代小说中也显示出了迷人的风采，这最明显地表现在王蒙的小说中，如《夜的眼》《蝴蝶》《杂色》等。王蒙不仅成功地借助于表象表现了人物的心态，而且还给小说带来了一种特殊的诗意。这尤其表现在王蒙写的另外两篇小说《海的梦》和《听海》之中，《海的梦》的客观情景和活动由于浸透了人物主观情感的酵素，变得更美，更富有魅力了，它们像被蒙上了一层神秘的轻纱，显得更加迷远，更为动人，而人物的思绪情致正是通过这种缥缈的幻象表现得淋漓尽致。

从这里我们似乎可以看到，表象在表现人的情态意识方面具有明显的功能效果，这正好弥补了传统小说中用单纯具象世界表现人物心灵的不足。但是，这并不构成小说艺术的全部意义。当艺术家意识到，他所把握的不仅仅是单个的事和人，而是整体生活的一个参照物时，就会仅仅局限于小说人物的表象世界之中，常常失去了对整个社会的把握，尤其是失去了作为人的一个非常重要的部分——这就是对于生活的一种超越自我的理性观照。也许正由于如此，在小说艺术中，表象进入小说世界的同时，就孕育着一种超越表象的艺术力量，希望达到一个把握整体生活的理性化的高度，在有限的语象形态中，包容更多的无限的生活内容。于是，在小说语象的流变中、在表象的艺术世界中开始萌生出一种新的语象形态——抽象化的语象形态。

三、向抽象化小说世界的演化

在小说艺术中，所谓抽象，关键在于抽之有象，是一种超越具体事物和人物限定的，更带有整体生活意义的美学表达。从这点来说，抽象应该被看作是表象向更广阔的生活空间自我延展的结果，从而进入了一种大象无形（超越具体的人物面貌的界定）、大方无隅（超越具体时空的局限）的境界，这是由于物我统一的表象形态，已经改变了小说世界的内容容量的基本条件，它作为表现生活和表现自我的统一体，提供了在具体的生活叙述中表现整体生活的可能性。这时，任何一个具体对象，只要是作者充分感觉和理解的，都可能成为作家内在思想感情的象征，体现出无限的意蕴。

诚然，在语象流变中，找出表象向抽象的转变"质变点"是很难的，这是由于抽象之象的产生，是和表象纠缠在一起的。如果说表象的艺术形态，成功地显示了人物最细微最深奥的心理活动，由此构成了人物的"心电图"的微观世界，那么，当这种微观描述走向极端，开始涉及人们最基本的原始心理活动，把生活分解成细小的心理元素加以表现时，任何具体的界定已无法存在，整个生活就会归结为一种心灵的隐喻，转化为一种抽象的、宏观性的小说语象。这时候，语象所具有的延展性，就不仅突破了一般外在的具体面貌的局限，例如具体的时空，具体的环境和人物活动，而且不再仅仅是某一个心灵的自白或者表露，从而成为一种普遍引起共鸣的社会心态或者生活景象。

在弗朗茨·卡夫卡的作品中，我们就能够感受到这一点，在他写的《城堡》中，人们会感觉到一个可以意会却无法透彻理解的语象世界，除非我们把它看作是一种对生活的隐喻。作者描绘了一个可望而不可即的世界，如同主人公 K 无法进入这个城堡一样，读者也不可能真正进入这个艺术的城堡。因为这个"城堡"的具体存在本身就是一个被怀疑的、幻化的对象，语象的内容重心并不在于城堡的具体存在，而在于它在人物行动中所产生的神秘力量。由于城堡并不是被静态地描述出来的，而是在人物活动氛围中动态地暗示出来的，因此，城堡具有已知的可信的一面，同时也具有不可知的神秘的一面，它不属于人们可以把握的某一个具体的城堡，而是整个社会的一个象征物，从心理角度来说，构成这种概括化的语象形式不同于一般表象，不是浮现在意识表层的（包括感觉印象的结果）生活内容，而是生活长期内化，积淀在心灵深处的某种意识的外化形式。由此看来，抽象化是一种意识的深层化的结果，它是无数感觉、印象重叠积累，逐渐积淀下来的生成物，经过无数生活的具体情景的过滤，渗透出某种被浓缩的心理经验。应该说，抽象之象是一种感性经验的结晶体，往往闪烁着理性的光辉。

这种理性色彩是浸透在语象之中的。语象的内涵具有多重意义，常常在同一个事实或者同一句话中，包含有譬喻和奥秘的意蕴，甚至表现一种哲学意念。当这种普遍的理性意识扩张到具体的对象中去的时候，往往首先引起具体对象的变异和变形，突破一般具体描写的品格，造成对一般个性氛围的分解和超越力量。意象所显示的首先是一种稳定的、根深蒂固的心理形象或者记忆。

这种情景我们在鲁迅的《狂人日记》中已经可以看到了，"吃人"这个意念绝非一种表面意识的外射，而是作者对生活认识的一种理性结晶，是各种生活经验经过长期沉淀的成果，属于一种整体生活的感受。为了能够通过感性形态不断突现出这种理性意识，鲁迅借助了一个狂人形象的病理心态。狂人的心态实际上一直被纠缠在一个不可更改的突出的意念中："人们要吃我"，使得他所看到的一切都摆脱了具体的实在的意义，不断加强着他的这种意念，并且不断外射到生活现象之中。因此，在这种语象中，语言的外在含义和心理含义就处于一种绝妙的互相分离，又互相展开的关系之中，狂人说的每一句话都是实实在在的疯话，同时其中又包含着一种理性的发现。从语象的表层结构来看，一切都是荒诞的，非理性的，但从深层结构来说，这是一种整体生活的隐喻，是高度理性化的抽象表达。使我们感兴趣的是，在现代小说中，生活负荷最沉重的承担者常常是一些狂人、精神病患者，或者是一些神经不太正常的癔病和歇斯底里病患者。这些畸形的、非正常的人物角色曾一时不约而同地受到一些小说家的青睐。除了鲁迅之外，在一些著名的、被公认为具有自己深刻的哲学思考的小说家那里尤其是这样，例如在卡夫卡、萨特、加缪、福克纳的小说中，我们时常可以看到一些精神失常者的身影，他们不可思议的思想和行动，往往隐含着一个深奥的哲学命题，或者是一种人生的理念。

　　抽象化的语象形态往往是通过超现实或非现实的方式显示自己的，小说家只能通过再造而不是再现的途径来获得。因此，梦境、呓语、神话和寓言等形式成为很多现代小说家爱好的东西，因为它们有可能提供超越具体现实生活的条件。只要读过美国作家乔治·奥威尔的《动物庄园》或者马尔克斯的《巨翅老人》就会感觉到，抽象化的语象形态对生活只是一种譬喻或隐喻，而不是模仿和再现的产物，其美学意蕴不在故事本身，而是存在于故事的背后——通过感性形象和整体性生活的内在牵连表现出来的，读者被牵引着从对象世界转换到另外一种新的境界，通过感性体验到某种陌生感和新奇感的同时，又通过理性领略现实生活的某种意义。显然，这一类小说作品的思想内涵是通过整个语象形态表现出来的，如果用某种分解的方法进行释义，将会一无所获。

　　抽象化的语象形态也是小说内容"虚化"极致的产物，在这里读者所能领悟到的永远只能是现实生活体验的比喻，而不是它的实在。从某种意义上说，抽象就是最大限度地虚化了事物的外部描写，用一种"无物象"的表达形式来创造的。显然，这个世界如果能够完美实现抽象，那么只能是一个由纯粹艺术形式和技巧组成的世界，它的意义只存在于叙述的语调、语气和遣词造句之间，用语象存在的形态本身来显示自己。读这样的小说读者最容易纠缠在揣摩"它写的到底是什么"的怪圈之中，而忽视对作品语象形态的感受。例如美国女作家苏珊·桑塔格（Susan Sontag）的小说《没有向导的游览》，以第一人称方式（其中也夹带着第二人称的口吻）叙述了一次观赏美丽的名胜古迹的旅行。这部小说没有什么故事，散落的只是主人公的印象、感觉和稀奇古怪的想法，如果你去细细追究每句话的所指和含义，肯定是一件吃力不讨好的事情，但是只要你细细读下去，就会在这种中断、跳跃、自言自语、自问自答的叙述方式中感受到乐趣，它引导我们走向这纷乱思绪的背后，直观到一种独特的心灵存在状态。

显然，将这里抽象的艺术目标和自我支配力量连在一起，甚至可以说，抽象只是一种作家自我的表象，在抽象化的语象中，小说家在描述事实或人物时，也就是在描述自己，描述自己的思想意识。小说家其实不可能再有任何高居于自己时代之上的感觉，正如萨特所表达的，"只是当他的处境具有普遍性的时候，他就表达所有人类的希望和愤怒并且因此而完全表达他自己。"也就是说，在小说中，自我并不再是一个形而上的存在，作家也并不把自己表现为某一种个性心理的动物或者社会生活的单元，而是成为承担整个生活，包含人类和自己处境无法分割的艺术承担者。如果就写实的角度来说，表象是一种主观心境和客观情景的特殊组合，把生活在主观和客观、内在描写和外在表现两方面还原为一个有机整体，那么抽象在更高的层次上，把艺术中的主体和本体在语象的内涵中统一起来了，它同时又是更高层次的"这一个"具体存在，内涵的扩大使它的外延不再模糊不清、无边无涯，而是作家某一个独特心灵的观照。抽象化的语象形态，作为表现生活和表现自我的统一体，无疑提供了在具体生活的描述中表现整体生活的现实性。这样，任何一个具体对象，只要是作者充分理解和感觉的，都可能成为作家内在思想意识的象征，体现出无限的意蕴。

在语象的流变中，我们似乎重新回到了寓言氛围之中。抽象化的小说世界在某种意义上，无疑为人们提供了一个又一个现代生活的寓言。当然，所不同的在于，人们所面临的并不是古老的寓言形式——依靠一点戏剧性的冲突，或者某种类型化的故事来引发、证明某个生活哲理，而首先是一个被内化了的、具体的心神状态的表达。而这种寓言的形态也不再是规则的、有秩序地表达一种已知的真理，而常常是无规则的，显示出一种对未知世界的探索。

这种抽象的小说语象形态具有心理寓言的性质，它在人物、情节、故事方面被弱化了，而在心理上被强化了，抽象的命题并不隐藏在充实的故事情节背后，而是在作家对生活特殊的感知中被表现的，是一种只有起点、没有终点的心理旅程，被表达的对象从某种具体情景的类型中转移到无法定性的形而上的宇宙之中。在这个宇宙之中，一切现实和事实的情节似乎又十分具体，但把它们集拢而来的都不属于实在的事实因素。海勒的《第二十二条军规》中就是如此，事实的发生只是在暗示着一种力量的存在，但这种力量又是无以追寻的，它无处不在，无时不在，又不可捉摸，是一种神秘的存在，由此构成了语象变换的定势。这种定势造成了一种无形的心理氛围，使人们在事实的演变中一再体验到它、感觉到它。在这里，假如过程本身就是生命存在的真实意义的话，那么，语象中包含着更多各种元素的冲突，物象的元素不仅受到心理元素的统治，而且不断地表现为心理因素的叛逆。个人的和社会的、静止的和动态的、具体的和抽象的，彼此分离在一个很长的历史间隔中，彼此虎视眈眈，在证实自己，又在互相证实，如果它们不能完整地拥有对方的话，那么在事实上也不能完整地表现自己。

因此，抽象的语象形态一开始就表现出一种艺术的分裂，物象和心理元素的互不称心。只好通过一种变异的中介把它们联系起来，在对立中表现统一。鲁迅的《狂人日记》就是通过变异的中介"狂人"来实现自己的艺术理想的，因为在鲁迅那里，高度抽象化的意识是一个写实的对象所承担不了的，但由于鲁迅还无法完全摆脱写实的规范，所以只能在写实的对象中来选择。正是在这种情况下，一切正常的人被排除了，狂人成为他别无选择中的理想中介。我们不得不承认，狂人的呓语和作者的理性认识存在着漫长的距离。这种艺术事实促使小说语象不断地从某种既定的具体性艺术中走出来，在多种物象的基础上重新构筑自己。抽象的意象形态同样也需要从变异的物象中，从非正常的狂人的情景中走出来，回到正常的具体生活的情景中来。

于是，在小说语象的美学意义走向对生活的高度抽象化的表达时，我们开始在语象的构成中看到了历史的回归，不仅从心理走向现实，而且回归了传说和寓言，走向了神话。当然，这种所谓回归，绝不是在语象的表面结构意义上的，而是在语象的内在意义上，即在更高的美学层次上，对过去历史的艺术手法的重新选择和肯定，铸造成一种新的超越任何一种单一类型的语象形态。这显然将是一种艺术上融会贯通的结果，它以一种更丰满的形态，跨越艺术类型所造成的隔阂，给人们以前所未有的丰富多彩的审美享受。

四、语象类型的重叠和新的美学境界

其实，就在我们叙述不同类型的语象时，也无法摆脱它们之间不可分割的血肉联系，一种语象类型转化为另一种语象类型，并不是突兀的，同过去毫无历史联系的，而是处于连带关系中的，以原来的语象类型为基础的。而且具象、表象和抽象之间，也并不是绝对分离的，在不同的情况下，它们会互相替代，互相转换。就此来说，具象一旦延伸到主观世界之中，就构成了表象的类型；而从主体认识意义上来说，表象不过是具象的一种形式，在不同的美学目标引导下，不同类型的语象会在不同的交叉点上会合。

因此，小说家往往会很自然地跨越语象类型的界限，这不仅在于语象类型之间是互相联系的，此语象的完善往往要依靠彼语象类型某元素的扩张得以实现；更重要的是，小说艺术的目的并不在于某种语象的稳定性，更不限定于语象的性质，尽管艺术目的的不同会很自然地影响到小说语象的构成。小说作为一种文学体裁，无疑在表现生活，首先在表现人方面具有更广阔的天地，语言文字的屏障，虽然使它的直观效果受到了阻碍，却给予它更广阔的思维想象的空间。在这个空间里，生命的充实就在于活跃于其中各种元素之间的互相补充和引展，在于它们之间的冲突和统一。因此，这本身就是一个差异缤纷的天地，人的完整的艺术世界就是在这种差异中确定的。小说家永远不会回避这个世界的丰富形态，而是力图把它们综合地表现出来。显然，为了把握这个丰富的世界，小说家不能拘于一格，需要不断超越生活和超越自己。

从艺术整体意义上来说，语象的类型化往往只是一种艺术思维形式的外化形式，不同的语象类型是小说家在思维扩展中把握不同层次艺术对象的形象标志。它们因凝结着不同的生活元素（包括心理元素）而显示出不同的风采，所以虽然小说语象的更新，往往首先表现为一种艺术思维空间的扩张，一种艺术的进步，但是它只是表明艺术向未知世界又前进了一步，扩大了自己的疆域，并不能代替过去的一切，包括艺术类型本身。从文学发展的观念来说，小说语象类型的发展是从单元向多元的有机发展，其纷纭而起的各种语象，并不是一个压倒一个，取得至高无上的艺术统治权，而是一个加强一个，一个突出一个，互相比美，各显其长。在小说艺术不断变幻之中，如果说正是语象类型的相互对比、层出不穷，才显示出了不同类型的语象在艺术发展中各自的历史的局限性，那么，也正是这种相互对比，才更加显示出了语象独特的美学价值。

其实，任何一种语象形态，在发展过程中并不能自己来证实自己，最终必须由一种新的形态来证明自己。这种证明的现实性一旦实现（即从自己母体中增生出一种新的形态），就会形成一种新的存在，在与其他类型的关系中，确定自己的美学意义。从具象到抽象的语象形态，它们在各自的发展中都具有自己的局限性。一般来说，语象之所以能够形成自己的类型，是语象中某一个元素显著发展的结果，而且，往往是把一种默默无闻，以往并不引人注目的元素重新肯定和发扬光大。因此，类型化的语象仅仅是确定自己美学地位的途径和手段，并不构成美学目标的完满实现，当它愈是显示出自己极端的自主性的时候，也就愈会表现出类型的局限性。例如当把具象的追求发展到自然主义真实的时候，人物心理真实就无以存在了，人和物之间形成了难以逾越的鸿沟，当把抽象无限延展之后，小说世界就会失去现实生活的支撑，就会迷失在无可捉摸的混沌天地之中，"象"之不存，何"抽"之有？一种完美的语象形态应该是熔铸了各种语象类型精华的，从而达到一种有象无类，浑然天成的境界。

　　这种小说语象的理想境界也许正在小说创作中得到证实。现代小说中一些出类拔萃之作，几乎都向人们显示了一种"大象无类"的丰满形态。最突出的表现是在二十世纪六十年代拉美"文学爆炸"的小说创作中，语象形态已经超越了一般的类型化，显示出多元化的整体性的美学特征。马尔克斯的《百年孤独》就是如此，其中具象、表象、抽象是交融在一起的，人们从具象的描写中能够领会到抽象的含义，从变幻的表象之中能够更真实地确定具象的多样性。马尔克斯的短篇小说《巨翅老人》，给我们提供了一个更神奇的语象标本，一个拟想中的神话（上帝的使者来到人间）在写实的氛围中变得真实可信、栩栩如生，构成了一个抽象化的现实生活的寓言。表象排除了变异，被写实稳定了下来，形成鲜明的图像，具象在神秘的、无迹可寻的抽象世界里得到了升华，形成了对整个生活的意味深长的譬喻。在这种语象中，人们在领略一个真实的故事时，却深信它只能是来自作者心灵的臆想中的一个幻影，同时又不约而同地进入一个更宽广的世界，理解其中隐藏的整个生活的奥秘。这种丰满的语象世界的形成不是偶然的，因为作者并没有局限于某种语象类型，没有拘于某一种艺术创作方法，而是在自己美学理想的引导下，大胆采用各种表现手法，熔为一炉，把各种语象巧妙地结合了起来，构筑成了一种互相补充、互相引申的多层次的语象结构。

　　这是一种多层次的语象重叠的艺术现象。在小说语象的流变中，这也许是小说艺术达到一个新的美学境界的必要条件。因为从审美本质上来说，这种综合的语象形态是建立在人们现在已巩固的审美经验基础上的，是个别审美经验的整体化、完满化，也是在整体审美经验的基础上的创新。在急剧变化的现代社会中，小说艺术面临着危机，不仅是愈来愈需要加强对整体生活的观照，而且更重要的，是愈来愈需要一种具体艺术形态的支撑，它必须是更为鲜明的、可感的、充满生命活力的一种存在，由此来强化被日益发展的直观艺术所削弱了的内在感知机能。要达到这一点，单一类型的语象形态是难以承担这个重任的，它所形成的单一的习惯的心理模式排斥着多样化的生活存在，成为人们心灵感受之间沟通的人为的隔离层。语象的重叠和交融正是在艺术中消除着这种隔离层，各种不同的语象在丰富多彩的生活世界中，在整体全貌和具体事物之间，在个别审美经验和整个艺术要求之间，构筑了很多彼此交通的艺术桥梁，使人们在阅读小说中得到更多东西，从个别自然步入整体，从已知世界进入未知世界，从过去预想未来。

从具象到抽象，我们似乎一直沿着历史的河道在向前走，实际并非如此，站在一个新的艺术高地上，我们就会意识到，所谓语象的流变更新，未曾离开过传统的河道。从另一个角度来说，我们一直在向后走，语象的更新不过是把人类艺术本性中潜藏很深的欲望逐一挖掘出来，成为人类艺术意识表层的东西，得以对象化。因为这些艺术本性中的深层欲望，在人类艺术的初期，被各种情景抑制着，无法实现完全的艺术，所以艺术创造的各种元素只好委曲求全地借用于某一简单的模式，或者说被挤压在一个很小的思维空间里——当然，这一切在今天才被人们意识到。

无疑，现代小说语象形态的这种流变，是和现代艺术更新的大趋势连在一起的。当印象主义、象征主义出现在各种艺术创作中的时候，小说中古老的投影式的语象世界已经开始瓦解。把客观生活现象铸造在作家的主观意识中加以重新定型，在一定程度上反映了小说家对于小说语象形态新的美学改造，使它们从某种原始的自然状态中进一步解脱出来。我在这里之所以说"进一步"解脱出来，是相对于传统小说语象形态状况而言的，并不是说过去的语象形态就是一种纯粹的自然形态。语象的流变也体现了人在精神王国进一步驾驭和征服自然生活的美学力量，它是艺术家不断升级的美学理想的永久性和表达的创造性相统一的成果。人是按照美的规律创造艺术的，同时又是美的规律的发现者和创造者。

在此，我很想把小说语象的流变看作是观察现代小说艺术变革潮流的一个美学窗口。作为语象形态的变化，这里显然聚集着小说艺术发展的各种成果，现实主义和浪漫主义在新的美学思想基础上再一次融合起来，并且重新开掘了神话、传说和寓言等历史遗产，使它们重现光辉，在语象流变中所涌起的浪花映照着小说艺术领域内新的探索、新的合成和新的气象。无疑，在具象和抽象这一广阔地带中，主观和客观生活所撞击、融合、相互承担的程度和内容不同，决定了其语象形态具有不同的美学特征——而这种特征，人们往往习惯用某一种创作方法表达出来，形成一个形而上的小说概念。显然，对于现代小说中这种语象的流变，进行绝对的单一的创作方法的定性分析，并且用各种方法进行简单的分门别类，是不太适宜的，因为在这里我们能够找到各种创作方法的痕迹；如果把小说语象形态的美学光泽看作是创作方法的镜像的话，那么会陷入一种纷繁的星空之中，写实主义、印象主义、象征主义、表现主义、意识流、神秘主义，都通过各种形态向我们闪烁着蛊惑的眼睛，使我们目眩；如果我们被某一特征所吸引，并把它推而广之，用到对整个小说艺术世界的评价中去的话，很多相悖的因素又会蜂拥而上，使我们处于一种尴尬的地位。因此在小说艺术领域里，应该学会接受多样化的艺术事实，并从中获得艺术的乐趣。

第七章

现代小说艺术的危机和生机

也许从二十世纪开始，从事小说艺术评论，已愈来愈成为一项令人感到痛苦的工作，因为它不仅需要学识和眼光，而且需要一种毅力才能胜任。其中一个重要原因在于，阅读现代小说，尤其是读一些标新立异的现代小说时，轻而易举地享受艺术乐趣的机会，已越来越少了，这不仅是由于在大多数现代小说中，读者所面临的是某种痛苦或难堪的现实，所感受到的是人生的悲剧事实，更重要的是读者必须接受某种艺术的挑战，克服由形式和技巧所设置的障碍，甚至需要费尽心机、绞尽脑汁，才不至于迷失在现代小说艺术的迷宫里。同时，小说评论工作对小说创作的影响越来越突出，这并没有给批评家带来沾沾自喜的可能性，反而使他们更清楚地意识到小说艺术的危机：小说正在远离大众，成为孤芳自赏的艺术创作。

这一切都给现代小说艺术发展蒙上了一层时浓时淡的悲剧气氛。而要从这种悲剧气氛中解脱出来，已远非取决于小说艺术发展本身的因素及其变化，而必须从整个世界生活和艺术发展趋向着眼，以新的美学眼光来看待现代小说艺术的危机和生机。

一、小说——正在陨落的太阳？

二十世纪以来，尽管现代小说艺术创作中涌现出很多大作家和优秀作品，但是小说在人们的艺术活动中那种如日中天的景象似乎一去不复返了。如果说在十九世纪的艺术活动中，小说家仍然是皇冠上的明珠的话，那么在二十世纪这颗明珠已渐渐被影视艺术所取代。现代社会日益丰富的文化艺术生活，给人们的欣赏和娱乐提供了越来越多的方式和途径，大大降低了人们阅读小说的兴趣。如今读小说的人正在日益减少，包括一些小说名著，人们宁肯通过广播和电视去欣赏它们那残缺不全甚至面目全非的尊容，也不会再抱着厚厚的几大本书去细细品味。因为对大多数人来说，重要的是通过艺术欣赏获得美感享受，而并不在乎是否真的是托尔斯泰或者巴尔扎克。

这并不奇怪。影视艺术的迅猛发展，正在吞并小说艺术占据的大部分国土，以更加直观的方式使小说相形见绌。比如小说中单纯的风景和环境描写与写事状物，已无法和电影、电视竞争。这并非说小说对于事物的外在描写已完全失去了意义，而是说如果在有选择的条件下，更多的人肯定会选择直观的影视艺术而不是小说。但是，难以挽回的是，现代社会正在造就一个有选择的时代。对于塔什干大沙漠和南美热带草原风光，人们完全可以放弃小说中大段冗长的风景描写而借助于其他方式获得；不仅真实的生活图景是这样，就是幻想中的景象，影视技术也能够使人们获得更满意的效果。因此，很多人把影视艺术的出现看作是小说黄金时代的终结。郁达夫就抱这种观点，他认为二十世纪以来小说艺术的衰落，皆由于一个"声光的巨兽在那里作怪的缘故"，① "所以若照左拉之所说，则左拉假使生在现代的话，那他将不做一个小说家，而在经营电影，做一名导演与高

① 郁达夫：《郁达夫文集》（第6卷），花城出版社、生活·读书·新知三联书店香港分店，1983年，第85页。

级的 Scenario 的编者无疑。因为电影是最易于传播思想的现代新兴艺术"。①这位以小说创作而出名的作家甚至在二十世纪三十年代就断言："所以我说，小说到了现在，似乎也同政治、独裁政治一样，走进了一条前路不通的死弄了。"

虽然这话有点耸人听闻，但是小说的艺术地位再也不同于十九世纪乃至二十世纪初那般显而易见。然而，尽管如此，一些艺术家还是不愿意把小说地位下降的原因，完全推诿到影视艺术的入侵上。相反，他们热衷于在小说艺术本身寻找原因，认为现代小说之所以日渐出现危机，是由于过分拘泥于传统小说艺术的规范，仍然想以臆造的情节和虚构的人物取胜，但这已经不能满足人们对小说的艺术要求了。在这种情况下，一些敏感的小说家，例如普鲁斯特、伍尔夫等，他们把小说的艺术重点从外在描写转移到内心描写上，希望在心理描写和精神分析方面确立小说独立的美学地位。

但是这一点并没有把小说从危机中完全解救出来，相反，小说家一度热衷描写人物心理活动和分析人物精神，并把它们推向极端，这就不可避免地使小说的叙事功能趋于解体，人物的面貌、行为和事件的来龙去脉都成了被抛弃的对象，小说成了在单一的意识世界里的自言自语，这又很快使人们感到了厌烦。有人甚至认为，二十世纪的小说名家——普鲁斯特、乔伊斯和卡夫卡——撰写了空前绝后的小说杰作，这些杰作宣告了小说的末日，表明进一步的发展已是不可能的了。美国诺贝尔文学奖获奖作家索尔·贝娄就指出过："有时，叙事性艺术本身的确似乎已消亡了。我们在索福克勒斯或莎士比亚的剧本中，在塞万提斯、菲尔丁和巴尔扎克的作品中所熟悉的人物角色都已不翼而飞了。一个个性完整，有雄心，有激情，有灵魂，有命运的和谐人物已不复存在。现代文学中取而代之的是一个松

---

① 郁达夫：《郁达夫文集》（第 6 卷），花城出版社、生活·读书·新知三联书店香港分店，1983 年，第 85 页。

散的，残缺的，错综复杂而又支离破碎的，难以名状的古怪人物。"① 他由此十分担心小说艺术的前途和命运，发出这样的感叹："我在心绪不佳时，几乎可以使自己相信，小说如同印第安人的编织术或制僵手艺，是一门日趋没落的艺术，无前途可言。"② 这种看法多半与郁达夫相同，所不同的是后者多从小说发展的外部条件着眼，而贝娄则是从小说艺术自身发展中感到了危机。

实际上，现代小说艺术的发展一直受到很多人的责难。这种责难固然有一部分来自对传统小说艺术的流连忘返，但是并非全部这样。有一部分人并非出于保守心理，而是感到小说艺术的发展和自己所向往的境界距离太远，由于过分的失望而对其品头论足。例如现代小说中日益增长的"纯小说"现象，不得不引起很多人的非议。小说创作距离人们的日常生活、人们所关心的社会生活问题越来越远，势必使小说走进孤芳自赏的死胡同之中。人们在现代社会生活中看到，小说创作中自我分裂的现象比任何艺术都显得严重和不可救药。由于各种社会生活的挤压，一方面存在着大量的通俗低级的武侠、言情和侦探小说，它们无论在内容上还是形式上，都和一百年前没有多大的区别；另一方面则是一群人在创作"谁也不懂"的"纯小说"，高高在上，占据小说艺术的最高讲坛。前者在一个低级的层次上拥有大量的读者，而后者在一个高雅的层次上则知音无几。这两方面虽然各有优势，但是现在还很难指望它们能各自取长补短，重振小说的威望；相反，这两者之间的矛盾和对立却日渐突出。一些高雅的小说家极度轻视拥有大量读者的通俗小说家，而把自己局限在一个很小的圈子里；而一些通俗的低级小说制造者把小说视为廉价畅销的精神商品，使人们的艺术感觉能力停滞在一种循环往复的层次上。

这种情况使现代小说家处于一种两难的选择之中。小说家一方面无法

---

① 王宁、顾明栋编：《诺贝尔文学奖获奖作家谈创作》，北京大学出版社，1987年，第430页。

② 王宁、顾明栋编：《诺贝尔文学奖获奖作家谈创作》，北京大学出版社，1987年，第434页。

阻止小说创作日趋"商品化"的趋势，无法消除一些粗制滥造的通俗小说对人们所起到的艺术麻痹作用；另一方面又难以把自己从某种"曲高和寡"的孤独中解救出来，无法像当年托尔斯泰和巴尔扎克一样获得广大的读者。悲剧正是在这个过程中产生的。也许正像索尔·贝娄所说的，作家总是在梦想一个黄金时代，但是这个时代根本就不是什么黄金时代，因为时世太糟糕了；如果没有老百姓，小说家就只能是一个古玩家，就会感到自己处在一只玻璃盒里，正沿着某个通向未来的阴郁暗淡的博物馆走廊缓缓行进。

没有一个现代小说家心甘情愿地接受这个事实，他们在不断地思考和探索，但是能否改变小说的命运并非由小说家所决定，况且现代小说所选择的道路也令人非常担忧。因为这意味着小说家是否能把坐在电视机旁的大量观众吸引到自己身旁来的问题，而不是其他什么问题。然而，很多现代小说家并没有完全看这一点。在影视艺术咄咄逼人的情况下，他们试图远远避开现实政治、经济等重大问题，在并不引人注目的领域内，例如人的心理、小说的语言等方面，保持小说艺术纯正的精粹。这样，小说似乎是在进步，但另一方面却逐渐成为一种"逃避的艺术"。一些小说家为拼命维护"纯小说"的地盘，不得不走到人迹罕至的地方自立门户。是的，在那些地方，往往是连无线电波和电视传送也无法到达的地方，小说家为此而感到自豪和得意，但是这些地方同样也是除了极少的一些探险者，大部分读者难以到达的地方，这又正是小说家感到悲哀的地方。

但是，就在现代小说逐渐陷入"不被人理解"的境地的时候，影视艺术正在轻而易举地接受着大块的小说家摒弃的地盘，在接受各种艺术（其中包括小说）创作馈赠的基础上坐享其成，甚至最后逼迫着小说艺术在生活中难有立锥之地。显然，这不能责怪影视艺术的贪得无厌，只能从小说艺术创作本身寻找原因。应该说，在当今各种艺术大融合的时代，任何一种艺术都在汲取其他艺术的优点以充实自己。现代小说家如果仍然怀抱过去时代的黄金梦想，如果仍然想维持那么一种"纯小说"的艺术境界，恐怕已不可能了。现代小说只有勇敢地加入各种艺术之间的竞争，吸收各种艺术的精华来充实和发展自己才有出路。因此，即便现代小说面临着不可逆转的衰落时代，我们也没有任何理由去抱怨这个时代，而应该去发现和创造有关于小说的新观念和新现实。

二、现代小说——技巧的时代？

认真分析一下当今时代的艺术格局就会发现，小说艺术正面临着社会生活从未有过的挑战，它不得不在各种生活和艺术的夹缝中求得生存和自我发展。为了应对这种挑战，继续赢得小说艺术独立生存发展的机会，现代小说家在进行着各种各样艰苦的探索和创造。而在这个过程中，最引人注目的是一些现代小说家走上了刻意求新的道路。

这种求新完全不能与小说艺术的其他时代同日而语，它俨然是以一种崭新的面貌出现的；它的新颖之处并不在于内容上的创新，而在于小说艺术形式和技巧的花样翻新。这本身就使人对小说艺术的发展产生某种山穷水尽的感觉，仿佛小说家再也没有什么好写的了，只能靠一些新花样来取悦人心。就从二十世纪以来现代小说创作的实绩来说，其形式和技巧方面的标新立异，各种流派风格的争奇斗艳，超过过去几百年上千年的总和，从意识流、表现主义、立体主义到黑色幽默、新小说、魔幻现实主义等，可谓是此起彼落，各有新招；各种各样有关小说的新的探索、新的观念和新的形式，更是犹如泡沫一般浮散破灭，使人感到眼花缭乱。小说艺术的竞争，成为一种技巧和形式的竞争，现代小说创作期堪称一个技巧的时代。

很多人都注意到了这一点，并且不满意这一点，却无法改变小说发展的这种局势。文学理论家卢卡契对此就很反感，他认为，这种情景已经使文学"成为形式实验的竞技场了"，[①] 结果只能导致文学内容空虚，成为

[①] 外国文学研究资料丛刊编辑委员会：《卢卡契文学论文集》，中国社会科学出版社，1980年，第230页。

"空洞而骄矜地脱离生活的跳板"。他不客气地指出，所谓"印象主义的吞吞吐吐，梅特林克式的沉默寡言，达达派的含糊不清，'新实证主义'的遁世的客观性，从内容上去看，从与现实的关系去观察，都只是一种陈词滥调"。① 显然，抱有和卢卡契同样观点的人并不少，他们把小说艺术的危机归结于现代小说家过分地追求形式和技巧，而对于现实生活内容毫无兴趣。因此，在他们看来，现代小说创作中一切标新立异的热闹场面，不过是一种表面虚假繁荣，实质上是文学末路的现象。

但是，这种看法除了指出小说艺术面临着新的危机，并没有为现代小说艺术的发展，尤其是小说家提供更多的东西。谁都知道，小说艺术存在着危机，但是问题在于，在当今这个艺术时代，一个小说家如果放弃了追求和创造新形式和新技巧的机会，或者说不能在形式和技巧方面有所突破和创新，那无疑只能永远居于第三流甚至第四流的小说家的地位。不论是悲是喜，形式和技巧已成为现代小说艺术的刀锋，时代的美学眼光已不由自主地集中到了这寒光照人的部分；一个小说家如若没有引人注目的艺术形式和技巧，他的小说就会像一把没有锋刃的刀，尽管这把刀的刀身可能十分珍贵。虽然这个比喻也许并不贴切，但是只要历数一下二十世纪以来公认的小说大家，例如鲁迅、海明威、福克纳、加缪、卡夫卡、马尔克斯等小说家的作品技巧在小说艺术天平上至关重要的作用就不言自明。在当代的同行之中，他们艺术创作的独创性，起码一半应该归功于形式和技巧方面的创新，他们凭借这些形式和技巧创造了一种新的艺术世界。这种现实起码在当今时代，是任何艺术方式都无法完全替代的。一个明显的事实在于，把一些故事性很强的传统小说搬上银幕，比一些现代小说容易得多，而且比较容易保持原著的基本面貌。

但是，尽管如此，这并不意味着当代小说家凭借形式和技巧上的创新，就能够消除危机，恢复小说艺术的黄金时代。也许这种情景本身就表现了小说艺术日落西山的趋势，美妙的夕阳晚霞只是它最后的光辉。从现

① 外国文学研究资料丛刊编辑委员会：《卢卡契文学论文集》，中国社会科学出版社，1980年，第235页。

代小说艺术创作的发展变化来说，对于形式和技巧的追求是由浅入深的，一步步从客体、主体方面转向小说的本体方面的。在这个过程中，客观对象的意义越来越淡薄，而小说构成的本体意味却越来越浓厚，逐渐成为小说家美学理想的归宿和寄托。如果说在意识流小说中，我们还能感到对于人和生活真实的兴趣的话，那么，在新小说创作中所显示的更多的是关于叙述和语言的兴趣。现代小说家似乎越来越注重于从叙述过程中获得快感和意义，而对小说所表现的到底是什么，写给什么人看毫不关心——当然，如果关心的话，多半也是为肯定它的商品价格，而不是它的内在价值。

这不能不使人感到忧虑，也许从萨特开始提倡"阅读"快乐的时候，小说已经不可避免地走向了自我封闭的状态。因为在"阅读"的背后，隐藏着小说家思维的快乐，叙述的快乐，遣词造句的快乐，他们为写作而写作，为叙述而叙述，为遣词造句而遣词造句。过程就是一切，没有目的。沿着这条道路一直走下去，我们会走到一个空气稀薄的地带，那里已见不到生活的阳光、雪山和草地，小说家所热衷运用和展示的只是叙述的手法，文字的排列和词语的选择。小说家正在用纯粹的形式和技巧制造着一个个"十字交叉的小路"和难以走出来的"迷宫"，在寻寻觅觅中得到无限的乐趣。小说的艺术本体成为现代小说形式和技巧追求的极致和最高境界。也许在这里，小说创作才最大限度地实现了小说家的主体意义，成为自由的存在——因为这时候小说家才可以大声向人们宣称，他确实是在为自己写作！

谁也没有权利剥夺小说家在小说本体建构中获得这种乐趣。但是，如果说小说创作只是为了获得某种思维和叙述的快乐，人们只是为了阅读而阅读，为写作而写作，那么所有小说形式和技巧都具有相同的意义，只不过是因人而异罢了。这样，小说创作或许能像一般人们爱好的体育活动那样，成为一种有利于身心健康的自觉自愿的活动，竞技只是为了给人们带来更大的享受和乐趣。然而情景并非能够这样。对于小说本体构成的单纯追求，正在把小说引进一个死胡同中去，成为脱离读者的象牙之塔中的文学。

事实上，随着理论上的接受美学、小说阐释学、小说叙述学成为文坛上的热门话题，现代小说创作愈来愈像是一门"学问"，而不是艺术活动。小说家在形式和技巧创新中自成一体、孤芳自赏，而批评家则在颠三倒四的叙述中，从字缝里抠出所谓小说的文化心理和美学意义。在这种情况下，欣赏现代小说作品，成了一部分受过特殊训练（起码读过几本小说美学之类的书籍），并潜心研究过有关文体学、心理学、叙述学、语用学的人的事情，大多数人不感兴趣也不敢问津。当然，也许有人会乐观地认为，这种情景之所以出现，乃是由于大多数人的审美水平并没有达到一定的高度，这些作品被人们普遍接受得有一个时间过程。但是，对此我总是感到怀疑，原因也许与时代有关。现代生活正在为人们提供越来越多、更吸引人的艺术活动方式，即便是人们欣赏水平提高了，也未必会再光顾这些小说。

不言而喻，这里所涉及的问题并不仅仅是小说艺术的形式和技巧：形式和技巧永远是艺术创作最重要的因素之一，而且将归结到小说本体构成的物质外壳——语言文字。应该说，小说是一门语言文字的艺术，它的最后落脚点是文字，所以小说家对形式和技巧的追求，最后以不同方式和角度回归到文体方面是必然的，因为小说家所有的意图和设想最终是通过这样一种文字外壳显示出来的。只有语言文字才是真正存在着的艺术实体，小说家把自己的美学理想托付于小说的文体并不奇怪，奇怪的倒是一些小说批评家一味群鸦鼓噪，却没有看到其中隐藏着的形式和技巧的危机。

其实，大多数西方批评家和追随其后的一些中国后生，之所以在小说本体和文体方面津津乐道，是由于他们仍然把小说看作是一种语言的艺术，而回避了更实质性的问题——小说是一种文字的艺术。文字只是传播语言的一种工具和手段，是人类为了克服语言交际中时空的隔阂而创造的一套符号系统。显然，文字和语言是有区别的，尤其在艺术活动中有着截然不同的意义和效果。语言可以和线条、音符、形体相媲美，具有自己的直观性，人可以在语言行为中直接获得快乐，但文字只是一种运载语言的中介，没有直观的艺术效果。虽然文字在人类文明史上的作用是不可低估的，但是人类为了掌握这个工具也付出了极大的代价，并且期望能够有一天摆脱这个包袱而自由自在。一个人没有道理花那么长的时间去掌握文字，除非在没有任何替代的情况下。

显然，说人类已能够摆脱文字还为时过早，但随着科学的发展，人们在很多方面已经不再用文字，比如在有电话的情况下，通信大大减少了，记录语言和事物都可以通过音像手段达到。不久前，我曾看到一则来自美国的报道，说那里有很多青少年连报纸都看不懂。使我惊恐不安的不是他们的无知，而是他们竟然能够在那样一个社会中悠闲地生活下去。无疑，他们用不着写信、看报和阅读作品，就能获得大量的生活信息，这一点恐怕在艺术活动中更为明显。如果人们能够随时听到声音、看到音像，和直观的形体、画面、线条打交道，那么也没有理由再去摆弄冷冰冰的铅字排列的作品。

可惜，所谓现代小说的"文本"就是建立在文字基础上的，现代小说家对于技巧的狂热追求，最后竟然上了这条古老的船踏上归途，而一些目光短浅的批评家则在一旁推波助澜，大谈什么小说叙述学、文体学和语用学！正是在这种情况下，现代小说对技巧的追求已走上绝路，现代小说正在沦落为一门"古典"的艺术，需要"引经据典"和咬文嚼字才能理解。而这正好和现代人的审美要求相背离。

也许在另一种情况下，小说艺术正在摆脱繁文缛节，重新走向某种直观的艺术形式。例如通过报道可以得知，在欧美一些发达国家，"音像小说"越来越受到人们欢迎，人们愿意在茶前饭后，或者坐小车上班的路上，欣赏一段由小说名著改编的录音故事，而不愿去阅读一本精装小说书籍（它们陈列在书柜上已成为一种装饰品）。尽管一些正规的小说家和批评家认为这些"音像小说"大大损害了原著的艺术面貌，认为这对艺术来说是一件伤天害理的事情，但是人们接受这种现实的心情却不难理解。更有甚者，小说艺术大有向说书形式回归的趋势，请看《参考消息》1988年1月2日刊录的《美国新闻与世界报道》一篇文章《故事动人吗?》的一些内容，说的是"言者活灵活现，闻者如醉如痴，说书人在美国东山再起"，其中有云："《文明之根》一书的作者、考古学家亚历山大·马沙克称讲故事为'人类文化发展的最初工具'。但是，近来，伴随着大家庭的解体，房前走廊的消失以及电子游戏充斥社会，这种艺术似乎日薄西山了。然而，今天又出现了复兴的迹象。全国各地已建立大约100个说书人协会，每年举办50多个说书节。一些大学把讲故事列为教育内容，开设了人类学和民间故事课程。教师、牧师、精神门诊大夫用讲故事帮助儿童提高语言能力，丰富想象力，用讲故事使成人摆脱苦闷，超脱道德上的困境。被说书人吸引住的听众形形色色：有身着法兰绒衬衫和褪色牛仔裤的，还有身着的确良套服、廉价懒汉鞋以及圆领毛衣的……"这篇文章还声称："……大部分古老的和新鲜的故事之所以引人入胜，都在于讲故事的语言有丰富的视觉想象力。"

如果说小说艺术最早的创造者正是那些古老的说书人，那么现代小说艺术更新的未来难道仍属于这些新的说书人吗？对此我们不得不感到纳闷和困惑不解。难道小说发展的历史就是一个怪圈，转来转去，还要回到它原来开始的地方吗？看来，在历史面前，批评家和创作家一样，常常是幼稚可笑的。

三、新的综合——现代小说艺术的生机？

如果从整个现代艺术的发展来看，小说艺术无疑是一门已经开始走向衰落的艺术，然而并没有失去它在现实生活中的艺术地位。假如我们看到了这一点历史趋向，就放弃了现实的小说艺术创作，那就如同想到了今后的飞船时代就放弃眼下的汽车一样愚蠢。

显然，在我们分析现代小说艺术更新过程中，时常会产生一种异样的感觉，仿佛我们并不仅仅是在走向未来，同时是在走向历史，走向过去。对于现代小说艺术层出不穷的变化更新，如果我们寻找造就它的多层次的立足点的话，那么，往往会在人类艺术发展的各个阶段中找到其原始的种子。在人类历史发展过程中，艺术曾在远离自然的原始神话中停留过，也曾在距离现实生活很近的模仿自然的原始舞蹈中展示过自己的身姿，并没有什么一成不变的艺术样式。人类艺术永远离不开生活，同时又不断在超越生活，创造了多种多样的艺术样式，也体现了艺术多种多样的美学境界和思维层次，现代小说艺术更新及其生命活力来自人们对未来的向往，同时也是在历史的回归中实现的，它显然是依据历史建造了各个层次的起点，又熔铸了各种历史的艺术手法，创造发挥，然后获得自己的生命活力的。

应该说，现代小说艺术的更新体现了一种新的综合，它的前途和生机就存在于这综合之中，这种更新并不是对过去传统艺术的彻底否定，而是对过去一切传统艺术的肯定。当然，这种肯定不是重复，而是建立在新的历史和美学交叉点上的。其实，现代小说艺术的更新不过是传统小说艺术世界在生活的冲击下，又一次破裂和重新组合的过程，它打破了过去传统的格局，是为了开拓更大的艺术天地。为此，现代小说家往往通过对各种文化艺术的借鉴和交流，从世界各地和历史文化的各个角落汲取新的艺术因素。我们所说的二十世纪以来兴盛的现代小说艺术，也并不仅仅指的是现代主义小说，而是指在一种新的世界文化背景下，各种小说艺术因素互相联系、交融、交流、补足，组成包罗万象的一个小说时代。这是一个集大成的时代，是过去历史的一切传统艺术因素，都汇集到小说家面前，期待他们融会贯通，任意选择和合成，创造出别具一格作品的时代。

无疑，现代小说艺术更新经历了一个迷茫、追寻、更新的曲折过程。小说艺术在接受新的挑战过程中，从各个方面寻找着艺术更新的突破口，五花八门的艺术方法和流派蜂拥而出，不时给小说家带来一阵阵忘乎所以的兴奋和狂热，但是弹指之间又烟消云散。从象征主义到立体主义，从存在主义到新小说创作，小说艺术一直处于剧烈的震荡和变动之中。这种变动无不从某一方面表现了小说艺术的突破，展现出某种新的艺术境界。

在这个过程中，也许最引人注目的是小说艺术向原生化或者抽象化方向的畸形发展，这引起了人们对小说命运的忧虑。我们看到，一方面有的小说家拼命追求人的印象、感觉的自然状态，或者事物的本原存在，根本不要理性的追求，只要梦境的自然片段，意识的原始面貌，比如我们在伍尔夫、普鲁斯特等人的作品中就能看到这种倾向。且不论他们是否能真正达到这样的"原生"境界，但他们确实在向这个方向努力着，在无限制地靠近他们永远无法达到的境界，尽量消除着小说主体和对象之间的差别。另一方面，向着相反方向迅跑——理性的高度典型化和抽象化的创作也在进行，小说家甚至不要具体人物的姓名，不问他从哪里来，到哪里去，或者索性让他们远离现实社会生活，逃到某个海岛上和密林里，故事和人物成了某种社会哲理的假面具和代言人。我们在萨特或威廉·戈尔丁的作品中都能够看到这一点。当小说艺术的具体性向生活深处的微观世界延展的时候，艺术的抽象性同时迫不及待地向着生活远处的宏观世界的观测点奔去。在小说创作中，粗看起来这两个方向是背道而驰的，实际上在小说艺术更新的整体意义上是相辅相成的。

　　当然，完美的美学理想所期待的，并不是小说艺术向着某种单一方向上的畸形发展，尽管它们在为小说艺术更完美的境界开拓着道路，但是不能作为现代小说艺术理想的代表立足于历史艺术长廊之中。也许它们只能站在旁边，是属于那种有价值的、为了艺术的总体发展不得不舍身冒险的艺术创作。艺术在走向未来的过程中，也必须付出一定的代价，在造就完美艺术作品的同时，也造就了牺牲的艺术。对于现代小说艺术的发展来说，一个批评家假如丝毫不理解这种艺术的"牺牲"，只是去嘲笑和挖苦它们，那么就永远没有资格去享受整体的艺术成果，甚至不配去做一名合格的艺术画廊的解说员。在小说创作中，过于纷繁的艺术样式，过于怪异的写作手法，在一个彼此分离的混沌时期中同时存在，单独看来各有各的方向，其实都是在不同的历史和美学起点上建造着属于自我，也属于历史美学的桥墩，使小说艺术有可能在逶迤蜿蜒的生活基础上建造一座多层次的立体交叉桥。

　　这种新的综合在现代小说创作中造就了新的艺术奇迹。例如马尔克斯的《百年孤独》，就显示了一种前所未有的丰富的小说形态。也许正因为如此，它能够冲破各种文化的间隔，最大限度地被人们所接受。这是由于《百年孤独》不但根植于民族生活之中，带着独特的拉美土著人的文化氛围，而且熔铸了现代小说艺术发展中一些新的手法，马尔克斯借助了海明威、卡夫卡、福克纳、陀思妥耶夫斯基、乔伊斯、萨特等人的艺术创新，创造了卡夫卡等人所没有创造出来的更丰富的小说艺术作品。在由布恩迪亚家族生活所构成的小说艺术世界中，我们能够感到多种生活同时存在，一种隐喻的大方无隅的哲理世界，一种写实的深入奥秘的心灵世界，一种虚无缥缈的神话与传说的世界，一种触目惊心的人类的现实世界，它们形影相随，无法分开；这个世界好像包含了一个永远不会消逝的寓言，云集了人类所创造的、所想象的、可望而不可即的一切事实，主观的和客观的不可分割地交织在一起，使读者在恍惚和清醒之间徘徊，在现实和非现实的存在中徜徉，并且在幻化中理解真实，在真实中又被融进一种神秘的境界。

显然，对于《百年孤独》，人们很难用某一种艺术手法，例如意识流、表现主义、现实主义、心理分析来给它定性，作者以一种奇妙的构思完全打破了各种艺术方法之间的界限，出神入化，融为一体，创造出了艺术世界的珍品。这无疑体现了十九世纪末以来现代小说艺术更新所梦寐以求的艺术境界。现代小说的艺术魅力和希望就在这里，它一方面学习和借鉴传统的和现代的一切艺术手法；同时另一方面，又冲破一切传统的艺术手法的束缚，以及现代艺术创新中所有各自标新立异所形成的彼此隔离，实现一种世界艺术方法的大融合和大汇集，创造一种新的小说艺术世界。

这些都在造就着一种新的小说美学观念。现代小说艺术更新的趋势就是摆脱过去某一种方法原则的局限，更好地满足人们对艺术的多种需求，小说家所期求的也是这种多种需求的综合实现。显然，很多现代小说家正是从这里走上创新之路的。例如当代作家王蒙就是这样。当他看到小说如果仅仅是把读者带到一种情景之中，例如身临其境的矛盾冲突之中，往往会丧失生活的开阔感和高瞻远瞩的距离感时，就提出作者"既需要参与到这种矛盾里边去，又需要多多少少能够跳出来"的建议。他说："而只要你站得高一点，多少有点距离，你才能看到它的全局，看到它的发展。"①
这里也许会使我们想到二十世纪初两种相对的戏剧表演艺术——斯坦尼斯
拉夫斯基所强调的"走进去"体验的艺术和布莱希特倡导的"走出来"表
现的艺术，它们之间曾经吵吵闹闹了好一阵子，但是谁会想到它们能在小
说艺术中和睦相处呢？当今很多小说家都不愿把自己固定在某一个端点
上，而是希望能在两个端点之间自由地表现自己，不仅使读者尽快走进
去，获得亲切感、喜悦感，而且能使人们走出来，获得一些距离感和超越
感，并使它们综合起来，达到一种新的审美境界。

就此来说，现代小说艺术也处于一种不断"走出来"和"走进去"的
情势之中。就前者来说，小说需要不断走出文字的框架，走到各种各样的
艺术活动之中，包括走进录音带和影像屏幕中去，获得更久远的生命；就
后者来说，小说艺术正在把各种各样的艺术表现手法和手段，融合到自己
的创作中去，创造更丰满的艺术效果。在这个过程中，现代小说也许还会
失去更多的东西，但它所获得的肯定是更广大的艺术世界。

当今小说艺术也许已经失去了自己的黄金时代，但是正如索尔·贝娄
所说的，没有那种黄金时代，就没有荒原。

还有一句话叫作，虽是近黄昏，夕阳无限好。

---

① 王蒙：《王蒙论创作》，中国文联出版公司，1985年，第14页。

下编　小说艺术的评论与鉴赏

走向突破：鲁迅小说故事系统的美学特征

在中国现代小说史上，鲁迅小说在艺术创新方面具有无可争议的独特意义。这种意义首先表现在鲁迅小说的独特美学风貌上。在一个新旧艺术时代转换的过程中，鲁迅小说艺术创新的色泽是那么鲜明，不仅在当时使人耳目一新，而且至今当人们开拓新的艺术境界时，还在借助着它的光辉。

鲁迅小说艺术创新的全部内涵，表现为一种在整体的艺术系统中各种美学因素相互依存的有机性，这是一种整体性的艺术开创。诚然，任何艺术创新其实都是在某种传统的艺术基础上进行的，都离不开对艺术遗产的重新拥有、利用和改造。那么，我们理解这一艺术创新，首先就需要理清艺术传统的基地，在美学意义上模拟某个传统框架，而后进行分析比较。在这里，我感兴趣的首先是小说的故事结构。因为，正如英国的福斯特在《小说面面观》中所说："故事是小说的基本面，没有故事就没有小说。"

一

从故事系统的角度来评价鲁迅小说，我们会遇到一个费解的事实，即鲁迅小说并不乏精彩的情节描写，但就故事安排的总体面貌来讲，鲁迅未必称得上是一个精彩的故事讲述者。

鲁迅对完整故事叙述并不感兴趣。在他相当一部分小说中，故事情节的描写往往是较为淡化的，为了增强故事性而设置的一切外在描述常常被他忽略，或者提示性地一笔带过，而人物的行动也不一定贯穿全篇。我们说《故乡》像一篇散文并不为过，而《头发的故事》通篇由对话构成，至于对话的时间、地点根本不予交代。在所有的作品中，读者甚至找不到一个中心事件，例如《鸭的喜剧》《兔和猫》等，鲁迅所关注的不是讲一个动人的动物故事。如果只就故事的完满性来说，人们对《狂人日记》也难免提出这样的疑问：作者描写一个精神病患者的胡思乱想到底有什么意义？

当然，我们并不完全否认鲁迅小说的故事性，尤其是在一些描写乡土农民生活的作品中，人物和事件的描写占据了作品的中心，使人们真切地感受到具体环境中具体人物的生活，例如《阿Q正传》《风波》《祝福》等就是这样。但是，即使在这类故事性很强的作品中，假如我们不满足于对故事氛围的表面分析的话，也会发现它们的故事结构并非十分严密或始终完满：它们既缺乏在客观生活基础上事件发展的逻辑联系，也不讲究在生活顺序上有头有尾，对笔下的人物并不负责到底，有时甚至不给人物以独立的活动空间。人们读鲁迅小说，往往把情节的生动性和故事的完满性混为一谈。但在鲁迅小说中，对完满的故事框架的突破，恰恰是在情节的生动性的掩护下进行的。

以《阿Q正传》为例。这篇以传统的章回体写的小说，被公认为是故事性很强的。但当我们深入作品内部，仔细分析其叙述的因果关系时，就会看到作品中没有一个中心事件，作者描述的仅仅是人物生活中杂取的一些片段而已，而这些片段在故事发展逻辑上的联系是极弱的。从这意义上可以说，《阿Q正传》并未描写一个完美的故事，而是在描写一个人；而这个人，也不是通常小说所描写的那种仅限于特定故事中的人，倒更像是民间传说中的被人们长期认识和凝固下来的某一类型性格的代表，譬如在维吾尔族人民中流传不衰的"阿凡提"。鲁迅把中华民族中某种类型的人在书中定型化了，铸造了一个活在亿万人民心里，而其本身确也在他们身上活着的人物。从表面上看，鲁迅似在写一个普通农民的生活或在讲一个普通农民的故事，是在写实；实际上鲁迅是在创造一个人物的寓言，他所注重的并非一个具体的农民形象生活的真实性，而是把笔力集中于某个特征，夸张了它的现实的表现性和延展了它的生活联系，这并不属于严格的写实。日本学者小田岳夫曾对郁达夫小说和鲁迅小说作过有意味的比较，他说："如果要举出其现实主义的特点的话，与鲁迅的作品比较来看是很有意思的。与《沉沦》同年发表的鲁迅的《阿Q正传》是作者通过社会的根底的精心观察和深入思考而写成的批判现实主义的世界名著。作品中的'阿Q'是作者始终着眼于全体中国人创造出来的人物形象，带有'象征性'。这种创作方法与通过描写特定的个人反映普遍的创作方法恰恰相反。可以说，这种象征性的人物形象固然有其价值，但真实感却相当薄弱了。"① 应该说，小田岳夫所指出的"与通过描写特定的个人反映普遍的创作方法恰恰相反"的特点，正是我们以往研究鲁迅小说所忽略的。同时还应该指出，这种人物的象征性所体现的真实感，对传统的具体生活故事的规范来说似是"相当薄弱"的，但在一个更高艺术的真实的层次中却获得了旺盛的生命力。

因此，对鲁迅小说内容的美学判断，不能仅仅建立在小说的故事上，这样常常会丧失很多内在的艺术意义。如果我们有兴趣比较一下鲁迅小说和把它们转换成戏剧或者电影的艺术效果时，也许会发现鲁迅小说自身更多的艺术秘密。然而，正是这种"故事"自身的要求，使得这种艺术的转换变得十分复杂和困难。当电影需要把故事内容愈来愈具象化的时候，同时也就愈来愈意味着把小说中的人物和生活用某一种具体范畴来定性，也就愈来愈丧失其"象征"的普遍意义。为此，鲁迅先前并不赞成把《阿Q正传》改编成电影，唯恐把它拍成一个滑稽人物片。鲁迅似乎在当时就注

---

① 小田岳夫、稻叶昭二：《郁达夫传记两种》，李平等译，浙江文艺出版社，1984年，第38页。

意到了，人们还没能充分关切作品的象征意义，而是把注意力主要放在细节的考证上。这种情形同样表现在《祝福》的改编中。应该说，夏衍把《祝福》改编成电影是相当成功的，但同时我们看到改编者确实面临着这一美学考验：假如只把《祝福》理解为一个农妇的悲剧故事，那么这个妇人的悲剧性和其他作家笔下的农妇的厄运并没有太大的差别，如柔石《为奴隶的母亲》中的春宝娘。但鲁迅《祝福》比其他作品更为深刻的艺术力量在于，鲁迅不仅表现了一个农妇的悲惨命运，而且始终把"我"和祥林嫂放在同一地平线上，在他们默默无语的内在的情感对流中，凝聚着一种比个体的悲剧性更为沉重的历史感，它不能不引起读者更深沉的灵魂颤动。显然，如果忽略了这一点，即使影片把祥林嫂的悲惨生活表现得极为充分和细致，也无法完全传达出作品的整体性美学内涵。

如果人们认真读鲁迅小说，也许就不会承认鲁迅是一个甘心在有始有终的故事圈里安分守己的作家。他时刻都在准备发表自己的看法，用各种方式来表现自己的现实感受。在《药》中，人们似乎认为鲁迅能够平心静气地描述故事结局，然而作者最终还是禁不住走了出来，给自己所崇敬的人物的坟上，平添了一个花圈，来寄托感情。从这一点就表现出鲁迅并不是一个单纯的故事叙述者，他最要表达的是他对整个社会的现实感受，而不是去编几个精彩的故事。在他的小说中，具体的生活故事并不能垒成封闭作品内容的铜墙铁壁，即使在他充分利用丰富具体的生活材料时，也不曾存在某种特定的始终完满的故事模式。

真的，我们常常发现鲁迅对于表现一个确定的故事漫不经心的态度。甚至在《阿Q正传》中也是如此，鲁迅从一开始就极力回避人物的客观的确定性，这同一般传统的小说家形成了鲜明的对照，巴尔扎克为了作品中的一个花粉商要有一个确切的名字曾跑遍巴黎去寻找，而《阿Q正传》则千方百计回避这种确定性。为此，鲁迅在开头就设计了一个给人物定名的开场白。这个开场白是精彩的，为了不至于在自己的小说美学内涵的确定性上含糊其词，鲁迅含糊其词地给人物起了一个诨号"阿Q"。由此鲁迅赋予阿Q在生活中某种不确定性的美学特征，就有助于读者在一定程度上摆脱仅仅把人物放在某一特定规格中来理解的审美习惯，从而在整个社会生活中扩张了人物的含义。鲁迅之所以这样去做，其内在的美学需求也许在于，鲁迅所意识到的整个国民性悲剧的内涵，已远远超过了一个具体农民的生活范围。对此，鲁迅不满意，也不愿意用某一个别人物存在的模式来说明和表达小说内涵，而是力图把这种个别在最大限度上转变为一种普遍的生活尺度。基于这种意图，对于阿Q的悲剧，鲁迅并不忍心让某一个普通农民——阿桂或阿贵——来承担，而是希望由整个国人，包括作者自己来承担它。

由此可见，鲁迅小说对故事自身的具体性和完满性表现出一种唐突的态度。鲁迅的小说创作不再是仅仅按一种特定的艺术眼光——一个具体的生活故事——所规定的视角去观察和反映社会生活，而是把具体生活现象和艺术家主观思想感受综合成一种互相交融的小说艺术世界，使这个世界的一切感性生活能直接扩展为对整个生活的概括。鲁迅小说的艺术世界的感性和确定性远远超越了一般故事的确定性，故事模式方面的某种不确定性的表现，实际上成为某种更大范围的普遍事实和确定性的表现，成为某种更大范围的普遍事实和某种自身抽象的外化形式。作者对社会的高度概括化的整体认识，就这样通过外化了的新艺术现实被固定下来。正是从这个意义上来说，故事在鲁迅小说艺术系统中失去了它一统的天下，在鲁迅的整个美学追求中，它仅仅成为一个起点，而不是终点。

或许《狂人日记》最明显地代表了这方面的美学事实。假如不是用新的美学观点来理解小说的艺术内容，作者去描写一个狂人胡思乱想的具体情景，就其客观真实而言，不仅缺乏一般的生活意义，而且带有某种程度的荒诞性。仅从客观真实性来说，这故事和鲁迅一贯的战斗和严肃的艺术态度相距甚远。但又很明显的是，这小说的美学内涵并不在于表现一个狂人的故事，而是在于表现作者对旧中国社会生活的一种整体性批判。如果我们仅仅把鲁迅看作是一个故事的陈述者，就不可能洞悉小说的深刻含义，甚至会一味纠缠在关于狂人到底是一个狂人，一个清醒的革命者，还是一个被迫害致病的革命者之类的烦琐争论中。

《兔和猫》也是一个独具特色的作品。首先是叙述方式的变换，打开了单一的故事圈子。乍一看，鲁迅是在讲一个邻人养兔的故事，就其漠不关心的口吻来说，甚至算不上一个热情的旁观者。但是，随着故事的展开，作者和故事本身慢慢缩短了距离，第一人称"我"的形象愈益明显。到了"造物太胡闹，我不能不反抗他了，虽然也许是倒是帮他的忙"时，一直在故事栅栏外徘徊的"我"，毫不犹豫地跨进了故事，露出作品所隐藏的真正的感情内涵。这时，我们才意识到，这个非人类的故事包含着一个富有哲理的人生寓言。和一般传统小说不同，鲁迅在此所表现的思想并非完全被拘囿在一个故事框架中，这两者在表面上常常显示出遥远的距离。《兔和猫》似乎以成人的口吻来讲一个童话式的动物故事，从而显示了这段距离。猫吃了兔子同作者对社会的理解，在现实生活中是明显的两回事。这两个层次的内容能互相感应，是因为在这二者之间——作品所描写的具体生活和作者所意味到的生活真理——作者的自我感受成了联结它们的有机桥梁。

二

鲁迅小说艺术蕴含着一种对故事的自我完满系统的破坏力。鲁迅并没有为喜欢欣赏故事的读者预备可口的艺术美餐，像传统小说那样尽可能把故事发生的地点、条件、开头结局，都告诉读者。也许正由于这个原因，对于故事爱好者来说，他们在理解鲁迅小说时会发生困难。我们不妨做这样的假设，如果远离社会的鲁滨孙重新回到现实，他读巴尔扎克和鲁迅的小说，确实会产生截然不同的欣赏效果：如果说他能基本读懂巴尔扎克，那么对于鲁迅小说他将似懂非懂。其实，即便是和我们同时代的人读鲁迅小说，若仅仅追随着人物行动和故事情节的线索，像读巴尔扎克、托尔斯泰的小说那样，真正读"懂"也是不容易的。因为这种阅读方式常常导致我们停留在小说描述的表面结构上，而对内容的深层结构缺乏理解，而鲁迅的小说几乎都是具有多层次内容结构的复合体。而就我们所习惯的传统小说的故事性来说，鲁迅小说所表现的却又是那么平淡。

从世界文学史来看，二十世纪初的小说创作开始萌生一种反传统的艺术潮流，对于传统小说中的故事情节和人物描写表现出一种漠然的姿态。对于鲁迅小说，我们很难断定其是否有某种"反小说"的意味。但就鲁迅自己来说，他曾本能地感觉到他同旧小说艺术的格格不入：他多次说自己并不想进入小说的文苑，"自己的小说和艺术距离太远"，"自己知道自己实在不是作家"，等等。可见，即便是对自己创作实践的评价，鲁迅还没有创造一个完全使自己自信的理论台基，他观念上所理解的小说艺术规范同他的创作本能趋向显示出明显的距离。

其实，鲁迅明显地感觉到自己小说中表现出了对旧的小说艺术规范的破坏力。因为他不甘心追随着具体生活故事的线索亦步亦趋，把表达一个完美故事作为自己的美学方向。相反，对于传统小说中那种自我完满的故事结构，鲁迅感到了极大的束缚，力求摆脱那种单一的封闭模式。

这种突破的欲望首先是建立在鲁迅对于中国传统小说的批判继承基础上的。中国的旧小说在长期自身发展中，呈现出一种趋向保守和僵化的艺术格式，尤其是小说的故事系统，逐渐形成了它固有的封闭的程式化的模式，以至于古典小说中任何一种卓越的创作成就的产生，都必然意味着对这种传统模式的一次巨大冲击，对此，鲁迅有着深刻的认识，曾深刻地分析了这种传统模式对现代小说艺术发展的凝滞力量，他在《上海文艺之一瞥》中就曾尖锐地指出这种传统模式的各种各样的艺术表现，无论是在才子佳人小说中还是在"革命文学"的作品中。在近代，鲁迅指出："内容多半是，惟才子能怜这些风尘沦落的佳人，惟佳人能识坎坷不遇的才子，受尽千辛万苦之后，终于成了佳偶，或者是都成了神仙。"这种程式化的故事内容的长期沉淀，构成了小说艺术中一种"超稳定"的故事系统，成为小说艺术规范化的一种稳固内容。显然，这种程式化模式是具有把一切活生生的现实生活分化、肢解和机械分类的顽强惰力的，执着地维持着一种幻想和已经僵化的艺术境界。这种旧小说常常不过像是把人们带进一个故事迷宫，千回百转，最后从一个出口出来。

我们不能做那种狭义的理解，以为鲁迅对于旧小说程式的不满只是一个艺术趣味的选择。如果不把这种不满和鲁迅对中国整个社会的认识联系在一起，我们也许就无法真正理解鲁迅在艺术上走向突破的内在力量。应该说，鲁迅从中国旧小说的僵化程式中，更深刻地看到了聚集在其背后的某种民族生活中保守的意识和观念的力量。这种小说模式本身就是中国封建意识"天不变，道亦不变"循环往复观念的一个摹本，体现着阴回阳转、因果报应等一系列原始的、自我封闭的人生观。在这种模式中，生活不是动态的、永无止境的发展长河，仅仅是一种首尾相扣的封闭系统，小说的内容在很大程度上局限在按照某种观念的理解，去设计一个幻化的合理的生活模型中。由此鲁迅产生这样的感觉：旧小说的长期存在的"大团圆"故事，其实是中国文化中某种僵化，自满自得意识的产物，同时又是维持现状，对于软弱备受欺凌心理的一种补偿。鲁迅指出了这种文艺的"瞒"和"骗"的作用："现在倘在小说里叙了人生的缺陷，便要使读者感到不快。所以，凡是历史上不团圆的，在小说里往往是给他团圆；没有报应的，给他报应，互相瞒骗。——这实是关于国民性的问题。"① 瞿秋白在《〈鲁迅杂感集〉序言》里对此做了很好的分析："这种思想其实反映着中国的最黑暗的压迫和剥削制度，反映着当时的经济政治关系。科举式的封建等级制度，给每一个'田舍郎'以'暮登天子堂'的幻想；租佃式的农奴制度给每一个农民以'经济独立'的幻想和'爬上社会的上层'的迷梦。这都是几百年来'空前伟大的'烟幕弹。而另一方面，在极端重压的没有出路的情形之下，散漫的剥夺了取得智识文化的可能的小老百姓，只有一厢情愿地找些'巧妙'的方法去骗骗皇帝官们甚至于鬼神。大家在欺人和自欺中讨生活。"

鲁迅的小说创作首先突破了这种封闭式的"团圆主义"的故事圈套，使自己的小说内容更多地呈现出开放性的美学性格。也许一种艺术创新总

---

① 鲁迅：《鲁迅全集》（第8卷），人民文学出版社，1976年，第328—329页。

是先于理论上的确定性的，当人们还没来得及在观念上确定它们的时候，它们就已经表现在艺术创作中了。而这种表现也绝非超然一切的东西，而是从旧的土壤中顽强地挺立出来的，不可避免地和旧的团体血肉相连、交织在一起的；有的方面也许就像新生婴儿一样，还未来得及剪断同母体相连的脐带。鲁迅就是冒着作品在观念上是否被承认是小说的风险，走向艺术创新的前沿的。他第一篇小说《怀旧》是用文言写的，从中就不难发现一种从旧的小说模式中摆脱而出的艺术力量。一种新的美学追求正在挣脱旧的艺术花环表现着自己。《怀旧》只是描写了辛亥革命的风声在一些人心中引起的骚动，表现在整体生活运动的一个活生生的片段中。小说所关注的不是人物在具体生活确定的命运，而是这种人心骚动本身的现实内容，以及它在整体生活中发出的历史回响。在这篇小说中，我们已经感到了一种新的小说美学在旧形式的胎宫里不安的颤动。

在这种开放性的小说结构中，故事，从某种意义上来说不仅仅是某一个确定的生活事件，而常常是提供了各种生活信息交流的一个场所，一种整体生活的形象的参照物。这个场所并不排斥某一个生活时间叙述之外的感情和艺术信息。在《孔乙己》中就是这样。在鲁镇小酒店里发生的故事，并不仅仅是孔乙己的生活经历。如果这么去看，小说所表现的就未免太简单了。在小说中，人们对待孔乙己不同的态度形象地表现了当时的人情世态。而在这样的人情世态中，孔乙己又显得多么的不协调。正是在各种感情的相互交流中，我们看到了世风的转移。在这种交流中，也许谁也不会否认，即使是站在柜台旁的"我"，也是一个很重要的角色。如果谁还愿意在语气上深入分辨下去的话，会发现在这个场所中，还弥漫着作者自我情感的氛围。这个作者的"我"和那个站在柜台旁的"我"在感情上已表现出了很大的差异。当小伙计的"我"心安理得地和大家一起嘲笑孔乙己的时候，作者的"我"出于对人性尊严的维护，或者说出于对造成孔乙己这种畸形人生的封建礼教的愤怒，对孔乙己寄予了极大的同情。

尽管《孔乙己》仍然是一个以故事为基本面的小说，但我们已不难看出，鲁迅已不是纯然以一个故事的叙述者姿态出现了。作者的主观色彩正在通过故事本身的面貌表现出来。这无疑同传统的小说做法有一定的差别。显然，无论是巴尔扎克、托尔斯泰还是契诃夫，他们总是在观念上把作家主观思想的介入（实际上是作者不同于故事叙述者自我的一个层次）视为创作的大敌。而他们现实主义小说的辉煌成就，使这种观念成为小说创作中不可侵犯的金科玉律。在这一点上，契诃夫甚至到了晚年也不敢越雷池一步（至少在观念上），仍谆谆教导后人："态度越客观，所产生的印象就越有力。我要说的就是这个意思。"

这种观念的界定长期以来形成了一种小说艺术的规范，就是把小说内容的具体面貌限定在一个生活故事的范围之内，似乎小说艺术的具体性就表现在一个具体故事的具体性上，如果破坏了一个完满的故事结构，就是破坏了小说的艺术规范。而在传统的小说家那里，总是把故事和思想意义尽可能地熔铸在一起，为了更好地表现整体生活，就尽可能地扩大具体生活的描写范围。毫无疑问，在这个过程中，传统小说曾经创造了无数描情状物的奇迹，在小说中展现了无与伦比的现实主义生活画面。托尔斯泰、巴尔扎克就是在这个基础上创造现实主义艺术高峰的。但是，这种艺术方式同样也显示出自己的缺憾。在这种规范中，题材的选择不仅成为小说故事的美学内涵的重要因素，而且必然成为一个作品思想容量大小的首要前提。而更为突出的矛盾在于，当把具体的故事作为反映整体的唯一手段时，个体的故事所必然具有的局限性和片面性就成为艺术难以克服的难题。而当这种具体故事愈个性化，就必然离整体的距离愈远。

应该看到，鲁迅正是在现实主义小说创作的一个巨大波峰之后进行自己的创作的。在中国这个各种文学思潮涌流的浪谷里，鲁迅开始寻求新的小说艺术道路。在一定的意义上来说，他对生活饱满的激情和整体性的认识，使得他并没有把自己赋予现实感的美学追求完全等同于一个具体的故事的创造，而是时时都在意图超越个别故事和个别人物典型的界限，创造一种"超个体"或者说"超典型"的艺术天地，《狂人日记》就在一定程度上实现了这种可能性。狂人的胡思乱想并没有客观的生活意义，其之所以能够承担起鲁迅对整个社会认识的负荷，并不在于狂人同现实生活的某种合乎常规逻辑的具体联系，而恰恰是在一定程度上受了这种具体联系的局限。从现实的生活和真实的角度来看，狂人的生活并不属于正常人的生活范畴，并不具备表现某一种正常生活的人的品格的现实条件。但是，正因为如此，他具有这样的可能性：由于狂人脱离了一种正常生活的具体范畴，人们就不可能用某一具体的人物和生活给他定性，不会把作品的含义局限在某一限定的范围内理解，而狂人所体现的某种真实感受有理由超越个别的意义，从而具有普遍的社会意义。显然，鲁迅的《长明灯》《阿Q正传》《白光》等作品，都不同程度地显示出了这方面的意义。

在这里，我们发现，在鲁迅的小说中包含着超越具体故事本身的内容。换句话来说，具体故事在鲁迅的小说中，已经被扩展了它的美学内涵。这种美学效果之所以成为现实，是由于鲁迅的小说创造了一种多元化的物我对话的艺术具体世界。这个世界不同于传统小说中的具体面貌，是由于作者不是站在理想的彼岸，把思想感情紧紧依托于一个客观的具体故事世界，由它来代言一切；而是把思想感情融于物我的对流之中，组成一个生气贯穿的世界。卢卡契曾经说过："一个形象的内在富裕产生于他的内在的和外界的关系的富裕，产生于生活的表象及其更深刻地作用的客观的和内心的辩证法中。"对鲁迅小说的故事系统来说，这句话其实还应该扩展到构筑他的整个美学关系中才是全面的，而不能仅仅停留在具体形象的自身面貌上。因为这个富裕不仅是属于具体故事的内容——这种内容直接体现为整体生活的某个方面，而且是属于作者超越这种具体故事而意识到的思想内涵。也许这种意识到的东西和具体故事没有一般的相应关系（例如狂人的呓语和作者对社会的认识），所提示的只是一种遥远的心灵回声，而艺术家是无法回避的。

假如我们对鲁迅的小说艺术分析不愿到此为止，那么向里面再深跨一步，也许就会发现，在构成鲁迅小说故事系统开放性品格的背后，是多种多样艺术方法的交融。各种艺术手法的交相辉映，使生活中一点一滴发出了五彩的光芒。在鲁迅的小说中，我们可以把《狂人日记》看作是一篇象征性的作品，同时也不能否认在题材的描写上具有某种荒诞的艺术氛围。

但是对于整个作品美学风貌的判断，假如忽略了作品对一个精神病人的精神状态的写实基础，甚至忽略作者对于病理学的深刻了解，就会变得不可思议。在《阿Q正传》中，我们同样可以看到这种情景，一种悲剧的内容被笼罩在一片幽默喜剧的氛围之中，表现出多种意向的思想内涵。正是这种多种艺术因素的介入，打开了小说故事原来封闭的大门，使得作品同生活和作家的主观意识世界建立起多通道的美学联系，能够比较完满地承担起作家与整体生活的联系，同时也使得小说具体故事自身获得了更为丰富的内容，体现为一种艺术的增新。也许，这种增新在鲁迅描写现实生活的小说中走得还不算很远，而最明显体现出鲁迅小说走向突破品格的，则表现在鲁迅的历史小说中。在那里，鲁迅也许不能不完全回避自己的创作多少带着一些"反小说"的意味。

三

当然，历史小说作为鲁迅创作中的一个有机组成部分，如果对它的分析和理解，做任何孤立的、脱离鲁迅小说整体面貌的尝试，都将会遭到失败。尤其鲁迅历史小说的艺术创新，无论是对思想还是对艺术的分析研究，如果不联系鲁迅整个小说创作思想乃至全部作品的美学面貌，几乎是难以进行的。

在鲁迅的历史小说中，我们会看到那样一种超越一切自然生活的艺术实体，其中活跃着多种多样的生活因素。作者对自我的反省和历史的反思、对现实的隐喻和对古代生活的描述，杂糅在一起，互相碰撞和交流，不时发出奇异的光亮。正因为如此，按照传统的历史小说的观念来评断鲁迅的历史小说，对此做任何一种单一的、平面的解说，都难免具有穿凿附会、强加于人的危险。例如对鲁迅《采薇》的理解，仅仅说是鲁迅批评和指责伯夷叔齐"不食周粟"，想摆脱现实斗争的人生态度（作品中一个刻薄的女人曾大义凛然地指责他们："'普天之下，莫非王土'，你们在吃的

薇，难道不是我们圣上的吗！"），这或许并不那么全面，因为照这样直线
推论，作品中小丙君对伯夷叔齐的大加谴责似乎是正确的了。而小丙君那
番关于"做诗倒也罢了，可是还要发感慨，不肯安分守己，'为艺术而艺
术'"，"温柔敦厚的才是诗。他们的东西，却不但'怨'，简直'骂'
了。没有花只有刺，尚且不可，何况只有骂。即使放开文学不谈，他们撇
下祖业，也不是什么孝子，到这里又讥讪朝政更不像一个良民……"等之
类的话，显然是带着强烈的反语意味的。对于其中的深刻含义，也许只有
深刻了解鲁迅的家世和心境才能意会到。鲁迅历史小说的含义是多层次
的，在历史和现实之间，在作者和作品之间，找出直线性的单纯明显的对
应或者说是影射关系，是不可能的。这是因为鲁迅的历史小说呈现出了别
具一格的艺术面貌。

其实，如果仅仅从历史真实的角度出发，从一个完整的历史故事的角
度出发，鲁迅的历史小说很容易被人置于一种不伦不类的境地。尤其是在
小说中出现的大量的"油滑"因素，全然改变了传统的历史小说创作的程
式，使得对它的评论至今还存在于繁复的争论之中。而对于《补天》中女
娲两腿之间突然出现了一个毛头小怪这样一个离奇"油滑"的现象，尽管
我们可以把它看作是鲁迅历史小说艺术创新的最先开端，对后来几篇历史
小说的艺术面貌具有开拓道路和艺术定型的作用，但同时不可否认的是，
连鲁迅自己也承认，这种"油滑"并不是一种严肃的艺术态度，它有损于
整个小说的结构，由此鲁迅同时产生了"决计不再写这样的小说"的
念头。

除了在内容上具有弗洛伊德性冲动的意义外，我不想去揣想鲁迅写
《补天》最初的艺术构思。但是，从作品本身来看，我以为，这个离奇情
节参与作品，并不是作者完全自觉为之的。也就是说，应该相当谨慎地把
它和鲁迅的美学思想连在一起，不能完全把它看作是一种鲁迅自觉的美学
追求的体现。相反，这种个别的"油滑"情节的出现，是带着某种非自觉
的和偶然的性质的，它同整个作品的构思并不协调，因此破坏了作品内容
结构的有机性。一个作品的创作，对作家来说，应该也必须有一个特定的

艺术世界，而这个艺术世界的形成和确定，则取决于作家的创作心理形成的一个一贯合乎作品艺术内容的思维轨道。就《补天》来说，在整体构思上作者并非一开始就想从根本上摆脱一般历史小说的原则，而是把历史事件的再现当作作品的基础，去另辟蹊径。除去小说所表现出的丰富的想象和寓意不谈，《补天》的内容结构基本上是以历史故事的面貌出现的。尤其是同其他几篇历史小说的比较可以看出，作者赋予小说的现实含义，基本上还是寄寓在对历史故事的描述之中的，而不是像其他几篇小说一样，毫不掩饰古今生活的分水岭。可以做这样的美学判断，在女娲大腿间莫名其妙地出现一个毛头小怪，是对于现实斗争的思考超过了一定的力度，从而突破了鲁迅对此的抑制状态，干扰破坏了小说原来的艺术构思的结果。这难免在艺术欣赏中带来某种程度的"错位"现象，突兀地把读者引导到一种莫名其妙的境界，扰乱了原来已形成的审美状态。如果我们舍弃这个离奇的情节不谈，《补天》可以说是一个"循规蹈矩"的神话历史小说。但是，这个离奇情节的出现却改变了这个面貌。因为《补天》离开了原有的历史小说的轨道，因此鲁迅自己也很不以为然。

当然，公正地说，鲁迅对自己的不满，并不仅仅局限于一篇小说的得失，也许他突然察觉到，自己违反了一般小说创作的艺术规范，对艺术表现出了一种不恭的态度。对于这种艺术态度，他在理智上又感到很大的懊悔，于是他宣称：油滑是创作的大敌。

但是，如果我们对《补天》中离奇情节的出现，在艺术上并不抱充分肯定的态度，那么是否意味着我们对这个《故事新编》中古今交融的艺术手法的否定呢？换言之，既然鲁迅对《补天》中出现"油滑"不以为然，甚至决计不再写这样的小说了，那么为什么之后不仅没有中断历史小说的创作，而且发展了这种"油滑"呢？为了避免陷入自相矛盾的境地，我们必须从两种不同意义上来理解这种"油滑"。我认为，要正确理解所谓"油滑"在鲁迅历史小说中具体的美学功能，首先要从鲁迅历史小说创新的前后过程来看。这种过程的意义在于，鲁迅的"油滑"起初是在无意识中同传统小说艺术规范发生了冲突，而到了后来则成了鲁迅的一种有意识的美学追求。可以说，尽管《补天》中的"油滑"是一个失败的因素，却还是从另一方面启迪了鲁迅创作历史小说的新的艺术方向，使鲁迅沿着这个方向构思自己的小说，建立自己独特的历史小说的艺术系统。

对此，我们也许不再愿意去回溯鲁迅小说创作的整个过程了。这种回溯会使我们坚信，鲁迅在历史小说中出现这种"油滑"并非出于创作个性上的偶然现象。鲁迅对于传统的小说艺术规范所抱的一贯的不恭敬态度，已经使他在小说创作中走出了过去的故事城堡，而进入一片新的原野之中。在这里，鲁迅之所以突兀地感到惊讶，只不过是因为在一个新的领域之中蓦然回首，似乎发觉已经走得太远了。然而这种惊愕并没有使他回头，鲁迅继续向那没有路的地方走去了。在这里，我们也许只要进一步把《补天》和其他几篇历史小说作一番比较，是不难为上述看法找到足够的依据的。

首先是小说对现实生活的描述和影射，《补天》和后几篇小说是有明显不同的。在后面几篇小说中，有关现实生活的情节和语言，并没有明显的变形或者变调，或者按照古代的生活风貌进行一番修饰，《理水》中出现的飞车和"古貌林"，《非攻》中的"募捐救国队"，等等，都是现实生活中才有的；《起死》中手拿警笛的巡士，也是庄子生活的时代决然看不到的。我们看到，这里的"油滑"已不属于那种漫不经心的非艺术态度的产物了，而是体现为作品中的一种有机组合成分。鲁迅有意把古今生活画面组合在一起，打破了古今生活的时空隔阂，形成了历史和现实相互感应和交流的具体世界。例如在《采薇》中，这种古今生活的撞击和交流就非常明显，"普天之下，莫非王土"，这古代的语言，却沟通了现实生活中关于"为艺术而艺术"的一番奇谈怪论。但是在《补天》的创作中，很明显，鲁迅仍然是极力把内容局限在历史生活的空间里来描述的，即使是小丈夫那样对现实生活明显的影射，也给他装扮上了古人的服装，点缀几句古色古香的条陈。

也许根本的区别在于，在《补天》的创作中，鲁迅还未必想突破一般历史故事的界限，就其艺术表现的原则来说，还基本恪守着类似戏剧中斯坦尼斯拉夫斯基体系的原则，努力创造一个使人身临其境的历史生活空间，无论怎样丰富的想象和大胆的虚构，都极力以历史生活的本来面目出现，让人相信这是真的。但在后面几篇小说中，情形就显然不同了，作者并不顾忌是否造就了一种历史真实的氛围，对于现实生活的内容不加任何古代的修饰就出现在作品中。作者并不是试图让人们相信，或暂时地相信，古代的大禹能听到"古貌林"，庄子能遇到现代社会的巡士，而是明确地显示出了古今生活的分水岭。这一点颇有点类似于现代戏剧中布莱希特艺术表现的原则。布莱希特并不把让观众沉浸到剧情中去当作戏剧追求的美学目标，而是喜欢引导观众去独立思考。鲁迅同样如此，他并不想把读者全然引导到一种古代生活的情景中去，而是让人们做更多的现实的思考。

假如我们愿意在联想的基础上进行一些广义的比较的话，那么通过世界各种艺术的纷叠投影，我们从鲁迅的历史小说中，或许还能窥见一点类似"超现实主义"艺术的影子。法国让·科克托所写的戏剧《奥尔菲》，竟然让地狱中的死神和现实中的人同台表演。但是作者并不是像莎士比亚一样，制造一种阴森森的气氛让老王的幽灵出现（像在《哈姆雷特》中一样），并把它当作一个客观事实让观众相信。科克托明白，在现代人面前，他根本没法掩饰一个身首分离的人能够和警察对话的荒诞无稽。而在鲁迅按戏剧对话形式写成的小说《起死》中，五百年前死去的人竟能够奇迹般地活转过来，纠结着庄子要衣服。这故事本身就带着强烈的"非现实"的荒诞性。就从故事内容的真实性来说，不仅早已对历史真实弃之不顾，而且违背一般生活的真实原则。我们几乎不能把《起死》看成一个历史小说，因为它所表现的已经不再是一个历史故事，而是更倾向于借历史人物表现一个现实生活的寓言。对于这个语言的意义，我们只有深刻理解鲁迅本人对现实生活的独特感受才能体会到。鲁迅早就对这样一件事感到惶惑不安：唤醒了在黑屋里沉睡的人，使他们感到痛苦而又无路可走。

也许根本没理由把鲁迅历史小说同"超现实主义"文学联系在一起，而且鲁迅未必赞成这种文学。但是，艺术的丰富性在它自身发展中，自然地表现出各种文学中的一些相似之处是不足为怪的。更重要的是，我们从这里可以发现，鲁迅小说开创了一个新的艺术系统，它不像传统的历史小说艺术是在简单的继承中建立的，而是经过了一次否定，并集合了现代艺术中新的因素而构成的。如果说一般传统的历史小说，总是把一定的古代生活的层次作为小说故事内容的基础，那鲁迅则是打破了历史故事的界定，把小说的构思建立在多层次的古今生活交流的基础之上，表现为一种立体的艺术思维。在这种构思中，古今生活在特定的美学思想支配下，自然交流、碰撞共鸣、交相辉映、浑然天成。

显然，鲁迅历史小说所显示出的多种艺术因素的融合，体现出了一种新的艺术的规范性。这种规范性只有在世界文学把新的艺术更为辉煌的成果摆在人们面前的时候，人们才会真正发现它的价值。注意到当今世界拉美文学"爆炸"涌现出大量优秀作品的人都会看到，无论从哪个角度来看，这种人类新的艺术成果的产生，不再是某一种单一的创作方法的成果，而是熔铸了多种艺术方法和样式的结晶。获得诺贝尔文学奖的马尔克斯的《百年孤独》也许最明显地表现了这一点。在这部作品中，现实的故事、神奇的传说、荒诞的奇迹和神话，共同构成了现代小说的乐章。如果我们站在这个新的艺术阶梯上向历史的东方张望，就会看到鲁迅的历史小说在向我们闪烁着彼此相通的预言家的光芒。可惜的是，虽然人们对鲁迅历史小说有许多肯定的评价，但总是从作家的现实战斗精神和思想态度出发，而几乎没有人从美学的角度给予真正的肯定，以至于我们在世界进入信息社会之时还抱有这样的自卑感——认为现代艺术的兴起和它的特征，仅仅属于西方世界。我们希望在对鲁迅小说的重新认识和评价之中，这种自卑感将会消除。东方的中国不仅在现在，而且过去都在为世界现代艺术的发展创造独特的一页，提供了世界能够共同享受的财富。

鲁迅生前曾经说过："没有冲破一切传统思想和手法的闯将，中国是不会有真的新的文艺的。"从鲁迅小说的故事系统来看，鲁迅正是创造这种新文艺的闯将。显然，鲁迅小说中的故事表现出新的艺术风貌，人们对此所做的比较精当的分析和评价，都应当建立在对二十世纪世界生活日新月异变化的清醒认识和总体把握基础之上，都必须冲破一切陈旧的文学理论和观念的羁绊，是能够真切地感受和理解现代人思想感情的特点和新的艺术需求后的结果。而这一点，笔者感到了极大的遗憾。这是在草率地对鲁迅小说的故事系统进行了一番分析之后，才深刻感觉到的。

1985 年 1 月 2 日于丽娃河畔

（原载《当代研究生》1985 年第 1 期）

之二

杂色不杂 杂中有一

——评王蒙的《杂色》

《杂色》（见《收获》1981 年第 3 期）是王蒙继《蝴蝶》之后发表的又一篇重要作品，无论从思想上还是艺术上都显得更加成熟。而对这样一篇小说，批评界却是绝少问津，说好的人似乎话已说完，说不好的人也感到有点难言之苦，于是最后只好把头一摇，感叹一声："唉，这是一篇怎样的作品呀！"以此来表示他对王蒙既尊重又惋惜的无可奈何的心情。

一

确实，按照传统的文学观点，《杂色》简直使批评家无从下手，从哪里去寻找一个比较合适的批评模式呢？没有曲折的情节，也没有离奇的故事，甚至分不清哪是环境，哪是人物的活动，就是一个普通的公社干部曹千里，骑着一匹灰杂色的瘦马，走了一整天，想了一整天，如此而已。但是，就这样作者把我们带进了人物的主观世界，展示了一部具体的人物的生活历史。这部历史是那样鲜明地活在人物的意识里，带着强烈的爱憎情感，一页页地浮现出来，唤起读者的感慨和同情。《杂色》是王蒙向表现人物的主观世界的又一次纵深开掘，它更鲜明地显示出作者的新的美学方向：文学不仅要能在客观世界的天空中飞翔，而且更要能够在人的主观世界的大海里潜游。

我们向来讲文学是客观现实的反映，向来又是把一个整体的生活概念分割成两个互不相容的世界，只承认生活的一半——客观生活，而人的主观世界长期不得恢复"合法地位"。仿佛文学所反映的生活就指的是人的吃穿、斗争和工作等各种关系，而可能不包括人的主观意识活动。因为我们的文学观念还受到黑格尔式的思辨哲学的支配，习惯于用哲学的概念和语言来给文学创作画地为牢。但是文学毕竟不是哲学，在文学面前，客观和主观世界是一个整体，而且都是一种存在，具有同等的意义。我们常常用没有两片完全相同的树叶来比喻生活的丰富性，但这仅仅是一半，因为，就算是同一片树叶在人们心灵上引起的思绪也是千差万别的。这两个紧密相连的世界，都是文学所描写的对象。可在我们以往的文学观念中，这两个世界彼此相隔得多远啊，人的主观世界——这一片文学生长的肥沃土地——几乎一直荒芜着，批评家站在这个分野上，不时向作家们提出警告：危险，唯心主义泥坑！

但是王蒙就向这个危险地段走来了，他迷恋于人的主观世界的丰富性，更重要的是看到了人的性格与人的主观思想的一致联系，他不甘心只描写人物在心灵酝酿成熟后才显现出来的那一部分内在世界，而想描写一个完整的内在世界和内在世界的酝酿过程。在《杂色》中，王蒙不是局限于描写曹千里作为一个完整的人的表层结构，比如他的服饰、行动等，而是重点突显出他生活的深层结构，他的意识和感情活动，他的反思和自省，在他当时条件下无法表现出来的、被压抑的内在生活。而这种内在生活无论跳跃如何巨大，节奏如何多变，都能够从他先前的生活中，从他的性格中找到依据。这些片段的思想、感觉之所以成为一个整体，就因为它们之中有一种必然的同一联系，这是人物的性格逻辑，唯有它，一堆散乱的珍珠才串成一副如此美丽的项链。

就描写人的主观世界来说，《杂色》比他以往的作品更成熟的地方，表现在作者对人物意识不同层次的把握。他避免了把人物的主观世界当作一个平面（例如《蝴蝶》中的张思远），而是当作一个立体结构，多层次地加以表现。在作品中，曹千里有联想，有遐思，也有思考，王蒙恰到好处地掌握了它们的特点和区别，在不同的情况下，意识活动的清晰与模糊、冷静与狂放、自觉与散漫都有所不同，例如对曹千里喝马奶前后的意识状态的描写是极其成功的。在饮马奶之前，他饥肠辘辘，但还清醒，正襟危坐，对三位老人彬彬有礼；而饱饮马奶后，略带醉意，则情不自禁，弹琴高歌，出了毡房，情满天山，自然被一种诗情画意的思绪所陶醉。这种对人物内心敏锐的透视，对人物感觉准确的捕捉，不仅使我们看到人物在想什么，而且看到了他是怎么想的。

正因为这种描写人物全部内在世界的需要，王蒙才表现出了对"意识流"手法的一往情深。在王蒙的小说创作的新探索中，他追求的是人物的主观真实，极力去追随和把握人物思想发展的轨迹，并把它合乎情理地表现出来。而在《杂色》中，人物的主观世界和外在的客观世界完全融合为一个整体了，就像糖溶解在水里，喝起来有甜味，要分开就不易了。在作品中，客观世界的主观化和主观世界的客观化像两条齐头并进的平行线，共同规划了一条人物性格发展的轨道。一方面，环境的"人化"构成了作品强烈的抒情色彩；另一方面，人物的"物化"又给表现人物提供了雄厚的客观基础。两者的结合，是一个以人物为中心的立体的生活结构。

二

但是，以上所说的并非《杂色》的突出成就。应该说，《杂色》表现出王蒙小说创作的进一步成熟，并不主要表现在表现手法上的进步，而在于创作思想的趋向，首先对人物性格内涵认识的明朗化。

"杂色"本身就是一个颇有哲学意味的命题。有人说，"杂色"就是构成整个作品的基色，很有见地。但不仅仅如此，"杂色"也是王蒙在三十年风云、八千里行程的生涯中观察人、认识人、表现人的思想结晶，是他长期"悟"出的对人全面认识的一个"道"。这是新的认识和创作层次，人物在自觉意识的支配下，完全从单一化、概念化的臆造中解放出来，重新回到原来固有的文艺情势中，显示出作为一个现实的人的全部丰富性。"杂色"就是这种富有生气的人物创造的观念表达。而这种观念同传统的那种本质、非本质的人物模式相去甚远，而它又在很大程度上超越了过去人物创造的深度与广度。

确定自己的美学理想，顽强地去追求它、实现它，这是王蒙小说创作发生转折的标志之一。正是这种表现自己美学理想的强烈欲望，使他甘愿放弃了过去驾轻就熟的创作手法，去追求新的艺术境界。就整个中国当代文学的发展来看，作家自我意识的增强，表现自我的呼声渐高也是显而易见的。20世纪50年代，我们大多数作家还甘愿做客观生活的奴隶，完全拜倒在丰富的客观生活面前，让生活本身来支配创作。而近年来的作家却显得不那么驯服了，他们不愿跟着生活跑，而要走到生活的前面，表现自己对生活的思考和美学理想。蒋子龙的《开拓者》、刘心武的《立体交叉桥》、张洁的《沉重的翅膀》等，都代表了中国当代文学的巨大进步，而王蒙则是其中最突出的一个。他全然不是20世纪50年代写《组织部来了个年轻人》时的王蒙了，生活的代言人对他来说已太空泛了，王蒙要以自己的愿望和意志来驾驭自己的创作，表达出自己对生活的全部感受。因此，他写了《布礼》《夜的眼》等作品，完全打破过去的格式，出现了时空交错、心理结构、主观环境、杂文笔调、意识流手法等新特点。总之，他尽量不受一切约束，开辟一条通向他美学理想的道路。

这种探索乍看似乎仅是一种艺术形式的探索（国内批评家所注重的恰是这一点），其实不然，这种探索首先基于一种对人物创造的新认识和由此产生的表现人物的新要求。比较一下《组织部来了个年轻人》中的林震和《布礼》中的钟亦成就可以看出，人物性格的单一性被复杂性和矛盾性所代替了，而《海的梦》中的缪可言和《蝴蝶》中的张思远，这种趋向就更加明显了。人物成为一个复合体，内心充满矛盾和斗争，并在这种矛盾中完成自己的性格。由此可见，王蒙最初的艺术探索就包含着一种对人的新的理解和新的表现的美学理想。不过这种美学思想还显得是朦胧的、不完全的，和他正在进行的艺术方面的探索一样有待于发展和明朗化。

很难判定，"杂色"作为一种美学思想的命题，是王蒙在创作《杂色》中突然萌生、豁然闪现出的一道光亮，还是《杂色》就是在这个命题下诞生的。我倒是倾向于它是和作品一起酝酿和成熟的。从王蒙的创作来看，他最先着眼的是人的思想的矛盾性，从《布礼》到《蝴蝶》一直都是这样，而到最后完成了对人物从矛盾性到同一性的认识，这就是《杂色》的产生。在这样可称为完成了一个发展周期的创作中，充分显示出了王蒙顽强的追求与思索过程。就拿《蝴蝶》来说，尽管艺术上是出类拔萃的，但人物性格的基调仍然同《夜的眼》和《海的梦》如出一辙，作品中的张思远生活在一个充满矛盾的社会，经历了沧海桑田的变迁，本身就是一个矛盾体。今天的张部长和昔日的张老头，作者把他们作为矛盾的两个方面进行了充分的表现，显示出复杂的思想内部的冲突。由于这矛盾的两方面过于分离，人物的同一性受到了影响，尽管作者为把张部长和张老头还原成一个整体，利用张思远做了充分的努力，而且这种努力也许是卓有成效的，但仍然弥补不了作品本身的虚空。在小说的尾部，王蒙通过张思远遥望夜空的联想，颇有诗意地搭起了一座人物主观建造的桥梁，把过去的张思远和现在的张思远连在一起了。这种方法就像把两块钢板焊接在一起一样，也可能很牢固，但中间永远留着一道焊缝。

但是《杂色》中的曹千里就完全不同了，就一个完整的人物性格来说，他充满矛盾性，但同时又具有同一性，不可能被分成两个方面，也不是一块块地焊接起来的。金银铜铁锡，它是合金，一切都是熔铸在一起的。在人物的每一个投射点上，都不是一个单色的光点。曹千里的"这一个"，是通过"杂"来表现的，他有软弱、坚强、胆怯，又有坚毅、有敷衍，又有追求，而这一切在特定的历史条件下，都表现了曹千里性格的"一"。所以，《杂色》并不是"杂"，而是杂中有一，杂是为了表现一。显然，在表现人方面，这更能显示出人物作为一个有机体的复杂性和一贯性。而《杂色》标志着王蒙表现自我和表现生活的写作手法在新的基础上实现了统一。

当然，"杂色"也表明了王蒙一贯的艺术追求，他向来反对批评家把他的创作归为哪一类、哪一派，尽管这样使很多批评家感到束手无策。因为王蒙的探索，意在打破过去拘于一格的困境，开辟更大的艺术天地，他不愿意刚摘掉马笼头，又套上牛缰绳。《杂色》尤其表现了这一点，在手法上时而意识流手法，时而有幽默风趣的议论，时而表现出杂文风貌，时而又有喜剧趣味，而人物和作者之间，作者与读者之间也并不隔着万里长城，而是时有交融，时有突破。情之所至，笔之所及，犹如天马行空，自由驰骋。这似乎没有什么特定的规范，却有王蒙自己的风格和意志。冲脱一切，才能得到一切，博采众家，才能杂中得一，这是王蒙艺术创新的辩证法。王蒙不愿在创作内容上画地为牢，也不愿用某一种艺术方法来作茧自缚。他是王蒙，他需要广阔的天地，因为他还需要飞翔。

三

确实，把多种不相同的艺术手法熔铸在一起，创造出一个浑然一体的艺术品并非一件易事。"杂"不是乱，是为了丰富"一"，做到天巧人工，自然地去雕饰，而不是人为地去拍卖，摆杂货摊。这一点上，《杂色》为我们提供了许多有价值的东西。在作品中，很多地方妙笔生花，造成了神奇的艺术境界，例如在人物思绪中有一段拟人化的描述就十分精彩：

> "让我跑一次吧！"马突然说话了，"让我跑一次吧，"他又说，清清楚楚，声泪俱下，"我只需要一次，一次机会，让我拿出最大的力量跑一次吧！"

这里我们看到了作者自己，但他不是突兀地、毫无内在联系地出现的，而是人物命运（曹千里和马）在作者心中引起了共鸣，作品表层结构的"我"（人物形象之中的）和深层结构的"我"（即作者内心）自然而然碰到一起了，人物和作者的感情节奏骤然合拍，奏出了一曲心灵上的交响乐。这种奇峰突起的写法造成了人物和作者感情一致的奔泻通道，更符合人的审美情绪的发展。无阻碍也就更能感染人。

但是与此相比，作品中另外一段对文学中典型、情节等所发的议论却大煞风景：

> 好了，现在让曹千里和灰杂色马蹒蹒跚跚地走他们的路去吧。让聪明的读者和绝不会比读者更不聪明的批评家去分析这匹马的形象是不是不如人的形象鲜明而人的形象是不是不如马的形象典型，以及关于马的臀部和人的面部的描写是否完整，是否体现了主流与本质，是否具有象征的意味，是否在微言大义，是否情景交融、寓情于景、一切景语皆情语，恰似"僧敲月下门""红杏枝头春意闹"和"春风又绿江南岸"去吧……

我不想把这段颇有意味和风趣的妙论全引下来了，因为这足以使我们忘却了曹千里和他的马的命运了，让他们走他们的路去吧！

更重要的，这段插语破坏了读者刚刚建立起来的审美情趣和状态，犹如你刚刚循着一条花园小路欣然而行，突然横过一个出售皮毛之类的商业广告，使你感到索然无味。即使强迫自己继续前进，也难以恢复原有的审美状态。这对一个作品来说，是一件多么遗憾的事啊；它并不是没有一些珍贵的东西献给读者，而是在读者还没有看到或不再认真看它的时候，就弃之而去！

艺术创作是需要全神贯注的一件工作，但人的思维不是一个平面，而是具有多种层次的。任何问题的思维，都意味着排斥和抑制其他层次的思维，从而极力使有关问题的层次突出来。因此，一个作家一旦进入创作过程，就必须沉浸到自己所创造的那种艺术境界中去，同自己的人物休戚与共，荣辱相依，把自己的感情全部倾注进去，这种创作态度首先是形成了一个艺术的思维空间。庄子寓言中有这样一个故事，鲁国一个巧匠能用木头制作精美的镱（一种乐器），使人惊为神人所造，鲁侯问他用的什么术，他说："我没有什么术！不过，我造镱时，一定斋戒静心，斋戒三天，我便忘了庆赏爵禄；斋戒五天，我就忘了批评赞扬；斋戒七天，我就忘了自己的四肢形体，这时连你鲁公的朝廷也忘了。我巧思专一，心里只装着镱。"但是，王蒙在这里没有完全做到这一点，对于文学理论方面的思索始终没有在创作过程中被完全排斥掉，而是一直占据着一个席位。显然，这段风趣的议论不是从创作中自然而然地产生出来的，也不是原先思考好了的，被暂时抑制而又由于创作中某一细节或语言的提示而从容地走进作品中去的，而是预先就想说的，一直活动在意识中的，在作品的联结之间有所间隙的时候，就顽强地表现出来的。这种失误在很大程度上是受作者自觉意识支配的。

这种失误可以在王蒙的意识中找到原因，长期以来，王蒙对文艺理论问题很重视，而且发表了很多可贵的意见。在他创作思维之下，也始终隐藏着一种对创作不利的情绪，那就是急于说明自己作品的强烈欲望。当这种愿望达到无法抑制的时候，就开始同创作争夺空间了。有时就会以一种变异的力量突入创作之中，形成艺术思维中的"自我"同作家的"自我"不协调的现象。在《杂色》中，这种欲望就像一种魔力，使他迁就于它，以致干扰了作品艺术构思和价值的完全实现。

这种艺术上类似的失误是常见的。问题在于作者是否意识到了这类失误。在鲁迅的小说《补天》中，也出现过类似的现象，在女娲的大腿间莫名其妙地出现了一个毛头小怪，就是对于现实斗争的思维超过了一定的力度，突破了创作对它的抑制，使作者不得不用某种形式表现出来的缘故。鲁迅曾说，这种干扰破坏了小说的结构，因为它一时把读者引导到一种莫名其妙的境界中去，扰乱了欣赏过程的一贯性。相比之下，王蒙的这段妙语不仅要比鲁迅小说中的毛头小怪缺乏缓冲的艺术色彩，而且给作品带来的美学价值的损失更多。

　　尽管《杂色》是一个成功的作品，但这种失误仍然不能轻易被原谅。在王蒙的内在意识中，还反映了他在开拓中缺乏忍耐的情绪。这种情绪可能扰乱王蒙的艺术创作，阻碍和影响他在探索中继续前进。从长远看来，王蒙需要的仍是创作上的飞翔，沉浸其中，走向新的高度，而不是为自己的创作解说注释，去大作什么小说杂谈之类。我们等待着他更好的作品问世。

　　　　　　　　　　　　　　　（原载《文艺理论研究》1984 年第 4 期）

之三

如何阐释"水落石出"

——再读王蒙的《活动变人形》

我一向对文学评奖结果抱着一种极为赞赏，又极为谨慎的态度。赞赏出自它对推动文学创作的作用，而谨慎则是由于对其结果的怀疑，因为我一向觉得在目前可能存在的评奖氛围和过程下，不可能评上去第一流的创作。与此同时，我极欣赏的一句成语叫"水落石出"，一般的解释是"水低落下去，水中的石头就露出来"（引自某成语小辞典），似乎是比喻一种结果的。但是我不喜欢这种解释。我宁愿把它解释成一个过程，水是如何落下去的，而石头是如何露出来的，因此我常想起一则新疆维吾尔族人（我生在新疆，长在新疆，怎么不印象深刻呢?）的谚语："水流过去了，石头还在。"

读者请注意了，在这里，"石头"也许就是我所认为的优秀的文学作品，而评奖则是一种水上运动。人们当时所看到的多半是漂浮在水面上的东西，而难以发现水下面的"石头"，所以"石头"评不上奖，虽然由于它的存在，水面上可能涌起涡旋，构成漪涟。

这就是我再读王蒙《活动变人形》时所产生的冲动。我想重新阐释"水落石出"这个成语，我想再讲一个有关创作的故事，我想再创造一个文学批评的隐喻或者寓言。

　　说实在的，《活动变人形》的落选，我并不感到意外，反而有点"窃喜"。根据我对评奖的二重态度，最优秀的作品既不应在评奖之外，也不会在获奖之列，而应该是参加评奖而又落选的作品。而《活动变人形》恰恰属于这类作品，也算是天助我也，这说明这部作品终于在水面上引起了大大小小的旋涡和漪涟，我们可以称之为当代性，同时又具有更多的未被人们所意识到的意味，姑且称之为未来性。

　　"石头"的意义就在这里。如今，时过境迁，当多样的、标新立异的人，激动人心的、再创奇境的、深刻探索的口号和象征，泡沫般随时间的流水一去不返之时，《活动变人形》还留在那里。而且，那里非常特别。因为《活动变人形》之后，我们又读到了王朔以及余华之类作者的小说，并不感到过于惊奇和特别有满足感，反而觉得文学潮流虽有分叉汪洋之势，但毕竟不可能脱离历史的河流。当然，我并非说有了《活动变人形》，才有了后来王朔、余华等新写实小说的业绩，并非有了先前的《活动变人形》，才决定了后来王朔、余华等人的创作流变。情景也许恰恰相反，正因为后来王朔、余华等人的创作新变，才赋予了王蒙《活动变人形》的艺术意义，确定了后者的历史价值。在我看来，至少文学史是如此，从来不是过去决定未来，而是未来决定过去。一部优秀的文学作品，其价值就在于以后人们不断地提起它，在于未来有意无意复现出它或模糊或清晰的影子。

　　读王朔的作品，至少我们难以排除这样的感觉：王朔笔下形形色色、玩世不恭的现代"痞子"人物，不过是《活动变人形》中倪吾诚的徒子徒孙而已，尽管前者所穿的衣服，所说的语言，所面对的生活，都和倪吾诚大大不同，但是在历史的精神人格内容方面，几乎同出一族。如果说，倪吾诚属于在旧的躯壳里朝三暮四的话，那么王朔笔下的人物则是在新的包装中招摇过市。他们信仰迷失，人格失落，玩弄生活也玩弄自己，永远以言语的泡沫来自欺欺人，是他们在这个世界上快乐苟活的共同特征。所不同的只是，王朔笔下的人物浮游在时代河流的表面，快乐和苟活都更带有即时性，正像"过一把瘾就死"一样不管过去和将来，生活表面所激起的浪花和漪涟就是他们追求的目标。而王蒙笔下的倪吾诚则没有这种"及时行乐"的潇洒，因为他陷入了历史的藻草之中，除了嘴巴露出水面之外，整个身体被密密麻麻的水草、河泥缠着，想"过一把瘾"都不可能。

实际上，王朔的小说正是那种"过一把瘾就死"的文学，王朔通过人物行为上的玩世不恭、语言上的幸灾乐祸，尽情表露了自己对当代社会当代人的感触，尽管面对苟活，亦能生发出喜剧，爆发出笑声，好好坏坏都能使人感到一种刺激。然而，王蒙的《活动变人形》则不是这种"过一把瘾"的文学，因为它触动并联结着历史，作者不满足生活表面的浮光掠影，不能或者不甘于在创作中"及时行乐"，而是意图获得一种长远的艺术情致。所以，王朔是一个名副其实的"当代"作家，除了个别作品之外，他笔下的人物完全可以没有历史，也没有未来地出现和消失，作者也可以毫无任何顾忌（他们往往来自历史）和忘乎一切（他们常常因为要考虑未来）地描述他们。如果说王朔的创作在人物精神现象方面复现了王蒙，那么，王蒙创作中对历史的洞察则包容了王朔，王蒙是一个历史性的作家，《活动变人形》由此从过去延伸到了未来。

说到历史，《活动变人形》之后的余华、苏童、孙甘露等"新写实小说"和先锋派作家，都毫无例外地牵扯到了其中。与王朔创作的最大不同在于，后起的"新写实"以及先锋派小说家多了一份历史感，这从他们喜欢写回忆，喜欢用倒叙、插叙等方式写人写事就可以看出，即便是写当代流浪小说，也少不了要用"很多年之前"之类的句子。而这种对历史的兴趣，并非由于他们对历史的理解和把握，而是由于对历史的怀疑，换句话说，他们所进行的不是对历史的维持，而是对它的分解和颠覆。因为搞不清历史而写历史，因为怀疑记忆而言说记忆。在他们的作品中，历史总是打了引号的"历史"，可以拆解，也可以再次组合。正是这种无法言说的意蕴，使我们再一次回想起了《活动变人形》，王蒙在变幻的人生中找寻历史，在无法言说的历史中确定人物，结果二者的本质都显得那么可望而不可即。北村曾这样谈自己的作品："《施洗的河》是一部流浪的历史，也是一个结束流浪的故事，连我也不大相信这个叫刘浪的奇怪人物做的那些事是真的，但我相信这个人是真的，而且太真实不过了，这就是我要写他的缘故。"我想用这话也可以来谈《活动变人形》和倪吾诚。而另外一位作家孙甘露在谈到"特殊的空间关系和无可避免的变形"时列举了"微弱的活力、不为概念而生活、持久的危机、精神紊乱、虚无主义"，对金钱的迷惘态度、罪愆及忏悔等倾向，似乎和《活动变人形》素有关联。

当然，这些信手拈来的话语，只能揭示一种偶然，或者隐含的关联。有趣的是，尽管王蒙也算"新写实""先锋派"诸作家的欣赏者，但是后者在诉说自己创作情怀时，极少提到王蒙及《活动变人形》，也许他们压根就没有读过。而他们总是忘不掉卡夫卡、马尔克斯、博尔赫斯等人的名字，虽然他们首先得到的是翻译家的笔法，但是要评论他们的作品，免不了去找一部外国小说来参照，包括苏童迷梦中的《我的帝王生涯》，只是比一个"罗马皇帝的临终遗言"更有感伤色彩。

这里并不存在着"水落石出"之类的问题，因为苏童等作家不是模仿外国作家，而只是受其影响。这一点也决定了他们只能像博尔赫斯所说的那样，在"柯尔律治的梦中"触及历史，所以苏童称《我的帝王生涯》是他"梦想中的梦想"，告诫读者"不要把《我的帝王生涯》当历史小说来读"。所以，我们也不必期望在他们的作品中获得坚硬岩石，那里只有梦想的沼泽和"虚无的实在"（格非语），历史不过是因为"没有意义"而被提起，正像余华《在细雨中呼喊》中一个细节所表达的：

> ……王立强，在他临死的时刻，突然感到刚才受伤的手腕疼痛难忍，他就从口袋里拿出了手帕，细心地包扎起来，包扎完后他才发现这没有什么意义，他自言自语道：
>
> "我包它干吗？"

因此，我们不得不又回到《活动变人形》，因为在余华他们那里，一切都不值得追寻。而王蒙恰恰相反，他一直没有放弃追问，所以倪吾诚临死之时还在追问，最终留下一个人生之谜。

王蒙所追求的正是"水落石出",但"石头"的意义改变了。

一部《活动变人形》,25万余字,写了将近一个世纪的生活,写了农村又写了城市,写了男人又写了女人,写了中国又写了外国,洋洋洒洒,无所不包,自始至终贯穿着王蒙对历史、对人生的追问。对他来说,各种各样、变化无穷的生活表象,只不过是水流,是水面上的浪花,而他想得到的则是水下的岩石,它们可能铭刻着人生和历史的真谛。尽管它们本身的存在只是一种假设,尽管假设是捉摸不定的、无法言说的,但是作者还是一次又一次地扎入水中,不断追寻"石头"的存在。在这里,"石头"是一种存在,它无处不在但是又把握不住,存在于现实而又超越于现实,在这个时空中是真实的,在另一时空反而是虚假的。作者不得不采取各种方法进行捕捉,东奔西忙,乐此不疲,捕捉到的东西总是片段的、暂时的、此是彼非的,而充满永恒的、放之四海而皆是的存在,则是永远不可捕捉到的。

这就构成创作《活动变人形》时扑朔迷离的游戏,作者在水中游戏,而水流则在戏弄作者。而与后起的余华等人的创作有所不同,王蒙不是在马尔克斯、博尔赫斯、卡夫卡、米兰·昆德拉等人的翻译文体中沉浮游荡,而是在传统与现代、东方与西方、行为与言语的断裂与撞击中追求一致和平衡。断裂所形成的水底涡旋会使他经常发生晕眩,就像倪藻在欧洲作客时回忆起小时候看到死人,突然觉得那死去的是不是自己[1]一样;而撞出的浪涛又使他时而浮出水面,时而又潜入水底,正像作品中所描写的坐旋转秋千一样:"……原有的位置,又加速,又抛起,又竖直和飞快地旋转,又平息,又下垂,又恢复了位置。一次又一次地飞起,一次又一次地落下。"[2] 就此看来,王蒙所创造的,同时又是他所想征服的是一条由不同时间和空间交织的河流,它们相互背离、交错、分歧,但同时又不可避免地相互靠拢、交叉、增长,形成错综复杂的流向。

在这样的水中追寻"石头"确实不易。

---

[1] 王蒙:《活动变人形》,人民文学出版社,1987年,第23页。
[2] 王蒙:《活动变人形》,人民文学出版社,1987年,第361页。

然而，《活动变人形》的意味就是在追问：水下面到底是什么？这一点，或许后来的先锋作家会嘲笑："追问永远是徒劳的，何不心安理得地坐在小径分岔的花园呢？"①

但是，对王蒙来说，追问不仅是不可避免的，而且是一种"点金术"。否则，那如江如河如海，如风暴如险滩如巨浪如涟漪的生活表象又有何意义呢？卡夫卡在《城堡》中写了那么多无聊的东西，还不是因为有座想要进去的城堡吗？而王蒙写如此形形色色的人生，无非也是为了摸着其下潜藏的"石头"。

生活是什么呢？人又是什么呢？

不管怎么说，这种追问不是徒劳的，它使每一件生活表象之后拥有了神秘，好像隐藏着什么作者想要得到的东西。我们就像进入了一个大剧场，去寻找一个不知道姓名的人，我们只知道这个人确实在这里，但又不知道确切是谁，只好一个又一个地掀开假面具，面对一个又一个似是而非的人。在这个过程中，一切偶然都充满着希望，同时又代表了失望，而表象在这里变成了象征和隐喻。在《活动变人形》中，静珍专心致志地化妆，静宜和姐姐、母亲的亲近与疏远，姜赵氏所说的"败祸"，倪吾诚的罗圈腿，甚至宝贵的梳头匣子，等等，都似乎大有深意。这种深意不是表现了什么深刻的道理，而是为某种作者要追寻而追寻不到的东西而存在。

王蒙想在水下面摸石头。

王蒙摸到石头了吗？读了作品后面这段话，每个人都会感到惊诧：

> 这究竟是什么呢？在父亲辞世几年以后，倪藻想起父亲的时候仍能感到那莫名的震颤。一个堂堂的人，一个知识分子，一个既留过洋又去过解放区的人，怎么能是这个样子的？他感到了语言和概念的贫乏。倪藻无法判定父亲的类别归属。知识分子？骗子？疯子？傻子？好人？汉奸？老革命？堂吉诃德？极左派？极右派？民主派？寄生

---

① 这里借用阿根廷作家豪尔斯·博尔赫斯的小说之名。

虫？被埋没者？窝囊废？老天真？孔乙己？阿Q？假洋鬼子？罗亭？奥勃洛摩夫？低智商？超高智商？可怜虫？毒蛇？落伍者？超先锋派？享乐主义者？流氓？市侩？书呆子？理想主义者？这样想下去，倪藻急得一身又一身冷汗。①

可惜，直到结尾，王蒙也没有摸到石头，至多不过摸到了泥土。是的，是泥土，由于岁月流逝而积淀下来的生活泥土，它柔软美妙，可以捏塑成各种各样生动变幻的人形。

这就是《活动变人形》。

王蒙没有摸到石头，只是抓到了土，你失望了吗？然而，难道石头不正是由泥土构成的吗？经过很多年沙尘的累积，又经过很多年雨水的浸压，流水的冲刷和地形的塑造，泥土就会变得坚硬，变成流水冲不掉的石头。

这就是王蒙所追寻的，但是注定不可能一下子得到的。因为"水落石出"是一个历史过程。有泥土就可能变成石头，但是这得靠后来的人一次又一次地读它，一次又一次地提起它，就像人们不断提起《红楼梦》一样，岁月流逝自然会有石头诞生。

《活动变人形》需要一读再读，才能最后"水落石出"。

这就是我对"水落石出"的又一种阐释。

（原载《小说评论》1995年第1期）

---

① 王蒙：《活动变人形》，人民文学出版社，1987年，第345页。

之四

父亲呵，父亲！

——评白先勇长篇小说《孽子》

至今为止，《孽子》也许是海外著名作家白先勇唯一一部长篇小说。这部小说先是于1976年开始连载，1983年由远景出版公司印行。在大陆，则是作为由葛浩文主编的"台湾文学丛书"之一种，由北方文艺出版社于1987年5月出版。尽管白先勇作为小说家已经在海内外有名，然而《孽子》的"文运"似乎并不佳。刊行数年，所见到的评论文字并不多，就国内的海外华文文学研究圈子来说，还有些人私下认为这是一部失败的作品。

对此我并不感到惊讶，凡是对白先勇小说创作有所了解的人都能看出，《孽子》在很大程度上不同于作者其他一些小说，这不仅表现在主题和题材方面，而且表现在小说的艺术风格、形式和情调等各个方面。白先勇的短篇小说写得细腻、温柔，情感清丽且缠绵，无论是《寂寞的十七岁》《台北人》还是《纽约客》，人们都只能在透明的文体中感受到一种缓慢的、温柔的悲伤情绪。即使这种悲哀已相当沉重，作者依然给它一个在感情上缓冲的机会，比如在《芝加哥之死》中吴汉魂临自杀前一段很长的心理陈述就是例证。而在《孽子》中，这种温柔，这份缠绵和细腻仿佛不复存在了。人们感受到的是另一个白先勇——一个心情沉重，交织着痛苦、忧患、追悔、自责和忏悔等多重情感的作家。

也许正因为如此，如果按照以往理解白先勇小说的思路，去驾轻就熟地阐释《孽子》，就难免差之毫厘，失之千里了。用过去既定的美学眼光来评价《孽子》，也难免会大失所望。显然，《孽子》是一部独特的小说，其独特之处就在于作者在自己亲身体验中得到心灵中最深刻的东西，作者通过艺术构思中的创新完成了这种体验，在这个过程中，最令人感到惊心动魄的，往往产生于"孽子"们面对父亲的那一刹那间。也许，从这里引申出的心灵的含义远远超出了故事本身。为此，要真正把握《孽子》的内涵，恐怕首先要理解"父亲"的意义。这也是本文的主旨。

一、无处不在的"父亲"意象

《孽子》主要写一群孩子的生活。作者在题首就写道："写给那一群，在最深最深的黑夜里，独自彷徨街头，无所依归的孩子们。"作者说他们是在"最深最深的黑夜里"，无疑指的是那个"青春鸟儿"聚集的"同性恋"王国。在那里，他们在那团"昏红的月亮"引照下，"如同一群梦游症的患者，一个踏着一个的影子"，身不由己地进行狂热的追逐，"绕着那莲花池，无休无止，轮回下去，追逐我们那个巨大无比充满了爱与欲的梦魇"。[①] 而这些孩子之所以独自彷徨街头，无所依归，是因为他们失去了父亲的庇护和爱。他们是一群被"父亲"放逐、遗弃或忘却的孩子。父亲自始至终都是构成他们——也是整个作品——生命和感情内核一种无法摆脱的因素。

这就在《孽子》中形成一种浓厚的，无处不在的父亲的意象和氛围。

作品一开始，当读者对作品中的"孽子"们还一无所知的时候，作者首先把一种父亲的意象推到人们面前：

---

① 白先勇：《孽子》，北方文艺出版社，1987年，第20页。

> ……一个异常晴朗的下午，父亲将我逐出了家门，……回头望去，父亲正在我身后追赶着。他那高大的身躯，摇摇晃晃，一只手不停地挥动着他那管从前在大陆上当团长用的自卫枪；他那一头花白的头发，根根倒竖，一双血丝满布的眼睛，在射着怒火，他的声音，悲愤，颤抖，嘎哑地喊道：
>
> 畜生！畜生！

可以毫不夸张地说，李青虽然逃离了自己的父亲，但是一直没有逃离过父亲的意象，父亲那"高大的身躯"已经在他心灵上投下了永远难以磨灭的影子，使之无法摆脱。同时，作品开首出现的这个父亲的意象，也给整个作品笼罩了一种情感氛围，一种"在劫难逃"的沉重帷幕；它时隐时现，像一个幽灵，像一种液体，不断吞噬着每一个人物的身心，浸透在作品的结构、情感、语言等各个方面。

这首先表现在，进入这个"黑暗王国"的大部分"青春鸟"，都在心灵上背负着一个沉重的父亲的十字架。他们都失去了父亲，但是父亲对他们来说又是一种咒语，一方面是想逃避而又永远无法逃避的，另一方面则是想得到而又永远无法得到的。作品中的李青也许生活在第一种情景之中。因为"同性恋"，他被学校开除，被父亲赶出家门。他害怕见到自己的父亲，宁愿流落在那个黑暗的王国里，到处漂泊堕落，也一直不敢归家，然而他永远无法逃避父亲的意象。在漂泊生活中，他一次又一次地萦绕在对父亲的回忆中，而且一次比一次深沉凝重。他无法忘记父亲那坚硬的军人步伐，那满面严肃的沉重表情，尤其是对儿子所寄予的厚望，也是唯一的——希望儿子有一天变成一个优秀的军官，替他争一口气，洗雪掉他被俘革职的屈辱。而这又正是他绝对无法再面对父亲那种令人心折的面容的最根本的原因。李青在一次回忆中，是这样反省自己与父亲这种无法摆脱的心理联系的：

> 不，我想我是知道父亲所受的苦有多深的，尤其离别这几个月

来，我愈来愈感觉到父亲那沉重如山的痛苦，时时有形无形地压在我的心头，我要躲避的可能正是他那令人无法承担的痛苦。那次我护送母亲的骨灰回家，站在我们那间阴暗潮湿，在静静散着霉味的客厅里，我看见那张让父亲坐得油亮的空空的竹靠椅，我突然感到窒息的压迫，而兴起一阵逃离的念头。我要避开父亲，因为我不敢正视他那张痛苦不堪灰败苍老的面容。①

这种"逃离"实际上正好说明了无可逃离，父亲的意象早已变成了一种越积越重的负罪感，深潜于他的深层意识之中，使他即使在梦中也难得安宁。②

同李青相比，作品中的小玉与父亲的意象却纠缠在另一种情景中。他从来没有见到父亲，也不知道父亲是谁。他是"一个无父的野种"，他只是从母亲那里得知其父是一个日本华侨，叫林正雄。当别人问及他父亲时，小玉虽然总是装作满不在乎的样子说，"死啦"，但是在他真实意念中一直想找到自己的父亲，生活在一种"寻找父亲"的氛围中。他常常做大梦，他那个华侨老爸突然从日本回来，发了大财，来接他和母亲到东京去。所以"寻找父亲"成了小玉生活中唯一重要的内容，也许这个"父亲"是他想找到而又永远无法找到的，但是他注定要寻找下去，正像他给李青信中所写的："我要找遍日本每一寸土地，如果果然像傅老爷子说的，上天可怜我，总有一天，我会把我老爸逮住。"③

实际上，虽然具体情况各有不同，但在暗红的月光下，那些围绕着莲花池无休无止地互相追逐的幢幢黑影，那一双双给渴望、企求、疑惧、恐怖炙得发出了碧火的眼睛，岂不都是在用一种变态的形式呼唤和寻找着自己的父亲吗？如果说这个黑暗的"同性恋"王国是一个巨大的充满了爱与欲的梦魇，那么这个梦魇恰恰正好来自一群"青春鸟"内心失去依靠和保

---

① 白先勇：《孽子》，北方文艺出版社，1987年，第302页。
② 白先勇：《孽子》，北方文艺出版社，1987年，第349页。
③ 白先勇：《孽子》，北方文艺出版社，1987年，第365页。

护的失落感，也恰恰是他们受伤害的心灵寻求补偿的一种发狂的陶醉。在这个王国里，李青、小玉是这样，吴敏、老鼠、阿风、王夔龙，甚至整日跟随着杨教头的原始人阿雄仔也都是这样。他们的共同点就是失去了父爱，但是同时又非常需要和渴望得到父爱。

也许正是出于这种意义，父亲的意象实际上构成了这个"同性恋"王国的灵魂，而"同性恋"的追逐在这里不再仅仅是一种生物学意义上的欲望的形式，而且也隐含着一种情感的渴求。它作为一种失去父亲后变异了的心理补偿久久地吸引着这群"青春鸟"。可以说，只要这种追寻父亲的心境得不到满足，这个黑暗王国的魅力就不会消失。这些四处漂泊的孩子都在有意识或无意识中寻找着一个"替代"，使某种对父亲的感情转移到另一个同性身上，甚至忍气吞声，受尽凌辱也不愿放弃。在作品中，老鼠之于乌鸦，吴敏之于张先生，阿雄仔之于杨金海，李青之于傅崇山，等等，都隐含着一种变相的父子之情，起码前者把自己深层意识中那份期待部分地寄寓在了后者身上。正因为如此，像吴敏那样的孩子，尽管张先生对他如何无情无义，但吴敏仍然留恋他。当他被张先生赶出来后，便感到绝望而实行自杀；而像小玉，不论他的干爹老周怎样对他好，他心里都有个父亲的意象，所以对老周毫不留恋。

显然，这一切如果想得到合理的解释，恐怕都不能离开一个父亲的意象。从小处来说，这个奇特王国中的每一个孩子都在编织着一个有关自己父亲的"白日梦"；从大处来说，则这个王国都笼罩在一个巨大的关于父亲的意象中，一群四处漂泊的孩子之所以聚集在这里，是用一种畸形的方式来寻找自己失落的东西。公园里的杨教头以及盛公，还有多次帮过这群孩子们的傅老爷子，他们之所以受到孩子们不同程度的尊重，也正是因为他们在不同程度上扮演了父亲的角色。

二、无法摆脱的"父子情结"

不难发现，在整个《孽子》深层结构之中隐藏着一个无法摆脱的"父子情结"。它是造就人物命运及其情感波动的心理根源，也是作者对于生活的一种深刻体验的结晶，可以说是整个作品的情感枢纽。这个情结在作品中造就了一个真正的"在劫难逃"的涡流，几乎每一个人物都被卷入了这个涡流之中，把自己的爱和恨、希望和绝望、悲悯和决绝等情感投入一种地狱般的煎熬之中。向那个世界寻求快意，寻求报复，也寻求爱和仇，演出了一场多情而又悲怆的人生戏剧。在这个过程中，"父子情结"隐含着多种多样曲折的人生意义，它既带着一种宿命的性质，是那个时代注定让作品中人物承担的；同时也是一种人性和人情的挣扎和复苏的过程，是一代人对父亲的一次重新体验和认同，其现实的感情是复杂的，多义的。作品中的"青春鸟"多半对自己的父亲怀抱着一种极其复杂的感情，有恨有爱，有仇有情，想见面而又不愿见，想摆脱而又不愿摆脱，实际上纠缠在一种莫可名状的情感状态之中。小玉日夜幻想找到了自己的父亲，并且把自己全部心思都花在这上面。但是他找父亲并非为了现实生活中的依靠，而只是为了证明自己确实有这么一个父亲。他写信给李青说："……总有一天，我会把我老爸逮住。你猜我找到他，第一件事我干什么？我要把那个野郎的鸡巴狠狠咬一口，问问他为什么无端端地生出我这个野种来，害我一生一世受苦受难。"① 这种对父亲极其复杂的感情绝非用一个爱字或一个怨字就能概括的。

在这里，"孽子"与父亲已构成了一个不可分离的情感上的磁力场，他们互相吸引，同时又互相排斥，父亲注定要接受命运的盘诘，儿子注定要承担父亲的罪孽。在作品中，所谓在公园的沧桑史里流传最广最深的神话——

---

① 白先勇：《孽子》，北方文艺出版社，1987年，第365页。

"龙子和阿凤"的故事，也许最能体现父与子的这种关系。在这个故事中，阿凤是另一种类型。他是一个无父无姓的孩子，母亲是一个哑巴，在一个风雨天被一群流氓玷污而有了他，所以他本身就是一种罪孽的产物，先天就注定要承担这种罪孽。作者在作品中一再强调了阿凤与生俱来的那种郁悒感。他天赋异禀，聪敏过人，性格孤僻，从小有一个怪毛病，就是常常一个人哭泣。他一向喜怒无常，最不合群，在谁那里都待不长，天性中就有一种"逃亡"的习惯，动不动就飞回到公园里来，这一点也注定了他日后惨死的悲剧命运。从某种意义上可以说，阿凤的一生不过是在偿还一种罪孽，而这种罪孽则是他那不知名的罪恶的父亲种下的。这正应了郭老对阿青说的那句话："这是你们血里头带来的，你们这群在这个岛上生长的野娃娃，你们的血里头就带着这股野劲儿……"①

龙子——王夔龙——则承担着现实的报应，注定无法从那个黑暗的王国里超生。他父亲身位显赫，又是国家功勋，有势有名，但对龙子来说，这些都是他必定要承担的一种责任和重负，一旦他有失父望，就会立即受到现实的报应。为此，他逃亡美国，开始过一种真正的孤儿的生活，他父亲至死不让他回来见一面，父亲对他的咒语（龙子临走时，父亲对他说："你这一去，我在世一天，你不许回来。"）② 就像一道符咒，一直烙在龙子的身上。父亲可以死去，但罪孽却依然存在，这种无形的心灵镣铐将伴随龙子终生。他无论逃亡到什么地方，"父亲"都将追随到什么地方。这种父子之间的感情纠葛，不仅表现在血缘关系上，而且凝结着家族、历史、道义和责任方面的内容。两代人的期望和失望——父对子的期望和失望，子对父的期望和失望——孕育了一个时代的妖孽。

在作品中，这种人人都无法摆脱的父子情结，用一种深刻的悲剧感把两代人紧紧地联结在一起，使父与子彼此不可分离地承担着对方的痛苦和失落。父亲驱赶了儿子，但是并没有因此"赶走"儿子的罪孽；儿子逃离了父亲，但是并不能摆脱父亲给的心理重负。他们用之打击、折磨对方的

---

① 白先勇：《孽子》，北方文艺出版社，1987 年，第 81 页。
② 白先勇：《孽子》，北方文艺出版社，1987 年，第 25 页。

形式往往会回归于自身，造成自己心灵上的创伤。他们几乎都是在经受一种"抉心自食"的煎熬。龙子和他父亲之间就是这样。他父亲至死不见自己的儿子，不仅给儿子带来了痛苦，而且自己也是忍受着极大的痛苦，对于这一点，同样经受过失子痛苦的傅崇山体会最深。当王夔龙怨父亲至死不见他时，傅崇山颤声地对他说："……他受的苦，绝不会在你之下。这些年在外面我相信你一定受尽了折磨，但是你以为你的苦难只是你一个人的吗？你父亲也在这里与你分担的呢！你愈痛，你父亲更痛！"①

完全可以说，为了弥补自己"教子"的过失、父亲们——除了龙子的父亲，还应包括李青的父亲和傅崇山自己——采取了感情上极端的"自虐"方式，用以减轻自己的负罪感。而这种方式也被他们的儿子们继承了下来。比如老鼠多次遭受乌鸦痛打而不知逃离，吴敏受张先生虐待仍不愿离开，都带有自虐的性质。值得注意的是，在作者笔下，父与子为了减轻对于对方的负罪感，都一味把照顾孤儿当作自己的安慰。王夔龙在纽约漂泊期间，就多次收留过无家可归的孩子，并尽可能地照料他们。但是这些孩子往往并不领情，有的一去不复返，有的席卷钱财而去，有的甚至举刀相向。有一次，王夔龙带一个饿得发抖的意大利孩子回去，喂饭给他吃，谁知这孩子吃饱后，竟用刀逼龙子给钱，后来一刀戳到他胸上，鲜血直流，但是，他倒在地上，没有呼救，只是听着自己的鲜血一滴一滴落在地板上，直到房东发现才救了他。

无疑，同他们的父亲一样，龙子这样的行为也带着极端的"自虐"性质。他是想用痛苦来减轻自己对父亲所犯的错的罪孽感。从另一个角度来说，这种痛苦也是他无法摆脱的一种"报应"，龙子心甘情愿地忍受它（甚至带有乞求的性质），也是对自己悔恨心情的一种补偿。

从这里可以看出，作品始终是把父亲和儿子作为一个不可分割的整体来表现的，"罪孽"是两代人共同承担的，而且是互相承担着，谁也无法摆脱谁。如果说在这种情势中，父与子之间确实存在着一个"代沟"的

---

① 白先勇：《孽子》，北方文艺出版社，1987年，第292页。

话，那么最终也只有两代人的共同努力，或者说是两代人共同付出的痛苦和牺牲，才能填平这条鸿沟。这是两代人的一场悲剧，不仅根源于他们共同面临的社会环境和历史命运，而且根源于他们无法更改的血缘关系。在此，我们不用引述就会发现，这种根深蒂固的"父子情结"扭结在一种不健康的状况中，无法正常地得以实现，才构成了另一种罪孽的补偿——同性恋。

但是，不能说作者为我们构筑这个"黑暗的王国"，仅仅就是为了展示黑暗和暴露罪孽，而且也熔铸了自己对于父与子关系的深深期待，这种期待给这个黑暗王国里添洒了璀璨的光亮。

在作品中，这种光亮最引人注目，也最感人至深的地方，就是表现了父与子之间在感情方面的理解和沟通。这种理解和沟通通过痛苦的煎熬而显得沉重和珍贵。如果我们细细回味一下《孽子》阅读过程的话，也许就能感到，自作品开头李青被父亲驱逐出家门开始，我们在冥冥之中就存有一种期待，期待着父子和解一幕的到来。这种期待一方面可能是由于我们自身的情感心理在起作用，另一方面无疑则是作者给予我们的。在作品中，很多情节都直接表露着父与子之间的这种理解和沟通。李青对于自己的父亲，龙子对于自己的父亲，傅崇山对于自己的儿子，随着痛苦岁月的流逝，都在一步步走向感情上的和解。也许正是这种和解，父亲们，比如傅老爷子，愈是关心自己孩子辈的人，尤其是肉体和精神都受到创伤，不健全的人；而儿子们，比如李青，则更理解和珍惜自己的父辈，并把这种感情转移到了比他们更弱小的一辈人身上。

当然，作品并没有出现真正的父子和解的场面，但是作品用它雄浑的描述把它刻在读者的心灵上，就像是在高山深谷之间滚动着的一阵春雷，虽然显得渺茫遥远，但是回声震荡经久不息。就我本人而言，最使我感动的是作品写埋葬傅崇山老爷子这一节，那应该说是最后的葬礼，把父与子之间的感情推向了一个苍凉悲壮的境界。那副沉甸甸的、乌黑的灵柩压在一群"孽子"的肩上，那迟缓、艰辛的脚步迈在崎岖不平、相当陡斜的石级上，那滴血一般的残阳，那穿石裂帛痛不可当的呼嚎，都无不给人灵魂以深刻的震撼，在心灵深处经受一次悲剧的洗礼。作品这一章的最后一段仿佛能够把人们带到一个更为深广的境界之中："王羲龙那一声声撼天震地的悲啸，随着夕辉的血浪，沸沸滚滚往山脚冲流下去，在那千茔百冢的山谷里，此起彼落地激荡着。于是我们六个人，由师傅领头，在那浴血般的夕阳影里，也一齐白纷纷地跪拜了下去。"①

这本来是这部作品最好的结尾。

三、深刻多义的"父亲寓言"

这个更为深广的美学境界，就是一个深刻多义的"父亲寓言"。

当作品中的孽子们，也许还有读者的心灵，随着那夕辉的血浪，在那浴血般的夕阳影子里跪拜下去的时候，所面对的正是一个巨大的父亲的意象。这个父亲从许许多多的"父亲的故事"中所产生，但是又不再是某一个父亲的替代，而成为熔铸着深厚的历史内容的群体意识的象征，父亲的意义被深化、被扩张了。

我想，这正是《孽子》能引起人灵魂感动的一个重要原因。对于读者，尤其是中国读者来说，作品所写的绝非一个单纯的儿子与父亲的故事，而是基于作者对生活的深刻体验，对于中国文化历史和现状的深刻思考，表现了一代中国人面临动荡的世界、精神的负重，寻求新的精神支柱的心灵路程。作品对于父亲的呼唤，也是对于祖国的呼唤，对于民族的呼唤，对于中国文化的呼唤；而呼唤着父亲的这一群"孽子"，也象征着一群被世界潮流所席卷，游离于祖国与故土之外的流浪者。他们不仅失去了父亲，更重要的是失去了祖国，失去了中国文化的根，处于一种缺乏认同感的困境之中。

显然，很难说作品中父亲的意象，在多大程度上象征着祖国和中国文

---

① 白先勇：《孽子》，北方文艺出版社，1987年，第354页。

化，但是在作品中时常流露出来的超乎父亲本义的思考是很明显的，人们往往在有父亲意象出现的地方，也能看到背后有一种更凝重深厚的影子。记得我曾经有一次就这个问题请教过白先勇本人，他说他非常赞同把中国文化看作是一种父亲文化，他认为在中国文化中，父亲对子女的影响往往是重大的、根深蒂固的。当然，这并不能判定《孽子》中的父亲意象就是中国文化的一种象征，但是却能够认定在父亲的意象中蕴含着中国独特的文化意蕴。这种意蕴是被一种复杂的感情缠绕着的，使作者很难从中解脱出来。在很多情况下，当作者带领我们面对父亲意象的时候，不仅其感情沉重溢于言表，而且其思绪，其言外之意远远超越此时此景的具体现实。例如在作品中，描述李青护送父亲骨灰回家的一段话，实在感人至深。李青期望见到自己的父亲，依恋那个破败得七零八落的家，但是终不能忍受面对父亲那张悲痛的脸，这个家也终不能给予他以真正的安全感，因此李青领悟到，他终究只能像他母亲一样，一直在外到处漂泊堕落，不敢归来，最后变成孤魂野鬼才回到他最后的归宿——家。

这是一种何等悲哀的心境！在这里，父亲和家对作品中的人物李青来说，是一层意思；而对于作者来说，包含着更深一层的意思。在作品中，漂泊者并不止李青一个，也不止于在台北漂泊。对于李青来说，台北龙江街二十八巷巷底的那间最破、最旧、最阴暗的矮屋，是他的小家；但是，对于像王夔龙那样流落于纽约街头的中国人来说，祖国和故土是他们的大家，作品曾多次谈论过那要比台北新公园大几十倍，树林要厚几十倍，那些幢幢黑影也要多几十倍的纽约中央公园，谈论过去曼赫顿大街小巷里像游魂一般游荡的孩子们，也许父亲的真正含义就是在这种流离过程中才被确定起来的。在这个大的世界背景下，父亲的意象自然也参与进了世界意识。在现代社会中，全世界有很多人都在追寻着自己的父亲，同时也因为失去了父亲的保护（或者父亲已无力保护他们）而焦灼地活着，悲惨地活着。在纽约到处漂泊的很多白人、黑人、黄人、棕色人都正承担着这种人类的不幸。

因此，寻找父亲，追寻故土，寻根，已成为世界文学中一个重要主题。

对此，白先勇无疑大大延伸了父亲这一意象的美学内涵。父亲，在《孽子》中，是一种漫长的心灵体验的结晶，具有多层次的含义。我们要真正把握到它，也必须经历一场漫长的追寻，从作者的自我体验走向作者对于中国文化的历史性思考，从对现实生活的具体描述走向对历史的象征和隐喻，从国内生活的小圈子走向世界文化的大圈子——一个父亲的寓言就是这样融会贯通而产生的，其中隐含着作者自己对于父亲长期难以言传的心灵秘密，也伴随着对于祖国和故土难分难解的情感积累，以及对于人类命运的一些焦虑和期待。可以说，在白先勇其他作品中，还没有像在《孽子》中那样，作者全部的人格体验和感情积累得以如此充分的释放。对作者来说，这作品的创作也许是一次精神上的解脱，所完成的是一次心理上的洗礼和补偿。

所有这一切都给读者带来了一种艺术上的喜悦之感。应该指出的是，作者人格精神的释放也伴随着作家在艺术构思和形式上的一种突破和创新，作品中这一深刻多义的父亲寓言是借助于一种独特的语象形态构筑起来的。

如果把《孽子》和作者先前一些小说作品加以比较，恐怕就不难发现，《孽子》在艺术手法上有新的特色。首先是情感的浓度增加了，作者似乎有意在渲染情感氛围，加强情感的穿透力。在作品的字里行间，我们时时都能感觉到，它的语言描述的结构就像一层非常稀薄的岩层，作者那不时涌动着的感情随时都有可能冲破它。在很多地方，这种情感的热流已经熔化为具体的写实对象，形成了一个个鲜明的意象，它们一方面是文学表现的客观实体，另一方面也浸透着作者的思想感情，成为作者思想感情的独特表达。例如父亲的意象就是一种作家思想感情与表现对象相交融、相渗透的结果。可以说，充沛的情感渗透改变了白先勇以往所采取的小说艺术方式。

比较笼统地来说，这种艺术方式体现了写实与寓意相结合的特点。白先勇在小说创作中一向是注重写实的，工笔细描也是他一向擅长的。但是，他在《孽子》中却不再那么拘于写实和运用象征手段，也不拘泥于细节的营造，而是注重于一种整体的心理氛围。象征和寓意成为一种无处不在的幽灵，时时穿行于故事的描述之中，隐藏在人物、景物和情节背后，扑朔迷离，时隐时现，创造了一种象中有象的艺术境界。比如对于纽约中央公园的描写，一方面可以说是写实的，但是另一方面却是含有寓意的。作者给它蒙上了一层神秘、阴暗的色彩，读者总感觉到里面还有很多更深的东西。写实和寓意手法的相结合，大大增强了这部小说的艺术张力，提升了作品的美学内涵。在这部作品创作中，很难断定作者是否有意识地运用了西方现代派小说的一些手法，但是可以肯定的是，作者已经突破了比较单一的艺术形式的小说格局，而注重于融会贯通多种艺术手法，当然也包括西方现代派小说的一些手法。它们使《孽子》成为一种深刻的，有独特艺术和文化价值的优秀作品。

当然，在将要结束本文的时候，我不能不指出这部作品给我留下的一些遗憾。这种遗憾尽管不影响我对这部作品的总体评价，但是，一时无法消除这些疑问。一是小说叙述中常常出现的比较突兀的间歇，往往造成情感发展中的"黏合"的痕迹，我无法判定这是否与写作的不连续性有关。二是我很难接受小说最后一部分"那些青春鸟的行旅"一章，总感到有一种狗尾续貂的味道，不仅断送了一个很好的结局，而且冲淡了小说整体意象所创造的艺术效果。我很怀疑它是否产生于小说的整体构思之中。以上暂且存疑，欢迎各位学者指教。

1988 年 9 月 19 日于广州

（原载《华文文学》1989 年第 2 期）

之五

都市文学中的"百感交集"

——试论广东文学创作的一个侧面

一

从理论上讲，"都市文学"或许是最模糊、最难界定的一个概念，然而，只要我们不是从概念出发、抽象地去看待这一问题，"都市文学"就会像一个个活生生的人，有血有肉地站在我们面前。

如果我们在年关之际来到广州火车站，看到那人头攒动的广场，看到那一双双渴望繁华、迷恋霓虹灯的眼睛，就不能不承认"都市"在中国人心目中的分量，继而又不能不承认"都市文学"的存在。显然，我们是在中国土地上谈都市，谈都市文学，其鲜明的特征首先来自它们的存在环境。在中国，都市就像被包围的一个个孤岛，存在于汪洋大海般乡村的包围之中；而其现代化程度、生活和文化方式，与乡村生活相比，无论如何都存在着巨大的反差。在这种反差中，中国人历来对于城市都怀抱着一种相当矛盾的态度，既向往又感到恐惧，既视之为乐园又把它想象为罪恶之地。

也许正因为如此，中国现代文学中历来就存在着两条明显的线索，一是对都市的渴望和追求，二是向乡村生活的回归。就前者来说，大量的人向城市奔涌，他们中间有破产的农人，有工匠，有女佣，有商人，有学生，并在日后产生出了一批批现代作家。这些作家一开始总是接受了从都市传来的现代思想信息，就厌倦了自己家乡封闭落后的生活，在某一天早晨凭着青年的一股热情，把自己投向了某一都市生活之中。在这里他们不仅看到人类所创造的一种新的奇迹，并且在新的环境中开始创立自己的事业。在这个过程中，都市对于人们来说，它的繁华，它的五光十色，它的创造能力，表现为一种新生活的希望之光；在中国，都市化实际上成为现代化的一种代名词，虽然这里存在着一种很大的误解和偏颇。

而就后者来说，在都市生活的人总是把乡村想象为一种"世外桃源"，尤其当他们已经厌倦了都市的喧闹，或者在激烈的竞争中疲于奔命，已身心交瘁，或者是对于都市中人情的淡漠、人性的扭曲已感到不可忍受，至少在精神上他们会企望向乡村的田园生活回归，他们希望在这里再次寻回恬静，寻回淳朴的感情和优美的人性。现代文学中持续不断的"乡土小说"和当代文学中的"寻根文学"就明显表现了这一倾向。

在这里，我们可以看到中国现代生活中的这种都市与乡村的对峙，正是这种对峙，使中国都市文学拥有了自己明显的特征；同时，我们又可以看到都市与乡村的某种精神联系，由于这种联系，使得中国都市文学具有丰富的内涵，因此，中国的都市文学在不同的历史时刻、不同的文化氛围和地域气候中会有不同的风采。

就此来说，我们在全国的文学格局中来探讨广东的都市文学创作，是一件饶有趣味的事。因为我们所面对的是一种新鲜的，具有特殊性的文学现象，它所表现出的一切，包括丰富、生动、创新及另一面的幼稚、浅薄和饥不择食，都无不具有自己独特的个性；而这种个性在当代中国文学中拥有强大的生命活力。

都市文学，或者说一种强烈的都市文学倾向，作为广东文学创作的一个重要方面或者一个鲜明特色，是近十年才真正形成的。作为改革开放的试验区，广东，特别是沿海地区，其都市化的速度是惊人的，似乎是在一夜之间，许多小镇、渔村变成了都市，田地盖起了工厂，农民打起了领带或者穿起了工服，随之而来的是流行的"迷你裙"、牛仔服、到酒楼谈生意、"卡拉 OK"，等等。这种都市化不仅使广东城乡生活面目一新，而且大大改变了广东人的精神面貌，从而使他们原来的思想方式和生活价值观念发生了很大的变化。

我们应该注意到，这种都市化的意义是特殊的，因而人们对于它的感受也是独特的。这不仅表现在它直接给广东人带来了实惠，而且更因为它发生在那样一个特殊的历史时刻——中国人民已饱受用"农民式"的指导思想来搞城市建设的苦楚，也已经历过无数次"回到农村"的磨难，正不顾一切地转向现代化、世界化的生活目标。正是在这一中国的民族精神历史转变的节骨眼上，广东的这种都市化过程引起了全国人民的注目。都市化本身成为现代化的最明显的标志，它仿佛是每一个中国人都渴望已久的"黄金美梦"，隐含着人们由于长期贫穷和物质匮乏而形成的心理欲求。

因而，广东文学创作取得了一次千载难逢的崛起机会，因为它在物质与精神生活两方面都有了基础。如果说，广东人的骄傲主要是一种都市的骄傲，那么广东的文学作为精神意识的一种表现形式，则自然而然地会在都市化生活过程中重新塑造自己，并由此来张扬自己的声势和个性。

都市文学开始悄悄地在广东异军突起。在这方面，《广州文艺》也许是一个突出的标记。这不仅表现在它五年前就专门开辟了"都市霓虹"的小说专栏，更重要表现在其整体格调上。只要翻阅一下这本杂志就不难发现，它从装帧设计、图画配置到作品栏目，都体现了一种都市文化意识。表现都市生活的作品，一直占据着一个非常重要的位置。就这一点来说，《广州文艺》首先是以追随现代都市生活潮流而赢得读者的。

其实，如果谈得宽泛一点，广东报纸杂志的吸引力多半来自这种都市的风情、格调和气氛。

甚至文学评论也推波助澜，想借都市化一露锋芒。记得五年前，主持《当代文坛报》的黄树森就提出了"商品经济条件下的文学发展"的问题，主要针对的就是都市文学形态。这个问题没有得到深入讨论的原因，大概一是范围过宽，二是过于偏于政策性。尽管如此，在广东的文学评论界，对于都市文学的关注却日渐加强。在这种情况下，广东已形成了一种都市文学发展态势，可以说，人们呼唤着都市，都市呼唤着文学，而都市文学在呼唤着文学评论。

二

这时候，也许有的作家会说：文学评论总是姗姗来迟。

然而，人们应该知道，"心急吃不了热豆腐"，这句话对文学评论来说也许特别有效。

事实上，对于目前广东都市文学创作景象进行一番梳理和评价并非易事，至于总体评论或许还为时过早，因为有许多有分量的作品还未能完整地摆到我的桌面上来，甚至有的还在襁褓中。我并不想让一些作家看到我的评论后去修改自己的作品。

此外，都市文学创作本身是一种多元化的复杂文学现象，这不仅是因为都市生活本身的丰富多彩，表现在人们对都市的情感及精神需求是多层次的。就广东来说，目前已形成了一个多层次的都市文学创作格局，由此来适应不同层次、不同兴趣读者的需要。

这一格局粗略看来，我想可以分三个层面。一是紧紧追随都市化生活大潮的文学作品，它们敏感于都市生活的千变万化、千姿百态，及时并且尽情地表现立交桥、灯光夜市等新气象，表现女老板、公关小姐、经济强人等新人物，着力于都市的新奇魅力。这一层面多集中于报告文学、纪实文学和散文之中，可以看作是一种时尚的文学。第二层面是表现都市化过程中的种种矛盾和问题的作品。这一部分突出的是社会生活的"转型"，人们如何从旧的文学形态中解脱出来，如何接受和创作了新的观念生活。许多小说家和作家的"转型"，同时拥有一种特殊的意义，这就是作家创作的"转型"。很多作家在近十年间从过去热衷于表现乡村生活或者知青生活，逐渐成为一个"都市型"的作家，其经历是非常丰富的。第三个层面是关注都市生活中人的生存和心理状态的作品，它们主要表现的是人本身，人们想在都市生活中找到属于自己的感觉和自己生存的意义。

我不想，也不可能做一个面面俱到的评论家。广东都市文学第一层面的作品，也许无须评论家再做解释。它们以自己的敏感，以自己浮光掠影式的扫描，使广东文坛充满五彩缤纷的景象，它们的生命就如同都市中的璀璨灯花一般令人着迷。它们的价值属于生活的川流不息和瞬息万变。

大多数评论家都不会回避第二层面的文学创作，因为这里云集着广东众多的优秀作家，而且他们已经创作出很多有分量的作品。例如陈国凯、李晴、范汉生、林贤治、伊始、李兰妮、郭小东、何卓琼、雷铎、何继青、孙浃、张伟等作家的创作在广东文坛已举足轻重；至于像《激流》《商界》那样的作品更不应忽视。

然而，在这里我却愿意避重就轻，着重谈一些第三层面作家的作品。从某种意义上来说，这一类型的作家属于更年轻的一代，都市生活对他们来说已不再属于新奇的对象，而是一种存在，所以困惑和兴奋的对象已不再是环境，不再是旋转餐厅和极速迪斯科音乐，而是人的自我主体状态。

这就是：在一种充满广告、充满机遇、充满陷阱的都市生活中，人性遇到了什么挑战，人怎么去应战，应该怎么个活法？

刘西鸿的小说在这方面占据着一个醒目的位置。一篇《你不可改变我》就能把人们引导到一个崭新的美学情致之中。这一情致是几位年轻的人物创造的，虽然他们并没有做什么惊天动地的事，只是通过一些日常语言和行为表露心迹而已，但是其中所包含的艺术意味新颖独特。应该说，这篇小说的含义并非那么单纯，仅仅从小说题目上来说，就包含着多重含义。在"你不可改变我"这一完整的句子中，"你"和"我"处于一种不和谐的关系之中，"你"我们可以阐释为"我"之外的一个人物，也可以阐释为"我"所面临的都市生存环境，包括旋转餐厅、广告公司、时装表演，也包括拜访人应守时、吸烟危害健康、不能做任意妄为之人等各式各样的生活规范和观念。就此来说，小说中的任何一个人物，无论是新派的孔令凯、刘亦东，还是老派人物的"我"，都面对着一种"你"的力量；他们每个人若要活出一个"我"来，就得抵御"你"诱惑，防止被"你"的诱惑，被"你"所同化。

也许正因为如此，"改变"对于刘西鸿来说，成为一个非常敏感的词。所以作品中的孔令凯对姐姐那种好心的劝阻毫不领情，连续说了二次"你不能再改变我"。因为"改变"就意味着自我个性的一种失落，就意味着将变成一个"市场上的俗女人"。

对"改变"的敏感，也是对自我处境的敏感。尽管作者一再强调一种"满不在乎"或"我行我素"的潇洒，但是亦不能完全淡化人在都市生活中的那种个人的不安全感，她得时刻准备防范别人意识的侵入和操纵，她得时刻准备面对不断变化的现实。这种情景实际上构成了刘西鸿全部小说的一个鲜明主题。刘西鸿后来写的《黑森林》《我与你同行》等作品，都在继续表现"你"和"我"之间的这种戏剧。

所以，刘西鸿的小说表现出一种"活得紧张，写得轻松"的格调。前一句的意思是说，活出一个完整的自我并不容易；后一句话则是说刘西鸿在表现都市生活时没有过重的心理负担。她和一般作家相比，也许对"没有贫农便没有革命""农村是一个广阔的天地"之类的生活观念缺乏深刻的体验，所以在小说中也很少表现新与旧、都市与乡村的对比，似乎也无须让人物拖着一种巨大而沉重的历史包袱去生活；也许正是这种情形成全了刘西鸿，使其幼稚变成了一种超脱，因此即便在全国的都市文学格局中，刘西鸿的小说也表现了一种新的美学趣味。

这种趣味因源于一种对都市生活真实的体验而显得脱俗。在这里，我们还可以看到一种新的写作态度和小说观念的出现。随着某种稳定的、规范的、完满的生活关系及程序被破坏，小说家叙述的方式也仿佛更为灵活和自由了，情感上的虚张声势、故事编排的完满结局、对人物行为的简单定性等都退居到一个并不重要的地位。

就此来说，在广东的都市文学创作中，已流露出一种与北京、上海等地作家作品有别的艺术气息。比如张梅的小说便是一例。在她的小说创作中，我们实际上再也寻求不到"都市神话"的影子，有的只是人生飘忽，难以判断其真实性的幻觉，心灵的疲惫与都市的繁华，情绪的高亢与人生的琐碎，共同编织着小说的艺术画面。

值得评论家研究的是张梅的中篇小说《殊途同归》①。首先是这篇小说的立意非常特别，一大群自以为不同凡响，或者崇拜不同凡响的年轻人，聚集到了广州，他们奔波于豪华酒店和窄小的铁皮屋之间，寻找自己精神的出路。然而他们最终只能在想象中挣扎，不断用欲望的刺激来逃避空虚，事实上他们每个人都如同生活大潮中的一叶扁舟，被不断变幻的潮汐所支配。在这个过程中，都市成了一群精神追求者同时又是精神流浪汉的集散地，每一个时刻都在升华出无数的希望和梦想，而在同一时刻又有无数迷梦化为泡影；它拥有无法描述的光明与喜悦，也拥有难以言表的沮丧和忧郁。

都市是一个百感交集的世界。

为了把这种丰富的感觉表达出来，张梅明显地借助了一些魔幻和超现实的艺术手法，创造了一个介于现实与非现实之间的意象世界。在这个世界中，作者实际上用繁华的景象击碎了最古老的梦想，揭示了人性的弱点与都市的危机。从这个意义上来说，作者俨然是一个"看破红尘"的人，她再也不可能像有些作家那样，对于都市生活仍然怀抱一种"黄金美梦"，并且情愿为它痛苦，经受心理磨难，而是情愿自己用艺术的剪刀一下下把它剪成碎片，撒在川流不息的人群中。

也许正是因为如此，张梅与马原不同，和残雪也不同。她不愿意相信古老的传说和梦幻，也不愿意做"噩梦"，经常寻找痛苦。她也许只想当一个都市生活中一群青年人心灵经历的见证人。

---

① 张梅：《殊途同归》，《钟山》1989年第2期。

三

可能是由于偏爱，我认为《殊途同归》是近年广东涌现的最优秀的小说之一。它在表现广州都市生活方面，具有独特的情致和意蕴。尤其值得注意的是，作者粉碎了一个有关都市的五光十色的神话，走到了真实的人生和人心之时，从容地面对平凡和无聊。这正像作品中所写到的一样，当名噪一时的《爱斯基摩人》杂志分崩离析之时，一群曾经有过骚动、苦恼和追求的年轻人，终于自然而然地加入了抽三五牌香烟、穿宽身时装、喝可口可乐、跳迪斯科、玩气功、争取出国的行列中。

我以为，整个广东都市文学的成熟，也必将经历这样一个过程，文学需要进入城市生活的内核中去，需要进入人的内心深处去。

从这种角度来分析评论广东的都市文学创作，过于乐观的估计显然站不住脚。相反，我们不得不获得一个"百感交集"的印象，既为它目前所取得的成绩、所体现出的生命活力欢欣雀跃，同时又为它难以克服的某些薄弱环节感到失望。而后者恰恰就是阻碍广东都市文学向更成熟、更高层次发展的内在障碍。

应该指出，近十年来广东经济的繁荣，都市生活的发展，给广东都市文学的发展提供了丰富的土壤和空间。新兴的都市生活之中，蕴藏着无数可供作家挖掘和表现的题材和素材。而作家只有真正深入生活的本原之中，真正面对人们所遇到的新问题，真正面向未来，才能创作出经得住时光考验的作品。否则，生活上的某种"优势"很可能成为创作精神上的劣势，作家很有可能沦落为都市橱窗中广告员的角色。

事实上，我们经常能够在广东文学创作中感觉到一种分离：现代的都市生活场景与僵化的艺术意识的分离。对有些作家来说，新兴的都市生活并没有改变他们的思维方式和艺术观念，相反为他们思想的惰性找到了更好的口实。"农民式"的自我满足和陶醉，"农民式"的狡猾，经常表现在他们的行为和作品中。我们经常可以看到，一些作家如何志满意得地把一些外地作家或评论家请到某些大酒店里的情景，仿佛那些金碧辉煌的豪华设施增添了他们精神上的骄傲情绪。所以，很多作家的创作中都很愿意炫耀广州都市的某种繁华和豪华的景象，把自己创作的满足感建立在物质的优越感上，实际上就像一些突然变得有钱的农民很愿意向自己过去的穷兄弟展示自己刚刚拥有的家当和财富一样。

这给文学创作带来一种浮夸和浅薄的倾向。仿佛广东人全部都在抽万宝路，都在豪华的白天鹅宾馆住宿一样。在无形之中创造了一个"广州神话"的幻象。这一幻象不仅吸引了百万民工不顾任何劝阻来广州寻找黄金，而且又反过来笼罩了一些作家创作的空间。如果说文学创作出一个"广州神话"并无不妥（只要有人信）的话，那么作家自己沉迷其中则非常有害。

评论家应该在这方面担负一定的责任。因为在很长的一段时间里，广东的评论界弥漫着一种自满自欺的气氛。一些评论为了替自己虚张声势，不是引导作家向生活的远处看、深处看，而是让其拘于眼前和表面。至于在艺术观念方面，宁愿让作家创作来迎合自己旧有的规范，也不愿和作家一起去探索新的艺术道路。

我以为，对广东作家来说，一种新兴的都市生活，只是他创作的基础，而不是炫耀的资本，更不应该是提高自己艺术身价的一个筹码（如果是那样，有人会说，纽约地铁车站的一个报童更有艺术身价）。一个作家创作的艺术深度和美学价值，就在于他对那种新兴的都市生活的探索与发现，就在于他对一种新的艺术形态的探索和创造。

然而，一个作家在五彩缤纷的都市生活中很容易丧失这种探索和创新精神，尤其是当他陶醉于从未享受过的物质生活中的时候。因此在这里我们有必要指出，物质生活的相对充裕，有可能把作家带入一个新的创作层次，也很有可能剥夺和销蚀作家主体的探索和创新精神。

因此，在广东文学创作中，我们不能不注意作家接受都市物质与接受新的生活观念之间的差距。这种差距所产生的两种不同的效果是：或者被金碧辉煌的都市生活所吞噬，心甘情愿地被物质、时尚观念、金钱诱惑所操纵；或者保持自己独立的创造和探索精神，敢于在艺术道路上闯出自己的个性。在这里，作家实际上在接受着历史和现实两方面的选择。因为当他们卷入新兴的都市生活之中时，历史赋予他们的一些旧的生活观念和人格心理，并不可能一下子改变，这就形成了他们感受生活的双重态度，使他们经常处于内心矛盾之中。

特别在艺术意识和审美心理方面，作家有理由继续停留在原来的层次上，所以在广东的都市文学创作中，形式上的创新成为一个薄弱环节。有些作家虽然生活在现代都市文明之中，但是与现代艺术中新的观念和思潮相当有隔膜，表现出了不应有的迟钝和呆滞。所以在文学创作中，尽管题材和素材都新颖，但是表现出的思路和艺术模式却非常陈旧。

这种情景与广东都市文化生活恰恰形成了一种强烈的对比。后者这些年来一直充满着不断创新的勃勃生机，不论在内容上还是在形式上都呈现出一种求新、求异、求变的潮流。但是较高层次的都市文学创作在这方面却显得相当沉闷和拘于成规。显然，如果不能改变这一点，广东的都市文学创作就不可能创造一种新型的都市现代艺术形态。

这一点也许至关重要。我想，一种新兴的都市文学应该拥有两种最明显的形态特征：一是，它将是一个多层次、多元化的文学世界，能够满足各种不同文化层次读者的需要；二是，它突出的生命活力就表现在求新、求异、求变的创新活动之中，都市文学应该是一种不断创新的文学，所表现和满足的是人的创造性和欲望。在这里，人们将感受到一个丰富多彩的个性时代的来临。

我们欣喜感到，广东的都市文学已经形成了一个多层次、多元化的结构；但是就第二点来说，却显得苍白和无力。从这些年广东所涌现的大量都市文学作品来看，大多数都属于"一般"或"尚可"的范围，真正能够出新、有分量的作品并不多见。广东的都市文学创作确实面临着一个"上档次"的问题。

对广东作家来说，要上这个"档次"，也许需要多一点反思和自省，真实地认识和把握自己。不要以为自己经常出入豪华酒店，或者能看上香港电视，就觉得自己已经脱离了陈旧的艺术意识；更不必为自己制造种种口实，来躲避现代艺术思潮的冲击。都市文学是一种开放的多元化文学，广东的都市也是开放的都市，广东的作家应该立足于这种良好的文学土壤，同时广泛吸收来自各方面的艺术营养，在各种文化的交汇中进行创造，而不应该把比较繁荣的都市生活当作自我心理满足的条件。

同时，广东作家似乎更需要一种脱俗的个性，而尽可能少一点"随俗"的习气。因为在大都市生存的作家，会受到各种各样的诱惑，而这些诱惑又往往和"实惠"相连，它们不仅能满足作家的某种物质欲望，而且能够换回某些"知名度"或者其他心理满足感，在这种情况下，作家完全"脱俗"是不可能的，但是能够少一点"随俗"。因为这些诱惑往往会剥夺作家的主动性和个性创造能力，使他们沦落为某种"写作机器"。事实上，广东并不乏艺术天才能力，很多作家在自己的文学创作中已显露了这种天才，但是他们似乎不能忍受"脱俗"的寂寞，无法真正静下心来投入某种聚精会神的艺术创作，所以不能把自己艺术的潜质通过作品全部展现出来。

我不想过多地对作家们品头论足，我想等待，等待广东都市文学创作中涌现出更好的作品。

（原载《广州文艺》1990 年第 5 期）

之六

走向新的艺术综合

—— 1989 年《花城》中篇小说概评

  1989 年的中国文坛似乎是暗淡无光的。由于商品经济大潮的冲击，由于人们精神状态的疲软，粉碎"四人帮"后发射出的文学创作之箭，十年之后也许已成强弩之末，穿透社会和人心之力已很微弱。一是文学创作失去"轰动效应"已成定势，人们所关心的问题已转移他处；二是近十年来的创新潮流业已到了技穷的地步，新花招逐一使出，知音者仍是寥寥。近一二年，虽还有人提倡"新写实主义"，但视其情景已如同"最后的晚餐"，艺术忠实的使徒们也已预感到了悲剧的阴影。在这种情况下，不时有人惊呼防止文学的"滑坡"是在情理之中的。

  这种情形在 1989 年度《花城》所发表的小说作品中也可以一目了然。因为在南方，《花城》杂志是全国文坛状况唯一的一面镜子，这不仅在于它一向与中国文坛的一些最优秀的作家有着广泛的联系，而且也一向把中国文学创作的最高标准视为自己刊物的追求。正因为如此，我们通过南国广州的《花城》，能够看到整个中国文坛的某种状况，同时，一个人要想把握全国文坛创作的基本状况，无论如何也不能放弃《花城》。

  1989 年整个文坛都显得平淡，就文学刊物来说，受到冷淡的绝不只是《花城》一家，大部分杂志都显得不景气。1989 年，整个文坛进入了一种反思状态。之所以反思，就是因为文学开始面临一些不可思议的情况，各种各样的流派、风格和艺术价值观念之间的冲突开始趋于表面化。一向处于敏感状态的杂志当然也不可能例外。在这样的前提下，就连作品的推出都需"耳听八方、眼观六路"，这就更难顾及其长远的艺术价值了。

所以，这一年《花城》的中篇小说也确实给人一种品尝"百味果"的滋味，有浓厚乡土气的《女人秋》（阎国强，第1期）、《十三阶》（懿翎，第5期）、《野火》（熊尚志，第3期）、《残年之后的那个冬天》（薛友津，第2期）等；也有玩味于中国文化深层意味的《黑白之道》（孔捷生，第5期）、《神钓》（程鹰，第6期）等；有写当代改革中人情世态的《沉浮》（霍达，第1期）、《天涯丽人》（张曼菱，第3期）、《临时天堂》（老乔，第2期）、《大水》（郭雪波，第4期）、《无毛两脚类》（哲夫，第3期）、《风流误》（高尔品，第3期）；也有得意蕴于历史旧事之中的《事变》（周梅森，第4期）、《天书》（张弛，第6期）、《"空军"》（张力，第6期）等；还有表现校园和大学生生活处境和心态的《十七八岁的人生》（梁贵，第2期）、《学院舞台》（吴楠，第4期）、《外面的世界》（戚小彬，第6期）等。

就艺术形式而言，也更显得纷杂，有在叙述语言上颇具"新潮"特色的《雪鱼》（黄康俊，第6期），也有寓言笔法的《劣种》（陆永基，第1期），还有典型的通俗章回小说的《糊涂姑娘荒唐事》（韶华，第4期）等。如此纷繁多样的题材和样式，任何一个读者都会发现其中隐藏着许多互相并不协调的追求和意向，它们之间所产生的艺术反差，很可能把评论家也推向一种敏感的、难以选择和评判的境地，使他们很难从中凝练出自己批评的意义。

无疑，面对这种批评对象，批评家是很容易被"蒙骗"的。我这里所说的"蒙骗"至少有两层意义。一是批评家被"时代"所"蒙骗"。在一个平淡或者疲软的文学时期，人们的注意力不在文学方面，作品反响不大，但这并不足以说明作品本身的艺术价值和水准。而在这种状态下，恰恰容易出现另一种情况：一些作家富有价值的探索，一些好作品，往往因为"时代"的平淡或疲软而被冷落，或者被其他的时代因素所淹没。遗憾的是，任何一个批评家都很难不受制于文学的时代"行情"来评价作品，甚至有时候，批评家本人也可能被这种"行情"所左右，使自己艺术感受力变得迟钝；文学意识的淡化（这种情况往往是和其他意识的强化连在一起的）很可能导致艺术发现敏感性的丧失。因此，历史总是这样令人难以捉摸，当批评家大喊大叫的时候，并不见得一定出现了真正好的作品；而当批评家不声不响的时候，未必就等于没有好的作品出现。

另一层意义是，批评家这时候很容易被纷呈的现象所"蒙骗"，因而也就看不到潜在的文学追求的历史流向。在这种情形中，直白与隐晦，传统与现代，新与旧，褒与贬，严肃与轻佻，有心种花与无意插柳，高深莫测与意料之中，往往互相搅和在一起；明眼看是花样各异，各有各的主心骨，但实际上又仿佛陷入了一片没有旗帜、没有明确流派风格主义的沼泽地，理不出个条条道道，不知道风往哪个方向吹，水朝什么地方流。被这种情形"蒙骗"的批评家往往有苦难言：走进这片沼泽地容易，但是出来难，因为找不到历史的出路，也忘记了原来的归路。

评价我们眼前的中篇，就像凝视一个历史环节，它承前启后，为我们架桥铺路的自然是作品。

事实上，无论我们如何喜新厌旧，前几年文坛上的"寻根"仍然对创作产生了深远的影响。它的意识和情绪实际上一直在不断地扩散，逐渐形成了一大群作家对历史、对土地、对风俗、对传统文化的艺术关注。这些作家开始向土地、向历史、向传统文化回归，从中去寻找艺术韵味。在1989年《花城》发表的中篇小说中，有很大一部分作品表现了这种倾向。例如《女人秋》《野火》《十三阶》《黑白之道》《事变》《大水》等，都属此列，这些作品虽然角度和氛围各有不同，但是对于历史文化一往情深的重新审视，无疑在拓展着小说的艺术内涵。

在此，我们可以看到一些有"厚度"的小说。例如《女人秋》《野火》《十三阶》《事变》等，都给人们一种历史的凝重感，作品的意蕴和情致深深扎根于历史的厚土之中，充实的艺术之果饱含着作者的新探索。

这些作品也许会使我们继续提起几年前王安忆写的《小鲍庄》，然而思路可能会显得更加多样。阎国强的《女人秋》写的是中国贫穷乡村中的家庭生活，但根本的着眼点却在于人性及其精神被扭曲的过程。在作品中，物质的贫困与精神的贫困陈陈相因。男人长期被压抑的无法得到满足的本能欲望，已经严重威胁并践踏着家族基本的伦常关系，并演变为一系列畸形、病态的精神现象。在这个过程中，女人则首先成了男人成全欲望的牺牲品，已经娶进门的媳妇桂芬得承担老大老二——两个男人——的欲望，而家里唯一的女儿雪雪又不得不成为自己孬哥娶亲的牺牲品。这篇小说浓厚的悲剧意味还在于，女人们的忍辱负重甚至走向死亡，不仅难以减轻或者解脱男人们的生存重负，反而使她们更敏感于自己"非人"的状态，在忍受物质痛苦的同时，还得承受某种犯罪感的压迫和折磨。

更值得批评家仔细咀嚼的，也许并不是《女人秋》的生活内容，倒是作品表现出的对乡村生活的全身心投入。作者几乎心甘情愿地把自己交付于贫困落后的农民生活，平铺直叙地讲了一个有关农村女人们的悲惨故事。没有魔幻的渲染，也没有理性的直白。如果同近年来文坛盛行对现代生活跳跃式描述的现象对比起来看，这里也许潜藏一种反驳，似乎更加贴近土地和历史生活本身，这就包含着一种艺术原生的价值和魅力。对于敏感的人来说，这很可能是一种讯号：在文学创作的变迁中，素朴的写实主义会再次被人重视。

显然，这种醉心于乡村生活和文化的情致，我们在《十三阶》《野火》《残年之后的那个冬天》等作品中同样能够感受到，不过，这三篇小说与《女人秋》有一点重要的不同，就是使第一人称描述的"我"深深地介入到了小说情景之中。这可能会使我们想起鲁迅，他的乡土小说多半是有"我"参与其中的，"我"不仅是描述者，更重要的是直接体验者，是一个能够超越乡土生活的活生生的主体。对上面所说的三篇小说来说，"我"的参与，使读者能够更直接地感受和体验到作者追寻和表现历史文化生态和心态的热情。

在这方面，懿翎的《十三阶》特别值得一提。这篇小说用一种特殊的笔调，写下了"我"——一个十三岁城市来的少女——眼中的贫困山村。在作品中，"我"实际上成了一种历史记忆的承担者，通过这个"我"，作者几乎是以一种全力以赴的姿态拼命挖掘、追寻和回味对于这个乡村最原始、最深刻、最细微的真实感觉和体验，为此她不仅不愿忽略属于文化生活的每一个细节，包括有关的风俗、习惯、行为、衣着、饮食、礼仪的独特性，而且也不愿放弃地方语言的独特色彩，说实在的，像《十三阶》如此对地方土语的一往情深，在整个新时期小说创作中都属罕见。

不过，不能把《十三阶》仅仅看作是一个地方或区域文化色彩和生活气息浓厚的作品，或许，这也并非作者的刻意追求；相反，从某一个角度来说，《十三阶》是一篇自我色彩相当浓厚的作品——自始至终，作者都陶醉在一种对于自我感觉的确定之中。有时候，她似乎深陷于一种模糊的、混沌的意识之中，不得不借助玩味和盘诘来补足自我色彩。实际上，这篇小说精彩的落笔之处，往往是基于某种最原始的生理感觉开始的，包括手感、嗅感、色彩感等，使读者不由自主地投入到一种独特的氛围中去，用身心去触及土地与人。所以，《十三阶》不在于一个故事的完成，而是在于一种悲剧感的完成。在纷纷叠叠的感觉记忆中，作家的理性才找到最后的归宿。

这一类作品促使我们用新的眼光来看回归历史和山乡的创作。也许，无论是对于历史文化的一往情深，还是对于穷乡僻壤的迷恋陶醉，都不仅仅是为了揭示某些生活面，更要紧的是找到并确定自我的艺术世界。在这种情形中，山乡和历史实际上都仅仅是一种中介，作家所梦寐以求的是彼岸的充实——使作家在现实中失落的自我，再次得到历史的确认，由此升腾出一种新的艺术境界。

我们看到，一旦作家的主体意识增强，变得愈加深沉起来或者尖锐起来，历史生活的表面结构就愈容易被摧毁，取而代之的则是作家对更深层内容的揭示。例如周梅森的《事变》，一般读者完全可以把它看作是一部历史传奇故事，具有史实性，但是如果换一种读法，就会发现作者实在是大巧若拙，在不动声色的叙事中移花接木。应该说，作者在这部小说中并不是在表现历史，而是在自己"制作"历史；真正的历史也许在这种逼真描述之前已悄然隐逸，萦绕在作品中的只是对现实感触的弦外之音。一个土司令的精明图治、占地为王到末路穷途，拥有中国历史上特有的无数"竞折腰"的英雄本色。

与《事变》不同，张弛的《天书》写的也是历史旧事，也颇有传奇色彩，却尽量把悲剧渲染成喜剧来欣赏。在这篇作品中，明朗的历史背后是流传于人们头脑中的一部难以捉摸的"天书"，荒谬的是人们尽管一直在历史中盲目摸索，但是永远不能舍弃"天书"的意旨，换句话说，历史与"天书"成了一个颇具讽刺意味的反语结构，前者是一种盲目的明朗，而后者则是一种明朗的盲目。人们对于历史进程愈是盲目、愚昧和随波逐流，"天书"魅力就愈显得与世长存。

在这里，我们还可以发现一个并不新鲜的迹象，即小说创作向历史文化和乡村土地的回归，已开始扩及艺术形式方面。最有代表性的莫过于第四期韶华的《糊涂姑娘荒唐事》，这部以"文化大革命"旧事为题材的小说，用作者自己的话来说，"是传统的章回体，还采用了《三言》《二拍》式的结构和语言，在操作方法上是'返祖'了"。更令人注目的是，在这篇小说之后，我们还可以读到作者韶华的一篇短文《关于通俗文学》，虽是短短数语，却再一次把文学的通俗化和大众化问题推到了人们面前。

对此，我怀着喜忧参半的心情。因为我不知道是否会再一次重温旧梦。历史的记忆还相当清晰，中国五四新文学在20世纪初爆发，差不多也经过十年的创作，在30年代就逐渐倾向于传统文化的回归，进而形成了30年代末、40年代初大众化和通俗化文学创作的高潮。时至今日，当新时期文学刚刚进入第二个十年的时候，会不会再次出现"惊人的相似"之类的文学变迁呢？

半个多世纪过去了，虽世道已是沧海桑田，但文学的变迁仍受制于时代与文化的状态。几十年前，新文学创作由于时代的需要，也由于"五四"前后的新文学创作虽硕果累累，但毕竟距离民众的欣赏水平相去甚远——由于他们仍处于低文化或无文化状态，处于相当封闭和愚昧的文化环境中，所以不能苛求他们去欣赏郭沫若借鉴西洋诗风的《女神》和鲁迅创新意识很强的小说，最终不得不回归到历史文化和传统意识的基点上来。与过去相比，新时期文学今天的处境也并不轻松，除了广大读者的教育水平普遍仍不算高，影视及其他娱乐项目对文学的冲击外，人心疲软，不再注重精神方面的享受，也是一个重要问题。

因此，通俗化的倾向在创作中再次出现并不令人难以接受。除了《糊涂姑娘荒唐事》之外，《花城》1989 年度发表的中篇小说有相当一部分有这方面的倾向。例如《天涯丽人》《风流误》《十七八岁的人生》《沉浮》，甚至包括《学院舞台》《无毛两脚类》《天书》《临时天堂》《黑白之道》《神钓》《外面的世界》等，这些作品显然都注重了趣味性和可读性。很明显，作家们虽然并没有完全放弃在艺术上创新和另辟蹊径的机会，但是已经对陷入晦涩难懂或孤芳自赏的境地抱有戒心。

无疑，这是并不新鲜却是值得重视的一种倾向，尤其是发生在这样一个时代的关口。十年来，新潮小说的胜利同时也使自己陷入了落落寡合的困境，过度求新求异又使人忽视了这样一条普通的艺术原则：艺术作品首先得使人赏心悦目，不能总是让人去解方程式。从某种角度上来说，好的作品并不一定人人都"读懂"，但是人人都"不懂"的作品一定不是好作品。

人们期待着格调高雅但又能引人入胜的作品。1989 年度的《花城》似乎理解了这一期待。除了《天书》《糊涂姑娘荒唐事》之外，霍达的《沉浮》是比较成功的作品，它雅而有趣，趣中有味，人们从市井生活的啼笑皆非中能够体味到城市变革中的人及人性境遇的变迁。显然，这篇小说的魅力首先应该归功于它独特的结构方式，作者以猫写人，因人写猫，人与猫的处境和命运互相衬托，互为注解，构成了一个趣味横生而又使人仔细玩味的小说过程。与此同时，张曼菱的《天涯丽人》、梁贵的《十七八岁的人生》、吴楠的《学院舞台》等都有可取之处，作者都在尽量地把自己所拥有的人生感受完全交给读者，其艺术表达方式具有水到渠成的通达，如果在此我们有兴趣把以上作品与《大水》《"空军"》等作品相比较，那么就会感觉到小说家落笔的轻重有时未免过于悬殊了，而创作回归本原生活，沟通与历史、与读者、与传统文化联系的方向历来是多种多样的。

不过，在这里，多种多样本身就会对批评家构成考验。

从上面的分析就可看出，无论我们怀抱何种心情，小说创作中的新潮已开始低落了，在 1989 年《花城》的中篇小说中，几乎没有一篇属于完全"新潮"的作品。然而，如果就此就可以断定"新潮"小说毫无生命价值，那肯定会得到一个"搬起石头砸自己的脚"的结果。从文学进程来看，虽然处于先锋和边缘领域的艺术创新并不一定是时代的鸿篇巨制或经典作品，但是必然会给后来的创作提供新的思路和艺术方法。而一些后来产生的优秀作品虽然可能并不属于完全"先锋""新潮"的创作，但是必定是吸收了一些创新与历史的精华并加以融会贯通的成果。

我相信，如若人们有机会阅读过《花城》1989 年度的全部中篇并获得一个整体印象时，这一点已经得到证明。成功的作品往往属于那种不拘一格的创造，根源于作家能够随时吸收适合于表现生活的各种思路、技巧和手法——不管它们是来自传统还是来自新潮，来自民间还是来自国外——并加以重新整合和创新。

例如黄康俊的《雪鱼》，尽管小说的叙述方式颇具新潮，但是并不会使人感到与中国日常生活相距遥远。相反，这种很新颖的叙述方式不仅使我们看到了一个真正的中国人眼中的海，而且领略到了更深更广阔的海，即与大海相依为命的中国人精神意识中的海，其中蕴藏着特殊的意韵。也许大部分人都知道，中国人与大自然有一种特殊的关系，这是一种亲密的感应，一种无言的承诺，一种相互的体贴，但是很多人未必知道这一切都蕴藏在那充满男人精液味的海里，更无法想象那句"人是从海里来的"祖传遗训后面竟然有那么多不可思议的故事。《雪鱼》的作者就把这一切告诉了我们。

《雪鱼》无疑是 1989 年《花城》的成功收获之一。作者黄康俊把南方的人和海写活了，写出了个性和韵味。对于作品中所写的一切，作者拥有丰富亲切的感受，但是又并不为这些感受所累，而是把身心扑向了更深邃、更神秘莫测的境界。而作者所采用的扑朔迷离的叙述方式正好与之合拍。

与《雪鱼》相比，《黑白之道》大约属于另一类型的作品。就从叙述方式来说，后者明显地趋于老成，甚至是有意追求古色古香的格调。然而，横竖读来都会发现其字里行间并不平淡，而是携带着新的感悟。小小围棋中的黑白之道，其变化万千，神秘莫测，既是生动的人间传奇，又是对人生的隐喻，而把这二者紧紧联结在一起的是中国世俗文化特有的情愫以及作者对此的如痴如醉。显然，这篇小说带着浓厚的文化色彩，其中平民意识更为突出了，表现了世俗文化与经典文化互相参照和渗透的倾向。作者在自己的小说中既想回避对于政治和文化过于强烈的理性思考，又想淡化在艺术形式方面的探索和追求，而力图超越创作中互相对立因素的影响，开发出生活本原的艺术魅力。

在这方面，我们更应提到一篇小说，这就是程鹰的《神钓》。从某种程度上来说，这是一部"悟道"的小说，即通过对于中国民间世俗文化现象——钓鱼——的追寻和开掘，去领悟其中不可言传的境界。小说过程本身就是扑朔迷离的，作者几乎是顺其自然地把读者从一种现实带到了一种虚幻，从一种日常带到了一种神秘，最后进入那种幽微深奥、妙不可言的状态。这种状态可以说是具有魔幻色彩的，但更明显地带有中国武侠传奇的意韵，小说所追求的意境就在于"绝"——绝对的神秘，绝对的不可思议。

就从上面列举的作品来看，不同作家所追求的境界、所创造的艺术形式具有很大的差异，这致使我们很难进行分析和归类。同时，我们还会发现，对于一个好的作品来说，如果仍然用一种新潮的与守旧的、现代的与传统的等两极对立的观念来评判，往往会陷入很尴尬的境地。

原因是，很多作家已进入多向选择的状态，对于他们来说，古今中外的艺术经验，都可能带来恩惠或者灾难，关键是作家是否能和自己的意趣合拍，是否能够把它们自然地融合到自己的创作之中。所以无论是中国武侠的气韵，还是西方小说的陌生化，都不是截然分离和对立的，经过不同作家创造性的整合，它们能够构成一个新的生命整体。就此来说，像《雪鱼》《黑白之道》《神钓》《沉浮》《十三阶》等作品，即使单个进行分析，也会发现其形式和意蕴是由多种因素构成。而这些因素，在一些人看来，很可能仅仅是互相对立的，而难以面对它们是可以互相渗透、互相补充、互相融合的。

实际上，在艺术创作中，新与旧的界限往往只是在一个特定的历史时期内非常分明。因为艺术本身很难用"新"与"旧"来划分。优秀的作品无所谓新旧，而是与日月共辉的。所以，一些作品可能"很新"，但出生之日就已"很旧"。

所以，纵览1989年《花城》发表的中篇小说，我们尽管对着一个似乎不"新"也不"旧"的世界，但是仍然并不感到过分失望。在这个世界中，我们虽然难以看出创作主潮新的明晰动向，但是也并不感到前途迷茫。历史已经在瞬间之内把文学推到了一个新的临界点上，作家和批评家都得进行一次新的综合，在平淡和疲软之中开辟道路。

（原载《花城》1990年第5期）

之七

新景旧梦

——关于贾平凹的《白夜》

评论《白夜》，恐怕得用一点中国传统的乾嘉学派的方法。这部小说虽远不如詹姆斯·乔伊斯的《尤利西斯》难懂，但是要吃透其中的艺术意蕴，就不得不来一番寻根追底的细细解析。

作为一部出版社隆重推出的小说，很多人认为《白夜》是《废都》的"姊妹篇"，而前者带来的轰动却远远不如后者。而读者对于贾平凹，也许像对于所有成名作家，总是心怀一种苛刻的期待，总希望一部小说比前一部更轰动，这会儿倒也显得冷静多了。且不说轰动效应在中国文坛并不意味着作品能流传百世，就作家在创作中所花费的心血而言，读者的静默神会也不是瞬间就能完成的。

其实，《白夜》更细腻、更透彻地显示了贾平凹。

"白夜"，本身就是一个隐语。早就有人把《废都》比作古代《金瓶梅》，但是至今还没有人把《白夜》和《红楼梦》联系起来。光从字面上看，"白夜"和小说中的一对男女主人公虞白和夜郎有关，各取一字而得白夜，显示了一种命定的缘分，但是再深入一步就会发现"白夜"的谜底是一个"梦"字，讲述的是前生前世的故事，而主人公则是现代新环境中的男男女女。

这梦是旧梦，因为它美的意韵来自对古典意境的迷恋和追求。就拿虞白来说，说她是林黛玉的"再生"也并非讽刺。她的美不是来自青春美貌，而是气韵。她虽然不是在潇湘园发梦，但是古色古香、到处是假山和奇木异草的半园，绝对是吟诗弹琴、发古典之幽情的好地方。至于贾宝玉的那块玉，虞白有了那再生人留下的钥匙也绝不逊色。你看作品中是如何写的：

> 虞白说："夜郎，我戴这钥匙好看不？"
>
> 夜郎说："好看。"
>
> 虞白说："这么说你是舍得了？"
>
> 夜郎说："可以吧。"
>
> 虞白说："还是舍不得的。"
>
> 夜郎就说："舍得。这是我日夜保存在身上好长时间了。"
>
> 虞白说："你是保存好长的时间，我可是等待了三十一年。这钥匙一定也是在等待我，要么怎么就有了再生人？又怎么你竟然到我家？这就是缘分！世上的东西，所得所失都是有缘分的。"

这也算是命定的前世姻缘，而虞白身为现代人，毕竟比林黛玉敢于表白，一见面就把心里话一下子道出来了。而夜郎虽不是贾宝玉，但是入梦夜游，必定会走到虞白的住处，也是一种情缘所致。

夜郎当然不同于贾宝玉，但是我们想到他生活在20世纪末的中国，也就不会在方方面面进行苛求了。他有他的人生，但是他的梦想却追逐着古代，追逐着早已消逝或正在消逝的红楼遗梦。他所迷恋的都是古典的余韵，吹埙、古琴、旧戏、考古、假山奇石、古道热肠、见义勇为、刚正不阿等。在现代社会中，这一切都成了小说中的梦幻，一旦碰到真正的现实，就会顷刻间破碎。

这就形成了《白夜》的另一道风景线，人物都生存在黑白之间。所谓黑白，也就是似梦非梦，亦幻亦真，人物都在梦幻与现实之中挣扎和沉浮。夜郎倾心于虞白，与她有情有缘是梦幻，而他与颜铭同床合欢，结婚生子是现实。而更深一层，颜铭清纯美丽是梦幻，而其生来奇丑，几经美容包装是现实。而梦幻是永远抓不住的，现实倒是时时处处都在胜利。所以，不仅夜郎心爱的东西，包括旧日的街景、古老的琴韵、传统的戏曲都在一天天消失，而且他所喜欢的人也是处处碰壁，结局悲哀，包括刚正不阿的警察宽哥、献身考古的吴青朴不是活得不明不白，就是死得不明不白。

可惜，这正是贾平凹所追寻和表现的美。这种美正像小说中的虞白夸赞夜郎送她的珊瑚时所说的，"美是美，可惜珊瑚是因为死亡了而美的"，① 不可能在新的历史环境中再度辉煌。这一点也就决定了《白夜》不可能是《红楼梦》，因为在《红楼梦》中，人生即梦幻，二者水乳交融，内外相嵌，是一个整体。而在《白夜》中，这两者不仅是分离的，而且是对应的，彼此不能调和，最后只能在类似自焚的场景中同归于尽。

所以，"自焚"成了解析《白夜》的最后一个密码。在小说刚开始时，这只是一个提示，代表着前世姻缘的再生人临世。结果根本无法得到现实的接受和容忍，最后只好自焚而死。而到了小说结局，夜郎追寻古代梦幻的路已山穷水尽，只好再一次充当再生人的角色。在这里，真正自焚的当然不是夜郎，而是创造夜郎的作家贾平凹，他注视着当今世界，眼看着自己所迷恋的一切传统和古典的美在熊熊大火中灰飞烟灭，用自己身心谱写了一曲挽歌，唱着它走向了自焚的结局。

1995 年 10 月 15 日于暨南大学

（原载《羊城晚报（海外版）》1996 年 10 月 21 日）

---

① 　贾平凹：《白夜》，华夏出版社，1995 年，第 128 页。

之八

批评不设防

——《佛山文艺》小说作品点评

一、在梦幻中的灵与肉

《我的伊妹儿》

弗洛伊德用人的梦幻来解释作家的创作动机，最近被好几本书列为这一千年来最有影响的人物之一。不管你相信不相信，这篇小说就如同一个孤独者的梦幻。按弗洛伊德的说法，不管什么样的梦，噩梦、喜梦、好梦、坏梦，梦见升官发财，还是梦见死人、离婚，都是"幻想的满足"，但是这篇小说的梦却又有不同，主人公在梦想好事的时候，总是摆脱不了一个阴影，所以总会设想有一个倒霉的结局，而且总是她——那个他无法摆脱但是又有所同情的老师。

其实，在如今开放的社会，找对象或者是女朋友，根本犯不着在互联网上瞎撞瞎碰，最好的也是最直接的办法，就是去找活生生的人，但是这个大龄青年为什么要舍弃直接便捷，把自己关在屋子里搞什么"网上恋爱"呢？我们只能说他害怕，所以说他与其是在找女朋友，不如说是在躲避着什么他不愿见到但总还是要见到的事实。于是，他把自己关在屋子里也没有用，最后他见到的还是她。为什么呢？因为这个"她"已经深深扎在自己的心里了，最后看见她当然会感到"失望"和"累"，但是如果不见到她呢，肯定会感到不自在，会老想着她。

这或许就是命定。因为一个人如果在躲避自己的话，那么他就永远不会成功。对这位主人公来说，欲望似乎是相当可怕的，它让他没日没夜地在网上找"伊妹儿"，但是又特别害怕红苹果舞厅里的那种氛围（但是你又为什么到那里去呢？），就像他讨厌自己家里的厕所但又不能不天天与之为伍一样。所以他是一个和自己欲望作战的人，正像他在夜里重复做的梦：老是在一条黝黑的山坑路上来回……

《深入囚室的作家》

有些人在梦中也会自我矛盾的，不要说是在现实中了，特别是在一种心里感到压抑的生活中也会自我矛盾。一个作家之所以冒险到监狱中去体验生活，其实是为了能够暂时得到一些解脱，但是不幸的是，他竟然在那里找到了自己作为生命的意义和尊严。这也就暗示他一直过着双重生活，当他的肉体生活在自由的、正常的生活中的时候，他的心灵却被关在"监狱"里，所以他不仅要和"噪声、垃圾、废气、假冒伪劣、贪污受贿、歌厅包房、暴发户、艺术骗子"生活在一起，更要"夹着尾巴到处打点"，经常"焦头烂额，尊严全无"（这又是什么呢？）；而且根本享受不了那种当作家的荣耀和尊敬。当他身处监狱的时候，虽然肉体上受了委屈，吃不洁饭食拉肚子，闻臭味，不见阳光，但是却在心灵上得到了慰藉，似乎自己很有学问，很有用。当然，这要感谢那些号子里的各种各样的罪犯，他和他们的共鸣不仅是在文学上的，而且都出自一种精神上的需要——罪犯们也是人。

这也许是两个自我，要想两全是不可能的，所以经常想想那些被囚禁的人生未尝不是一件好事，否则自己的灵魂就会失去感觉。

《到网上找男人》

不管怎么说，到网上找情人或爱人，女人比男人更有理由，原因是女子一向受压迫，而且她们似乎更喜欢首先在精神上进行沟通，喜欢柏拉图式的心灵恋爱。这样不仅有安全感，而且似乎能够活得更有趣一些。这也就给小说中的主人公秋芬——一个年过不惑，却风韵犹存的女子——次新的机会去体验爱情。所以，一切都在这虚幻的世界展开了，她又恋爱了，而且差不多都是离得很远的洋人，而且是一次又一次……最后她盼到了法国人保罗，一切都不再是虚幻的了，而是真真实实的一次。尽管这只"自由鸟"来了又走了。但是，好在电脑还在，互联网还在，网上还有数不清的自由鸟；而且每一台电脑都是一张网，都想捕捉一只自己想要的鸟；而每一个上网者也都是一只自由鸟，内心未必不希望被自己爱的人所捕捉到，所以，叶秋芬怎么能没有希望了呢？

也许对女人来说，用电脑张一张网找男人比用其他方法好得多。当然，你必须首先敢于飞翔，敢于触网，更敢于把网撕开一个洞。

《最后的笔会》

这似乎是一篇悼词，既写自己的文学理想的破灭，同时也捎带上了对文学状态的批判。因为在这里有两种人，一种是对文学三心二意的，他们都不仅很正常，而且活得很快活；而另一种是文学梦不醒，坚持写小说的——他们不仅人数少，而且不得人心，最后成了神经病患者。

其实，文学研究界早就有一种说法，作家在某种程度上就有一种神经病人格，而且，只要看一看文学史就会明白，很多伟大的文学家都似乎有点神经病，有的甚至成了狂人、痴人和疯子。但是，这当然不能用来评价中国当代作家。因为中国当代作家不仅数量大，而且个个都很聪明，绝对不会那么傻傻地、痴痴地放弃荣华富贵而去为文学献身和卖命。

就这个意义上来讲，这个"最后的笔会"开得不错。

《卖官》

进入市场经济时代，似乎一切都是可以买卖的，只不过是买卖的方式和价格不同罢了，而《卖官》的作者似乎在这方面还有所保留，觉得村长这个"官"不能买卖，于是就有了这种卖了又不卖（这在商业上叫"毁约"）的结局。但是，不管作者怎样回避，这5万块钱的分量都明摆在那里。不管怎么说，尽管四平村长最后没有卖官，但是村民却确确实实是用钱"买"回了自己的村长，只不过买方和卖方的关系变了。否则，这个村长就会被别人"买"了去。在这里，关键因素还是钱，是钱起了作用。

问题是这个村长到底有没有价？是5万元还是7万元？如果下一次乡里再集资又该怎么办？如果再集资需要10万元，村民还能掏得起吗？还能"买"回自己的村长吗？

《怎么说还是个男人》

这是一个发生在北京的业余三轮车夫的故事，所以读了这个故事谁都会想起老舍笔下的骆驼祥子，不由得有人会猜想这会不会是祥子的后代子孙。至少李立和祥子在某些方面很相似，比如他们都很老实很憨厚，而且都很穷，再比如他们虽然都身强力壮，但是都缺乏老婆。不同的是，这李立是"业余"三轮车夫，所以不能像祥子一般在大街上招徕生意，他得在小胡同里等着，所以就这一点来说，他似乎不那么"正宗"。

说到祥子就会想到虎妞，这一点李立比祥子幸运许多。他的未婚妻刘芳相当可爱，而且非常理解他这个男人，问题是他们最后能不能结婚就难说了……

《在花店的日子》

谁说至今已经没有痴迷文学的人呢？这里就有个特别喜欢文学的人在花店里打工，这个差事比当年高尔基给人烧开水高雅多了。而且，花在这里还有一层含义，就是姑娘。能够把自己的情人带到花店里来做爱，这又是高尔基当年连想也不敢想的。问题是这位立志要在文学上出人头地的小伙子最后到底得到了什么，得到了尊严吗？财富吗？爱情吗？或者是说，对文学、对人生、对爱情有了新的体验和认识吗？

毫无疑问，这个小伙子还有梦，而且，他是为了自己的梦在世界上漂泊打工的，所以他能够忍耐，能够拼搏，但是他又不得不卷入现实的、世俗的争斗之中，让别人受伤也让自己受伤。有时候，我们不知道他是在和自己斗，还是和自己的梦想斗；如果是两败俱伤的话，那就不划算了。

"特别推荐"

《我的伊妹儿》文笔流利，有的段落写得风风火火，值得一读，尽管故事不算太精彩。推荐它的另一个理由是，如今养狗养猫养鱼养花的大有人在，但是我觉得有些朋友不如养台电脑，因为上面有"伊妹儿"。

二、生活和爱情都是一种比喻

《杀戮爱情》

在文学创作中，可以这么说，生活和爱情往往都是一种绝妙比喻。当然，这种比喻是形象的、情节的、艺术的，而最重要的，是能打动人的、感染人的。而描写爱情的小说如此之多，自然就有了各种各样的比喻，生出了各种各样的幻想。与此同时，小说写得好不好、动人不动人往往就看作者的比喻妙不妙、绝不绝。而就《杀戮爱情》来说，这种比喻本身就是多样化的。因为他的爱情就发生在多种多样的比喻中，如果说他所遇到的每一个女子都具有自己明显特色的话，那么世界同样提供了各种各样的喻体，比如从麦当劳的巨无霸到猴子掰苞米。但是，作品中的男主角尔耳显然还没有找到和自己非常贴切的比喻，爱情自然也就显得无法把握。比如跟自己交往了三年、同居了两年的阿丫就是如此。接下来就是孙小姐，在和这位风尘女子跳舞的时候，尔耳觉得"自己的怀里正抱着一束怒放的玫瑰"，不知道这是否算是对爱情的一种体验。后来她别具一格地邀请他看碟片《风月俏佳人》则是更明确的暗示了，为此他差不多就要娶她为妻了，如果她不会那么快死去的话。

最绝妙的当然还数小雨的比喻。这是他在朋友家认识的一位女孩子。就在孙小姐意外悲惨地死去后，小雨成了尔耳新的爱情对象。作者有意把她和太阳连在一起，并且在结尾写出了一句与"杀戮"二字意义不相干的俗语："是的，每天都会有新的太阳。"

对于爱情，这也许是一种广义的、乐观的比喻。

《无序的心事》

严格地说，这是一篇写婚姻的小说，但是因为它还在留恋感情的"无序"，所以把它看成是一篇爱情小说也未尝不可。但是，这种爱情显然不同于恋爱，而像已经摘下来的、已经变色的香蕉，虽然样子不好看，但是往往比没有变色的更甜一点一样，能够给人一种"熟透了"的感觉。当然，"熟透了"自然也有熟得过头了的感觉，所以也会给人一种快要腐烂的危机感。也许正因为如此，作品中的女主人公傅丽才会对自己的婚姻，确切地说是对丈夫，产生某种怨言，感到某种不快。这种状态可以用多种比喻来表示，但是我觉得作者已经找到了一种最绝妙的比喻，它远胜过什么金丝鸟笼、爱情的监狱之类的比喻。这是一只青蛙的感觉。作品中是如此写的："傅丽常想到那只在冷水变成温水正在慢慢加温的锅中麻木掉的青蛙，热水煮熟，泡在水里的青蛙也彻底死掉，而那只突然被人投入滚水的青蛙则是愤然跳出锅子，得到逃生的机会。傅丽觉得自己就是那样一只最终将死于麻痹的青蛙。"

我为这个比喻叫好。

《结了婚的女人》

同样是一种"熟透了"的爱情状态，同样是一种想摆脱压抑的欲望，这篇小说却是以夫妻二人一次在电梯里的热吻结束的。而这次热吻之所以能够再次来临，却是因为这位结了婚的女人瞒着丈夫去见了自己的旧情人。但是，谁也无法设想这对夫妻将来的感情生活会如何——我是说等到情感平息之后，婚姻生活重新恢复原样，他们会不会再有如此的热吻？如果老情人再也不来找她的话。不过，说到比喻，女主人公楼亚男对爱情也有自己独特的见解："爱情，爱情就像这杯咖啡，热的时候你不喝，还用调匙搅来搅去。结果呢？冷了，你才想起来这原来是要喝的。"

《爱与不爱是一种状态》

爱和不爱当然首先是一种状态，但是不同的情景、面对不同的人就会有不同的状态。而作品中的欧阳亮正是在和不同女性的交往中感受到不同的感情状态的。但是，令人感到困惑的是，虽然作品中的人物都在状态之中，并且互相影响，但是他们并不知道爱和不爱的区别和界限在何处。因为他们活在自己也不清楚的爱与不爱之中，不知道自己是在爱还是在不爱之中，所以才无法真正体验到爱的真谛和满足感。所以，欧阳亮最后对林虹的评价是"一个彻头彻尾的戏子"，而林虹骂欧阳亮是："欧阳亮你是个混蛋。"

显然，如果一个人根本不知道什么是爱，什么是不爱，那么他（她）对所遭遇的所谓爱情状态的最终感受——不是一个"戏子"，就是一种"混蛋"。

这也是一种比喻。

《寂寞都市》

读完这篇小说，人们都会认同这样一种比喻："爱情就是诱惑的红苹果，是一朵欲望的牡丹花。"这原本是弗洛伊德的观念，但是对生活在大都市里的红男绿女来说，似乎就是一种日常生活情景。但是，欲望和爱情显然不是一件事，欲望不可抗拒，爱情却难以找寻，在这种情况下，诱惑往往会在其中鱼目混珠，将人们拖入欲望的深渊。所以，正如人的欲望不能过度压抑一样，一个人也不能因为寂寞就迷失自己的感情。

《深谙女人秘密的女人》

什么是女人的秘密？这本身就是一个问题。如果你读过这篇小说的话，就会产生一种感觉：女人的秘密就是情爱的秘密，或者说是关于情爱的秘密。对此，女人一般有比男人多的留心、体验和表达，而且总会创造出不同的比喻和暗示。作者笔下的这个女人就是如此。因为她掌握了女人的秘密，所以才会活得如此有情有致有格调。不过，也许是对女性心理的一种切身体验之故，作者写出的不仅是女人的秘密，更是女性的内心痛苦和尴尬，那份在体面外表掩盖下的凄凉、孤独和寂寞。这里面没有什么比喻，但是生活本身就是一种秘密的比喻。

《春天里的一把火》

用"一把火"来比喻爱情是再通俗不过了，但是"这把火"似乎和爱情无关，它不仅没有带来爱情，而且还烧掉了人心中许多珍贵的东西。但是聪明的读者都会在这把火之中或者背后，感觉到欲望，包括爱情的蠢蠢欲动。爱情在这里还只是一个引子，但是它却有相当大的燃烧力，所以人们可以看到在"这把火"后面潜藏着人心的嫉妒、阴暗、算计和背叛。如果生活中不出现这"一把火"，人们又怎么看到人心中种种真实的存在呢？

《302空间》

这是一篇很有生气的小说，因为它处处都是对生活的比喻，在这个小小的302房间里，绝对不缺乏青春的意象、欲望的象征和理想的梦幻，它们以一种年轻的方式鱼贯而出，陈列在读者面前。所以，连作者也不知道怎么给这种生活命名为好，他一会儿用"天女散花"来比喻，一会儿叫它"大拼盘"，一会儿又用"一个艺术的梦幻世界"来比喻。在这里，爱情是有的，但是你听到的只是"凸凸凹凹"；理想也是有的，但是可能被比喻为"又一个驿站"；欲望和追求自然比比皆是，比如从一条破得不成样子的领带到"灿烂得像怒放的罂粟"一样的嘴唇。

302 空间实在是一个比喻的空间，一个充满艺术想象的空间。

"特别推荐"

仅仅因为一个绝妙的比喻，我愿意把《无序的心事》推荐给朋友。就因为一只无辜的青蛙，我们可以领略到一种人生日常的无声无息的悲剧。

三、瞧啊，作家那一双透彻的眼睛！

《在黑洞里喝酒》

人们常说："眼睛是心灵的窗户"，因为眼睛不但反映着灵魂的动作，而且能够透视灵魂。所以，有人就把艺术称为人的"灵魂之眼"，通过它人们能够了解社会、反映现实和洞察人生。而艺术的奥妙就在于，每一部作品之中都隐藏着艺术家的独特的"眼睛"，艺术家能够通过各种视角，通过各种人物来观察人生，并把它们描述下来。就此而言，这篇小说首先是以一种"醉眼"来看人生的——因为作品中的"我"最大的资本就是饮酒如水，对酒情有独钟。而也许正是这双独特的醉眼，使"我"能够看到生活的一些特殊画面和色彩来。他能够看到自己朋友藏在"那双眼镜片后面的小眼睛里"的不快的阴影，还能看到"混混沌沌的现实"后面的明明白白的人心。而更让人叫绝的是，因为是"醉眼"，所以他所看到的一切都带上了梦幻和朦胧色彩，给人一种模模糊糊、真假难辨的感觉。在这里，表面上是"众人皆醒我独醉"，但是实际上却有"众人皆醉我独醒"的味道。醉眼看世界其实就是"睁眼看世界"；"醉眼"中的世界往往是最真实的世界。

所以，当年的鲁迅就曾特别喜欢那种"醉眼蒙眬"的境界。

《不再羡慕结婚》

用一个小女子的眼光来看世界，看婚姻，看男人，往往也能看到大的方面，表现出大的气量和胸怀。

作为一个女子，深蓝的"小"具有典型意义，她不仅通晓两门外语，拥有会计师证书，而且又矮又丑，还多了一个牙齿地包天的特色，正巧在两个方面都犯了当前世俗婚嫁观念的大忌，所以注定坐爱情的冷板凳。因为如今的男人一是怕女人有才、比自己高，二是喜欢靓妹子，长得难看怕拿不出去。但是，连深蓝自己都没有想到的是，竟然有一位很有地位和前途的男人会看中自己，并且对自己如此殷勤，这连她自己也看不懂了。因此，深蓝开始用一种新的眼光看待这个世界和这个世界的男人，她的眼睛里开始发射出爱情的光芒，直到有一天在自己未婚夫的宿舍发现了另一个比自己漂亮得多的女人……

这个小女人的眼睛终于变得更明亮、更清澈了，所以最后她把自己最喜欢的那个鸳鸯镜也扔进了垃圾箱，因为她已经不需要用它（可以看作是一种眼睛的象征和替代）来映照世界了，她用自己的眼睛就足够了。

《酒吧正热闹》

这里有多种多样的眼睛在看世界，有警察的眼睛、酒吧女老板的眼睛、三陪小姐的眼睛、企业家的眼睛等，所以这里的人生也是多种多样眼睛中的人生。但是，其中最感人的一双眼睛或许就是赵东风的眼睛，因为他不但经历了爱情的考验，而且临近了死亡的边缘，所以他的眼睛就显得更深邃，能够把人生和社会看得更透彻。——在作品中，作者也许正是希望通过这双临近死亡之眼把世间的人情暖凉看个通通透透。

然而，最让人难忘的还有那个让赵东风挂心不已的年老的姨母，她从小出家，在林前岩当尼姑。她虽然远离世事，但是却把世界和人生尽收眼底，表现出了超人的智慧和清明。——这或许体现了作者的一种寄托和期待，要看清和看透人生，不仅需要一双身临其境的眼睛，能够入乎其中；

还需要一双超身度外的眼睛，能够出乎其外；这样才能有更大的收获。

这也许是另一种"临终之眼"，什么事情都能够看得开，看得透。

《没有天堂的超度》

这是一种越过死亡重新阅读人生的小说。由于死亡的逼近，漂亮的女犯和富有生命力的战士都相互越过日常规定的界限，进行了一种灵魂的交谈和沟通。他们是用自己的"心灵之眼"去看这个世界的，所以他们在彼此触摸到对方心的时候，还看到了对方对生命最后的期盼。在小说中，天堂的命题就是一个心灵的命题，人们无法用肉眼看到，自然也无法用外在的语言去肯定它或者否定它。但是，在那一双活生生的晶莹透亮的眼睛面前，天堂的意义又在何处呢？一双眼睛望不到天堂，一双眼睛看穿了天堂，但是它们不是同样充满了生命的困惑、好奇、想象和探求吗？

应该说，从眼睛深入灵魂，这是这篇小说的大胆之处，也是它的深刻之处。

《到万家打工去》

万家，只是生活的一个场景，作者却用了两代人不同的眼睛来打量。这里面有一种对比的眼光。爷爷和孙子，一个是用历史的眼睛在看，一个是用现实的眼睛在观察，自然会看出生活发展的不同侧面和色彩。这里面，可以看出生活和历史中"变"与"没变"的奥妙来。

显然，作家所追求的是一双能够穿透历史和现实的眼睛，它的焦点虽然集中在万家，却在透视整个社会。对于这一点，年轻的小坡当然是看不出的，所以最后他睡觉去了，而父亲也一时理不出头绪，只有爷爷最后道出了历史的玄机，他说："先前是万家，现今还是万家，都是万家人。""都姓万。"——在这里，聪明的读者或许会发现，"都是万家人"可以读为"都是贪心人"；"都姓万"可以改换为"都姓钱"。

不知这种读法对不对。

《女人与匪首》

当一双漂亮女人的眼睛和一个杀人不眨眼匪首的目光相对的时候，将是如何一种情景呢？请看，当匪首石二虎望着过去是自己青梅竹马的恋人，而后来被有钱人程玉秋强行纳妾的女人时，他的"眼睛也亮晃晃地潮湿起来"；而那女人呢？"女人笑了，像一朵绽放的桃花，红酽酽的。'我就知道，不睡过我你是不甘心的。'"——这是一种绝妙的交流和暗示。尽管六个年头过去了，但是就从他们的眼睛和对话里，读者就能感觉到，他们一直没有隔绝过，他们仿佛一直在对话，彼此都在等待着这一天。

当然，这应该归功于作者那一双艺术之眼，他能够在血腥的屠杀和报复之中看到人心中那永远难以泯灭的情感之火。

《黑夜里不能有眼睛》

把艺术之眼看作是"黑夜里的眼睛"是一点不错的，因为艺术家只有在黑暗里、在一般人不能看见的地方发现生活，才算是好艺术家。他所看到的是别人看不到的，甚至是有些不愿让人看到的东西，并且把它们表现出来，让人们都能看到，才算是尽了艺术家的责任。就这一点来说，这篇小说确实体现了作者的某种文学气质，不但把眼光投向了黑夜，而且看到了一些人们看不到或不愿看到的生活隐秘，并把它揭示了出来。

这无疑是对黑夜的一种挑战，而黑夜永远是强大的。因为黑夜原本就是为了遮蔽人们视线，是为了掩盖一些东西，包庇一些东西，而作品中李原在一定程度上也是作者自己，竟然一定要去揭开它的黑纱，露出世界的真相。这难道不是自找苦吃吗？

也许有时候文学就是一种自找苦吃的差事，而一个艺术家就得有一双黑夜里的眼睛。

"特别推荐"

这一期有很多值得一读的小说，比如《没有天堂的超度》《女人与匪首》都是很有特色的，但是我还是希望有更多的人读到《酒吧正热闹》这篇小说，因为其中透露出了一种洒脱的气息，提示我们以一种更豁达的眼光看待生活中发生的一切。

四、关于身份的故事令人焦虑和思考

《夜风乍起》

"我是谁？我从哪里来？又到哪里去？"——据说这是现代文学最重要的命题，因为正是人们常常不知道自己到底是谁、经常为自己的身份感到不安和焦虑，所以才有如此多的作家探讨自己，自己和自己打架。事实上，人生中很多痛苦和矛盾都是因为身份问题引起的，因为人要认识自己和认识别人，首先就要搞清楚自己或者别人的身份，而这身份的意义又确实包罗万象，比如是工人还是农民，是上等人还是下等人，是可信的还是不可信的，等等。就此来说，这篇小说中的胡马就是一个丧失了自己的身份，更搞不清楚别人身份的可悲的角色。这并不是因为舞厅里灯光太昏暗、灯光下的女人太性感，而是他自己迷失了自己的身份意识，根本不知道自己在做什么，真正需要什么。也许正因为如此，性感的、自称小倩的黑衣女郎对他来说成了一种神秘的、对等的存在，胡马不知道她是谁、从哪里来、到哪里去，却稀里糊涂跟她在一起，成了她的俘虏和影子，而殊不知这位小倩只认他胸前的那条白色领带。

可惜，胡马自始至终不知道这一点，他什么都不是，他只是那条白色领带。这正是夜风乍起的时候，——"去他妈的智商！去他妈的真实身份！"

《心劫》

一个人的身份感是从哪里来的？当然首先是从社会生活中来的，现实生活往往会给每一个人定位，但是如果没有自己内心的认定，这个身份就会变得很虚假，很不踏实。所以身份不仅仅是肉体的认定，更是心灵的见证。而作品中的女人衣容就正处于这种自我认定的危机之中。因为她向往爱情，但是已经失去了爱情的感觉，她成了别人的妻子，但是常常感到自己连情人都算不上。这正如她最爱吃的苹果一样，她对自己的认定也"只不过是一只苹果，只是在适当的时候被合适的人吃掉而已"。所谓"吃掉"，就是结婚嫁人，而她现在显然已经被人"吃掉"了，所以连一个苹果也算不上了，也就是说，她已经不存在了，什么都不是。也正是从这个意义上来说，她孤身一人上山，并且错过了回家的班车，实际是隐藏着一种的"内心愿望"——她想找回自己"那个苹果"的感觉，找回自己。而最后，这种拯救自己精神身份的努力被一次摆脱肉体的搏斗所代替了，由此她不仅拯救了自己，而且又一次从一个陌生男子的"低沉磁性的声音"中感受到了自己……

因为人毕竟是人，并不只是一个苹果，哪怕是一个很好、很大的苹果。

《可以共进晚餐吗？》

从生活表象来看，对一个人身份的认定并不困难，但是如果我们深入一个人的内心就不那么简单了，因为人的内心毕竟不同于一个人身上的制服、档案中的职业表格和别人的羡慕或讨厌的目光。因为人心是复杂的，而身份就往往夹在人的外表和内心之间、肉体和精神之间，确定的身份往往会在不确定的欲望冲击下变得不堪一击，从一种状态变为另一种状态。所以一个公众场合的座上客，会在很短时间内变为被人不齿的阶下囚。而作品中这位女主人公就处于这种精神与肉体的矛盾之中，一方面她用自信和骄傲支撑着自己精神的自我，另一方面则是被肉体的欲望煎熬着的痛苦的自我，所以她确实无法确定自己的真实身份。所以她醉心美容，拼命挣钱，不断提高自己的身份地位，以求弥补自己在另一种身份——作为一个有男人的女人——的失落，但是她还是失败了，因为肉体的要求最终难以拒绝……

应该说，一个人可以拒绝身份，但是无法拒绝本能。

《网中男女》

因为生活的单调和枯燥，人们往往会失去对生活的美好感觉，而这时候，有的人就会去想方设法打破自己生活的现状，去寻找自我的新鲜感觉。这对年轻的夫妇——大华和梅芳——就经历了这样一个阶段。其实，这种无聊的感觉并非仅仅来自日常生活的机械运动，或来自对方的熟视无睹，而更来自自己对自己所不得不承担的角色的反抗和厌倦。他们各自心里所期望的事情和他们日常不能不做的事情之间出现了很深的隔阂，大华不能像老外那样去冒险，但是内心未必不期望着一种新奇的事情发生，而梅芳的心境恐怕也同样如此。他们在承担某人的丈夫或妻子的身份时，内心未必不是在期望另一种命运的降临。

还好，互联网成全了他们，并且保全了他们各自的名分，尽管大华和梅芳变成了田田和珍珍……

但是，如果网上遇到的不是田田也不是珍珍呢？网中的男女还是大华的妻子，或者梅芳的丈夫吗？

《杀人软件》

这是一个非常有深度和有意思的故事，能够改编成刺激人心的电影剧本，像好莱坞经常选用的一样。在这里，人的身份遇到了一种从未遇到过的挑战。这就是软件！这是电脑时代给人们带来的。软件一方面能够改变人的命运和身份（所以被杀的乔才从小县城闯到大北京，希望靠自己的软件改变自己的身份，实现自己的梦想，他似乎也实现了自己的部分想法）；另一方面却能够泯灭人的良心，把人活活地"吃"掉（乔就是如此被老板所杀，目的是独占他的软件）。当然，围绕着软件的还有一大群希望改变和提高自己身份，并为之不惜一切的人们，因为生活实在太不相同了，在不同的身份背后是截然不同的金钱数量、不同的住宅、不同的社交场合、不同的衣着和口气、不同的人的感觉……所以，这是一个残酷的人生斗兽场，就像古罗马的斗兽场一样，有时候，一个强壮的奴隶不得不面对一头野性的雄狮，软件只是他身上的一件盔甲而已。——也许这就是乔的命运。

从这个意义上讲，杀手当然不是软件，而是人自己，他们为身份和命运而战，为欲望而战，而有人却使用了极其卑鄙的手段。

《身份》

这是最接近这次读评主题的一篇小说，感谢小说中的那位先是小王后是王科（长）再是王处（长）的人物，他对身份的敏感和他一生对此孜孜不倦的用心和追求，使我们明白了这"身份"二字拥有多少含金量。当然，这里的含金量完全被物质化了，它是完全可以看得见、摸得着的，因为车子、票子，当然还有女人，都和这身份、地位密切相关。也许正因为如此，也才有人对于这种"身份"嗤之以鼻，能够创造和王处这样的人完全不同的一种人生。

追求和迷信身份、地位的人，只能是身份和地位的奴隶，最终被身份和地位的枷锁所缚。这或许是每一个人都逃不掉的命运。

千万不要掉进"身份"的人性陷阱。

《野导游》

导游就是导游，怎么还有"野"和"不野"之分？这确实反映了一个身份与权力的关系问题，所谓"名不正则言不顺，言不顺则事不成"就是这个道理。但是，又是谁决定你合法不合法、"野"还是"不野"的呢？这确实是一个问题。值得读者高兴的是，这篇小说的作者并没有受既定的社会观念的束缚，而是通过一个生动的故事，为"野导游"正了一次名，也从侧面冲击了人们原有的身份观念。

一个靠劳动吃饭的人，原本就没有所谓"野"与"不野"之分的。身份问题原本也是一个观念问题。

《也不知该去哪里》

"不知到哪里去"原本就是"不知我是谁"问题的另一种提法,因为一个人有了确定身份,才能够有确定的去处,否则就只能经常在某处漂流、借住、游荡、徘徊,经常不知道自己应该到哪里去。作品中的陈冈就是如此。他是一个在商品经济浪潮中翻滚的人,经常随着浪潮被卷到这里或那里。他也不清楚自己到底属于什么,炒股家?外来工?老板(过去好像是)?机器人(他这样想过)?第三者?丈夫?创业者?落伍者?……不但他是这样,他的妻子,他周围的朋友差不多都是这样,他们都在追求的路上,都在努力改变着自己,但是他们确实不知道自己该走向何方,最后在哪里落脚。他们正是我们这个社会发生巨变的证明,他们的思想和行动正在造就着一个未知的世界、未来的世界。

他们是一批具有特殊身份的人,或者说他们的身份不能用传统的观念来界定。

"特别推荐"

毫无疑问,《杀人软件》很有冲击力。所以有人会说,赶紧上网,如果软件能杀人,那么就能用来干许多事情。

之九

重构和结构的双重可能性

——关于韩东的《本朝流水》

韩东是一个诗人，而《本朝流水》（载《作品》1993 年第 6 期）是一篇用一个诗人的敏感臆想出来的小说。你可以把它当作历史来读，也可以把它当作现实来读，还可以把它看成一个朴实的故事，当伟大和卑贱在想象中碰撞的时候，突现出来的是历史表面的荒谬绝伦和作者穿越表面历史后的一丝悟性的光亮。

两个老二就是在这历史的真实和虚构之间出现的，或者说，他们本来就是历史的正反两面。他们共同创造了这个世界历史的荒唐和正经、真实和虚拟、光荣和耻辱、伟大和卑微。但是，他们竟然能够那样各自独立地活着——不是谁也离不开谁，而是谁也不理会谁。

但是，这里总有一个历史契机，这就是真实的老二之"死"。其实也是小说的开始。一个普通农民家庭的老大和老二，一次毫无意义的兄弟打斗，结果导致了老二毫无意义的"死亡"，连其父亲和老大都不感到任何悲哀：

> 父亲不说任何话，更不说到哪里去，只是在前面使劲走（也不知哪来的劲）。就这样不吃不喝，在大忙季节父子三人离开了村子两天

（两天的路程）。直到门板上的那人不再哆嗦，父亲才开口说话："把它扔下河去。"他们尽了力（因疲倦交叉倒到空下来的门板上，立刻睡着），然而老二不再活转过来。

一个富有意义的象征，就在这种毫无意义的死亡中诞生了。

很多年之前，人们曾反复传颂着尼采的一句名言："上帝已经死了！"但是现在我们不得不面对一个新的预言："历史已经死了！"

老二之死，就是历史之死，是历史的真实性与确切性之死，而留下来的则是历史的歧义和误会。这时候，光荣和伟大得重新界定，卑鄙和卑微得再次评说。

真实的老二"死"了，但是这种"死亡"却创造了一个虚假的老二。两个老二全部失去了历史真实。一个是乞丐冒充的老二，他在荒唐之中成了原来老二的替代，扮演着原来老二的角色，而真实的老二顺水漂流，死里逃生，却失去了原来的历史，充当了另外一个角色。

但是，这也许并非一种偶然的历史错位或者交叉，历史也并非只是扮演着一个魔术师的角色。因为这里隐含着一种历史的辩证法，这就是历史的重建和结构，这其实是一条河流，它们在一个过程中同时存在。

也许，这就是韩东《本朝流水》产生的可能性，也是其艺术意义实现的可能性。虚拟的小说和真实的历史在这里有一个奇妙的相视而笑。

没有人怀疑这种相视而笑是由小说的魅力所构成。因为在小说中所发生的一切都已不再是铁板一块的历史，也并不受制于历史的规范和冰冷的判断，它们只是一种可能性而已。真实的老二绝处逢生，阴差阳错，有无数可能性继续活着，也有无数可能性已经死了，而作者仅仅选择了一种可能性，并借此去重建历史，去设想一种新的历史过程。

所以，另一方面，无论我们怎么漫不经心，我们在读小说的时候，分明都是在读历史。当然，说"读"，可能过于简单，因为这个历史不是从表面"读"出来的，而是从心灵中感召出来的，这个历史不是存在于资料和编年史之中，而是存在于想象和虚构的最边缘处，存在于荒诞和写实最遥远的交汇之处，在这里，历史成了戏剧——这也许是作者理解历史的一种极限，在想象的边缘处，理性在最后的无所依托的状态之中，最后找到了一个"假借"的依托：人生本是一场戏。

这场戏老二演得很精彩，但是又十分拙劣。而精彩和拙劣，都来自小说和历史的冲突。因为最精彩的小说不一定是最精彩的历史，而最拙劣的历史并非不是好小说。来自《红楼梦》的所谓"满纸荒唐言，一把辛酸泪。都云作者痴，谁解其中味"，就是最好的艺术见证。

不过，有时候，我们仍然会感到困惑。这种困惑来自小说和历史。当我们刚刚进入故事的时候，似乎感觉是小说遮掩着历史，作品的历史意识是模糊的，作者似乎是创造一种历史的迷境，借助小说的"本事"穿越迷途。无疑，这是一种十分精彩的设想，小说不受理性的胁迫，而历史就隐藏在黑白相间之中，但是，这种过程并不长久，就宣告中断。老二的崛起显示了一种历史的崛起，似乎是历史开始操纵小说，作品试图用小说来阐释历史。小说的第二部分"河上"正好表现了这种小说和历史的冲突和转换。

然而，小说和历史是否能够在艺术的殿堂上平起平坐，双双称帝，这毕竟是一个艺术之谜，读过托尔斯泰和巴尔扎克的作品的人都会对这一迷幻之境心向神往，可惜，智者见智、仁者见仁的事例比比皆是。历史学家和小说家从来是很难互相替代的，而读小说的方式也是不适合于读历史的，反之亦然。显然，韩东的写法却有意在制造混淆，使读者不得不以小说的方法读历史，用读历史的方式读小说，不管你愿意不愿意。

我并不反感这种尝试。但是，我却愿意在小说和历史之间寻找间隙，从一种可能性之中推演到其他无数可能性——也许这正是我和作者分道扬镳的地方，一个小说家并非交出了他的作品就算万事大吉，同时还面临着一个评论家的碎尸万段。

也许就作者来说，历史和小说在第三部分"戏剧"中找到了归宿。戏剧包含了历史，又体现了小说，戏剧扮演了双重角色，达到了"戏中有戏"的双重效果。然而，这个戏剧的框架毕竟太古老了，在作者急速膨胀

（这种膨胀只要我们对小说前后二部分进行比较，就很容易看得出）的历史意识的压力下，很难容纳历史和小说的双重重负。因此，表现历史和再造小说在这里无法取得调和，只能在一个狭小的空间里自相残杀。

于是，一个小小的不幸的场面在小说中出现了。老二，这个一直处于历史无意识之中，被历史盲目性造就的人物，到了第三部一跃变成了有明确历史意识的人，开始自作聪明地探讨和解释历史。很明显，这种自作聪明在很多情况下表现了作者自我意识的历史意识，所以，当我们最后发现老二的时候，竟然能够轻而易举地发现了作者。这时候，我不得不产生以下几种猜测：第一，小说写得太匆忙，本来构思比较大，后来因为赶稿匆匆结尾，结果难免虎头蛇尾；第二，作者历史意识过于强烈，极想通过人物表现自己的历史观，结果把小说最后一部分处理成了一种近似寓言的形态；第三，作者把握小说和历史的功力都明显不够，不足以构制如此深刻历史内容的鸿篇巨著，结果不得不在创作中舍此求彼，仅仅突现了某一方面的艺术效果。

我想，第三种可能性最大。

1993 年 8 月 16 日于厦门

（原载《作品》1993 年第 11 期）

之十

阅读《呐喊》：如何理解鲁迅小说的艺术创新

艺术与生活一样，永远是常新的万花筒。

作为一个伟大的艺术家，鲁迅之所以能够像但丁、莎士比亚、托尔斯泰等大师一样，在历史上留下自己不朽的名字，并不仅仅在于他能够出色地对前人的艺术成就做一些模仿因袭的工作，而在于他具有某些前人未有的独特创造。而鲁迅生前也曾经说过："没有冲破一切传统思想和手法的闯将，中国是不会有真的新文艺的。"鲁迅的小说实践正是这种"真的新文艺"的典范。对新的艺术时代的产物任何比较精当的分析和评价，都必须站在新的现代艺术台基上，冲破一切旧的陈腐的文艺理论观念、方法和思维方式的羁绊，用一种新的艺术胸怀加以感受、欣赏和理解。

对于《呐喊》的阅读，也是如此。这是鲁迅为后人留下的一份极其宝贵的艺术遗产。谁都承认，作为一个小说家，鲁迅作品的数量虽然不多，在这方面不能和19世纪以来很多杰出的小说家相提并论，但是正因为鲁迅小说创作体现出来独特的创新意识，表现出了独特的艺术特色，所以在世界文学中获得了自己独特和光辉的地位。

但是，《呐喊》在哪些方面体现了鲁迅的艺术创新，而我们又如何理解这种创新呢？换句话说，阅读《呐喊》，我们重点要"读"什么呢？

一、关于"人的主题"

文学是"人学"。钱谷融先生在《论"文学是人学"》中指出:"高尔基曾经作过这样的建议:把文学叫作'人学'。我们在说明文学必须以人为描写的中心,必须创造出生动的典型时,也常常引出高尔基的这一意见。但我们的理解也就到此为止——只知道逗留在强调写人的重要一点上,再也不能向前多走一步。其实,这句话的含义是极为深广的。我们简直可以把它当作理解一切文学问题的一把总钥匙,谁要想深入文艺的殿堂,不管他是创作家也好,理论家也好,就非得掌握这把钥匙不可。理论家离开了这把钥匙,就无法解释文艺上的一系列的现象;创作家忘记了这把钥匙,就写不出激动人心的真正的艺术作品来。"

但是,在中国现代文学史上,"人的文学"一直是一个敏感的话题。历史在这里不仅风尘仆仆,充满矛盾冲突,而且还时时带着血泪。在这个过程中,中国人民在身心两方面都付出过沉重的代价,文学艺术更是这样。对此,钱谷融先生指出:"近四十年来,除了'文化大革命'期间中国文学被彻底毁坏之外,中国的文学家们始终都在自觉地同文学上政治教条主义的狭隘功利主义进行着抗衡。十七年期间如此,新时期也这样。粉碎'四人帮'以后,……在某些人的意识中,特别是他们长期养成的思维习惯,以政治标准来硬性规定文学创作的现象时有发生,特别是人道主义文学的发展仍然是步履艰难。七八十年代以来几次大的文学争论,有的几乎要酿成大批判氛围的思想冲突,都不同程度地涉及人道主义的文学观点。在一种比较彻底的意义上,可能是只有当人道主义不再引起政治的和学界的注意,不再成为一个敏感的字眼,我们才能说它已克服了主要障碍,并已成为中国文学的基本精神。"

应该指出的是,"文学是人学",是 20 世纪以来才逐渐被人们所认识、所接受的一个主题。

而对于鲁迅的《呐喊》来说，"文学是人学"也是理解和把握其艺术创新的一把总钥匙。

因为鲁迅写《呐喊》的根本动机就是为了"人"，"人"是《呐喊》所有作品的中心，也是它们的出发点。对于这一点，鲁迅在"自序"中讲得很清楚。他先从自己的生活状态谈起，然后谈到中国人的生活状态，字里行间透露出的就是对于人，首先是中国人的忧患和关切，由此也就说明了自己作小说的真实动机，这就是要唤醒熟睡在铁屋子里的人，期望有一天能够毁坏这铁屋子，解救人，解放人。所以，鲁迅这样写道："在我自己，本以为现在是已经并非一个迫切而不能已于言的人了，但或者也还未能忘怀于当日自己的寂寞的悲哀罢，所以有时候仍不免呐喊几声，聊以慰藉那在寂寞里奔驰的猛士，使他不惮于前驱。至于我的喊声是勇猛或是悲哀，是可憎或是可笑，那倒是不暇顾及的；但既然是呐喊，则当然是须听将令的，所以我往往不恤用了曲笔，在《药》的瑜儿的坟上凭空添上一个花环，在《明天》里不叙单四嫂子竟没有做到看见儿子的梦，因为那时的主将是不主张消极的。至于自己，却也并不愿将自以为苦的寂寞，再来传染给也如我那年轻时候似的正做着好梦的青年。"

可以说，"呐喊"就是"人"的呐喊，是为了喊出人的"真的声音"；也是为了人的呐喊，是为了唤起人的觉醒。用鲁迅的话来说，这一切都是为了"立人"，为了改造国民性。

显然，这种"呐喊"也是"五四"时代的最强音。因为中国五四新文化运动就是以"人的发现"为起点的。从鲁迅早年提出的"立人"思想到周作人提出"人的文学"，从陈独秀的"平民文学"到文学研究会的"为人生"，都围绕人的觉醒和解放做文章，所以胡适把五四新文学运动称为"中国的 Renaissance（文艺复兴）"，也有同样意思。不过，这时期的人道主义主要是以个人主义和个性解放为中心的。例如鲁迅所说的"排众数，任个人"，就表达了当时一种时代情绪。郁达夫由此认为，五四运动的最大成功，就是"个人的发现"，这个"个人"就是一种独立的、不依附于君主和家族的现代人。所以朱自清先生总结说，"五四"时期周作人等人提倡的人道主义，主要是指"个人主义的人间本位主义"。周作人在那篇题为《人的文学》的著名文章中写道："我所说的人道主义，并非世间所谓'悲天悯人'或'博施济众'的慈悲主义，乃是一种个人主义的人间本位主义。这理由是：第一，人在人类中，正如森林中的一株树木。森林盛了，各树也都茂盛。但要森林盛，却仍非靠各树各自茂盛不可。第二，个人爱人类，就只为人类中有了我，与我相关的缘故。墨子说'爱人不利己，己在所爱之中'，便是最透彻的话……所以我说的人道主义，是从个人做起。要讲人道，爱人类，便须先使自己有个人的资格，占得人的位置。"胡适也在他的长篇论文《易卜生主义》中说："社会最大的罪恶莫过于摧折个人的天性，不使他自由发展。""社会是个人组成的，多数出一个人，便是多备下一个再造新社会的分子。""社会国家没有自由独立的人格，如同酒里少了酒曲，面包里少了酵，人身上少了脑筋。""那种社会国家绝没有改良进步的希望。"

《呐喊》体现了五四新文化运动的时代精神。所以，读《呐喊》，首先要理解鲁迅对于小说，尤其对于传统小说的看法。鲁迅多次说过，他并不是为了进艺术殿堂而写小说的，他写小说是想利用小说的力量改良社会和人生。因为小说就其传统的意义来说，就是"讲故事"和"说书"。对此，鲁迅这样说过："中国久已称小说之类为'闲书'，这在五十年前为止，是大概真实的，整日价辛苦做活的人，就没有工夫看小说。"（《南腔北调集·〈总退却〉序》，1933 年 12 月 25 日夜）"在中国，小说是向来不算文学的。在轻视的眼光下，自从十八世纪末的《红楼梦》以后，实在也没有产生什么较伟大的作品。小说家的侵入文坛，仅是开始'文学革命'运动，即一九一七年以来的事。自然，一方面是由于社会的要求的，一方面则是受了西洋文学的影响。但这新的小说的生存，却总在不断的战斗中。"（《且介亭杂文·〈草鞋集〉（英译中国短篇小说集）小引》，1934 年 3 月 23 日）

由此，"人的主题"应该是阅读鲁迅小说所关注的一个基本点，读者首先感受和理解鲁迅是如何从人出发，去表现和反映人生的。因为这不但是鲁迅创作小说的出发点，也是他进行艺术创新的出发点。

在这个基本点上，《呐喊》体现了在新文化运动中一贯的启蒙主义的价值取向，这就是"立人"和"改造国民性"。显然，这两点是互相支撑的。"立人"是正面的，是目的，而"改造国民性"是从一种批判的眼光出发，从反面去引起人们的注意，用鲁迅自己的话来说，就是"揭出病苦，引起疗救的注意"。对此，1933 年，鲁迅还在《我怎么做起小说来》一文中说："我仍抱着十多年前的'启蒙主义'。"

所以，鲁迅要"睁了眼看"，他认为中国国民性的怯懦、愚昧、懒惰而又巧猾，并且日渐堕落下去，是与长期存在的"瞒"与"骗"的文艺有关，所以"我们的作家取下假面，真诚地、深入地、大胆地看待人生并且写出他的血和肉来的时候早到了；早就应该有一片崭新的文场，早就应该有几个凶猛的闯将。"（《论睁了眼看》，发表于《语丝》周刊 1925 年 8 月 5 日第 38 期）

鲁迅自己就是这样的"凶猛的闯将"，他的《呐喊》就是其"真诚地、深入地、大胆地看待人生并且写出他的血和肉"的实践和成果。

可见，鲁迅一开始就不想当一个传统意义上的小说家，从来不曾想到要充当一个讲故事、哪怕是一个能精彩地编故事的作家。鲁迅是把自己小说的命运，同他对整个社会的认识和理解，同他为新社会奋斗的事业，紧紧联系在一起的。当他用小说来表现生活和自我的时候，他所意识到的深刻的生活内容和感情意蕴，并不是用一种"讲故事"的方式所能表达的，不能不与单纯的生活故事产生某种距离和分离，这就使他不能不突破传统小说固有的栅栏，尝试新的艺术方式，开创新的艺术领域。

在鲁迅的小说中，故事情节是明显淡化的，人物的行动并不一定会贯穿全篇，与此同时，人物外在的生活条件和面貌，也失去了传统小说中的确定性。例如，说《故乡》是一篇优美的散文也不为过。《头发的故事》通篇是由对话构成的，至于这场对话发生在什么场合，并没有明确的交代。就拿用传统的结构方式写的《阿 Q 正传》来说，主人公的命名显然是有意进行不确定性处理的。相对于传统小说来说，鲁迅小说最大限度地避免了一个小说家难以同时成为一个思想家的局限性，这即使在杰出的现实主义小说家那里，也是无与伦比的。鲁迅不仅是一个伟大的文学家，而且是一个深刻的思想家。

二、关于"思想意蕴"

鲁迅笔下的"人的主题"是在中国具体的社会状态和语境中展示的，所以其中必然包含着鲁迅对于中国社会的深刻观察和认识。也可以说，在鲁迅的小说中，认识人和表现人，是同认识和表现中国社会的整体状况联系在一起的，读者在感受和体验到人物的具体命运的时候，同时又能够更深地了解和理解中国社会及其文化的现实状态。所以，要真正读懂鲁迅小说中的"人的主题"，就必须对于其中所表现的社会性的思想意蕴进行深入分析。

这也是了解和理解鲁迅小说艺术创新的基本出发点之一。

显然，要探索鲁迅小说的艺术创新，首要的问题是确立基点。当我们提出"鲁迅小说新在哪里"之时，首先要明确自己是"站在什么角度上来研究鲁迅小说的"。

尽管对一个伟大艺术家的作品，我们表现出忐忑不安的心情是必然的，但是却不能以一个侏儒的眼光来看待一个巨人的创造；如果我们站在一个新的艺术基点（或者说更高的立足点）上，来观察和研究鲁迅的小说，或者说尚不能同鲁迅站在同一个艺术层次上进行艺术对话，那么，就永远无法获得某种对等的、达到某种真正内在的交流和沟通。我们对于鲁迅小说的研究和评价就只能做一些简单的注释工作了。因为鲁迅的小说正是以不同于传统现实主义和浪漫主义小说的艺术风貌出现的，给人以耳目一新的感觉。20世纪以来，现代小说艺术发展出现了新的变革和飞跃。鲁迅小说的艺术创新，就是同这种飞跃和变革连在一起的。在这个巨大的艺术浪头上，鲁迅的小说创作是腾跃而起的一簇神奇的浪花。

这个新的艺术起点不是我们臆造的，而是历史时代建造的。马克思曾经面对避雷针发问，希腊神话中的丘比特在哪里。20世纪以来科学技术的发展，加快了现代生活的节奏和进程，从征服自然的斗争中，人们获得了更大的自由；人们的视野扩大到了更广阔的天地；空间的限制，过去一直作为交通难以逾越的障碍，也开始被消除。越来越多的人，不管他生活在世界的哪一个角落，都能够接收到广泛的社会生活信息，使他在这汇总信息的交换和传递中，成为一个世界的人。而在这种情况下，艺术家对于社会生活的认识和表现也愈来愈趋向了整体性和多样性。

鲁迅的小说创作就表现了这种新的艺术趋向。显然，只要把托尔斯泰和鲁迅的小说稍许加以比较，就不难看出传统的现实主义小说和20世纪现代小说之间的区别。尽管托尔斯泰在自己的小说中展示了广阔的历史生活画面，创造了无与伦比的艺术作品，但大部分是按照故事发展的特定线索展开的，在叙述上仍然恪守着一个明确的时空界限。"花开两朵，各表一枝"，这种传统的叙述故事的方式，成为不同时空生活之间的明确界定。使用这种叙述方法，使故事发展脉络清楚，犹如剥茧抽丝，用连续的线条构成精美的艺术画面。在托尔斯泰笔下，即使《战争与和平》中那样宏大的历史生活场面，也表现得有条不紊。而鲁迅的小说却不全然如此。鲁迅从来不曾以一个单纯的故事叙述者自居，人们无论用任何纯客观的态度来阅读，都不能理解和解释鲁迅的小说。相反，在小说创作中，鲁迅时常超越故事情节的发展，善于按照自己的艺术构思来支配不同时空中的人物活动，用不同的视角来透视和构图，把表现生活和表现自己熔铸在一个整体结构之中。鲁迅的小说正是以自觉的艺术革新面貌出现的。与同时代的很多小说家相比，鲁迅的高明之处就在于，他是站在20世纪艺术发展台基上进行创作的，是新的艺术阶梯上的小说家。

显然，鲁迅的小说创作显示了现代艺术把握生活、表现自我的新的胜利，其不仅进一步消除了由于说教而可能形成的思想传声筒效应，从而用生动的、情感化的艺术形象来表现生活真谛；而且也能有效地避免作者受制于题材的局限性，使其自由地表现自己所意识到的思想内容。可以说，鲁迅的很多小说，其思想含义都可以看作是一个深刻的现代中国的寓言；

这个寓言发自一个思想深刻的、饱经风霜的斗士之口，而这个斗士的人格精神和艺术智慧则体现了中国几千年文明精华的结晶。

所以，鲁迅在表现社会生活的时候，表现出了更加宽阔的胸怀和深邃的目光，他并不把自己的小说局限在表现某种区域性的生活圈子里，而是力图展示出社会生活的整体面貌，从社会的本质中揭示人的存在状况和悲剧意味。就此来说，鲁迅的小说往往具有寓言的性质，它们总是能够从生活的某一个侧面、某一个片段或画面，展示或揭示出中国社会的某种整体性的深层次的特征。

当然，鲁迅是一个寓言家，但不是一个传统意义上的寓言家。在传统小说中，用某种具体的生活故事，来寄予和表现一个普遍的生活道理或哲理，早已经成为一种既定的模式。例如文艺复兴时期拉伯雷的小说《巨人传》、启蒙时期伏尔泰的小说《天真汉》等都是中国读者所熟悉的。到了19世纪，很多作家继续使用了寓言的方式进行小说创作，也取得了突出的成就，例如巴尔扎克的《驴皮记》，就不失为一种富有哲学意味的寓言小说。这些小说，人物和故事情节往往是某种普遍的观念原则的化身，用形象化的方式表现某种道德说教。

而鲁迅小说的寓言性不同于传统的模式，其最显著的区别在于小说内容的现实性和针对性。作为一个现实的艺术家，鲁迅在小说中所要表现的，首先是他对于生活现实的独特的、深刻的感受，而这种感受往往是整体性的，是建立在对于整个社会生活的观察、感悟和理解基础之上的。

无疑，鲁迅小说对于现代中国社会的剖析和揭露异常深刻。这种深刻性，并不仅仅表现在对于黑暗现实的不满和愤恨程度，而在于其锋芒所向是中国整体性的社会结构。鲁迅是一个极具个性的艺术家，但同时也是一个同整个社会对抗的思想家。所以在小说创作中，鲁迅甚至舍弃了对于个别的悲剧现象的刻意渲染，而是把社会悲剧的根源内化为一种沉痛的、无法摆脱的压抑感，由自己来独自承担。这种压抑感不是来自某种个别的具体人物和生活状况，而是来自一种整体的社会现实，犹如一块巨大的黑暗磐石。不掀翻这块巨石，这种压抑感是不能解脱的，而要掀翻这块巨石，一个孤独的个体又如何能够做到？

《狂人日记》所揭示的整个中国吃人的历史与现实，就是如此。狂人所产生的恐惧感，是具体的、活生生的，但是所针对的是整个社会，甚至是一种无法具体指认的现实存在。在作品中，读者实际上无法找到真正的吃人者，也无法把吃人罪恶明确地归结于某一个具体人物，或者大哥、医生，或者村子里的大人和小孩、男人和女人。但是，作品通过描写狂人特殊感觉又无不向读者表明，"吃人"是确实存在的，而且像空气一样是无处不在的，所有在场的人物都不是清白无辜的，起码都具有吃人的嫌疑。因为在鲁迅看来，整个中国社会就是一个吃人的筵席，每个人都是被吃的人，也是吃人的人。这并不是一个人愿意不愿意、承认不承认的事，而是由整个社会状态所决定的人的悲剧。正因为如此，狂人才会不仅为自己"被吃"，而且对自己是否吃过人，产生巨大的恐惧。这种恐惧感是一个梦醒了的现代人，在黑暗小说中意识到了自己的悲剧，同时又无法摆脱的独特感受。而小说中最后"救救孩子"的呼声，是一种在绝望中发出的求生的呼唤，它出自个体悲剧的绝望，却包含着对整体社会的未来的希望。鲁迅一生都自觉地承担了这样一种历史使命：用自己的身躯顶起黑暗闸门，把后人放到光明的地方去。

可以说，《狂人日记》所表现的悲剧的深刻性，就在于它的整体性，它是无名的、氛围性的，就像鲁迅在《野草》中所说的那种"无物之阵"，人们深受其害，但是又找不到具体的吃人者。狂人的处境就是这样，他处于被吃的境地，但是所有的人不仅没有明明白白的吃人行动，而且都是以开导他、关心他、安慰他甚至治病救人的面目出现的，这样就导致狂人既不能拒绝被"吃"，也难免自己去"吃人"。

我们在鲁迅很多作品中都能感受到这种沉重的、莫可名状的压抑感和悲剧意识。《孔乙己》《药》《明天》《头发的故事》《祝福》等，都是很好的例子。这里不妨谈谈《彷徨》中的《祝福》。其中祥林嫂之死的元凶，曾在研究界引起过纷繁的解说。但是，不论把祥林嫂的死因归结于什么，都无法否认这样一个基本事实，即小说中的人物谁也不用为祥林嫂之死承担直接责任，因为祥林嫂是自赴死路的。在小说中，无论是鲁四老爷（他实际上与祥林嫂没有多少直接的接触）、柳妈（她还流露了对祥林嫂真挚的同情），还是四婶（她对祥林嫂不能不说是宽容的），从现实条件和角度来说，都没有把祥林嫂置于死地的意愿和行动。但是，这不能说明他们都是清白的，对于祥林嫂的死没有一点责任。确切地说，祥林嫂周围的人，都不同程度地参与了使她步上死境的罪恶，甚至连作品中的"我"（在很大程度上是作者本人的影子）也是如此，因此不得不感到一种深深的内疚和恐怖感。他感到自己也是"吃掉"祥林嫂的其中一人，一直无法摆脱死者那一双芒刺般的、盯着自己的眼睛，因为祥林嫂在濒临死境之时问过他："人死后究竟有没有灵魂？"但是，他却用搪塞的方式支走了她，他甚至逃避了，并没有对一个在绝望中乞求帮助的生命给予真正的心灵关爱和应答。

可见，《狂人日记》不仅是鲁迅第一篇白话文小说，也可以看作是我们进入鲁迅精神世界的引路者，因为作品中所表现的那种在吃人社会里自己害怕、痛恨吃人和自己也许吃过人的那种悲剧感，一直深深藏在鲁迅的意识深处。从这里也可以看出，鲁迅对于黑暗社会的认识，已经从个别的现象中解脱出来，上升到一种对全社会的整体的理解，因此，他虽然不停地同社会上具体的敌手作对，却始终不存在一个私人的怨敌。对待社会现实，鲁迅是以一种超然态度给以批判的，他不可能把这种整体性的社会悲剧归咎于某一个具体的人。在小说中，鲁迅很少直接描写社会生活中的监狱、枪杀和血泪，但是却构成了一幅幅专制社会窒息人性的血淋淋的画面，令人不寒而栗。

包括像《孔乙己》那样的小说，"吃人"的事实竟然是在那么一种调笑的气氛中进行的，人们几乎一点知觉都没有。孔乙己确实是一个"被吃者"，他的一生都被封建科举文化所吞噬了，但是对此不仅他自己没有意识到，而且周围的人都处于麻木之中。人们讥笑他、看不起他，是因为他穷、走投无路，能够给自己同样可怜的生活提供笑料，而并不是意识到了生活和社会状态的可悲。此种"无文化者"对于"文化人"的讥笑和幸灾乐祸，蕴藏着中国社会复杂的文化心理含义，其中有不满、嫉妒、隔膜、讥笑等种种因素。在这里，假如读者能够联想起《故乡》中的那个"豆腐西施"杨二嫂，她是如何对待回乡的"我"的，就会对于鲁迅所要表现的社会状况有更深的理解。

所以，《呐喊》表现社会的一个重要特点，就是它的精神性和文化性，其社会悲剧的性质不是哪一个人、哪一种具体社会状态造成的，而是表现在人的精神面貌上和文化氛围中。例如《药》就是如此。死亡就如同一种黑夜，在生活中弥漫着，而人物全然不知自己就生活在死亡之中，他们是"被吃者"，但是却企图用另一种"吃人"方法挽救自己。这正如鲁迅在《娜拉走后怎样》一文中所说的："群众，——尤其在中国，——永远是戏剧的看客。牺牲上场，如果显得慷慨，他们就看了悲壮剧；如果显得觳觫，他们就看了滑稽剧。北京的羊肉铺前常有几个人张着嘴看剥羊，仿佛颇愉快，人的牺牲能给予他们的益处，也不过如此。而况事后走不几步，他们并这一点愉快也就忘却了。"

从阅读方法来说，如果能够把阅读鲁迅的小说，和阅读其杂文结合起来，一定会有更多的收获；而如果把《呐喊》和鲁迅其他小说对比起来阅读，也定能够加深对于鲁迅小说艺术创新的理解。例如，《彷徨》中的《孤独者》，就是一篇思想意蕴深刻的小说，作品中的魏连殳，就是一个被社会窒息和戕害了青春和生命的形象。他并不是一个生性怯弱的人，他有拼搏的勇气和力量。但是整个社会以一种不可名状的力量压抑着他。他感到了这种压力，因此不满；他要拼搏，但是找不到拼搏的对象。黑暗势力就像无数看不见、摸不着的绳索，在无形中捆绑着他，他挣不开，抽不脱。在他祖母的葬礼上，他像一匹受伤的狼哀嗥，在惨伤中夹杂着绝望的愤怒和悲哀。确实，读者在小说中也找不到残害魏连殳的真正凶手。

因此，鲁迅小说的这种对社会现实的整体性批判，比一般传统小说要深刻和深沉得多。在19世纪批判现实主义小说创作中，对于社会的批判总是从人物的具体感受出发的。一个有趣的现象是，在传统小说中，受社会迫害的人物，还能幸运地找到自己的仇人，并通过具体的复仇行动达到扬善惩恶的目的。例如英国作家艾米莉·勃朗特的《呼啸山庄》，受尽折磨的希斯克利夫，数年之后对自己的仇人实施了全面的、更加残酷的报复。大仲马的《基督山伯爵》也是如此，伯爵传奇性的经历以及艰苦、机智的复仇行为，颇能够打动读者的心。在巴尔扎克的笔下，《高老头》中高里奥老头的悲剧，多半也是由于他摊上了两个贪婪的女儿。因此，在这些小说中，都无法避免这样一种局限性，即一旦具体人物如愿以偿，例如受迫害者重获公正、坏人最终得到惩罚、有情人终成眷属等，悲剧性就消失了。

这里，我绝不是指责这些作家和作品不深刻，而是说，由于思维模式的限制，这些作家的艺术表达也受到了某种限制，他们的思想感情在某些方面不能不为了服从具体故事和人物性格的需要，而有所割舍。在这方面，甚至连伟大的托尔斯泰也会感到某种选择的艰难。例如在《复活》中，托尔斯泰深刻的道德自我反省意识，渗透到了主人公聂赫留朵夫的性格之中，使他承担了玛丝洛娃堕落的全部罪责，表现出强烈的忏悔意识；但是作者对于现实的批判，对于黑暗社会的无情揭露，却又无不在为聂赫留朵夫的行为进行辩护和开脱。在读者眼里，聂赫留朵夫成了一个有罪但是可以原谅和同情的对象。而且，托尔斯泰并没有由此就把玛丝洛娃的觉醒与生活转机，归结于聂赫留朵夫个人"良心"的发现上，尽管他这种良心上的悔悟是真诚可信的。正因为如此，托尔斯泰的小说对于现实的批判力量要比一般单纯暴露社会黑暗的作品深刻得多，它并没有让故事的结局抹平或减弱整个社会生活的悲剧气氛。

更加自觉地从整体方面去把握和表现生活，或许只有在现代小说创作中才表现得如此突出。不过于计较私怨，不仅仅以一种说故事、取媚读者的姿态出现，或许是在现代文化氛围中才涌现出的一批新的小说家。因为一个生活视野狭窄、生活圈子狭小的人，才容易把自己处境的好坏归结于某个特定的人，也最容易找到自己复仇的对象。但是，在一个高度法治化、知识化和信息化的社会里，人与人的关系体制化了、表面化了，最大的罪恶往往隐藏在一种文明、合法的外衣之下，一个人容易成为罪恶的工具，但是根本难以成为"根源"。所以，作为一个现代的艺术家，他无法简单地把某种社会的悲剧现象归结于某个人，他不能不从每一个具体悲剧故事中感受到整个社会状态的悲哀和不幸，并且不遗余力地去揭示个人因素背后的整体社会的原因。因此，他所产生的悲剧心理也是更为巨大的、沉痛的、莫可名状的，正如鲁迅在诗中所写到过的"心事浩然连广宇"了。

在鲁迅后来的小说创作中，这种整体性的艺术观照更加成熟了，例如，《彷徨》中《孤独者》主人公魏连殳，他充分意识到了社会的黑暗，并一度进行过拼死的抗争，但是最后在现实的压迫下屈服了，走上了与自己内心愿望相悖的道路，最后由于内在极度矛盾和颓唐而死。魏连殳的悲剧，能够使我们想起一些现代派小说中的人物，例如在卡夫卡的《城堡》、海勒的《第二十二条军规》中的人物，他们面对着一种无形的社会力量，畸形的灵魂在其中苦苦挣扎。在《城堡》中，人物处于对现实无可奈何的悲剧地位，可望而不可即的"城堡"神秘而可怕，对人物行使着莫名其妙的支配力量，捉弄着人物的意志和生存。在《第二十二条军规》中，社会对人的支配力量，对人物的约束和禁锢，是无所不在的，但也是永远难以言传的。这种对整体社会的批判，已经超越了一般个体、个别事件的范围。这些作品实际上表达了现代人在现代社会中的一种具体的、真实的生活感受。这种感受是产生于对整体社会的观察基础上的，也是在不断交流信息的现代生活体验中形成的，所以不再仅仅是一种印象，而成为一种带哲学意味的隐喻。在现代社会中，单纯讲故事的作家，已经不能引起人们的兴趣了。在艺术中，传统观念遗留下来的哲学家和艺术家之间形成的自然的鸿沟，已经逐步被艺术自身不断发展所填平。

这里，我们把鲁迅同一些西方现代派作家相比较，是从现代艺术发展的某些相通的艺术观念而言的。这并不妨碍把鲁迅认定为一个独具风格的中国民族文化气质的艺术家。对鲁迅来说，他对社会的总体认识，是同他与旧社会，首先是封建体制搏斗的勇气相砥砺的。他从来没有停止过这种奋勇的搏斗，也从来没有满足过这种搏斗。一方面，他向各式各样的敌人举起了投枪；另一方面，他意识到颓然倒地的只是一件外套，其中无物。无物之物已经脱走。因此，鲁迅在搏斗中感到一种在"无物之阵"中奔走的悲哀，他甚至感到无法抗拒在"无物之阵"中老衰、寿终的悲剧命运。虽然鲁迅的笔，在同各种各样的敌人搏斗中，是所向披靡的，但是对于"无物之阵"——藏匿在具体敌人后面的巨大的、无形的黑暗势力——来说，他感到了一种绝望和悲哀。可以说，鲁迅一生的搏斗都是在绝望和悲哀中进行的——因为他一生的目的就是对于这"无物之物"进行最后的、毁灭性的打击，但是这将是他不可企及的人类历史追求的一个久远的终点。

我们看到，在传统小说那里，由于强调把故事和思想尽可能地结合在一起，强调思想通过故事情节自然而然地表现出来，所以特别重视故事题材的选择，使之成为小说思想意义和情感内涵的重要因素和必要前提。为此，为了把思想的箭射得远些，艺术家总是在一定的生活范围内，选择最具有时代特征和典型意义的题材，努力把生活之弓张开到最大限度。但是，由于艺术方法的单一，由于具体的生活题材的限制，艺术家就会超过限度，生活之弓就有发生断裂的危险。这时候，小说艺术性就会被说教和被过于理性化的力量所肢解。

鲁迅的小说有所不同。鲁迅并不过分依赖小说的题材。对鲁迅来说，具体的生活故事和事件，常常只是自己整个精神世界的触发物，或者说是开启自己心灵宝藏，乃至生活宝藏的一把钥匙。鲁迅可以用其生活之"石"，来攻整个社会真实之"玉"。

例如《故乡》就是一例。作品所表现的生活是平淡的、琐碎的。但是却触动了鲁迅对整个生活的感触。就故事本身来说，至多就像鲁迅自己所说的，是一片荒野中的一条小路。但是，就是通过这条小路，人们能够领略到人类感情的绝妙风光。因此，读鲁迅的小说，如果仅仅着眼于故事情节这条"小路"，而忽视这条"小路"与作者整个精神世界的联系，就不可能真正把握作品的内涵，就等于买椟还珠了。

显而易见，如果读托尔斯泰、巴尔扎克的小说，我们从其中宏大的故事结构中得到一种对社会的认识，在感受具体生活画卷的同时，得到一种思想的启发和积淀的话，那么读鲁迅的小说，在思想感情上都会产生一种扩展，在具体的艺术描述引导下去思考整个社会和人生。鲁迅的小说，无不渗透着对社会的深刻的体验和认识，他的小说所描写的具体故事和思想内涵，有时从表面上看是分离的，但是实际上是凝结为一个整体的。作者强烈的自我意识，以艺术的方式，熔铸到了具体生活的描写之中，珠联璧合，天衣无缝，这正是鲁迅小说具有长久艺术魅力的原因所在。

三、关于"人物形象"

显然，鲁迅小说中"人的主题"不是抽象的，不是哲学研究中的"观念的人"，而是活生生的具体的人，他们生活在中国具体的社会环境中，有着自己具体的生活经历和文化性格。读者通过与这些人物的接触、交流和对话，能够真实地感受到中国社会的具体的生活状态和文化情貌。

同很多优秀的小说作家一样，鲁迅笔下创造的活生生的人物形象，是鲁迅小说流传于世的丰碑。所以，要读懂鲁迅小说中的"人的主题"，首先得认真"读"小说中的人物，认识他们，感受和理解他们，和他们交流和对话。

鲁迅小说中的人物形象丰富多彩，而且在不同时期的小说中有不同的艺术特点。所以，对于鲁迅小说中的人物世界应该有一个大概的了解。鲁迅主要有三个小说集，即《呐喊》《彷徨》和《故事新编》，它们体现了鲁迅在不同时期对于生活的观察和感受，其人物形象也各具艺术风采。总的来说，鲁迅小说中的人物主要分为两大系列，他们构成了其人物世界的两种类型。第一类是鲁迅自始至终所关心和关爱的"大众"和"国民"，即中国的农民形象；第二类是和鲁迅身份、经历和思想状态紧密相连的知识分子，他们曾经是拯救者和"精神界战士"，但是在生活曲折中逐步走向了失望、彷徨和新的选择。同《呐喊》不同的是，《彷徨》中的作品主要创作于五四新文化运动高潮过后，其关注重点从社会状况转向了人的生存和心理状况，其人物也从农民转向了知识分子。而《故事新编》则是鲁迅在《呐喊》《彷徨》之后所作，其目光从现实转向了历史，其人物形象大多选自中国的历史生活。

无疑，在鲁迅的小说创作中，《呐喊》占据着一个极其重要的地位，其人物形象涵盖了中国社会的整个生活空间，突出展示了中国国民的生存和精神状态。从《狂人日记》中的狂人到《阿Q正传》中的阿Q，本身就表现了中国社会国民性和国民状态的两极，前者是体现了"呐喊"的主体，他是叛逆者，是先觉者，带着尼采"超人"的影子，反映了作者内心的激愤和期待；而后者则是鲁迅所"哀其不幸，怒其不争"的一群人的代表，从他们身上可以看到其国民性的精神病灶。而这两者之间的广阔地带，还生活着像孔乙己（《孔乙己》）、华老栓（《药》）、单四嫂子、红鼻子老拱、蓝皮阿五（《明天》）、N先生（《头发的故事》）、六斤、七斤嫂、九斤老太（《风波》）、闰土（《故乡》）、赵太爷、假洋鬼子、吴妈、小D（《阿Q正传》）、方玄绰（《端午节》）、陈士成（《白光》）等，他们共同组成了当时中国社会的众生相。这些人物形象不仅构成了鲁迅"呐喊"的原因，而且表现出了鲁迅对于中国国民性精神病象的深刻观察和透视。

《狂人日记》是《呐喊》的首篇，也披露了"呐喊"的主体和灵魂，其主人公的声音不仅一直回荡在鲁迅小说的艺术长廊中，也构成了"五四"时代精神的最强音。值得注意的是，狂人的"呐喊"是在一种极端的环境和情景中，以一种极端的方式发出的。作品中的狂人，生活在"狼子村"，处于一种"非人"的环境中。他之所以成为狂人，或者被他人认为是狂人，正是由于他无法找到真正的人沟通和对话，在周围的环境中无法得到做人的感觉。

鲁迅说过，他写小说最初是受到了外国文学影响，首先是从俄国小说家那里获得了教益。早在1909年，他就和其弟周作人翻译出版过《域外小说集》，其中鲁迅就翻译了俄国作家安特列夫的《谩》与《默》和迦尔洵的《四日》。这三篇小说都与"疯子"有关，或者是正常人变疯，或者整个就是疯子的感受。至于这两位俄国作家之所以受到鲁迅的欣赏，是因为正如鲁迅所说的，安特列夫"全然是一个绝望厌世的作家"，在"俄国作家中，没有一个人能够如他的创作一般，消融了内面世界和外面表现之差，而现出灵肉一致的境地"；而迦尔洵，是"在俄皇亚历山大三世政府的压迫之下，首先绝叫，以一身来担人间苦的作家"，他自己最终陷入疯狂，跳楼自杀。同时，鲁迅还谈到过果戈理的老实，"所以他会发狂"；阿尔志跋绥夫及其作品中的"肉的气息"；诗人叶赛宁大叫"活不下去"的勇气，最后终于颓废、自杀；尼采的"超人的渺茫"及最后发了疯等等。

这些都能使我们想到《狂人日记》中的狂人，他也是在社会重压之下，在生命的边缘进行挣扎和绝叫。从《狂人日记》中我们也可以感受和体验到，"疯狂"是鲁迅当时最经常感受到的一种生命状态，在这里他不仅体验到生命濒临崩溃的危机，更感受到了在这种生命状态中的反抗和挣扎。也许只有在这里，人才在最后敞开了自己，毫无遮掩地显示了自己。这也就是鲁迅一贯呼喊和强调的"真的声音"和"真的人"。所以，狂人表现了一种震撼人心的生命真实，它会使人感到孤独、残酷和恐惧，但同时会使人感到生命面对真实的勇气和力量。狂人的"救救孩子"的呼声，也是"中华民族到了最危险时候"要求变革、发展和创新的心声。

继狂人形象之后，《呐喊》中还出现了夏瑜（《药》）、邹容（《头发的故事》）等人的形象，尽管他们都只是偶尔闪现一下，但是能够使读者感到一种希望的力量。但是，在当时社会背景下，像狂人这样觉醒了的"精神界战士"毕竟是少数，甚至极个别的，所以他们不能不忍受孤独，甚至被愚昧的民众所误解和围攻，成为被"吃"的"人血馒头"；他们在文化上没有同盟军，因为当时很大一部分传统的知识分子，仍然与吴敬梓在《儒林外史》中所描写的一样，沉迷在获取功名的梦幻中。所以，在鲁迅的笔下，出现了与狂人形象截然不同的一类知识分子，诸如孔乙己、陈士成等，他们构成了《呐喊》人物群像中特别的一群人。

从作品的叙述角度和语气来说，孔乙己是少年的"我"记忆中的形象，其生活状况和情态令"我"难忘。如果联系到鲁迅本人也曾经参与过科举，就不难发现孔乙己的生存状况对于鲁迅以后的思想变化和生活选择所产生的深刻影响，也不难理解作品中所流露出的对人物的同情和哀怜态度。应该说，在传统的中国社会中，读书人一直是体面的，受到人们尊敬的，这在文化发达、科举盛行的江浙乡村尤其如此。但是，到了鲁迅读书的年代，已经再也看不到如此的景象了。孔乙己，作为在咸亨酒店"站着喝酒而穿长衫的唯一的人"，他给人最突出的印象就是瘦、脏、破、穷，而且受到各种各样的人，包括打短工的短衣主顾和小孩子的讥笑，真正到了"斯文扫地"、穷途末路的地步。所以，孔乙己这个形象，实际上表现了旧文化和旧知识分子的腐朽、没落和被生活淘汰的情景，其既不能救国救民，也不能光宗耀祖、安身立命。这也决定了鲁迅对于将来小说道路的选择。

而《白光》中的陈士成则是狂人的另一种对比，他也疯了，但是不同于狂人的疯。狂人的疯是由于对社会的反抗，是由于先知先觉；而陈士成则是由于传统的美梦未醒，最后走上了绝路。不过，相对于孔乙己来说，鲁迅对于陈士成精神悲剧的揭示更加一针见血。在作品中，陈士成所拥有的所谓的文化和教养，或者说科举制度所维持和造就的文化，其实就是对于金钱和权势迷恋。陈士成的一生就像吃了迷幻药一般沉溺不悟，最后竟然赔上了性命。

从狂人到孔乙己、陈士成，读者可以看到在中国，文化人在新旧之间进击、绝望、徘徊和死亡的多重叠影和尴尬境地。可以设想，如果是先知先觉的精神界战士，起来呐喊和奋斗，就会像狂人那样遭到怀疑、禁闭和戕害，最后无法逃脱被吃的命运（要么就是社会旧势力投降，所以鲁迅特意在开头为他安排了一个"赴某地候补"的去处）；如果像孔乙己、陈士成那样沿着传统的道路走下去，不是穷途潦倒，就是走火入魔而死。所以，在 20 世纪，冲出"铁屋子"，不仅是普通老百姓的事情，也是知识分子和文化人所面临的抉择。这个"铁屋子"指的不仅是旧的专制的社会制度，而且包括旧的失去生命活力的知识结构、文化观念和语言形式。在一个历史的转折时期，首先面临考验和重新选择的就是知识分子。从狂人、夏瑜到孔乙己、陈士成，再到《一件小事》中的"我"、《头发的故事》中的 N 先生、《端午节》中的方玄绰等，《呐喊》为读者提供和展示了在文化转折时期新旧知识分子的历史画像和心路历程，其中有最先觉醒的、执迷不悟的、觉醒后无路可走的和悲观失望的，也有继续进击和不断反省的，试图在"没有路的地方"走出一条路的。

无疑，在《呐喊》中，鲁迅的重心主要放在揭示中国的病痛、改造中国的国民性上，其所关注的重心是当时中国社会的主体人群——农民，所以在这方面的人物形象就显得格外突出。

阿 Q 就是其中最重要的代表。可以说，《狂人日记》中狂人形象所直接面对的就是像阿 Q 形象这样的国民，他们之间构成了精神上启蒙和被启蒙、拯救和被拯救的关系。显然，不论从小说艺术面貌，还是从人物的精神品质方面来看，阿 Q 和狂人都极不相同，但是他们都生活在中国社会，共同构成了中国社会和国民的精神结构。而值得注意的是，在鲁迅的笔下，阿 Q 和狂人也有一些共同的地方，例如他们的身份都是不确定的。狂人自不待言，作品一开始就申言"某君昆仲，今隐其名"，其日记更是有趣，不仅"语颇错杂无伦次，又多荒唐之言"，而且"亦不著日月，惟墨色字体不一，知非一时所书"。阿 Q 则更是特别，作者想为他做传"已经不止一两年了"，而且对于他的生活也很熟悉，但是竟然不知道他的姓氏和名字，更不知道他确切的籍贯，从哪里来，何处为真正的家。可以说，阿 Q 和狂人一样，是一个"无名"的人，同时又是一个"共名"的人，他们在社会生活中无法获得自我真实的存在，都处于被压迫、被抛弃、被压抑和被排除在权力体制之外的边缘人。如果说狂人是由于叛逆和反抗，被社会视为异己的，那么阿 Q 则是由于毫无经济地位和自我意识，才完全被社会所忽略、所鄙夷的；他们都生活在社会底层和边缘，但是处于精神和物质的两极，狂人因为有自我、有意识和精神而被排除和戕害，而阿 Q 则恰恰相反，他完全被封建社会所奴役和欺凌。在这里，所谓"无名"是指他们在社会生活中被压抑和排斥的地位；所谓"共名"是指他们所体现的中国国民生存和精神状态的典型性和共通性。

鲁迅在《灯下漫笔》中曾经说过："但实际上，中国人向来就没有争到过'人'的价格，至多不过是奴隶，到现在还如此，然而下于奴隶的时候，却是数见不鲜的。"——阿Q就是这样一个奴隶，他虽然"革命"过，但是终究按照传统中国人的活法自己给自己的生命画了个圆圈。和狂人不同的是，在《呐喊》中，阿Q并不孤单，而是拥有众多的伴侣，除了出现在作品中的吴妈、王胡、小D等人之外，还有《药》中华老栓一家、《明天》中的单四嫂子、《风波》中男男女女等，他们共同构成了一个"阿Q家族"，显示了中国国民性的精神病态的画像。

在这个"阿Q家族"中，很多形象着墨不多，却能够给人留下深刻的印象。比如华大妈、吴妈、红鼻子老拱、何小仙、九斤老太、闰土、豆腐西施等，都具有自己的形象特征，表现了鲁迅把握和表现人物的高超的艺术能力。例如在《故乡》里，闰土的老实、木讷，与杨二嫂的尖酸刻薄形成了明显的对比。闰土原本是"我"儿时的朋友，关系很亲密，但是他出场时不仅变老了，脸色灰黄，浑身瑟缩，而且态度非常谦卑，几乎不敢直面相对；而被人称为"豆腐西施"的杨二嫂就大不相同了，她原本和"我"并不很熟，更谈不上亲近，但是出场就不平凡，作品中是这样写的：

"哈！这模样了！胡子这么长了！"一声尖利的怪声突然大叫起来。

我吃了一吓，赶忙抬起头，却见一个凸颧骨，薄嘴唇，五十岁上下的女人站在我面前，两手搭在髀间，没有系裙，张着两脚，正像一个画图仪器里细脚伶仃的圆规。

我愕然了。

"不认识了么？我还抱过你咧！"

我愈加愕然了。幸而我的母亲也就进来，从旁说：

"他多年出门，统忘却了。你该记得罢，"便向着我说："这是斜对门的杨二嫂，……开豆腐店的。"

哦，我记得了。我孩子时候，在斜对门的豆腐店里确乎终日坐着一个杨二嫂，人都叫伊"豆腐西施"。但是擦着白粉，颧骨没有这么高，嘴唇也没有这么薄，而且终日坐着，我也从没有见过这圆规式的姿势。那时人说：因为伊，这豆腐店的买卖非常好。这大约因为年龄的关系，我却并未蒙着一毫感化，所以竟完全忘却了。然而圆规很不平，显出鄙夷的神色，仿佛嗤笑法国人不知道拿破仑，美国人不知道华盛顿似的，冷笑说：

"忘了？这真是贵人眼高……"

"哪有这事……我……"我惶恐着，站起来说。

"那么，我对你说。迅哥儿，你阔了，搬动又笨重，你还要什么这些破烂木器，让我拿去罢。我们小户人家，用得着。"

"我并没有阔哩。我须卖了这些，再去……"

"阿呀呀，你放了道台了，还说不阔？你现在有三房姨太太；出门便是八抬的大轿，还说不阔？吓，什么都瞒不住我。"

我知道无话可说了，便闭了口，默默地站着。

"阿呀阿呀，真是愈有钱，便愈是一毫不肯放松，愈是不肯放松，便愈有钱……"

圆规一面愤愤的回转身，一面絮絮的说，慢慢向外走，顺便将我母亲的一副手套塞在裤腰里，出去了。

这里，我们不能不佩服鲁迅观察的精细性和描写的生动性，人物虽然是中途出场，而且画面不多，但是从外貌到内心都活脱脱地展现在了读者面前。"豆腐西施"外表上的"圆规"，或许会使读者想起阿Q临终前所画的那个圆，由于没有仪器，总归不可能画得那么标准；但是眼下的她做人要圆滑和老练得多，充分显示出了中国乡间民风和做人的聪明、自私、愚昧、狡猾和无赖。如此精彩的描写，在鲁迅作品中是很多的。

四、关于"灵魂"

显然，在表现人方面，鲁迅最关注的是人的心灵和精神状态，这就决定了他在人物形象的塑造上重心灵、重精神、重灵魂的特色，表现出了不同于传统小说的艺术追求。正如鲁迅自己所说的，他写人物重在刻画人的灵魂，他要"画出国民的灵魂"来。所以，鲁迅小说中的人物都是以独特风貌出现的，他们都有玲珑剔透的心理世界，因此在同读者内在感情交流中，永远是新鲜的，也是亲切的。这些人物，即使是心灵深处最隐秘的东西，也无法在鲁迅目光下藏匿；即使是最习以为常的语言行为，也无法逃脱它们与人物整个心灵、与整个社会生活的牵连。

应该看到，成功的艺术形象，都是艺术家能够理解和驾驭的对象。纵观鲁迅小说中的人物，最令人惊叹的是作者对于人物心灵活动的透视和表现。这种透视既是一种表现的，也是一种自省的，同时又是和人物具体生活情景结合在一起的。所以，鲁迅对于人物的一些外在描写，仅仅是一种简朴的装饰，纵使很高明，也并不足以使读者长久地留恋；而真正使读者心醉神往的则是人物丰富的心理世界。那些不多的对于人物的外在描写，常常不过是向读者提示了通向心理世界的通幽小径。正如鲁迅所说的，他喜欢画眼睛，因为眼睛是心灵的窗口。这个窗口，能够明显地反映出人物心理最微小的变化。例如在《祝福》中，鲁迅曾三次对祥林嫂的眼睛进行了传神描写，微妙地传达出了祥林嫂走向死亡的心理历程。

不过，在鲁迅的笔下，人物的内在世界并不是全部通过外化了的"眼睛"表现出来的。更进一步说，仅仅通过外在言行来表现人物的内心世界，这在传统的小说中是很常见和普遍的，而在鲁迅小说中，这不过是刻画人物的一种方法而已。同传统小说不同，鲁迅小说并没有把心理描写当作刻画人物性格的一个方面，也没有总是依附于人物的行动和生活环境；而是让它获得了独立的时空持续的能力，在很大程度上摆脱了外在环境的制约和限定，甚至成为作品表现的主要意图和内容。

例如《狂人日记》，通篇写的是一个精神病人的感觉、印象和联想，不著具体时间、人名和地名，也没有确切的环境。显然，这篇小说在很大程度上包含了作者自我感受的陈述。就整体意义来说，这是一个时代灵魂的自白，其小说意蕴不受任何确切环境背景的限定。读者只有对当时时代状况和精神有所了解，才能理解狂人之语的真正内涵，在心灵上产生共鸣。也可以这么说，这篇小说真正的"典型环境"是在作品之外的——任何一个读者和读者所能意识到的时代生活，就是构成这种"典型环境"的主要因素。也就是说，你对鲁迅写作的时代了解多少，你对鲁迅的精神了解多少，以及你对中国整体社会的状况了解多少，往往决定了你阅读《狂人日记》的效果，你了解得越多越深刻，你就越能和狂人进行话语的沟通，获得心灵上的共鸣。

这里，我们看到，鲁迅在探索和表现人物心理世界的路途上，舍弃了许多重负。这些重负，在传统的小说观念中，被认为是小说家必须背负的。但是鲁迅却把它们放心地交给了读者。也许在他看来，这些读者和他站在一个地平线上，共处在同样的社会环境之中，他们本身就是作品的背景和环境。由此可以说，鲁迅的小说世界，并不像传统小说一样，主要由完整的故事构成一个封闭的系统；而是一个开放的世界，在任何时候都能够同读者进行广泛交流，并真诚地欢迎读者介入这个世界。

当然，这个开放的小说世界，之所以能够和读者进行交流，首先归功于鲁迅对于人物心理世界的开掘和分析。正如俗话所说的，要想得到别人的心，首先要把自己的心交出来。在小说中，鲁迅不仅仅是停留在对人物表面心理的表现上，而是格外注重挖掘人物内心深处的东西，表现人物潜藏在潜意识、无意识中的奥秘。这些东西在人物心理中，不仅平常不会从人物表面行为中显露出来，而且也是人物自己不愿其显露、惟恐其出现的。

例如《一件小事》，虽然说的是一件小事，但是"我"却窥见了自己心灵深处的污秽，毫不留情地解剖了自己，亮出了一个赤裸裸的灵魂。正是小说所表现的深刻的自我反省，使作品具有了洗涤人灵魂的力量。《孤独者》也是如此。鲁迅不是从表面理解魏连殳生活的快乐和悲哀的，而是深入其内心深处去开掘。因此，鲁迅用自己锋利的艺术解剖刀，能够从其恶的反抗中，揭露出被窒息于内心深处的真善的根苗。面对魏连殳死后脸上残留的冰冷的微笑，作者回味的却是他生前有过的"像一匹受伤的狼，当深夜在旷野中嗥叫，惨伤里夹杂着愤怒和悲哀"样子——这是一种别有深意的心理对照。

在19世纪小说中，鲁迅十分欣赏陀思妥耶夫斯基对于灵魂的解剖，他称之为"人的灵魂的伟大的审问者"，说"他布置了精神上的苦刑，一个个拉了不幸的人来，拷问给我们看"。而鲁迅也是这样一位伟大的灵魂的审问者，是洞察人灵魂的心理学家。而不同的是，鲁迅在作品中不仅时时拷问别人，也时时拷问自己。鲁迅用自己"残酷到了冷静"的笔触，探视人物，包括自我心理深处无意识、潜意识中的秘密，所到之处往往能够引起读者心灵上的震颤。例如在《伤逝》《弟兄》等作品中，读者都可以体察到鲁迅透视人灵魂的深邃目光和锐利笔锋，在必要的时候，他甚至不顾惜人物心灵发出的痛苦惨叫和哀求，而去触动他们心理最深处、最敏感的疮疤。

鲁迅对于陀思妥耶夫斯基如此深刻的艺术了解和评价，不能仅仅理解为一种艺术爱好或兴趣，而要看到其中所蕴含的小说艺术变革的意义。陀思妥耶夫斯基的创作，在19世纪就显示出了现代小说艺术更新的萌芽和趋势，特别是在人物的心理描写方面，他已经突破了传统的表现方式和方法，表现出了明显的艺术创新意味。例如在《罪与罚》中，陀思妥耶夫斯基主要描写的就是人的梦幻、联想、想象和一些无意识活动，跳跃性很大。特别是主人公拉斯何尔尼柯夫杀人后，在河边徘徊的情景。他看见一个妇人投河，就也想投河；想到警察局自首，但是又转了回来；然后是"一种不可抗拒的和无法解释的愿望"，使他跑到被杀的妇人门口，拼命地按门铃。惊动了别人，他又感到害怕，逃之夭夭。这种忽而清醒，忽而混乱的心理状态，真实地表现了人物的复杂人格。这里，陀思妥耶夫斯基借助人物患热病对精神的刺激，不仅捕捉住了浮游于人物意识表面的一些不确定的活动，而且在人物心理紊乱情况下，发现和揭示了无意识和潜意识对于人物潜在的支配力量。20 世纪以来，这些新的因素获得了重视和宣扬，也提高了陀思妥耶夫斯基在世界文学中的地位和威望。

可以看到，对于人物心理世界更加深入和精细的表现和揭示，是 20 世纪现代艺术变革的主要标志，而从写故事转向注重表现人的内在世界，是现代小说艺术的突出特点。实际上，从 19 世纪末到 20 世纪，这种艺术更新和变革运动一直在小说创作中进行。更加深入地表现人的内在精神世界，作为艺术表现人生的一种自然需求，从而日益受到人们关注和重视。因为人们已经普遍意识到，在现代社会中，仅仅依凭人的出身、职业、服饰和外在活动来表现人的内心，已经是一种陈腐可笑的做法了。而弗洛伊德学说的传播，更使人们意识到人物内在心理内容的独特性极具艺术价值。

很明显，随着科学技术的发展和生活方式的进步，文化和信息共享的程度越来越高，越来越多的人趋于社会的规范化、礼貌化和文明化，人的外在情态和内心世界已经失去了那种必然联系，人们已经难以从外在面貌和举止言谈上，去区别和确定人性格的复杂性和内在心理的变化莫测。而且，在很多情况下，人的外在面貌和行动，只能表现出社会现实容许表现的部分心灵，有时不得不和真实心灵背道而驰，所以人们不能不对人的外在表现采取谨慎的存疑态度。正是这样，要表现活生生的整体的人，尤其要表现人的灵魂，传统小说艺术中常用的、通过人的外在面貌与行为表现人物心灵的方式，已经力不从心。在这种情况下，很多小说家开始注重对于人物梦幻和联想的描写，因为如此能够表现出人物在外在行为中无法显现出的心理真实。

这无疑反映了艺术家在新的生活条件下，对于如何表现人的内在世界的一种新的探索；相对于传统小说来说，显示了一种新的艺术方向。但是，也应该看到，这种初期的探索和尝试，有其幼稚和软弱的方面。因为梦境和幻觉，从某种意义上说，是小说家面对人物外在生活围墙束手无策，一时无法进入人物的内在世界之时，介入人物心理世界的某种最简易、最原始的杠杆。这个杠杆的使用在传统小说艺术中也屡见不鲜。

鲁迅对于人物心理世界的透视，突破了更加难以逾越的障碍。除了《狂人日记》之外，鲁迅小说中的人物大多是处于清醒状态，也就是说他们不可能自然暴露自己的潜意识。他们都在极力掩饰自己内在心理的真实活动——这样一种人物性格的显著特征，并且寻找各种理由为它们开脱和辩护，甚至否认它们的存在，以求得心理上和生活上的安全感。例如在《在酒楼上》中的吕纬甫，极力用一种得过且过、随遇而安的态度，来掩盖自己失望、怯懦的心境。《祝福》中的"我"，之所以大谈城里福兴楼一元一大盘、物美价廉的鱼翅，实际上是努力想从由于祥林嫂之死所带来的某种内疚、恐惧心理的纠缠中解脱出来。在《高老夫子》中，鲁迅并没有避开高老夫子表面上的一本正经，而是巧妙地撬开了人物表面行为和内在心理之间的微小间隙，暴露出了其心灵的丑态。在课堂上，高老夫子语无伦次，面对教室半屋子女生的蓬蓬松松的头发，眼睛都不敢离开教科书，活现出其内心想来女子中学"看女学生"，但表面上又假装正经的心理状态。他卑鄙的欲念难以克制，但是又不能不忍受煎熬，自然就陷入了现实尴尬的窘态之中。在作品中，女学生们隐隐约约的笑声，就像在人物行动和心灵间隙之间插进的一把刀，刺中了高老夫子最隐秘的心病，使他终究忍受不住，从课堂上仓皇出逃。回家他干脆重操旧业，用打牌来喂养自己受委屈的半个灵魂。

我们看到，对于人物深奥、隐秘的心理活动，鲁迅不仅仅通过梦境和幻觉的方式来表现，而且善于通过与外在世界的交互作用来进行透视和表现，准确而又巧妙地揭示出人物内心的真实。正是通过人物主观世界与客观生活的相互碰撞、感应和牵制，才显示和迸发出人物心理各种各样的光影。在小说艺术发生变革的时期，很多艺术家从注重对客观生活进行描摹的思维方式中走了出来，进入了人物的主观世界。但是，这时，一些小说家又过于迷信心理描写，陷入梦境和幻觉的表现之中，为自己的小说创作设立了一道新的篱笆，封闭了艺术表现的土地。而鲁迅则不同，他不仅从传统小说观念束缚中勇敢跨出了第一步，而且成功地跨出了第二步，实现了客观描摹和心理描写的艺术融合。特别是在《彷徨》中，人物形象的整体面貌是外在世界和内在世界的有机统一，显示出鲁迅更加娴熟自如的艺术笔法。

特别值得称道的是，在鲁迅的小说中，人物心理活动并不是一个平面，而是一个有机的立体结构。在这方面，鲁迅显然受到了弗洛伊德学说的影响。弗洛伊德认为，人的心理存在着多个层面，有意识、潜意识和超意识，人的心理活动也是一个多层次的立体结构，各个层次的内容在一定条件下会互相交流、影响和转化，处于一种相对稳定的统一状态。这对于小说艺术创作产生了很大影响。艺术要完整地把握人和表现人，就应该完整地表现出人的心理世界。这就不但需要敢上九天揽月、真实表现人物外在世界的能力，也应具备敢下五洋捉鳖、潜入人物心灵深处的勇气。鲁迅的小说在表现人物心理多层次结构方面，显示出独特的美学意义。

鲁迅十分重视对于人物心理的深层内容进行挖掘，揭示出复杂的情态和内容。如同明代画家唐志契谈山水画时所说："盖一层之上更有一层，层层之中，复藏一层，善藏者未始不露，善露者未始不藏，藏得妙时，便使观众不知山前山后，山左山右，有多少地步……"鲁迅对于人物心理状态的描写，也常常如此，往往在隐蔽和含蓄中巧露机锋，在扑朔迷离中包含深意。例如《肥皂》一文，对于人物心理的透视和表现达到了出神入化的地步。作品中的四铭，突然给太太买了块肥皂，似乎是让太太搞卫生的，其实不然。原来他在街上看见一位讨饭的姑娘，对其色相产生了不可告人的欲念。这就是他买肥皂的最初动机，但是却要说什么"搞卫生"，为贫穷女子抱不平，提倡什么"孝女行"之类，这些都不过是为掩盖其卑鄙欲念的层层外围防线罢了。在作品中，鲁迅对于四铭的心理描写善藏善露，使之时隐时现，在一片"咯吱咯吱"声音中，揭示了他的整个灵魂。

因此，鲁迅的小说是值得回味的。即使所描写的是生活小事，但是所能激起的心灵上的波涛也是触目惊心的。前者人们往往熟视无睹，而后者人们又常常不易察觉，而鲁迅则给人们提供了一条从前者通向后者的道路。有人把好作品比作一座浮动的冰山，水面上是很小的一部分；而鲁迅小说中的人物也是如此，人物的外部世界，就像浮现在水面上的冰山一样，只是整个冰山的很小一部分，而人物的心理世界，就像是冰山水下的那部分，才是更加丰富和壮观的。

如果打开《狂人日记》，飞动着的扑朔迷离的艺术画面，会提醒我们注意这样一种创新意象：鲁迅小说创作已经改变了传统小说中的投影式的具象世界，取而代之的是一个充满感觉、印象等主观意象的艺术天地。出现在小说屏幕上的艺术形态，不再表现出客观真实的单一性，而是用一种声情并茂、熔铸了作者主观感情的画面去感染和征服读者。它在给读者提供一个具体的生活故事的同时，更重要的是给读者带来了一个思想感情的世界。显然，作为构成小说审美形态的基本要素，表象和意象具有自己的特征，它们和投影式的、写实的具象形态有所不同，它们不仅诉诸人们感情形象的直接性，而且具有传达思想感情的直接性。这样不仅给小说的艺术表现带来了显著的变化，而且也对于欣赏小说的审美习惯提出了新的要求。新的艺术需要新的欣赏者，新的小说艺术也需要新的审美意识与素养。

这也是很多读者无法从鲁迅的小说中得到更多的艺术享受的原因。

鲁迅的小说，完成了把观照和描写对象从自然状态中解脱出来的美学过程，实现了叙述中的物我交融，使鲁迅能够在具体描述中把外在世界与心灵世界联系起来。例如，鲁迅的小说就十分重视描写人物的主观意象和心理活动，以表现人物在具体的客观生活情景中心灵的秘密。《白光》就是很好的例子。作者正是通过主人公心灵的幻象来揭示内心奥秘的，"白光"就如同于人物心灵之"眼"，闪烁着陈士成心灵深处的、压抑和向往了几十年的欲望和追求，它们终有一日冲破了主人公的理智防线，把主人公引向了精神崩溃和死亡的深潭。

像这样人物的"心灵之眼"，在鲁迅小说中是很多的，它并不局限于人物的视觉意象，也延展到了人的听觉、触觉和语言感觉之中。比如《明天》中单四嫂子所感觉到的出奇的"静"，《孤独者》中魏连殳那使人不寒而栗的长嗥，《阿Q正传》中阿Q摸小尼姑脸后的感觉，《社戏》中吃罗汉豆的味道，都突出了人物的心理状态，看上去是外在的写实笔法，其实融合了人物的心理意识，因而能够给人留下深刻的印象。这种充满心灵意识的描述，是和作者本人对于生活的现实感受紧密相连的，它们是人物心灵的外在象征物，是读者从人物的外在世界进入内在心理的途径。

五、关于作品中的"我"

钱谷融先生在描述艺术活动特点时曾写过一篇文章《不可无"我"》，其中谈到，艺术活动，不管是创作也好，欣赏也好，总离不开一个"我"。同样，如果细心阅读和分析《呐喊》，就不难发现，鲁迅对于社会生活和人物形象心灵的深刻观察和表现，也都离不开一个"我"字。所以，要真正探究鲁迅小说的艺术创新，就不能仅仅停留在对其内容和结构的分析上，还要认真发现"我"在小说中特殊的艺术作用和意味。

显然，传统小说中也有"我"，但是在传统小说观念中，总是忌讳作家思维角度和层次的变换，尤其是对于小说家的自我进行了严格的限定。在传统的小说中，并不是没有自我，而是强调把自我稳定在一个固定的层次上，保持一贯的叙述方式。在很大程度上，这个层次就是保持一个纯客观的故事叙述者的姿态。无论是巴尔扎克、托尔斯泰，还是契诃夫，他们总是把作家主观的介入（实际上是作者以不同于故事叙述者层次的自我出现）视为创作的大敌。而这些小说大师们的辉煌成就，又使这种传统观念成为小说创作中不可侵犯的金科玉律。对此，契诃夫到了晚年也不敢越雷池一步，仍谆谆教导后人："态度越客观，所产生的印象就越有力。我要说的就是这个意思。"

鲁迅小说中的自我，无疑是带着新的艺术观念走进小说中的，表现了新的艺术风貌。他自己说："现在的文艺，就在写我们自己的社会，连我们自己也写进去；在小说里可以发现社会，也可以发现我们自己。以前的文艺，如隔岸观火，没有什么切身关系；现在的文艺，连自己也烧在这里面，自己一定深深感觉到；一到自己感觉到，一定要参加到社会去!"（《文艺与专制的歧途》）

这说明鲁迅是以一种新的观念理解自我在小说中的意味的，其小说无一不是表现生活和表现自我的统一体。在小说创作中，"我"不仅是具体生活的观察者、体验者和叙述者，同时是一个活生生的主体，是社会生活和具体故事的观察者、体验者、叙述者，同时也是一个活跃的艺术主体。这个主体不是孤立存在的，也不总是隐藏在人物背后，而是不断与生活、与人物交流着、碰撞着，在自我的若干层次之间进行着川流不息的交互作用，互相影响，互相呼应，构成了一个多层次的、显示出运动感的艺术整体。而鲁迅所描述的是现实活生生的人物和事件，其创作主体也是现实生活的直接参与者。鲁迅不是用一种形象的方式来表现某种抽象的社会哲理和普遍原则，而是用小说来加入生活，表现自己对于生活的真切感受和深刻认识的。

其实，阅读和欣赏鲁迅的小说，如果离开了对于鲁迅个性的了解，是无法获得真义的。因为这种个性往往是鲁迅小说世界的直接参与者，凝结着鲁迅对于整个社会生活的某种特殊感受和认识，具有独特的艺术意蕴。

例如，在鲁迅历史小说集《故事新编》的《采薇》中，一个女人大义凛然地指责伯夷叔齐："'普天之下，莫非王土'，你们在吃的薇，难道不是我们圣上的吗!"如果仅仅看到了鲁迅对于伯夷、叔齐"不食周粟"、企图脱离社会现实人生态度的批判，那很可能迷失在古代与现代生活交错的纷繁话语中。（如此推论，作品中小丙君对于伯夷叔齐大加谴责是无可非议的了。但是这样我们又如何评价小丙君的这番议论呢？他说："作诗倒也罢了，可是还要发感慨，不肯安分守己，'为艺术而艺术'"，"温柔敦厚的才是诗，他们的东西，却不但'怨'，简直'骂'了。没有花，只有刺，尚且不可，何况只有骂，即使放开文学不谈，他们撇下祖业，也不是什么孝子，到这里又讥讪朝政，更不像一个良民……"等等。）实际上，鲁迅在这里带着强烈的反语意味。而那个聪明而又刻薄女子的话语同样如此，它不仅对于伯夷叔齐具有强烈的讽刺力量，而且对于作者本人也有一种刺激性。

如果我们联系到《狂人日记》中狂人表现出的痛苦的自省过程，就不难理解鲁迅在这里所承受的历史与现实的重负。和伯夷叔齐一样，鲁迅痛恨自己所处的社会，但是他不可能完全脱离这个社会，甚至他还必须依赖这个社会而生存。这正是狂人无法摆脱的悲哀所在。他在反省历史过程中，彻底否定了自己赖以生存的社会，但是又不得不痛苦地意识到："四千年来时时吃人的地方，今天才明白，我在其中混了多年；……我未必无意之中，不吃了我妹子的几片肉，现在也轮到我自己，……"

显然，这里包含着作者心灵的自省，用鲁迅的话说，就是"连自己也烧在这里面"。鲁迅曾在一封给青年人的信中写道："我发现了自己是一个……，是什么呢？我一时定不出名目来，我曾经说过：中国历来是排着吃人的筵宴，有吃的，有被吃的……但我现在发现了我自己也帮助着排筵宴……"作为一个旧社会的叛臣逆子，鲁迅对旧社会的彻底否定，也必然在某种意义上是对自我的否定。因为鲁迅不可能把自己同社会存在的关系彻底斩断。而他清醒意识到的是，他正是汲取着这个社会的养分长大和生存的。这种否定者和被否定者的天然关系，是无法摆脱的，这种深刻的心灵痛苦一直在吞噬和折磨着他，使他不断自省，不断解剖自己。

这种自我否定和自我嘲讽的意味和意向，没有减低鲁迅小说对于社会的批判力量，相反，它们给小说增添了一种深邃、沉郁和深刻的情感力度。几乎没有一个现代中国小说家能够像鲁迅这样震撼人心，这是因为，鲁迅小说所表现出的对于生活的认识，是作者自我对于社会生活真实体验的心灵成果；而这种成果又是通过自我和自我所意识到的生活真义——整体社会和具体生活现象的连接——艺术地表现出来的。正因为如此，鲁迅笔下的具体生活的环节，才能承担起整个生活的重负，成为整体生活的一种形象的、心灵的参照物。

因此，《呐喊》中一些第一人称的小说，大多数不能以传统的第一人称小说的方式来理解。例如《孔乙己》，如果单纯从故事情节与"我"的关系来看，似乎远没有传统小说那么紧密。作品中的"我"是力图站在孔乙己生活圈子之外的，和孔乙己十分隔膜，表现出一种超然事外的旁观者姿态。但是，我们根本无法把小说所叙述的故事同"我"在精神上分离开来。实际上，这篇小说的感人之处，并不仅仅在于主人公孔乙己的生活经历和悲剧，同时在于其对于"我"精神上的震撼作用和"我"由此产生的深刻感受。小说就是由这两个互相矛盾空间的自我的相互交流和碰撞构成的。如果说，这篇小说表现了鲁迅对于像孔乙己那样的旧知识分子生活道路的惋惜和批判的话，那么就应该看到，这篇小说也凝结着鲁迅本人在生活道路选择方面的内在体验和搏斗。在当时的情况下，鲁迅像孔乙己一样，同样经历了心灵上的磨难和危机，面临着人生的考验和选择。

可见，在鲁迅的小说中，传统的创作主体和客体的界限已经被打破了，读者不得不常常碰到这样的问题：作品中的主人公和叙述者"我"之间到底是什么关系，前者在多大程度上表达了作者本人的思想感情？正是在这一点上，鲁迅小说体现了与传统小说不同的新的艺术风貌。

例如《鸭的喜剧》表现了外国文友爱罗先珂的一段爱护小动物的有趣故事，既是对一个朋友身居异地，寂寞无助生活的体味，同时也包含着作者自己对于生活的意味深长的感受。鸡啄完了铺地锦的嫩叶，鸭吃完了水里可爱的小蝌蚪，想必是勾起了作者对于进化论和生物竞争现象的反思。而这充满诗意的隐喻，似乎和作者所描写的故事毫无关联，读者只有通过对于鲁迅思想的深刻了解，捕捉到作者在生活中一闪即逝的独特感受，才能意会到。

《兔和猫》则是另一篇独具特色的小说。首先是叙述方式的变换，显示出了别样的艺术特色。乍一看，鲁迅是在讲一个邻人养兔的故事，就其漠不关心的口吻来说，甚至算不上一个热心的旁观者，但是，随着故事的展开，作者慢慢与故事本身缩短了距离，第一人称的"我"逐渐凸现出来，开始真正走进了故事。到了"造物太胡闹，我不能不反抗他了，虽然也许是倒是帮他的忙"，一直在故事栅栏之外徘徊的"我"跨进了故事，才显现出作品所珍藏的内在的情感内涵。这时，读者才意识到，在作者描写的这个非人类的故事中，包含着一个具有情感性和哲理性的人生寓言。同一般传统小说不同，在鲁迅的小说中，所描述的具体事件和其中所包含的思想内涵，并没有确定的、一般意义上的一致关系。有时候，它们表面上的距离是遥远的，就像在《兔和猫》中一样，作者以一个成年人的口吻讲述一个童话般的动物故事，就显示了这种距离。而猫吃了兔子和作者对于现实的愤恨，在实际生活中也没有必然的联系。这两种不同层次上的内涵之所以能够互相感应，读者能够从故事中发现感情上的暗示和发生共鸣，是由于在这两者——作品所描述的具体故事和作者所意识到的人生哲理——之间有一座连接它们的有机桥梁，这就是作者自我真切的感受。

鲁迅小说中的自我具有开放的特征，他并不拘泥于"自我表现"的小圈子，也不逃避现实和孤芳自赏，而是真诚地向生活、向读者敞开心扉，表现出一种对于未来和理想力量的肯定。鲁迅是从自我主体出发去认识和表现生活的。生活对于自我发生巨大影响，形成了主体特有的内向和沉思的品格，构成了艺术创造的巨大精神动力。例如狂人所表现的自我意识就是这样。他用一种内在的眼光观察社会，显示出整体生活的真实感和深刻性，但是这种外在的洞察力又会反归自我，引申出更深刻的自我反省。这是一个自我与社会生活相互激励和推动的过程。

这必然意味着一切具体生活的叙述都是在双重背景下进行的，这就是具体的社会生活和自我的心灵观照。这两者之间经常蕴藏着不同的力量冲突。当新的意识从旧的生活土壤中破土而出的时候，必然显示出对于旧的生活联系的痛苦的摆脱和否定，也就意味着新的艺术关系的形成。在鲁迅的小说创作中，这种自我感情的变化总是与生活的变革紧密联系的，并且推动了艺术价值关系的更新。

例如在《故乡》中，读者就能感受到如此的情景：由于蕴藏在作者内心中的历史与现实之间的巨大裂痕和冲突，小说把一幕童年好友之间的平淡无奇的相会，推向了历史生活矛盾冲突的艺术舞台。在作品中，"我"原本是抱着恒常的心态面对生活、进入小说的，这种心态使艺术画面充满了恬静的诗意，驱逐了路途中荒凉萧条的生活气息。美丽的故乡、蓝天、明月、银制的项圈、五色的贝壳，等等，都使人流连忘返……但是，这种诗意的花环在它还没有完全舒展开来之时，就被现实生活的力量击破了，建立在与日常生活恒常关系上的自我也立刻土崩瓦解了。而"我"与闰土的重逢，成为现代中国小说中表现人物感情突转的精彩一幕。人间最美好的感情，以及在社会变化中不能不承受的悲欢离合，都聚集在了由不公平、愚昧落后、苦难和折磨所建造的现实的巨大壁垒之前，经过长期的辗转反侧，终于表现在闰土软弱的一声"老爷！"称呼之中。从某种意义上可以说，这是鲁迅与自我的一次对话。童年的鲁迅和成年后的鲁迅，他们在隔绝了几十年之后，又在新的生活屏幕之中发生了争执，现实的冲击和壁垒使他不得不忍痛和自己的过去告别，痛感（由于隔绝，他已经失去了童年的朋友，已经不可能与闰土像过去那样亲密无间）和喜感（由此他已经摆脱了闰土的命运，像他那样麻木和软弱）同时交织在作品的字里行间。

这种开放的自我给鲁迅的小说带来了内容表现上的多样性和丰富性，自我不仅承担了小说中具体生活画面与整体生活意蕴之间的艺术联系，而且在具体的生活描写和整体的思想意蕴之间，形成了一个比较广阔的、既具有间隔作用又把两者连接起来的"缓冲地带"。这个缓冲地带成为作者的主观自我与现实生活进行交流、搏斗、融为一体的场所，活跃着各种丰富的人类感情和思想意向，大大增强了小说的艺术容量。由此，鲁迅能够从容地承担起各种不同的思想和感情重负，以各种角度和方式去理解和表现生活。例如在《阿Q正传》中，对于人物的"哀其不幸，怒其不争"，形成了巨大的感情和理智之间的冲突，随时都有可能导致小说意象的单一性。但是鲁迅却能够化险为夷，把它们表现在一个艺术整体之中，完美地实现了自己的美学意图。

这种自我不同于传统小说中出现的自我，其表达方式是灵活的、不断变化的，具有整体的广延性和多样性，体现了一种艺术张力和艺术思维方式的变革。

因此，在自己的小说创作中，鲁迅并不愿意受到某种固定艺术观念的限制，而是勇敢地迈出了传统的单一层次的自我的小圈子，获得了充分表达自己的主动性和自由度的空间。例如，为了表达出对于社会生活的整体性认识，鲁迅不再仅仅在单一的故事圈子里徘徊，也不再仅仅以某一具体人物的视角来代替自己对于整个社会的观察，实际上这也是不可能完全替代的。所以鲁迅尽量打开这个圈子，使自己获得多方位、多角度和多层次观察和表现生活的途径。显然，在鲁迅的小说中，用自然尺度理解的那个艺术世界已经失去了其完满性，而其背后出现的一个用感情尺度理解的世界却丰富多彩，引人入胜。

由于鲁迅自我在小说中的多层次的介入，又由于其所接纳和表现的生活内容不同，与整体生活的连接关系不同，小说的艺术形态因此具有了多样性。它们存在于具象和抽象之间的宽阔地带，并不拘泥于某一种形态。从某种角度来说，这种多层次的艺术形态熔铸了作家自我多层次的内容，它们既能体现作家主体的思想感情，又是对于客观生活的发现的结果。前者是作为作者的表象世界，是出乎作品故事之外的；后者属于人物的表象世界，是入乎故事之中的。两者的自然汇合和相叠，形成了物我融为一体的艺术形态。

这种物我统一的表现形态，在传统的小说中是少见的，它作为表现生活和表现自我的统一体，扩大了小说的美学内涵，提供了小说家通过具体的生活故事表现对于社会的整体认识的可能性。

六、关于"艺术构思"

对于艺术家来说，生活永远是开采不尽的金矿，而且开掘越深，所得越多，越神奇。所以，虽然先人们曾用简单的锄镐开出了很多珍宝，但是后人要开掘得更深，就不能不采取更先进的方法和工具，就必须创造和采用新式钻机。鲁迅，正是这样一位在创作中创造和掌握了"新式钻机"的小说家。如果说，一般传统的小说艺术是把立体的生活分解成平面来理解的，并且用平面思维的方式来表现生活，那么，鲁迅的小说就是用立体思维的方式来表现生活的。因此，鲁迅小说的艺术创新，不仅仅是相对于中国传统的旧小说而言的，而且是对于一切传统小说，包括外国的托尔斯泰、契诃夫、巴尔扎克、高尔基等人的作品，也有异乎寻常的艺术风采。

生活改变人们的概念和思维方式，也在改变着艺术。正像春日到来，树木要发新芽一样，艺术中新质代替旧质的过程，似乎总是在不知不觉中进行的。摄影、录音等现代艺术手段的广泛使用，已经在不知不觉之间，结束了用传统的、间接的艺术手段例如绘画、音乐、文学，去描摹自然的黄金时代。特别是由于电影技术的产生和发展，现代小说不仅意识到了自己所面临的挑战和危机，而且从中获得了更新自己的艺术活力。电影最初蒙太奇手法的运用，证实了艺术能够在不同的艺术时空之间，根据一定的艺术构思，确定一种稳定的美学关系，为各种艺术，也为小说的发展，开辟了一条新的求生之路。在现代绘画走向意象主义、立方主义的同时，现代小说也开始从单纯地追踪人物行动和故事情节的叙述方式中解脱出来，谋求以新的方式去展示生活和表现人物。

鲁迅一开始的小说创作，就以一种艺术创新的胆识和才华震动了文坛。仅仅从鲁迅小说的艺术结构，就足以看出鲁迅小说表现生活的新的姿态。这个姿态显示出了不同于传统小说的明显的艺术风采。

采用多层次变换的描写和叙述方式，用时空的跳跃把人们带到一种开阔的立体艺术情景之中，这在鲁迅小说中是常见的。例如《示众》，就给人一种突出的空间感觉。出现在鲁迅笔下的示众的场景，是一幅立体的构图，鲁迅用不同角度的参差错落的描写，以层层围观的人群和位于中心的人物，共同组成了一个圆阵，形成一个犹如罗马露天剧场式的层次结构，由此以犯人为圆心的不同层次上的人物神态，共同构成了一个立体的生活画面。同托尔斯泰小说显著不同的是，对这样一个街头小景，鲁迅也没有局限于某种平面的描绘，像照相机一样，给人留下一张静止的照片。在小说中，显然没有贯穿全篇的某个固定的人物或者事件的线索，几乎没有连续的线条，而只有几组特殊的镜头——不同圈层上的人物神态确定了小说的立体构图和立意。

很多研究者发现，鲁迅小说表现生活的结构方式大多是"横截面"式的，而按传统的"直纵式"结构方式的只有近三分之一。我们不能仅从小说表现生活的意义来理解鲁迅的这种选择。确实，在小说创作中，鲁迅善于截取生活的某一个断面进行创作，把其深刻的思想内涵和具体的生活场景融合为一体，例如《药》《明天》《头发的故事》《在酒楼上》等，都显示出这种艺术特色。但是应当注意的是，鲁迅小说给予读者的从来就不仅仅是一个生活平面，而是从这个平面上开始挖掘建造，纵向深入下去，表现出的多层次的思想内容。例如《在酒楼上》，两个老朋友的一次偶然相遇，构成了一次深刻的历史和人生的反省。正如作品中吕纬甫所说的，一个苍蝇原来停在一个地方，被什么一吓，即刻飞了起来，但是飞了一个小圈子，便又回来停在了原地方。鲁迅通过一个生活的横切面，表现了一种回环往复的生活和精神历程，具有深刻的寓意。我不敢说鲁迅喜欢类似《示众》所显示的圆阵结构，但是鲁迅许多小说确实都具有类似"环式结构"的特点，例如《幸福的家庭》《高老夫子》《肥皂》等，就像一个螺旋，上面是一个截面，读下去就会发现无数的圈层，而且愈来愈深。

正因为这种新的艺术构思，在鲁迅的小说中，思考、议论、抒情等艺术手段获得了新的美学意义，而插叙、倒叙、回忆和联想，这些在传统小说中经常运用的表现方式，也显示出了新的艺术作用，它们不仅仅是作为人物性格和故事发展的需要而出现的，而且也是作家联系不同时空艺术活动的有效杠杆。在《幸福的家庭》中，鲁迅所描写的虽然只是一个家庭的琐事，但是并没有因为一个四堵墙围住的小屋而形成一个封闭的艺术表现空间。正像主人公所想的："假如在这家庭的周围筑一道高墙，难道空气也就隔断了么？简直不行！"所以在作品中，小房间里的故事是一个开放的系统，作者依靠人物的联想、感觉和想象，使这间小屋一刻不停地与外界交换着信息，相互交流着、干扰着、搏斗着，我们至少可以感受到人物在三个圈层的重重包围中挣扎。首先包围他的是一个混乱不堪的现实社会：北京死气沉沉，江苏浙江要开仗，山东河南闹土匪，上海租界房租贵，等等，根本没有幸福家庭的立足之地。第二个圈层是社会给予他的具体的家庭条件：收入低下，房间窄小，生活贫困，使他难以想象出幸福家庭到底是怎么个样子。第三则是不断干扰的家庭琐事：买柴算账，孩子哭闹，连起码的写作条件也不具备。可见，就在这小小的房间里，容纳着不同空间的互相矛盾的生活信息，而人物心灵的"触角"分别联系着这不同的空间，一会儿是社会上的乌烟瘴气，一会儿是想象中的"龙虎斗"，一会儿又是现实生活中的劈柴和白菜。画面是交错出现的，情节发展呈现出跳跃性的特点，形成了一个流动着的有机统一的艺术实体。

在《药》中，鲁迅同时表现两个空间中的故事——华老栓茶馆里的"人血馒头"议论与夏瑜在监狱中的斗争，但是鲁迅并没有分头进行叙述，而是用一种黑白相间、一明一暗的方式，把它们表现在一个艺术时空中，在相互照应的描述中造成了截然不同的画面和情绪的强烈对比。

显然，在小说创作中，鲁迅是不甘仅仅局限于对生活某种单一平面和角度的描述的，而是敢于对生活的自然结构进行切分，突破一般生活的表面结构，不拘泥于时空的界限，力求呈现一种整体性的、流动的、多层面的艺术表达。这样，鲁迅小说表现出的对传统小说观念中某些陈规戒律的藐视，以一种新的方法进行创作，开拓了小说创作的艺术疆域。鲁迅小说的这种立体性艺术结构方式，赋予了小说表现生活多面体的能力，这是在传统小说中不曾出现过的，它显示出了现代小说在愈来愈趋向立体化生活面前的新的艺术活力。

例如《示众》，就其所表现的生活内容来说，仅仅是一个简单的街头小景，也没有首尾一贯的故事情节。按照传统小说的艺术观念，这似乎并没有什么做小说的价值；而如果按照传统的叙述方法来描述，也不可能产生如此的空间效果。所以，在我们没有完全摆脱旧的小说观念之前，也很难理解鲁迅小说的全部美学意义，从而不能在阅读中获得更多的东西。

鲁迅的小说体现出了立体思维的艺术特征。

应该指出，人的思维活动本身就是一个立体结构，由此构成了对世界各方面的认识。但是，人的思维活动都是按照特定的方式，针对特定的对象，沿着特定的线索，在特定的范围内进行的，不可能同时构成和完成对于世界包罗万象的认知。因此，在不同的情况下，思维不能不排列成一定的层次关系；而这种在某一特定层面上的思维，又不能不意味着对于其他层次的忽略和抵制。所谓思考中的"聚精会神"，在某种程度上，就是确定某一层次的思维，同时排斥和抵制其他层次思维内容的过程。

小说创作也是如此。作家在创作思维中，自我在不同的层次上出现，显示出不同的美学态度和价值取向。在小说中，作为故事叙述者的自我、体现人物形象中的自我以及小说家真正内在感受的自我，其意义也是不同的，当它们和不同情景和素质联系在一起时，更会形成多样的艺术效果。同时，在不同的艺术情景中，不同自我之间也会显示出不同的距离，并且随着作家情感和作品内容的变化而不断发生变化。

其实，在鲁迅为数不多的小说中，至今还有一些作品的艺术意义未得到真正的开掘，人们对它们是否能够被称为严格意义上的小说，还颇有争议。所以，在鲁迅的小说中，读者往往对于一些故事性较强的作品评论较多，而对于一些故事情节淡化的小说分析和肯定较少。至少，对于这些作品在小说艺术发展中的创新意义研究不多，认识不足。之所以出现这种现象，主要是因为对于现代小说艺术更新的历史过程缺乏应有的敏感和把握。

毫无疑问，鲁迅是在继承了传统小说，尤其是19世纪优秀现实主义小说创作的优秀遗产继承上进行小说创作的。鲁迅对于小说艺术所发表的深刻见解，表明了他对于小说艺术的发展有透彻的研究。应该特别指出的是，鲁迅在继承和借鉴古今中外小说艺术遗产过程中，对于小说创作中新质代替旧质的现象特别敏感。例如他对于陀思妥耶夫斯基和安德列夫小说的深刻理解和关注，就充分说明了这一点。20世纪初，鲁迅是作为传统小说艺术优秀遗产的继承者和现代小说艺术变革的开拓者出现的。如果我们像过去相当长一段时间那样，出于对西方现代艺术和文学毫无理由的恐惧和拒绝，看不到现代小说艺术的巨大变革，在小说理论和观念上墨守成规，就不可能真正理解鲁迅小说创作所体现的艺术创新魅力，也就不可能真正理解鲁迅创作在世界文学发展中的意义和价值。

鲁迅的小说，几乎没有一篇能够进行平面分析和理解的，必须在内涵上进行多层次的分析。《狂人日记》是鲁迅第一篇白话小说，就显示出了与传统小说全然不同的艺术风貌。就这篇小说的内容来说，其实包含着两种几乎互不相干的层次的意义。作品的表层结构，是一个患被迫害狂精神病人的胡思乱想，而深层结构则表现了一个清醒的精神界战士对于黑暗的现实社会体制本质的认识和揭露。鲁迅以一种立体思维的方式控制着这两个不同的层次，把它们精确地、和谐地凝结为一个艺术整体，达到了天衣无缝的程度。

英国戏剧理论家马丁·艾思林曾把戏剧内容分解为三层高度来理解，他认为莎士比亚戏剧《冬天的故事》具有三层含义：第一，它讲了一个故事，可以理解为描写感情和冒险的好故事；第二，它也是一个隐喻，一个关于嫉妒、自私和道德说教的寓言；第三，它又是作者"幻想中的愿望的满足"，即重新获得失去的爱情并弥补以往过失的梦想。我认为对于鲁迅小说的理解，也可以借用艾思林的分析方法。尤其应当看到，作为一个有创新意识的小说家，鲁迅是有意识利用生活和思维中不同层次的内容及其相互作用来进行创作的，具有明确的美学追求。

显然，《狂人日记》所表现的具体生活现象，并不是一个吸引人的小说题材，它存在着天然的局限性，尤其是和鲁迅所要表现的深刻的思想内涵相比，在生活表面上有着漫长的距离。一个是意识的绝对混乱和无序，而另一个则是思想上的绝对清醒和深刻。但是鲁迅却用一种艺术的方式成功地跨越了这段距离。所以，假如我们仅仅把鲁迅看作是一个讲故事的人，就不可能理解这篇小说的深刻思想含义；如果仅仅用旧的小说观念来解析作品，就不能不纠缠在主人公到底是一个狂人，还是一个清醒的革命者，或者是一个被迫害致病的革命者之类无聊的猜测和争议之中。

尽管有些荒唐，我仍然愿意做这样大胆的假设，如果一个人像鲁滨孙那样脱离人类社会生活一段时间，后来又重新回到社会中来，他读托尔斯泰和鲁迅的小说，肯定有截然不同的感受。如果说他还能大致读懂托尔斯泰的小说的话，那么鲁迅的小说会使他感到似懂非懂。因为它们在叙事结构上有很大不同。其实，即使是我们现今的人，读鲁迅的小说，如果像读托尔斯泰、巴尔扎克的小说一样，仅仅追随人物行动和故事情节的线索，真正"读懂"也是不容易的。因为这样常常导致我们只是停留在作品的表面结构上，而对小说的现实意义和深层内容缺乏敏感和理解。而鲁迅的小说几乎都是具有多层内容的艺术复合结构。而且，就我们所习惯欣赏的传统小说的故事性来说，鲁迅的小说大多是平淡无奇的。

不难发现，鲁迅的小说，常常表现出象征的意味。象征，从思维方法上来说，本身就体现为一种多层次的复合体。因此，在艺术观念上，一般都把象征主义艺术看作是现代主义艺术思潮的开端。在鲁迅的小说中，象征表现了艺术创作立体思维的特征。这种象征赋予了鲁迅小说思想意蕴的深刻性和艺术形象的生动性的高度统一。例如《狂人日记》，从艺术形式上来说，作品去展示一个神经病患者的胡思乱想，似乎是荒唐的；而就主题意蕴来说是极其严肃和深刻的，它揭露了整个封建专制制度的吃人本质。而就《阿Q正传》来说，从表面上看采用了传统的章回小说结构方式，但是其意蕴却不能从生活的表面结构来理解。在这部著名小说中，精神状态是关注的中心，所以在一个普通农民的生活悲剧和整个国民精神的劣根性之间，有着广义的关系，同时隐喻着一个深刻的社会主题。显然，鲁迅是在表现一场极其不幸的国民悲剧，但是所采用的却是一种滑稽的戏剧笔调。这种悲剧内涵和喜剧形式的结合，造成了作者的情感与人物命运之间的某种间离效果，其中容纳了鲁迅丰富和复杂的思想感情。

在这里，我很想把鲁迅的《呐喊》看作是20世纪初各种文学思潮聚集的一个美学窗口。基于艺术感性形态的变化，20世纪的艺术家对于艺术创作进行了新的选择和创新。鲁迅并没有抛弃传统艺术遗产中的优秀因素，而是对它们进行了再创造，使它们在新的艺术层次上显示出了新的意味。而令人惊奇的是，鲁迅小说艺术创新的浪花，几乎映照出了19世纪末20世纪初艺术更新的所有新的探索和气象。

一个基本的艺术事实是，对于鲁迅的小说世界，评论家很难用某一种特定的模式来定性——鲁迅的小说实际上运用了现实主义、印象主义等多种艺术方法，具有象征和神秘主义的色彩，还不乏意识流、抽象主义的艺术氛围，这些都向人们闪烁着蛊惑的眼睛，使评论之眼目眩。所以，鲁迅小说的艺术性是兼容的，鲁迅从不拒绝借鉴任何一种艺术方法来丰富自己的创作。如果说，古今中外的各种艺术方法是彼此相连的圆环，那么，鲁迅的小说创作则是在这些众多的圆环之上，重新画了一个圆，它或许和众多的圆有相互对应的"共同域"，但它具有自己独特的内涵，表现出了自己独特的创新品格。

这种品格是属于历史和美学的，它活跃在艺术发展的长河之中，奠定和表现了中国现代文学发展不断尝试、探索和创新的自觉美学意识。

之十一

阅读《家》：我们从哪里来？我们到哪里去？

　　巴金，原名李尧棠，字芾甘，1904 年生，四川成都人。主要作品有中短篇小说《灭亡》《新生》《寒夜》和"激流三部曲""爱情三部曲"等。《家》是巴金的代表作，和《春》《秋》合称为"激流三部曲"，也是其中思想艺术上最精致、最成熟的一部长篇小说。这部小说自 1931 年问世以来，产生了广泛而积极的社会影响，享有很高的国际声誉。1982 年 4 月，巴金荣获意大利"但丁文学奖"。而从现代中国文学史的意义上来说，《家》也体现了其独特的思想和艺术意义，不仅为后人了解和理解当时的社会状态、文化心理和"五四"以来文学创作的发展脉络及其创新提供了一种经典文本，而且体现了文学表现人生、影响人心的永久的艺术魅力和文化价值，值得我们认真探讨和认识。

　　那么，《家》为何具有如此的艺术魅力和如此高的文学价值呢？

一、情感——艺术魅力的内在源泉

　　艺术创作是一种情感思维，而文学作品之所以能够打动人、感染人和影响人，也与其所蕴含和显示出来的独特的感情内容有着密切的联系。也许正是基于这一点，列夫·托尔斯泰在其《艺术论》中特别强调情感在艺术活动中的作用，他认为："艺术起源于一个人为了要把自己体验过的感情传达给别人，于是在自己心里重新唤起这种感情，并用某种外在的标志表达出来。"他还举了一个生动的例子来说明这个问题："比方说，一个遇见狼而受到惊吓的男孩子把遇狼的事叙述出来，他为了要在其他人心里引起他所体验过的某种感情，于是描写他自己、他在遇见狼之前的情况、所处的环境、森林、他的轻松愉快的心情，然后描写狼的形象、狼的动作、他和狼之间的距离等。所有这一切——如果男孩子叙述时再度体验到他所体验过的感情，以之感染了听众，使他们也体验到他所体验到的一切——这就是艺术。"

于是，托尔斯泰认为情感性是区别艺术品与艺术赝品的核心，他从三个方面决定了一部作品艺术价值的高低：一是所传达的感情具有多大的独特性；二是传达这种感情的清晰程度如何；三是艺术家的感情的真诚程度。

显然，对于这种深刻的情感体验和表现过程，很多作家都有深刻的体会。例如当代作家王蒙就认为"创作是一种燃烧"，而苏联著名表现艺术家斯坦尼斯拉夫斯基也认为："在艺术中从事创作的是感情，而不是智慧；在创作中主要角色和首创作用属于情感。"因此可以说，任何一件经得起历史考验的优秀艺术作品，都是作家的呕心沥血之作，都凝结着作家深刻的情感体验，都具有以情动人的特点。所以，很多艺术家都有类似的创作经历，他们在情感的推动下，精神抖擞地投入创作，但是大作完成之后，就像得了一场大病，自己的整个身心在感情波涛中漂游沉浮，以至于精疲力尽，感到极度疲劳。郭沫若谈到，他写作《凤凰涅槃》的时候，就"全身都有点作寒作冷，连牙关都在打战"。而据说法国作家福楼拜在写《包法利夫人》时，整天抱头凝思，如醉如痴。有一次，朋友去看他，他正在伏案悲恸，问他为什么，他泣不成声地回答："包法利夫人死了！"

由此我们可以联想到巴金最初投入文学创作的情景。他曾经如此谈到过自己写作《灭亡》时的心情：

……我刚刚在巴黎的小旅馆里住下，白天翻看几本破书，晚上到夜校去补习法文，我的年轻的心反抗起来了：它受不了这种隐士的生活。在这人地生疏的巴黎，在这忧郁、寂寞的环境，过去的回忆折磨我，我想念我的祖国，我想念我的两个哥哥，我想念国内的朋友，我想到过去的爱和恨，悲哀与欢乐，受苦与同情，斗争与希望，我的心就像刀子割着一样，那股不能扑灭的火又在我的心里燃烧起来……

……我有感情必须发泄，有爱憎必须倾吐，否则我这颗年轻的心就会枯死。所以我拿起笔，在一个练习本上写下一些东西来复写我的感情，倾吐我的爱憎。每天晚上我感到寂寞时，就摊开练习本，一面听巴黎圣母院的钟声，一面挥笔，一直写到我觉得脑筋迟钝，才上床睡去。

我写的不能说是小说，它们只是一些场面或者心理描写……我下笔的时候，并没有想到要写出这样的东西，但是它们却适合我当时的心情。

——《谈〈灭亡〉》，1958 年 3 月

可见，巴金是在一种强烈的感情驱动下投入文学创作的，这种情景和托尔斯泰、鲁迅等人的创作体验有相通的地方。尽管后来的创作有所变化，但是巴金在长期的文学道路上，始终坚守了对于艺术情感性和真诚性的信仰。他的创作体现着一种对生命的欲望和追求，伴随着激烈的情感活动，表达和表现着他对于人性、自由和人类最美好的感情的向往和留恋。

《家》的创作就突出地表现了这一点。可以说，这是巴金内心长期积聚的感情的一次喷发，也是他对于自己生活经历和经验的一次深入开掘、开发和重新发现，这种缘于情感、基于情感、发自情感的特点，在巴金自己的创作回忆录中就能体会到。例如他曾如此谈到过《家》的创作："在每一页、每一字句上我都看见一对眼睛。这是我的眼睛。我的眼睛把那些人物，那些事情连接起来成了一本历史。我的眼光笼罩着全书。我监视着每一个人，我不放松任何一件事情。好像连一件细小的事儿也有我在旁做见证。我仿佛跟着每一个人在魔爪下面挣扎。"（《关于〈家〉——给我的

一个表哥》）"我陪着那些可爱的年轻生命欢笑，也陪着他们哀哭。我一个字一个字地写下去，我好像在挖开我的记忆的坟墓，我又看见了曾经使我的心灵激动过的一切……我有过觉慧在他死去的表姐（梅）的灵前倾吐的那种感情，我甚至说过觉慧在他哥哥面前说的话：'让他们来做一次牺牲品罢。'一直到我1931年年底写完了《家》，我对于封建大家庭的愤恨才有机会倾吐出来。"（《谈〈家〉》）

艺术创作的动力首先来自情感，没有真实的情感，作品就不可能产生感染人和打动人的艺术力量。如果说，《家》的魅力首先来自其中所蕴含和表达的感情，那么就与其所描述的"家"的对象及其文化内涵有直接的关系。因此，《家》的艺术魅力，首先来自一种情感的力量，而这种感情是作者在长期生活中体验和积累起来的，带着作者独特的心灵痕迹和生活熔炼。

世上人人皆有家。应该说，"家"是人类情感生活最初也最重要的寄托；在人类生活和历史发展中，"家"一直是人类生存的最基本的社会细胞，它不仅决定了每个人的血缘、身份和地位，而且赋予了他们最稳定的情感基础和文化纽带，所以它对于人们情感世界的形成及状态具有非常重要的意义。从这个意义上说，"家"不仅是人的生活基地、堡垒和港湾，而且是人最初的和固有的精神家园。"家"虽然不是人生的全部，但是至少是其中最重要的一部分，尤其需要强调的是，"家"对于所有人来说，都是最富有情感感召力的。在历史上，无数的文人墨客把家作为自己的抒情对象，创作了无数动人的歌谣和传说。所以，把"家"看作是人类感情的一个积聚点并不为过，尽管它在人类各个不同的时代和文化状况中具有不同的形态和特点，尽管它一直处于不断变化之中，但是"家"至今仍然是人类情感的一个交结点，它最能够触动人心，最能够表现人情。

而"家"对于巴金来说，意味着一种复杂的心理情结，既是他从小就期望逃离，逃离后又不断加以批判和诅咒的对象，又是他一生无法放弃、无法逃离并时时留恋和反顾的地方。1932年，19岁的巴金随同三哥从重庆顺长江而下，到上海去求学，从此离开了自己的家庭，走上了与自己父辈不同的道路。可以想象，这时候他的心情是复杂的，但是基本上被一种新的生活理想和希望所感染，这一点可以从《家》中后来对于高觉慧离家出走情景的描述中看出。正如巴金后来所说的："我对于旧家庭并没有留恋。我离开旧家庭就像甩掉一个可怕的阴影。"①

但是，正像一般心理学所发现的那样，深恶痛绝的逃离并不意味着心理联系的中断，尤其是一个人的早期心理体验经验，往往会对一个人的一生产生重大影响；而且刻骨铭心的恨，往往是某种潜意识中的爱，至少是和爱的渴求紧密相连。况且，家是巴金出生和成长的摇篮，也是唯一给予他亲情的所在。这种血缘亲情是人类最本能的情感来源之一，也是其他任何情感难以替代的。这就是人们可以在行动上完全和家庭决裂，但是在感情上具有永远不可能割裂联系的原因所在。因此，所谓"大爱若恨"往往就会在这种情景下产生，巴金对于自己家庭如此根深蒂固的怨恨，从另一方面也表现了这个家庭给予他的深刻的情感记忆，和他对于自己故乡、对于家庭的深情厚谊。

《家》具有强烈的自传色彩，至少书中所写的一切与作者的亲身经历密切相关。因为巴金就出生在成都一个大官僚地主的家庭里，其祖父相当专制，按照传统的礼法统治着全家。就此巴金曾回忆道："我出身于四川成都一个官僚地主的大家庭，在二三十个所谓'上等人'和二三十个所谓'下等人'中间度过了我的童年，在富裕的环境里我接触了听差、轿夫们的悲惨生活，在伪善、自私的长辈们的压力下，我听到年轻生命的痛苦呻吟。我感觉到我们的社会出了毛病，我却说不清楚病在什么地方，又怎样医治，我把这个大家庭当作专制的王国，我坐在旧礼教的监牢里，眼看着许多亲近的人在那里挣扎，受苦，没有青春，没有幸福，终于惨痛地死亡。他们都是被腐朽的封建道德、传统观念和两三个人一时的任性杀死的。我离开旧家庭就像甩掉一个可怕的黑影。"

因此，巴金对于旧式大家庭的状况有深切的了解和体验。可以说，这种真切和深刻的家庭生活体验，构成了巴金一生创作的最重要的艺术资源

---

① 巴金：《巴金文集》（第12卷），人民文学出版社，1989年，第401页。

和灵感源泉。他不仅在一系列作品中不断回忆起它们，不断描述它们，而且它们也奠定了他观察、理解和选择生活的基本出发点。显然，这一切最终都集中到了他对于文学的选择、投入和追求方面。巴金曾经说过："我的生活充满着矛盾，我的作品里也是这样。爱与憎的冲突、思想与行为的冲突、理智与感情的冲突、理想与现实的冲突……这一切织成了一个网，掩盖了我全部生活，全部作品。我的每一篇作品都是我追求光明的呼声。"（《文学生活五十年》）这段话真实地反映了巴金创作的一个特点：没有爱憎，就没有矛盾，就没有探索，就没有创作。这种复杂的情感状态，难解难分的心理情结，实际上构成了巴金文学创作的持久的推动力。

作家创作的感情状态和感情方式，在一定程度上也决定了作品的构成和艺术特色。可以说，正是巴金写作《家》时的独特的情感状态，使《家》具有了浓郁的抒情特色。在作品的故事叙述过程中，始终涌动着一种感情的冲动和激流。正因为巴金是一位充满热情的作家，而《家》中的人物"都是我爱过的我恨过的，许多场面都是我亲眼见过或亲身经历过的"，所以《家》倾注了作者的全部感情，其抒情方式是多种多样的。设置和描写悲剧性场景，如瑞珏的死和梅的葬礼。瑞珏难产而死，觉新就在门外，一板之隔，夫妻不能见最后一面，那隔着板门的凄厉的呼叫，是震撼人心的。

这也决定了《家》的主要的抒情方式是人物的心灵倾诉，作者往往通过心理描写来抒情。这是因为巴金非常熟悉自己笔下的人物，他和他们有一种生死相依的情感联系，所以他是用自己的心、用自己的全部感情深入体味和表现人物在各种境遇下的思想感情，能够准确地把握不同性格所表现的不同色彩。这种抒情是从人物心灵深处生发出来的，所依据的是作者对人物心理细致深入的了解和把握。如梅的感伤绝望的心理就是通过她凄凉的娓娓倾诉表现出来的，也非常符合她林黛玉式的才女性格。她和瑞珏两人的倾心低诉也体现了她们不同的个性和复杂心理，显得情深意切。鸣凤投湖前的心理描写，更是集中表现了这位少女的悲惨身世和刚烈性情。

二、"家"——一个丰富而又沉重的话题

一部作品的文学价值和艺术魅力，不仅来自其真实的感情体验，同时也取决于它的思想深度。而换句话说，就一部优秀的文学作品来说，其情感意味和思想内涵是紧密联系在一起的。因为没有思想深度的感情往往是浅薄的，虽然一时能够打动人，但是时过境迁就会被人忘却；而没有感情基础的思想，往往容易流于说教和概念化，不可能具有以情动人的艺术魅力。而《家》的艺术感染力不仅来自巴金对于旧家庭生活的深刻体验和独到描述，以及作品中所洋溢的对于人性和青春的歌颂和追求，而且来自"家"本身所具有的独特历史和文化意蕴，来自其中所包含的和新鲜的思想内涵。

因为"家"，本身就是一个丰富而又沉重的话题。

应该说，对于读者，尤其对中国的读者来说，"家"作为一种独特的文学题材，本身就具有特殊的意义。因为中国人心目中的"家"，具有丰富和重要的思想、文化意味，它不仅是人生的依托和港湾，而且是整个社会制度和伦理观念的基础；它不仅是人们情感生发的一个关节点，也是人与社会关系的一个聚焦点。而就中国传统的社会形态和伦理观念来说，"家"和"国"是连为一体的，正如古人所说的："人有恒言，皆曰'天下国家'。天下之本在国，国之本在家，家之本在身。"所以，所谓"治国必先齐其家者"，"一家仁，一国兴仁；一家让，一国兴让"，都无不体现了"家"与"国"统一和同构的文化关系。可以说，正是这种"家""国"一致的状态，形成了中国传统社会的超稳定状态。"家"的状态实际上构成了整个中国传统社会的基础，而中国社会的变化，也必然首先是从家庭这个社会细胞开始。"家"是中国社会及其文化状态的实实在在的一面镜子。

巴金笔下的"家"就表现了其特殊的文化内涵，它不仅是一个典型的中国的旧家庭，充分表现了中国传统的家庭理念和人际关系，同中国传统

的社会理念与制度有惊人的一致性；而且是一个处于社会变革中的家庭，国家的变化与家庭的裂变互相作用和影响，表现出了深刻的思想文化意义。所以，从《红楼梦》到《家》，我们不仅能够看到中国家庭状况和关系的变化，也能感受到中国社会和文化内部的历史性变迁。如果说《红楼梦》预示了中国传统的封建社会走向没落的话，那么《家》就具体描述了旧的社会理念和家族制度分崩离析的历史过程，是一幅生动的中国社会变迁的家庭生活画卷。

家，对于每一个人来说，既是他们生存的栖息地，也是他们灵魂寄寓的港湾，因此，在每个人的印象里，家是温馨的、充满爱意的。同大多数中国人一样，"家"对于巴金来说，具有特别重要的生命意义。这种意义是一种情感和思想的交融，是他生命意识中不可回避和忽视的，包括他的爱和恨，他对于生命和生活的全部希望和全部失望，他对自我存在意义的最初认定和最后选择。

但巴金所描绘的家是一个血腥的地域，是摧残生命与青春的屠场，是灵魂的伤心地。不仅美丽善良的瑞珏、梅、鸣凤的生命遭到了吞噬，而且作为长房长孙的大哥，高家的"希望之星"觉新，他的灵魂也被撕为了两半，在痛苦中扭曲、流血。在这家中刚刚长大成人、尚为一个学生的觉慧，也认为"我们这个家庭，这个社会都是凶手"，而萌生了"这个家，我不能够再住下去"的念头，最终他凭借年轻人的血性与勇气，冲出了这旧家庭的牢笼，完成了他的胜利大逃亡，成为这个家庭中的一名"幼稚而大胆的叛徒"（巴金语）。觉慧形象的出现，可以说是给了这昏暗旧家庭一抹亮色。因为人活着，不单单是为了穿衣吃饭、生儿育女，他的心还必须看到希望之光，或幸福的前景，他才会感到还有活头，如此鸣凤就不会走上投井自杀的绝路。小说中，觉慧反复朗诵着戏曲《前夜》中的一段台词："我们是青年，不是畸人，不是愚人。应当给自己把幸福争过来。"这一细节就暗示着，巴金笔下的觉慧已经把他的幸福寄托在"家"之外。

但是，巴金为什么要把觉慧的"幸福"寄托在"家"之外？而这个"家"之外又有什么能够为一代年轻人提供"幸福"的条件呢？提供的

"幸福"又是什么呢？

当然，这里还提出了一个新的问题：走出生自己养自己的"家"，觉慧何时能找到、建立起真正属于自己的家，尤其是在人格文化上的精神家园呢？

这也是一代中国人所面临的复杂的情感抉择。"家"对于一代中国人来说，是一个正在失去的精神家园，而一个新的精神依托还没有找到和建立。他们由这个家抚养成人，这个家给了他们所有物质和精神的一切，同时也把历史的痛苦和重负传给了他们，让他们承担和忍受。所以，他们中的很多人成了两个时代之间的桥梁、中介和牺牲品，他们在精神上已经感到和看到了新生活的曙光，在心理上已经预感到了旧世界的末日，但是他们已经没有机会、勇气和能力摆脱历史的重负，没有机会去开始一种全新的追求和全新的生活。

觉慧之所以要冲出这个"家"，因为这个"家"不但不能为他青春的生命提供所需要的和所渴望的，而且压抑着他青春的生命，正如他在日记中写道的："寂寞啊！我们的家庭好像是一个沙漠，又像是一个'狭的笼'。我需要的是活动，我需要的是生命。在我们家里连一个可以谈话的人都找不到。"

就此而言，《家》的主题是明确的，作品一方面以祖孙三代的矛盾冲突为线索，通过梅、鸣凤、瑞珏三个女子的血泪悲剧，沉痛地控诉了封建制度对年轻生命的摧残，深刻地揭露了封建大家庭的罪恶，暴露了封建大家庭的腐朽，揭示出它走向崩溃的必然性；另一方面，通过描述家庭的裂变，特别是不同人物的不同人生选择，表现了中国社会的变革和进步，体现了中国从传统走向现代过程中的矛盾和冲突，表现了深刻的思想意义。

家庭的性质和状态决定和反映了当时中国社会的状态和性质。无疑，巴金笔下的"家"是一个典型的中国传统的旧家庭，尽管当时大墙外的社会已经发生变化，但是它还是严格按照传统的礼教治家教子，维持着封建家族制度的权威。可以说，这个"家"在巴金的笔下，就是当时旧制度和旧社会的代表和象征，它是一种家庭状态，更是一种文化意识的存在。因为封建礼教文化正是通过如此的家庭制度而继续留存的，并持续着自己"吃人"的罪恶。

这种旧家庭的显著特点之一就是"家长制"，拥有一个掌握全家生死大权的家长。而高老太爷的形象就集中体现了这个家庭的性质、状态及其命运。在作品中，高老太爷是家长制和封建礼教的代表，十分专制，是高公馆一系列悲剧的制造者，但作者并没有对他进行简单化的处理，也写了他的幻灭感和他临终前对孙辈的慈祥和忏悔，这性格的两面又都统一于他维持和发展四世同堂的封建大家庭的人生理想。

高老太爷十分专制，在作者笔下，他是高家一系列悲剧的制造者。他要抱重孙，觉新就得按封建婚姻制度违心地成婚，从而造成梅的悲剧。他把鸣凤当作玩物送给孔教会长冯乐三，造成鸣凤投湖自尽的悲剧。瑞珏的死也和他有关。"在这个家里，祖父就是一切"，任谁都不敢不从。觉新的继母周氏对鸣凤很同情，觉得冯乐三年纪太大了，鸣凤都可以做他的孙女，这件事很不合适。但是，"这是老太爷的意思，他说要怎么办，就得怎么办"。觉民的抗婚，除觉慧外，在高家得不到别人的同情。觉新向高老太爷委婉解释，得到的是"我说是对的，哪个敢说不对？我说要怎样做，就要怎样做"的严厉训斥。抗婚激起他的狂怒，他的威权受到打击，非用严厉手段恢复不可。他要把觉民赶出家门，登报声明不承认觉民是高家子弟。专制、冷酷，这就是高老太爷的主要性格特征。这种性格是封建家长制的产物，在封建传统根深蒂固的中国很有代表性。

高老太爷的形象及其性格特征，决定了这个旧家庭在特殊历史环境中的性质和命运。在作品中，高家以拥有大量田产依靠封建地租剥削作为一大家子生活的经济基础，过着不劳而获、挥霍奢侈的寄生生活。这种寄生生活会产生"败家子"的后代，例如第二代的五老爷克定就是如此。他是高老太爷最喜欢的儿子，能诗会画，但他在外面吃喝嫖赌，借债挥霍，租小公馆，讨妓女做姨太太，偷卖妻子陪嫁首饰。四老爷高克安和他沆瀣一气，狼狈为奸。这个诗礼之家，表面上"四世同堂"，熙熙攘攘，内里却钩心斗角，争权夺利，精神上早已分崩离析。高老太爷在时，勉强维持着这破败的大厦。高老太爷一死，"四世同堂"的大家庭便立刻解体，败家子们在灵堂前吵吵闹闹把家分了个彻底。

当然，高老太爷对儿孙也有慈祥、温和的时候，如吃团年饭时和临终前。临终他对觉慧、觉民表现了从未有过的慈祥，他赞扬了觉慧，取消了觉民和冯家的婚事，甚至还向孙子忏悔："我的脾气——也大了些，现在我不发气了。"

可以说，这里交织着作者复杂、矛盾的思想感情，在一定程度上也表现了作者在感情和理智上的矛盾和冲突。从理智上说，作者无疑是憎恨这个旧家庭的，尤其是这个家庭的统治者高老太爷，但是从感情上讲，他也不能完全否认这个家对于他有养育之恩，不可能完全割断自己与家庭亲情之间的感情联系。这一点，从作品中觉慧对于高老太爷的复杂的情感流露就可以看出。从《家》的出版情况来看，这一点前后有过比较大的改动，但是始终没有完全否定这种感情联系。这是值得我们认真注意的。当然，也可以如此说，高老太爷这性格矛盾的两面，统一于他的创建、维持、发展这个"四世同堂"的大家庭的人生理想。他的慈祥、亲切，是因为这个理想。在吃团年饭时，他看到自己有这样多的子孙，想起他怎样苦学、得功名、做官，并造就这一份大家业，生了这许多儿孙，"四世同堂"已实现，这样兴旺、发达下去，高家会变成一个怎样繁盛的大家庭，他脸上浮着满足的微笑，对儿孙也就慈祥、亲切起来。而他的专制、冷酷，是为了维护这个大家庭的秩序和兴盛。

显然，这仅仅是对高老太爷的一种思想评价，并不能完全反映高老太爷的心理世界，也不能由此来理解巴金对于高老太爷的复杂心理。而巴金对于高老太爷的描写和评价，也不仅仅出自亲情和自己与他的某种潜在的感情联系，而且还来自自己对社会的认识，来自一种超越家族感情的人道主义情怀，所以，他不仅意识到了旧家庭的罪恶，而且不无庆幸地看到了这个旧家庭走向崩溃的命运。尽管高老太爷仍然维持着自己在家庭中至高无上的地位，但是他所面对的社会和所统治的"家"，都已经不同于以往了，他已经不可能实现自己的全部意志了。就此来说，他也有自己"生不逢时"的一面。这个"时"就是当时中国社会状态和时代风云。这是一个酝酿和进行着一场深刻社会革命和变革的时代，叛逆和重新改正从社会的上层建筑、意识形态的各个层面一直延伸到了家庭层面。所以，高老太爷临终前是有幻灭感的。在觉民抗婚和他知道克定的荒唐后，他意识到，儿子辈是败家子，孙子辈又走在另一条路上，这个家是在走下坡路了。结局是可以设想到的。他做了多年"四世同堂"的梦，梦实现后，却是失望、幻灭。他的病，就是幻灭感引发的。但是，他决不会甘心于他一生奋斗的理想、他所创建的家业遭到毁灭的结局。他把希望寄托在孙辈身上，觉慧、觉民读书用功，并无吃喝嫖赌的败家子行为。拒绝冯家亲事和维护、发展高家家业相比，后者当然更重要，所以他要拉住觉慧、觉民，在临终前叮咛他们："你们不要走"，"好好读书"，"扬名显亲"。他的临终忏悔，是合乎他的性格发展逻辑的，是他为这个大家庭，为他的人生理想寻找继承者的一次最后挣扎，是人物塑造得深刻而成功的一笔。高老太爷是封建制度下崩溃的封建家长制的代表人物，是典型环境中的典型性格。

显然，作者在《家》中所表现出的思想、感情和价值取向，都与作者的主体状态紧密相连，都是作者主观精神和心理状态的反射。这一方面与人性和本能所遭遇的具体情景相关，也有社会和时代精神的因素。换句话说，像巴金笔下的家，在当时的中国有千千万万，尽管有无数人生活在其中，饱受了封建家长制压抑的痛苦，也有很多人对它的合理性怀疑过、反抗过，但是仍然没有从根本上动摇它的合法性和权威性，同时也没有像巴金那样表现出对于这种"家"的如此深恶痛绝的叛逆和批判。这是因为巴金已经不同于一般旧家庭、旧时代和旧文化培养出来的一代人，他已经接受了新思想、新文化的熏陶，在主体精神方面已经具有了一种新的意识和价值观念，所以已经无法从感情和思想上认同自己的家庭及其所体现的那一套思想和伦理观念。

巴金与家的决裂及其日后持续的对于旧家庭制度的批判，实际上也是一种同旧的家庭制度及其理念的告别和决裂，表现了一种对于人及其状态的新的期待和理想。《家》的不同凡响之处，就在于它写出了一个旧的封建官僚大家庭的衰亡史。而这种"家"的衰亡，也是中国整个旧的社会制度及其文化意识形态开始崩溃和解体的先声和象征。

三、"家"的裂变——一种深刻而又痛苦的情感体验

《家》的艺术魅力不仅表现在它对于旧社会和旧家族制度的揭露，更在于写出了它们的裂变及其过程，深刻表现了在这种裂变中人心的变化及其所感受和所承受的痛苦。应该说，《家》以高家内部封建势力对年轻一代的压迫和青年一代民主主义的觉醒及其反抗为主要线索，真实地描写了封建大家庭内部多方面的生活和矛盾，塑造了众多的人物，是一部具有巴金风格的现实主义作品。作品贯穿着尖锐的矛盾冲突和浓烈的抒情色彩，细腻的心理描写和多样的抒情手法的交替使用，增强了惊心动魄的悲剧效果和艺术感染力。

这种裂变具体表现在两个层面上：一是"父与子"的矛盾和冲突，即在新的社会条件下老一辈人与年轻一辈人之间出现的隔阂、代沟和对抗，它们往往表现了不同的思想观念和价值追求，体现了不同的社会理想；二是"子与子"的不同人生选择，即在外来各种思想的冲击下，在社会发生重大变革的时期，青年人也面临着不同的选择，由此形成了同辈人之间的矛盾和冲击。不同的政治力量之间的较量和影响，也会把他们推向不同的人生道路。

在作品中，这种"父与子"的裂变主要表现在高老太爷与觉民、觉慧等新一代的矛盾和冲突上面。这种矛盾和冲突一般表现得比较直接和明显，而且往往表现出明显的对抗色彩。

觉慧的形象就是在这种"父与子"的矛盾和冲突中突显出来的，也可以说，觉慧性格中最鲜明的特色就是叛逆。因为他所处的时代，是一个发生重大变化和转折的时代，旧的社会制度和价值观念面临着质疑和挑战，人性正在各个方面觉醒，新的社会理想和价值观念正在从各个方面召唤着人们。作为新一代的青年人，觉慧的思想还没有麻木和僵化，他的感情正

处于成长、波动和更新的时期，他的生命正在急切地寻求自我宣泄、自我成长和自我实现的机会和突破口，所以他能够义无反顾，还能够迅速地摆脱自己的过去，去迎接自己新的挑战和未来。

所以，在《家》中，青春和梦幻成为反抗和叛逆的精神资源和动力，也是觉慧这个形象最鲜明的标记，因为青春最敏感、最美丽，也最具有创造性，而梦幻则是用青春的热情和心血灌溉出来的花朵。而正因为如此，梦幻也就构成了对于旧家庭制度及其所代表的社会理念的最大挑战和批判。而走出家庭的巴金，之所以在很长的一段时间里信奉和迷恋无政府主义思潮，也与他的这种不愿受拘束、受压抑的青春活力和欲求相关。他期求一种自由的广阔天地和气氛，要求打破一切对于人性、对于青春的束缚和压抑的枷锁。

其实，巴金创作这部小说，最早是想用《春梦》为题的，后来虽然改成了《激流》，但并不是因为否定了对于"春梦"的想象，而是感觉到内心更强烈的青春力量的冲动，认为要冲破社会的黑暗，就需要"一股生活的激流"。正如巴金在《〈激流〉总序》中所写的："这激流永远动荡着，并不曾有一个时候停止过，而且它也不能够停止；没有什么东西可以阻止它。在它的途中，它也曾发出过种种的水花，这里面有爱，有恨，有欢乐，也有痛苦。这一切造成了一股奔腾的激流，具有排山之势。向着唯一的海流去。这唯一的海是什么，而且什么时候它才可能流到海里，就没有人能够确定地知道了。"

所以，也可以把《家》理解为一部青春小说，它集中反映了那个时代新与旧、革新与保守的矛盾冲突。而觉慧与高老太爷之间的隔阂和冲突，表现了人性中聚集着的生命活力与压抑这活力的社会体制之间的深刻矛盾。因为中国封建社会的穷途末路之时，也是其政治体制和意识形态最明显地显示出腐朽、老态、保守和僵化之日，正如鲁迅、林语堂、老舍等许多中国现代作家在作品中一再所揭示的，中国社会进入了一个"老年"社会，容不得年轻人的青春活力和自由创造。所以巴金才如此欣赏"激流"的意象。

在《家》中，这种新与旧、青春与老朽之间的冲突一开始就明显地表现出来了。作品从人物形象、思想行为和谈话内容等各个层面，无不表现出了两大阵营、两种追求和两种气息。觉慧、觉民等新一代人物体现了一种青春、向上、活力和变革的力量，而高老太爷则显露出一种垂死、没落、保守和固执的气息。这从觉慧与高老太爷的第一次面对面的直接对话就能看出。作品如此写道：

> 一天下午觉慧在学生联合会开过会回家，在大厅上碰见陈姨太的女佣钱嫂。钱嫂说："三少爷，老太爷喊你，我到处找过了，你快去。"他就跟着钱嫂到了祖父的房里。
>
> 早过了六十岁的祖父躺在床前一把藤椅上，身子显得很长。长脸上带了一层暗黄色。嘴唇上有两撇花白的八字胡。头顶光秃，只有少许花白头发。两只眼睛闭着，鼻孔里微微发出一点声息。
>
> 觉慧定睛望着这个在假寐中的老人。他惶恐地站在祖父面前，不敢叫醒祖父，自己又不敢走。起初他觉得非常不安，似乎满屋子的空气都在压迫他，但是他只得静静地立在这里，希望祖父早些醒来，他也可以早些出去。后来他的惶恐渐渐地减少了，他便注意地观察祖父的暗黄色的脸和光秃的头顶。
>
> 自从他有记忆以来，他的脑子里就有一个相貌庄严的祖父的影子。祖父是全家所崇拜、敬畏的人，常常带着凛然不可侵犯的神气。他跟祖父见面时很少谈过五句以上的话。每天早晚他照例到祖父房里去请安两次。此外，他无论在什么地方，只要看见祖父走来，就设法躲开，因为有祖父在场，他感觉拘束。祖父似乎是一个完全不亲切的人。
>
> 现在祖父在他的眼前显得非常衰弱，身子软弱无力地躺在那里，从微微张开的嘴里断续地流出口水来，把领下的衣服打湿了一团。"爷爷不见得生来就是古板不近人情的罢。"他心里这样想。于是一首旧诗浮上了他的心头："不爱浓妆爱淡妆，天然丰韵压群芳，果然我见犹怜汝，争怪檀郎兴欲狂。"他念着亡故的祖母赠给某校书的诗句（这是他前些时候在祖母的诗集里读到的），眼前马上现出了青年时代

的祖父的面影。他微微地笑了。"爷爷从前原也是荒唐的人，他到后来才变为道貌岸然的。"他又记起来：在祖父自己的诗集里也曾有不少赠校书的诗句，而且受他赠诗的，又并不止某某校书一个人。他又想："这是三十岁以前的事。大概他上了年纪以后，才成了讲道德说仁义的顽固人物。"

……

"人就是这样矛盾的罢，"他想着，觉得更不了解祖父了。他越研究，越不了解，在他的眼里祖父简直成了一个谜，一个解不透的谜。……

祖父忽然睁开了眼睛，看了他一下，露出惊讶的眼光，好像不认识他似的，挥着手叫他出去。他很奇怪，为什么祖父把他唤来，让他站了许久，并不对他说一句话，便叫他出去。他正要开口问，忽然注意到祖父的脸上现出了不高兴的神气，他明白多嘴反会招骂，于是静悄悄地向外面走去。

他刚走到门口，又听见了祖父的声音："老三，你回来，我有话问你。"

他应了一声，便转身走到祖父的面前。

"你到哪儿去了？先前喊你好久都找不到你！"口气很严厉，祖父已经坐起来了。

这句问话把他窘住了。他知道他不能告诉祖父说他从学生联合会回来，但是他临时编造不出一句答话。祖父的严厉的眼光射在他的脸上。他红着脸，迟疑了一会儿，才说出一句："我去看一个同学去了。"

祖父冷笑了一声，威严的眼光在他的脸上扫来扫去，然后说："你不要扯谎，我都晓得了。他们都对我说了，这几天学生跟军人闹事，你也混在里头胡闹。……学堂里不上课，你天天不在家，到什么学生联合会去开会。……刚才陈姨太告诉我，说有人看见你在街上散什么传单。……本来学生就太嚣张了，太胡闹了，今天要检查日货，明天又捉商人游街，简直目无法纪。你为什么也跟着他们胡闹？……听说外面的风声很不好，当局对于学生将有大不利的举动。像你这样在外头胡闹，看把你这条小命闹掉！"祖父骂了几句，又停顿一下，或者咳几声嗽。觉慧答应着，他想分辩几句，但是他刚刚开口，又被祖父抢着接下去说了。祖父说到最后，终于发出了一阵咳嗽。陈姨太带着一股脂粉香，扭扭捏捏地从隔壁房里跑过来，站在旁边给祖父捶背。

祖父慢慢地止住了咳嗽，看见他还站在面前，便又动气地说："你们学生整天不读书，只爱闹事。现在的学堂真坏极了，只制造出来一些捣乱人物。我原说不要你们进学堂的，现在的子弟一进学堂就学坏了。你看，你五爸没有进过洋学堂，他书也读得不错，字也比你们写得好。他一天就在家读书作文，吟诗作对，哪儿像你这样整天就在外头胡闹！你再像这样闹下去，我看你会把你这条小命闹掉的！"

"并不是我们爱闹事，我们本来在学堂里头好好地读书，我们这回的运动也不过是自卫的运动。我们无缘无故地挨了打，当然不肯随便了结……"觉慧忍住气和平地分辩道。

"你还要强辩！我说你，你居然不听！……从今天起我不准你再出去闹事。……陈姨太，你去把他大哥喊来。"祖父颤巍巍地说着，又大声咳嗽，一面喘着气，吐了几口痰在地上。

从这段叙述中可以看出，与觉慧相比，巴金突出表现了高老太爷的老态，他不仅脸色"暗黄"，"头顶光秃"，身体非常虚弱，而且不断咳嗽。而更显著的是高老太爷的道貌岸然和专横专制，一切唯我独尊，根本容不得一点不同意见。可以说，老朽和僵化是高老太爷形象的主要特征，其必然要和青年一代形成深深的代沟和对立。所以，作品下面紧接着写道："觉慧把他的坚定的眼光盯在祖父的身上。他把祖父的身子注意地看了好几眼。忽然一个奇怪的思想来到他的脑子里。他觉得躺在他面前的并不是他的祖父，这只是整整一代人的代表。他知道他们，这祖孙两代，是永远不能够了解的。但是他奇怪在这个瘦长的身体里究竟藏着什么东西，会使他们在一处谈话不像祖父和孙儿，而像两个敌人。他觉得心里很不舒服。似乎有许多东西沉重地压在他的年轻的肩上。他抖动着身子，想对一切表示反抗。"

由亲情关系变为一种"敌人"，这当然是一种历史的悲剧和不幸；而两代人之间不可逾越的"代沟"和隔阂，必然会对两代人的感情带来深深的伤害，在心灵上留下难以愈合的伤痕——这也许是觉慧时常陷入内心痛苦和彷徨的原因之一。但是从当时的历史状态来说，这种悲剧和不幸又是不可避免的。从这个角度去理解觉慧的形象，会给予我们一种新的感觉。觉慧是《家》中年轻一代的代表，是封建大家庭的大胆而幼稚的叛逆者。五四新文化运动给他以民主主义、个性主义的思想武器。他积极参加学生运动、热心社会活动，办刊物，散传单，和封建势力斗争。在家庭里，他冲破封建等级观念，和丫头鸣凤恋爱，积极支持、帮助觉民反抗封建包办婚姻，怒斥长辈们捉鬼的迷信活动，劝谏觉新要反抗长辈们把瑞珏赶出城外去分娩的荒谬决定，最后，他和封建大家庭决裂，离家出走，到社会上去。觉慧是"五四"时期受新文化运动影响的进步青年形象，觉慧的性格有一个发展过程，作者令人信服地描写了他从幼稚到坚定，最后离家出走，成为封建大家庭的第一个叛逆者。小说开始时，他并没有感到封建家庭的束缚，以为自己是自由的。待到祖父因他参加学生运动而把他关在家里，他才感到家庭是一个狭窄的笼子。鸣凤的死对他的思想发展和反叛封建家庭具有关键性意义。他看清社会、家庭是杀害鸣凤的凶手；他自认自己自私、没有胆量，也是杀害鸣凤的帮凶。从此以后，他对封建家庭的反抗大大增强。在觉民的抗婚事件中，他几乎比当事人还坚定。任凭继母的眼泪，大哥的劝导，祖父的威逼，一家人的反对，他都毫不动摇。没有取消觉民婚事的可靠保证，他决不把觉民找回来，弄得高老太爷和家里人毫无办法。他确信，爷爷的时代已经过去了。但他也还有幼稚的表现，在高老太爷快要死时，他曾有过"现在的确是太迟了。他们将永远怀着隔膜，怀着祖孙两代的隔膜而分别了"的想法。其实，即使高老太爷不死，祖孙两代的隔膜也是无法消除的。觉慧形象的可贵之处，在于作者以严谨的现实主义态度，令人信服地表现了一个出身于封建家庭的青年，在五四运动影响下，怎样逐渐萌发民主主义思想，怎样起来反抗封建家庭和礼教。在他觉醒、反抗的路上，还有徘徊、反顾，但他终究是一个封建家庭的叛逆者。他出走到社会上去，虽然还没有明确的道路，但出走总是背叛封建家庭的决定性的一步。他的思想基调是民主主义、人道主义和个性主义，在20世纪20年代初期以至于以后很长一段历史时期内，这种思想都有积极的反封建意义和作用。

四、"大哥"——一个徘徊在明暗之间的痛苦灵魂

应该说，在作品中，觉慧代表了作品理想的期望和追求，他的出现是灰暗生活中的一缕亮光，预示着旧的家族制度和社会体制的崩溃并走上末路。在中国社会发生大变动的时期，《家》热情地歌颂了青年一代民主主义的觉醒及其反封建斗争的意识，特别是作品中以高觉慧、高觉民为代表的第三代，他们受五四新文化运动的影响，有了民主主义的觉醒。他们办刊物、发传单，参加学生运动，在社会上和在家里与封建势力、封建礼教作斗争。例如，在高家发生了使人震惊的觉民抗婚事件，并取得了胜利；而大胆而幼稚的叛逆者觉慧，更是显示出了主动进击、无所顾忌的青春气息，他敢于当众怒斥长辈，并脱离封建大家庭走到社会上去，反叛的第三代进一步敲响了封建制度的丧钟，体现出了强烈的时代色彩。

但是，如果《家》仅仅表现了觉慧这一代人的思想感情和人生选择，或者仅仅把反对旧家庭的历程单独地表现在这一代人身上，那么，作品也许就没有如此深刻和丰厚的思想意义和感情内涵了，因为历史是延续的，一种深厚的情感也总是包含着矛盾、痛苦和艰难的付出的。

觉新的形象由此显得格外引人注目。

换句话说，在《家》中，觉慧的形象之所以能够如此光彩照人，就因为在他身后是一片黑暗的历史的阴影，还有一群徘徊在黑暗和光明之间的

痛苦的灵魂，由此形成一种纵深的历史和美学的背景。

在这个背景中，觉新，就是这样一个代表着生活的矛盾、承担着历史的阴影、忍受着身心分裂痛苦的人物形象。而在整个"家庭的裂变"中，他又体现了更深的"子与子"之间的矛盾和冲突，表现了社会生活更深一层的变化和变迁。显然，与觉慧相比，对于旧家庭的压迫和压抑，觉新表现出了极大的忍耐性，当觉慧一再表示出"够了，这种生活我过得够了"的时候，觉新总是好言相劝，内心深处却忍受着巨大的痛苦。觉慧为此常常发出如此感慨："大哥为什么要常常长吁短叹？不是因为过不了这种绅士的生活、受不了这种绅士家庭中间的闲气吗？这是你们都晓得的……我们这个大家庭，还不曾到五世同堂，不过四代人，就弄成了这个样子。明明是一家人，然而没有一天不在明争暗斗。其实不过是争点家产！……"

事实上，觉新不仅是觉慧的大哥，而且是觉慧生活的一面镜子，也是心灵和人性的镜子。从历史文化心理上讲，觉新的灵魂中充满了传统与现代、新生与灭亡、光明与黑暗的矛盾，历史注定让他站在新旧时代的门槛上，不能完全地跨出，也不能彻底地跨入，因为，正如鲁迅在《影的告别》一文中所写的："我不过是一个影，要别你而沉没在黑暗里了。然而黑暗又会吞并我，然而光明又会使我消失。"

从美学意味上来说，觉新也许是《家》中最富有内涵、最成功和最具有时代意义的人物形象，这不仅在于其性格的复杂性，而且在于其所蕴含的文化和情感意义，因为他是高家的老大，是承担整个高家命运的人，处于一种特殊生活处境之中。所以觉新不同于觉慧，他的性格是复杂的，处境是尴尬的，具有强烈的悲剧色彩。巴金对于他的态度，也是异常复杂的，有批判、鞭挞和怒其不争的一面，更有爱、同情和哀其不幸的一面；有"各色人等都会在这面镜子里照见自己的影子"（茅盾语）的典型性，也包含着巴金深刻的自我反省，正如他在《关于〈激流〉》中所说的："我写觉新不仅是警告大哥，也是鞭挞我自己。"

其实，就《家》的创作动机和过程来说，"大哥"就一直是一个很重要的因素。根据巴金的自述，在觉新的形象塑造中有自己大哥的影子，而其大哥在巴金的生活和感情中占据着极其重要的地位，他们的关系是血肉相连的。他曾在《〈灭亡〉序》中写道："我有一个哥哥，他爱我，我也爱他。然而为了我的信仰，我不得不与他分离，而去做他所不愿意我做的事情。"而他的小说处女作《灭亡》在很大程度上就是为了这份亲情而写。当时远在法国的巴金收到大哥的来信，心境十分矛盾，他后来这样写道："……我必须完全脱离家庭，走自己选择的道路。我终于要和他分开。我应该把我的心里话写给他。然而我又担心他不能了解。我又怕他受不了这个打击。想来想去，我想得很痛苦。但是我最后想出办法来了。我从箱子里取出了那个练习本（可能是两本或三本了），我翻看了两三遍。我决定把过去写的许多场面、心理描写和没头没尾的片段改写成一部小说，给我的大哥看，让他更深地了解我。就像我后来在《灭亡》自序上所说的那样：'我为他写这本书。我愿意跪在他面前，把书献给他。如果他读完之后能够抚着我的头说：'孩子，我懂得你了，去罢，从今以后你不论走到什么地方，你哥哥的爱总是跟着你的。'那我就十分满足了。"（《谈〈灭亡〉》）

之后，巴金在回忆创作经历时也谈道："我的第一本小说在一九二九年的《小说月报》上连载了四期，单行本同年九月出版。我把它献给我的大哥，在正文前还印了献词，我大哥见到了它。一九三一年我大哥因破产自杀，我就删去了'献词'。我还为我的大哥写了另一本小说，那就是一九三一年写的《家》，可是小说刚刚在上海一家日报（《时报》）上连载，第二天我便接到他在成都自杀的电报，我的小说他一个字也没有读到。但是通过这小说，许多人了解他的事情，知道封建家庭怎样摧毁了一个年轻有为的生命。我在法国学会了写小说。我忘记不了的老师是卢梭、雨果、左拉和罗曼·罗兰。我学到的是把写作和生活融合在一起，把作家和人物融合在一起。我认为作品的最高境界是二者的一致，是作家把心交给读者。我的小说是我在生活中探索的结果，一部又一部的作品就是我一次又一次的收获。我把作品交给读者评判。我本人总想坚持一个原则，不说假话。"

在这里，我们不仅看到了巴金内心中深刻的情感冲突，也能够感受到其与觉新形象之间的难解难分的艺术关系。例如，既然是为了信仰，为什么这种分离又"不得不"呢？其间难言的理智与情感之间的犹豫、矛盾和冲突，难道不正好反映了巴金自我的精神状态吗？而巴金对于"你哥哥的爱总是跟着你的"的期待，岂不也正是巴金自己对于哥哥的爱的表示吗？由此可以说，所谓前面的"分离"和后来的"鞭挞"，在感情上都不是一种简单的决裂和否定，而是一种复杂的情结。而正是这种难以用简单方式表达的复杂的心理情结，最终把巴金推向了文学创作。就此也可以认定，巴金在觉新的形象塑造中寄予了自己深厚的情感体验，他所试图表达的理念和感情是异常复杂和深厚的。

首先，巴金笔下的高觉新表现了一种痛苦的人生处境。这种处境使他必然要承担某种因袭的历史的重负。他是"家"中的"长孙"，扮演着家中"长子"和"老大"的角色。按中国传统的观念，"长兄如父"，必然要承担起继承和维护整个家族制度和利益的责任和义务。对于这一点，作者有着清楚的意识。作品开始不久就写道："高觉新是觉民兄弟所称为'大哥'的人。他和觉民、觉慧虽然是同一个母亲所生，而且生活在同一个家庭里，可是他们的处境并不相同。觉新在这一房里是长子，在这个大家庭中又是长孙。就因为这个原因，在他出世的时候，他的命运便决定了。"

在这里，巴金把觉新的命运大部分归决于其长子的身份，这当然是不确切的，但是从另一个角度来说，这不但反映了当时中国社会和家庭状况的某种真实，而且也表现了巴金对于觉新这个形象深刻的同情和理解。因为巴金了解自己的大哥，知道他的苦境和苦处，实在不愿意让自己心爱的大哥承担某种历史和社会的罪责。所以，在作品中，尽管巴金无不在表现一种对于既定的命运的反抗和质疑，一再显示出了对于觉新逆来顺受的"作揖主义"的批判，但是也一直掩饰不住自己对于他的爱和理解，甚至还表达出了一种歉疚的心情。因为巴金知道，自己不可能把觉新从那种既定的生活处境中解救出来，或者完全改变当时中国社会为"长子"所安排的命运，并且眼看着大哥只身承担着旧家庭的重负，而自己却逃离了苦海，所以只能含着眼泪，用一种极其复杂的感情来表现觉新的形象和命运，其中既有批判、惋惜和"哀其不幸，怒其不争"的因素，也有同情、理解和某种歉疚的心情。

在巴金的笔下，觉新体现了一种时代变革中的"中间物"的思想性格。如果说，觉慧显然有着巴金自己的影子的话，那么他在一定程度上也是觉新的另一半灵魂（觉新是一个公认的具有双重人格的形象）的延伸。从这个意义上说，觉新也体现了巴金自己一直想摆脱但是又无法完全摆脱的另一个自我：在其自信、趋新、进取和反抗的背后，还留存着懦弱、顺从、苟安和"作揖主义"。关于这一点，巴金在《谈〈秋〉》一文中曾如此反省："我自己不止一次地想过，在我的性格中究竟有没有觉新的东西？我的回答是肯定的。我至今还没有把它完全去掉，虽然我不断地跟它斗争。我在封建地主的家庭生活过十几年，怎么能说没有一点觉新的性格呢？……"由此也可以说，觉慧和觉新在某种程度上也表现和反映了巴金性格中的两面，它们犹如白天和黑夜一样彼此相连。

正如许多研究者指出的那样，觉新是一个具有复杂的"双重人格的人"，体现了一代人在中国社会发生根本变革时期的尴尬处境和矛盾心理。一方面，他作为封建大家庭的长子，也是封建礼教的最大受害者，例如他和梅的爱情因封建婚姻制度而酿成悲剧，他读大学、留学、研究化学的人生理想因封建家庭而遭毁灭，他的爱妻因封建礼教、迷信而惨死，这都使他内心痛苦和郁郁寡欢，成为封建家庭中的被损害者。他的遭遇也使他十分同情封建礼教的受害者。但另一方面他又必须承担维护旧家庭秩序的责任，反对受害者（包括他自己）对封建礼教进行反抗。他对祖父和长辈的意志绝对服从，常是祖父和长辈意志的执行者，因而有意无意地在协助封建势力害人，而受害的又是他自己和他的亲人，这更加深了他内心的痛苦。他性格善良懦弱，逆来顺受，理智、情感和行动常处于矛盾之中，只能以消遣来排解哀愁。

觉新的"两重人格"不仅表现在处境、生活位置和行为方面，还表现在文化思想方面，一方面他是受到五四新文化运动影响的年轻人，他也看到封建家庭内部的腐朽及其无可挽救的没落前途；而另一方面，他又是深受封建伦理道德熏陶的地主少爷，总是在竭力维护封建家庭的秩序。封建家庭的伦理关系，使他不想反抗；封建专制的淫威，使他不敢反抗。觉新对于自己的婚事，对于自己人生理想被毁灭，没有说过一个"不"字，只是关门痛哭。他说自己是一个自觉的牺牲者，独自负担屈辱、痛苦，忠实于父亲要他把弟妹照看成人的临终托付。他确有为弟妹忍辱负重的一面。但是，当封建家长做出损害他弟妹的决定，如觉民的婚事，他明知这可能会造成第二个类似他和梅的悲剧，但他却并没有坚定地为觉民而反抗的行动，甚至还劝说觉民接受爷爷的决定。封建专制统治形成了他不敢反抗的顺从的性格，他认为反抗是徒劳的。他从"五四"新思潮中选取了无抵抗主义和作揖哲学作为他行为的理论依据。这是一个复杂的性格，一个悲剧的性格。

从作品中还可以感受到，巴金不仅对于觉新抱有某种同情和理解之心，而且具有某种感激之情。因为与觉新相比，觉慧处于一种受庇护的地位，在生活和心理上都轻松得多；再加上觉新在家族中自觉地忍辱负重，承担着传统意识的重负，这才使得其弟妹有可能获得较为轻松的成长环境。可以说，没有作为大哥的觉新的付出，也不可能有觉慧等人生存发展的空间和机会。在整个家庭和社会的裂变中，觉新的形象都包含着一种"牺牲"和"承担黑暗闸门"的意味。虽然，觉新的悲剧在于，他是封建家庭、礼教的受害者，但他又总是在维护封建家庭秩序和礼教，这常使他成为更严重的受害者；封建势力从来没有放松过对他的压迫，使他在承受了梅的悲剧后，又承受了瑞珏的悲剧。而他在内心中一直充满着对于青春、爱情和人性的理解和追求，尤其在人生的关键时刻，他不仅理解觉慧等人的心情，而且帮助他们出走，表示了他对封建家长的反抗。就此我们也可以理解，为什么巴金一再表示："……觉新是我的大哥，他是我一生爱得最多的人。"

从这种感情联系来说，觉新与作者在心灵上有更深厚的沟通之处，巴金之所以写《家》，也有一种为自己大哥"代言"的性质。关于这一点，巴金在《关于〈家〉（十版代序）——给我的一个表哥》中写得很清楚："有一次我在给我的大哥的信里顺便提到了这件事，我说，我恐怕会把他写进小说里面（也许是说我要为他写一部小说，现在记不清楚了），我又说到那种种的顾虑和困难。他的回信的内容却是出乎我意料的。他鼓舞我写这部小说，他并且劝我不妨'以我家人物为主人公'。他还说：'实在我家的历史很可以代表一般家族的历史。我自从得到《新青年》等书报读过以后我就想写一部这样的书。但是我写不出来。现在你想写，我简直喜欢得了不得。希望你把它写成罢。……'我知道他的话是从他的深心里吐出来的。我感激他的鼓励。但是我并不想照他的话做去。我不要单给我们的家族写一部特殊的历史。我所要写的应该是一般的封建大家庭的历史。这里面的主人公应该是我们在那些家庭里常常见到的。我要写包含在那里面的倾轧、斗争和悲剧。我要写一些可爱的年轻的生命怎样在那里面受苦、挣扎而终于不免灭亡。我最后还要写一个叛徒，一个幼稚而大胆的叛徒。我要把希望寄托在他的身上，要他给我们带进一点新鲜空气，在这个旧家庭里面我们是闷得透不过气来了。"

所以，"家"也是巴金敬献给自己"大哥"的一份心意；而在这心意中，珍藏着深厚的感情积累和历史文化内容。

五、掩卷长思——《家》留给我们的思考

从上面的分析和讨论可以看出，《家》不仅是一部富有时代气息、表现时代精神的作品，而且具有丰富和深刻的历史文化内涵。而这一切首先来自巴金对于人生，尤其是对于青春和爱，和对于生命中痛苦和挣扎的深刻观察、感受和体验。由此我们可以真切地感受到作者在《关于〈家〉（十版代序）——给我的一个表哥》中所表达的意念："所以我要写一部《家》来作为一代青年的呼吁。我要为过去的那无数的无名的牺牲者'喊冤'！我要从恶魔的爪牙下救出那些失掉了青春的青年。这个工作虽是我所不能胜任的，但是我不愿意逃避我的责任。"

也许《家》的结尾是幸运的，多少能够给读者一些欣慰。年轻的觉慧终于冲出了旧家庭的牢笼，奔向了新的生活，而他此时此刻，确实也有了

"一种新的感情渐渐地抓住了他"的感觉，感到了"新的一切正在成长"，感到了"前面的幻景迷了他的眼睛"；但是，这同时也给我们留下了不少的遐想和疑问：觉慧今后的生活和道路到底如何呢？他走出了一个"家"，是否意味着他很快就能得到一个新"家"呢？如果是，那么这个新"家"又是怎样一种情景呢？而他身后的旧家庭到底改变了多少呢？而觉慧日后会不会感到悔恨呢？

显然，要回答这些问题并不容易，而《家》留给我们需要思考的问题也远远不仅如此，它还涉及了如下的许多人生和社会的重大问题。

思考之一：中国是一个特别讲究家庭伦理和家族制度的国家，有着几千年的治家、理家和持家的传统理念，而如此的家族制度和家族观念已经养育了无数代的中国人，以至于像高老太爷这样的人还牢牢抱着这套观念不放。但是，为什么到了"五四"时期，到了巴金的笔下，遭到了如此深恶痛绝的批判呢？是什么引起了人们如此大的思想观念上的变化呢？

就从巴金的《家》来说，觉慧从小生长在这样一个旧家庭之中，从小受到老一代的关爱，长期受着封建家庭文化的感染，但是他为什么没有接受长辈们所灌输的"幸福观"，却通过在学校和报社短时间的新生活里接受了"五四"争民主、争自由、争独立人格的时代精神，后一种所谓新思想新文化观念为什么会有如此大的魔力和诱惑力呢？

思考之二：近一百多年来，人类社会发生了重大变化，其中家庭形态和家庭观念也今非昔比，但是人类继续在遭遇着许多问题，面临着许多危机，承受着许多痛苦，而这是否与现代家庭观念的淡化和家庭结构的不稳定有关呢？换句话说，中国传统的家庭伦理观念是否需要重新进行评价呢？它们在新的社会条件下，是否还有可取之处呢？

就从《家》来说，觉新年轻时也有过抱负和事业心，但是为了家族和家庭的责任和义务，他放弃了它们，而是把自己的精力都投向了自己的这个家，还忍辱负重，上要尽孝，下要尽责，并且把觉慧送上了求学之路。而如何理解和评价觉新对于家庭的这种态度和在家庭中的作用呢？在中国社会和家庭变革中，觉新又承担了一种什么角色呢？巴金为什么说自己无法摆脱大哥的影子呢？

思考之三：在现代社会中，家庭生活越来越重视对于子女的养育和教育，而家庭生活的质量也越来越取决于与子女的关系，就此来说，如何做父母就成为一个很重要的问题。而在这个问题上，自《家》出版以来，中国的家庭有些什么变化呢？怎样理解中国传统的孝敬父母的观念呢？

就《家》来说，高老太爷性格的悲剧的根源是什么呢？他爱自己的子女，并且事事处处也都是为自己子女着想，但是为什么反而成为子女的"敌人"呢？如何理解和评价这种亲情之间的疏离和成仇呢？其中文化观念和意识形态到底起到了什么作用呢？我们今天又如何理解"以家庭为本位"的思想呢？

思考之四：中国现代社会的变迁，同时意味着一系列家庭结构和观念的变化，也伴随着一系列的家庭裂变，从"父与子"的矛盾冲突到"子与子"的分道扬镳，甚至兵戎相见，由此一代又一代的中国人在心灵上付出了沉重的代价；时代风潮、阶级分化、政治斗争和意识形态纷争造成了大量的家庭崩溃、弟兄失和、夫妻离异等现象。而这些变化是如何影响和造就了中国目前的意识状态和文化心理的呢？我们今天又如何来理解和继承这份历史的馈赠呢？我们的心灵由此是否有所缺失、失落和畸形呢？如果有，它们是什么呢？

就《家》而言，觉慧的反叛和出走对他自己来说意味着什么呢？他不喜欢甚至仇恨自己的家，但是他又是这个家培育出来的，并且走出来之后还需要这个家的支持和援助。他真的能够完全割断自己和这个"家"的精神联系吗？如果不能，那么这个"家"会与他的精神世界产生怎样的联系呢？

思考之五：正如我们前面所说的，对中国人来说，"家"不仅是生活的根据地和依托，而且更意味着一种精神和感情的家园和栖息地；逃出家庭，首先是一种精神需求和思想行为。"家"既然对于一个人具有如此重要的情感意义，那么如果一个人失去了这个精神家园、失去了这个情感依托和基地，那又意味着什么呢？而反过来说，"家"如此重要，那么一个人在什么情况下才会背叛它呢？

　　而在五四新文化运动的感召和影响下，很多人像觉慧一样怀着对于新生活的"幻景"走出了家庭，他们一方面是新生活和新社会的探索者，同时也成了旧社会的"零余者"和孤独者。他们走出了旧家庭，但是未必意味着就立刻找到了新"家园"，其中有的人难免悲观失望，重新回到了老路上去。这是为什么呢？我们如何理解这种现象呢？

　　同样，在《家》中，走出了旧家庭是否能够很快找到新的家庭依托呢？而从巴金自己的思想和生活道路来看，走出旧家庭只是他通向新生活的第一步，此后他又经历了许多曲折和反复，又有过很多深刻的反省、忏悔和自我批判。在此我们不禁要问，步上反封建不归路的中国知识分子，如何才能拥有自己真正充实的精神家园呢？他们现在是否已经拥有了自己的"家"？如果没有，何时才能拥有如此的最终的"家"呢？